우노 지요 1

宇野千代

우노 지요 1

宇野千代

우노 지요 지음

이상복 옮김

어문학사

우노 지요(宇野千代)

본 간행 사업은, 고려대학교 글로벌 일본연구원 〈일본 근현대 여성문학연구회〉가 2018년
일본만국박람회기념기금사업(日本万国博覧会記念基金事業)의 지원을 받아 기획한 것이다.

EXPO'70 FUND
(公財) 関西・大阪21世紀協会

행복(幸福)

1

언제나 가즈에ㅡ枝는 목욕탕에서 나오면 잠깐 동안 거울 앞에 서서 자신의 나체를 바라본다. 타월로 가리고 허리를 조금 비틀 듯이 구부리고 서있다. 피부색이 불그레하다. 보티첼리의 비너스 그림과 비슷하다고 생각한다. 발치에 조개껍질만 없을 뿐, 포즈가 비슷하다. 아주 조금 부풀어 오른 배와 양 다리 모양도 비슷하다. 이렇게 말하면 오랫동안 자신의 몸매에 아주 만족하고 있는 것 같이 들리겠지만 그렇지는 않다. 그냥 비슷하다고 생각할 뿐, 바로 옷을 입는다.

그러나 가즈에는 진심으로 자신의 나체가 비너스를 닮았다고 생각 하는 것은 아니다. 70세를 이미 넘긴 몸이 비너스와 비슷할리가 없다. 어쩌면 조금은 반점이 있을 수도 있고, 살이 쳐져 있는 곳도 있다. 그러나 가즈에는 눈이 잘 보이지 않고 게다가 습기가 많은 곳에서는 시야가 흐려 자신의 몸매의 결점을 볼 수없는 것을 하나의 행복으로 생각한다.

가즈에는 이렇게 자신의 주위에서 행복의 조각을 하나하나 주워 모아 그것을 실행하며 살아가고 있다. 다른 사람에게는 이상하게 생각되는 것이라도 자신은 그것을 행복으로 생각하려고 했다.

가즈에는 5년 전에 남편과 헤어졌다. 그 때 헤어진 것을 고통이라고 생각하지 않기로 했다. 가즈에는 스스로도 헤어지는 것이 낫다고 생각했다. 남편이 짐을 정리하고 있는 것을 태연하게 돕기도 했다.

남편은 다른 곳에서 젊은 여자와 함께 살게 되었다. 가즈에는 그 여자를 본 적은 없지만, 남편이 오랫동안 그 여자와 사귀고 있다고 말하는 걸 봐서 그 여자가 어떤 사람인지 알 것 같았다. 남편이 자신과 헤어지고 그 여자와 사는 것이 당연하다고 생각했다. 가즈에는 남편과 함께 살았던 기간이 약 30년 쯤 될 것이라고 생각한다. 그 오랜 시간동안 함께 살다보니 서로 상대에 대해 신경 쓰지 않게 되었고, 상대가 없는 것처럼 생각 될 때도 있었다. 남편뿐만 아니라 가즈에도 마찬가지로 자신이 혼자 살고 있는 것처럼 생각될 때가 있었다. 남편의 기분 따위는 개의치 않고 자신이 하고 싶은 것을 태연하게 할 때가 많았다.

두 사람이 함께 살고 있는 동안 가즈에는 끊임없이 남편에 대해 신경 쓰고 남편이 좋아하는 것만 하고 있는 것처럼 보였다. 그렇게 하는 것이 자신에게 있어 기분 좋은 일이었다. 그러나 곰곰이 생각해 보면, 가즈에는 무언가를 할 때 결코 상대방의 입장을 고려하지 않았다. 언제나 자신의 입장에서 기분 좋은 것, 상대방을 전혀 배려하지 않고 자신에게 재미있고 유쾌한 것만 선택했던 것 같다. 남편이 기뻐하는 일을 했던 것은 자신도 그것이 재미있었기 때문이고, 상대방의 마음에 드는 것을 할 경우는 자신 역시 그것이 즐거웠기 때문이었다. 지금에 와서 생각해 보면 그것은 일종의 이기적인 기쁨이었던 것이다.

그것은 전시戰時 중의 일이었다. 아타미熱海로 주민들을 이동시키고 있었는데, 마을 가까운 곳에 살고 있었기 때문에 언제 이곳도 습격당할지 모른다는 이야기가 떠돌았다. 이 작은 온천마을이 목표물이 되어 있다고는 생각할 수 없음에도 불구하고, 그 무렵에는 그런 소문이 있었다. 어딘가 더 변방으로 가고 싶다는 생각을 하고 있을 때 이런 이야기를 한 사람이 있었다.

아타미熱海에서 그리 멀지 않은 곳에 낮은 산이 있고, 그 정상에 한 채의 별장이 있었다. 어떤 유별난 사람이 지은 집으로 물을 끌어 올 수 없기 때문에 물을 길어 날라야만 했다.

가즈에는 젊었을 때 한때 산꼭대기 오두막집에서 살았는데 그때도 마찬가지로 골짜기에 있는 강까지 내려와서 물을 길어 날랐다. 그건 귀찮은 일이 아니었다. 오히려 즐거웠던 기억으로 남아 있다.

가즈에는 남편에게 그 이야기를 하고 같이 집을 보러 갔다. 산은 생각했던 것만큼 높지 않았고, 정상의 나무 사이로 그 집의 지붕과 덧문이 보였다. 그 집은 금방 가까워질 것처럼 보였다가 아득히 먼 위쪽 인 것처럼도 보였다.

"저런 곳에서 살 수 있다고 생각해?" 남편은 어이가 없다는 듯이 말했다.

"게다가 계곡까지 물을 길러가는 것이 가능할 것 같아?"

"제가 길러 갈게요."라고 했다.

조금은 불편해도 위험하지 않는 곳이 우선이라 생각했지만 남편은 그렇지 않았다. 그 때의 일을 지금까지도 떠올린다. 가끔 가즈에는 자신의 마음에 들지 않는 일이라도 상대방을 기쁘게 하기 위해 조금은 먼저 배려했다. 그때, 남편이 너무 마음에 들어 하지 않는 바람에 거기서 끝내버린 것이 아직도 못내 아쉬워 잊을 수가 없다.

언제나 가즈에는 뭔가 기억을 떠올릴 일이 있으면 그 일을 아주 유쾌한 일인 것처럼 생각해 버리는 버릇이 있다.

산꼭대기 집에서 골짜기까지 물을 길러 간다고 하는 것이 잠깐은 재미있어도 오래 계속되면 귀찮게 생각될지도 모른다. 남편이 말한 것이 어쩌면 맞을지도 모르지만 그래도 남편이 정면으로 반대하지 않았다면 그 집으로 옮겨 갔을 것이다. 지금에 와서야 가즈에도 자신의 버릇을 웃어넘길 수 있게 되었다. 그러나 가즈에는 상대방이 없게 되자 자기 혼자서 할 수 있는 일은 뭐든지 생각한 것을 그대로 해 버린다.

산위에 있는 집으로 옮겨가지 않고 가즈에 일행은 아타미에서 남편의 고향인 도치기栃木로 이사했다. 짐은 철도편으로 보내고 남편만 먼저 시골로 갔다. 가즈에는 남아서 자잘한 물건을 정리했다. 그 중에는 암거래로 산 참기름이 있었다. 겉으로 보이게 해서 보내면 빼앗길 지도 모른다. 가즈에는 그 기름을 담은 기름통을 커다란 보자기에 싸서 등에 짊어지고 아타미에서 기차를 탔다. 전쟁도 막바지에 이르렀을 무렵이었다. 지붕이 없는 기차에 사람들이 발 디딜 틈 없이 타고 있었다. 기차가 시나가와品川 역 가까이 왔을 때 공습空襲으로 멈춘 적도 있었다. 공습이라면 빨리 달리는 쪽이 낫지 않았을까 생각했지만, 소이탄燒夷彈이 떨어지자 기차는 '푹 푹' 소리를 내며 멈추어 섰다. 다행히 기차는 공습을 당하지 않았다.

나중에 생각해 보니 다행히 탄환을 맞지 않았다는 생각이 들었다. 기차에 지붕이 없었기 때문에 겨냥되었다면 바로 폭파되었을 것이다. 등에 기름을 매고 있었기 때문에 탄환에 맞았다면 온 몸에 불이 붙어 자신만이 아니라 함께 타고 있던 초만원의 사람들에게까지 옮겨 붙었을 것이다. 가즈에가 하는 일은 언제나 뒷일은 생각하지 않았고, 단지 시골에 대피해 있는 사람들이 기름 넣은 음식을 먹고 기뻐하는 모습을 보고 싶다는 생각 뿐이었다.

시골 도치기에 가서도 가즈에는 먹을 것을 찾으러 농가를 돌아다녔다. 신기하게도 먹을 것을 구하는 일에 능숙했으며, 또 그것이 재미있었다. 그때까지 가지고 있던 기모노着物나 양복을 주고 먹을 것으로 바꾸었다. 그런 일은 누구나 할 수 있는 일이었다.

가즈에는 커다란 짐을 짊어지고 시골길을 돌아다니는 동안 때때로 작은 공습을 만났다. 가까운 곳에 군대가 있었기 때문에 어떤 때는 한 두 대의 적기敵機가 땅에서 10미터정도의 닿을락 말락하는 곳까지 내려오는 일이 있어 타고 있는 미국 병사의 얼굴이 또렷이 보이기도 했다. "잘 돌아다니고 있네. 어디 기관총으로 손 좀 봐줄까"하고 놀리고 있는 것처럼 생각될 때도 있었다. 그럴 때에도 가즈에는 이상하게 무섭지 않았던 것으로 기억하고 있다. 왜 무섭지 않았을까. 그건 알 수가 없다.

가즈에는 시골에 있는 동안 일을 잘했으며, 늦잠꾸러기였음에도 불구하고 시부모님이 일어나시기 전에 일어났다. 그건 참으로 신기했다. 어쩌면 시부모님은 가즈에가 일어날 때까지 잠자리에서 기다려 주신 것인지도 모른다.

부뚜막에 불을 지피고 된장국을 끓였다. 아직 완전히 날이 밝지 않은 마당에 이슬이 내려앉아있다. 가즈에는 자신이 모아 온 재료로 식사 준비를 한다. 가즈에가 만든 음식을 시부모님도 남편도 맛있다고 해서 너무 기뻤다. 그래서인지 이상하게도 전쟁은 가즈에에게 고통스러웠던 기억이 아니라 즐거웠다는 생각조차 든다. 기쁘다. 그것이 가즈에가 살아가는 테마이다.

2

가즈에는 스스로를 불행한 여자라고 생각하지 않기로 했다. 보통 세상 사람들이 불행하다고 생각하는 일이라도 가즈에는 그렇게 생각하지 않는다. 어째서 그런 일이 가능한 것일까. 자신도 잘은 모르지만, 어쩌면 다른 사람보다 더 겁쟁이인 것은 아닐까. 불행하다고 생각하면 자신이 상처받을까 두려워하는 것은 아닐까. 언제나 자신이 행복하다고 생각하도록 애써서 그런 습관과 버릇이 몸에 배었던 것은 아닐까.

　그것은 전쟁 첫날의 일이었다. 어느 날 아침, 군부軍部로부터 명령이 하달되어 남편은 마후麻布 연대聯隊로 편입되었다. 가즈에는 남편이 어디로 보내졌는지 알 수 없다. 어쩌면 이대로 멀리 가 버리는 것일지도 모른다. 면회는 허락되지 않았지만 매일 음식이 가득 찬 찬합이나 과일바구니 같은 것을 들고 연대까지 갔다. 남편의 손에 전해질 지도 모른다는 생각에 나르고 보는 것이었다. 나중에 안 일이지만 그 음식 중에 어느 하나도 남편에게 전달되지 않았다. 매일 어떤 여자가 먹을 것을 들고 온다는 소문만 있었다. 그러나 지금 생각하면 가즈에는 그 음식들이 전달되지는 않았지만 그 것을 가져갔다는 것만으로도 자신의 마음에 충분히 보상받고 있었다.

　남편이 현지 쟈와(동남아시아의 남동부의 섬)로 떠난 것은 눈이 내리고 있는 아침 이었다. 가즈에와 시아버지는 그 일정을 모른 채 다만 그 날 일거라는 소문만 듣고 연대 앞에 서 있었다. 날이 밝은 지 얼마 되지 않은 시각이었다. 군복이라고 할 수 없는 빛바랜 색깔의 옷을 입은 여러 명의 병사가 바깥으로 나왔다. 저 무리 속에 남편이 있을까. 시나가와品川에서 기차를 탄다고 했다. 차가 떠나기 직전에 조금의 시간적 여유가 있어 어쩌면 거기서 면회가 허락될지도 모른다고 했다.

　가즈에와 시아버지는 눈길을 군인들과 함께 걸었다. 마후麻布에서 시나가와品川까지 어느 정도 거리인지 알 수 없다. 눈 위에 햇빛이 비추고 있었다. 시아버지는 70세가 넘었는데(정확히 지금의 가즈에와 같은 나이였다) 늙었다고는 말할 수 없었다. 군인들의 옷 냄새와 땀 냄새가 났다. 이 무리 속에 틀림없이 남편이 있다고 생각했지만 찾을 수 없었다. 가까스로 시나가와에 도착했다.

저건 무슨 집일까, 큰 저택이 있었다. 그곳의 넓은 마당에 군인 여러 명이 모여 있었다. 저 속에 남편이 있는 걸까. 역 승강장은 삼엄했다. 종잇조각이 떨어져 바람에 날아다녔다.

저 승강장으로 내려가고 싶다. 역에 서 있으니 많은 인파 속에 뜻밖에도 아는 사람의 얼굴이 보였다. 그 사람은 "만나셨습니까?" 하고 물었다. 불과 5분 정도 전에 남편의 부대가 기차로 떠났다고 한다. 검은 장갑을 낀 손을 들어 남편은 그 사람에게 인사했다고 한다. 그 장갑은 입대할 때 가즈에가 사 주었던 것이다. 남편은 가즈에 일행을 만나지 못해 몹시 안타까워했음에 틀림없다. 그러나 가즈에는 5분만 더 빨랐더라면 남편을 만날 수 있었을 텐데, 하고 아쉽게 생각하지 않았다. 만날 수는 없었지만 여기까지 걸어왔다는 것만으로 아쉬움은 없었다.

"돌아가요. 아버님."

"음."

두 사람은 차를 타고 돌아왔다.

그로부터 1년, 가즈에는 남편이 없는 생활을 하게 되었다. 언제 돌아올지 모르는 사람을 기다리는 일은 힘이 들었다. 어쩌면 가즈에는 그런 생활이 가장 힘들지 않았을까. 마음을 느긋하게 먹고 안정적으로 생활하고 싶었다. 그러나 그것은 불가능했다. 처음에는 달력을 벽에 붙이고 하루하루 지워 나갔다. 어디까지 지워 가면 될까. 언제까지 기다려야 하는지 매우 궁금했다. 언제부터인지 가즈에는 그런 가늠할 수 없는 일을 계속 할 수 없어 벽에 붙어 있는 달력을 그만 떼어 내버렸던 것을 기억한다.

말하자면, 가즈에는 눈앞에 보이는 것만을 목표로 하고 그 목표를 위해 행동하는 것만이 기쁜 것일까. 가즈에는 그 무렵 아와阿波에 있는 한 인형사人形師를 가끔 만나러 갔는데 남편에게 보내는 편지에 "또 아와阿波에 다녀왔습니다."라고 쓰고 그 인형사가 만든 인형 사진을 보내기도 했다.

남편이 있는 곳에는 실제로 전투는 없었다고 한다. 그렇다고는 해도 고국에서 멀리 떠나 언제 돌아올지 모르는 사람이 있는 곳에 보내는 편지치고는 바보 같은 짓이었다. 하지만 그것을 깨달은 것은 남편이 돌아와서 "인형, 인형이라고 쓴 편지 때문에 난처했었어."라는 말을 들었을 때였다.

가즈에는 멀리 있는 사람, 아니 그 사람이 멀리 있다는 것만으로는 감각상의 거리를 알 수 없게 된 것일까. 상대를 기쁘게 한다고 하면서 사실은 자신이 관심 있는 것에만 마음이 움직이는 것일까. 남편이 멀리 있는 시간이 길어짐에 따라 남편과 감각적 교류가 없어지게 되었다. 아니, 남편의 모습이 보이지 않게 되자 남편에 대한 생각도 멀어지게 되었다.

그 기간에 가즈에는 단독으로 행동했다는 것을 느끼지 못했다.

보이지 않는 남편의 모습을 추상적으로만 그리워하는 것이 힘들었다. 세상 많은 여자들이 당연하게 여기는 전쟁에 나간 남편에 대한 극히 보편적인 생각을 가즈에도 확실히 하고 있었다. 그러나 점점 그 생각이 변해버린 것이다. 그러나 가즈에는 그런 것을 깨닫지 못한다.

어느 샌가 가즈에는 남편이 있는 곳으로 편지를 보낼 때마다 멀리 떨어져 있고 언제 돌아올지도 모르는 사람이라는 것을 잊어버리고 자신에 관한 일만을 썼다. 남편이 그것을 기뻐한다고 오해하고 있었던 것일까. 그리고 남편이 있었을 때와 똑같은 집이라고는 생각할 수 없을 정도로 가구와 그 밖의 분위기가 달라진 집안의 모습을 사진으로 찍어서 보내기도 했다. 집안 모습을 바꾸어 깜짝 놀라게 하고 싶다는 마음이었던 것일까.

어쨌든 가즈에는 남편을 잠자코 기다리는 것이 아니라, 어쩌면 그것이 남편 마음에 들지 않는 일이라 하더라도 무언가 자신이 행복하지 않고서는 견딜 수 없었다. "이번 봄에는 뒷마당에 완두콩 씨를 뿌렸습니다."라 쓰고, 그 완두콩 밭에서 콩을 따고 있는 모습을 사진으로 찍어 보내기도 했다.

완두콩 씨를 뿌린 뒤 무엇을 했는지 그것에 대해 쓰는 건 어려웠다. 남편이 돌아왔을 때 가즈에는 끓어오르는 환희와 동시에 어떤 단절된 이물질과 같은 것이 갑자기 나타난 듯한 당황스러움을 느꼈던 것을 잊을 수가 없다. 남편이 집 안의 완벽한 변모를 기막힌 듯이 바라보았기 때문이다.

3

남녀가 언제나 한 집안에서 생활하는 일상에서 가끔 가즈에는 벗어나 버린다. 어디쯤에서 벗어나게 된 것인지 알 수가 없다. 언제나 무언가를 생각해 내고 그 일을 바로 행동으로 옮겨 버린다. 만약 가즈에가 어떤 일을 시작하기 전에 같이 사는 사람이 미리 그것을 알았더라면 분명히 말렸을 그런 행동도 이미 시작해 버린 뒤에 알게 되어 말리는 것이 곤란해졌다.

대부분의 남자는 그쯤에서 가즈에가 하는 일을 방관해 버린다. 무언가 시작하기 전에 의논해 주면 좋을 텐데 하고 생각할 때는 언제나 이미 무언가를 시작하고 난 뒤였다. 그것은 '쏴'하고 바람이 지나가는 것과 비슷했다.

도저히 믿을 수 없는 일이지만. 가즈에는 젊었을 때부터 지금까지 집을 열한 채를 지었다. 어느 날 새삼 손가락을 꼽으며 세어 보니 벌써 열 채나 지은 것이었다. 그리고 현재 그 열한 번째 집을 짓고 있는 것이다. 아마 세상 사람 중에는 평생 한 채만이라도 자신의 집을 짓고 싶다고 생각하는 사람은 많지만, 끝내 한 채도 짓지 못한 사람도 있다. 그럼에도 불구하고 차례차례 열한 채나 되는 집을 짓는 것은 어떤 마음일까. 어쩌면 가즈에는 그만큼 욕심이 많은 걸까. 지금에 와서 돌이켜보면 그 집들 중에는 집이라고는 말하기 힘들 정도로 초라한 집도 있고, 많은 돈을 투자한 호화로운 집도 있다. 집은 지었지만 사정상 한 달도 살지 못한 집도 있다.

어느 날 계절이 바뀌어 가보면 그 집에는 다다미와 다다미 사이에서 풀이 자라고 있는 경우도 있었다. 어쩌면 가즈에는 욕심이 많은 것이 아니라 뭔가 더 소중한 것이 결여되어 있었던 걸일까. 가즈에는 다다미 사이에서 풀이 자라고 있어도 그다지 놀라지 않았으며 또, 많은 돈을 들인 집이 저당 잡혀 빚으로 넘어가도 그다지 슬퍼하지 않았다. 이삿짐 차가 나가고 함께 마지막으로 그 집을 나온 가즈에는 한번 정도 뒤를 돌아다보며 이별을 서운해 했을까.

아주 미련이 없다고는 말할 수 없을 것이다.

가즈에에게 있어서 그곳이 첫 번째 집이 아니기 때문이었는지 이상하게도 이사 가는 음지陰地의 작은 집에 벌써 마음이 가 있었다. 작은 집에 종이를 바른 저 등을 달자, 보통 사람들이 당연히 큰 상처를 받을 일도 가즈에는 무언가 또 다른 일을 함으로써 그 고통에서 벗어났다. 무언가를 하는 것. 언제나 그런 것이 필요하기도 했지만 그게 꼭 필요해서 하는 것은 아니었다. 자신도 모르는 사이에 벌써 무언가를 하고 있어서 대부분의 경우, 가즈에가 상처받지 않게 되는 것이었다. 언제나 어디서나 상처받지 않는 가즈에. 그런 일이 있을 수 있을까. 그러나 생각해 보면 가즈에는 상처를 많이 받았기 때문에 잠시도 아무것도 하지 않은 채 가만히 있을 수가 없는 것이었다.

다른 사람이 보면 어쩌면 이런 가즈에가 꼬리가 잘린 것도 모르고 여전히 기어 다니고 있는 지렁이 같다는 생각이 들지도 모른다. 집이 빚으로 넘어가 이사 간 아오야마青山의 집에서도 그 두 집을 비교하는 일은 하지 않는다. 이제부터 살 집은 이 집이기 때문에. 이전 집은 빈껍데기 같다고 생각하고 이사 온 그 날부터 음지의 집에 정착했다. 단념하는 것이 좋다는 식으로 말하는 것이 아니라 다만 갈 길이 바쁘기 때문이다. 가즈에의 관심은 오로지 목적지에만 있기 때문이다. 목적지는 어디일까. 그것은 알 수가 없다. 가즈에는 그 목적지에 왠지 행복, 비슷한 것이 있을 것 같은 기분이 드는 것일까.

행복이란 것은 현재의 상태가 축적되어 쌓여져 가는 것이 아니라 현 상태에서 빠져나와 그 목적지에 있는 것일까. 단지 가즈에는 갈 뿐인가. 목적지에 무엇이 있는지에 대해서는 관심도 없이 단지 바쁘게 가려고 하는 것뿐인가. 다만 그런 동물적인 힘뿐인 것일까. 가즈에는 그것도 알지 못한다.

가즈에의 여동생이 "하하하하하, 이 집은 뒤쪽 출입문 같은 건 필요 없겠어. 이 구멍으로 기어들어갈 수 있으니까"하며 웃었다. 콘크리트 담에 전쟁으로 커다란 구멍이 뚫렸으나 가즈에는 그 때 그 구멍조차도 눈에 들어오지 않았다.

4

아오야마靑山 집으로 이사 왔을 때, 가즈에는 제일 먼저 남편이 일을 할 수 있는 곳을 생각했다. 아오야마에는 별채로 되어있는 좀 괜찮은 방이 있었다. 남편은 그곳에서 안정을 찾았다. 가즈에 부부는 두 개의 마루를 건너다니며 생활했다. 바쁠 때는 남편이 별채에 그대로 있을 때도 있었다. 가즈에는 무언가를 할 때 남편과 먼저 의논하는 것을 잊어버리고 나중에도 그 일에 대해 이야기하지 않은 채 지나치는 일이 있었다. 가즈에 부부는 서로를 의식하지 않은 채 따로따로 생활을 하였다.

그러나 가즈에는 가끔 자신이 일거리로 삼고 있는 기모노着物를 남편에게 보여 주기 위해 별채 쪽으로 가는 일이 있었다. 가즈에가 만든 기모노를 보고 "예쁘다. 색조화가 아름답군." 하고 말했다. 그러나 아름답다고 말하는 남편의 표정은 이웃 사람과 같은 감정표현이었다. 가즈에 또한 그 이상을 바라지 않는다. 그리고 그런 것은 이미 습관이 되어 있었다.

가즈에 부부는 서로에게 희로애락의 영향을 받지 않는 장소에서 생활하고 있었다. 때로는 상대방이 하는 일을 서로 보고도 못 본 채 함으로써 서로에게 피해 입히는 일을 최소화했다. 피해를? 그렇다. 보지 않아도 가즈에의 지나친 행동으로 가까이 있는 상대가 조금이라도 피해를 입었던 것은 아니었을까. 그러나 가즈에가 그 결혼생활에서 자신이 가해자였다는 사실을 깨달은 것은 부부의 인연이 구름 저편으로 멀리 사라져 버린 요즘에 와서 깨달은 것이다.

그리고 지금 여러 가지 일이 있고 난 후, 가즈에는 또 열한 번째 집을 지으려 하고 있다. 이 산의 토지를 발견하고 맨 처음 집을 지은 후 세 번째다. 같은 곳에 집을 세 채나 짓는 것인가. 지금은 같이 살고 있는 가족이 없어 뭔가 생각이 떠오르면 그 다음날부터 그 일을 바로 할 수가 있다. 그 사람에게 이야기하면 그거 좋은데 라고 동의할 것이라 믿었기 때문이다. 확실히 처음에는 같이 사는 사람의 마음에 들고 싶다는 기분으로 시작한 게 틀림없지만 어디에서 어떻게 어긋난 것일까, 어느 샌가 가즈에는 자신이 하고 싶다고 생각한 쪽으로 마음이 가 버리는 것이었다. 이렇게 되고 보니 더 이상 상대방은 없는 것과 마찬가지였다. 때로는 그것이 엉뚱한 방향으로 가 버리는 경우도 있었다.

가즈에는 그때, 그 기회를 놓친 것에 대한 아쉬움을 잊을 수가 없다. 상대방은 이제 마음이 멀어져 가즈에가 하는 일을 방관한다. 가즈에가 아무리 앞서가도 쫓아오지 않고 뒤에서 전송한다. 결혼 생활이나 모든 것이 이와 똑같은 경로를 거쳐 이렇게 파탄에 이르는 게 아닐까.

가즈에는 지금 열한 번째 집 이층에 산다. 유리문 아득히 저편에 시들어 버린 나무와 숲과 멀리 산들이 보인다. 눈이 내리고 있다. 거리에서 보는 눈이 아니라 산에서 보는 눈이다. 잠시도 멈추지 않고 계속 내린다. 시든 나무 가지에도 눈이 쌓이고 있다. 그사이로 엷은 햇살이 비치고 있는 것이다. 건너편 집에서 오는 도중에 산골짜기에 눈은 자취를 감추고 얼음이 되어 얼어있다. 이 눈 속에서, 집이 조금만 더 있으면 완성된다. 아니, 완성되지 않은 채 이 겨울을 넘기려고 하는 것이다. "칠십을 훌쩍 넘기고도 아직 집을 짓고 있다니" 하고 다른 사람들이 말했다고 한다. 어쩌면 이제 집 같은 건 짓지 않는 것이 겸허한 생활태도라고 말하는 것일까. 그러나 가즈에는 또 지었다. 아득히 멀리 산등성이의 흰 눈이 아득히 멀리 보인다. 한순간 사고思考가 미치지 않는, 가공의 세계와 같은 것이 가즈에의 마음을 사로잡는다. 한눈에 보이는 흰 눈이 가즈에를 그 세계로 끌어들인다.

산 속의 추운 계절의 정점頂点에 외벽이 아직 완성되지 않아 집에서는 방안 난방기가 얼어버리는 경우가 있다.

"나스야마那須山는 아주 추워요" 약간 끝을 올린 사투리로 난방기를 고치러 온 볼이 빨간 소년은 말한다. 그건 이 추운 산에서 겨울을 나는 건 무리가 아닌가, 하고 말하는 것처럼 들린다. 수도관이 얼어붙어 물이 나오지 않는 일이 종종 있다. 그러나 가즈에는 그렇다고 이 산에서 겨울 나는 것을 포기하려고 생각하지 않았다.

이런 가즈에의 생각이 터무니없다고 할 수 있을까. 아니, 전쟁 중 그 아타미熱海 언덕 위의 집에서도 살았는데, 하는 생각이 문득 떠오름과 동시에, 약간의 불편한 점은 고치는 수고를 계산에 넣지 않을 뿐 아니라, 그럭저럭 어떻게 하면 그건 해결 될 거라고 간단하게 생각해 버리기 때문일까.

그러나 가즈에는 이제 이 산 속집에 혼자 살고 있다. 아무도 가즈에가 하는 일을 말리지 않을 뿐 아니라 말리는 듯한 기색을 보이는 사람도 없다. 또한, 가즈에도 상대방 마음에 들지 않으면 어쩌지 하고 염려할 필요도 없다.

그녀를 말리는 것은 오직 돈이 모자랄 때뿐이다. 그리고 그 돈이 모자랄 때조차도 신경 쓰지 않을 때도 있다. 가즈에는 혼자 있다는 것을 외롭다고 느끼지 않았다. 앞에서도 말했듯이 가즈에는 자신의 주변에 행복의 조각과 같은 것을 맞추어 가며 살고 있기 때문이다.

골짜기가 얼어붙어 물의 흐름이 정지되어 거울처럼 보이는 그 작은 것도 이층 테라스에서 본 그 순간 즐겁다고 생각하기 때문이다. 이것은 가즈에의 호신술일까. 그러나 어느 날, 함께 살았던 모든 사람이 자신을 방관한 채 혼자 내버려두고는 후—하고 안도의 숨을 내 쉰 것이 아닌가 하고 깨달았을 때, 정말이지 가즈에는 가슴이 두근거렸던 것을 잊을 수가 없다.

가즈에와 헤어진 남자는 모두 또 다른 여자와 결혼했다. 그리고 그 남자들은 모두 마치 첫 목적지에 도착한 것처럼 거기에 정착했다. 남의 눈에도 그렇게 보였지만 가즈에도 그렇게 느꼈다. 가즈에와 헤어지고 비로소 생활다운 생활을 알게 되었다고도 할 수 있다. 그러나 가즈에는 그것을 질투하지 않았다. 헤어진 남자들의 평온한 생활을 당연하다고 생각했다.

눈은 그치지 않았다. 벌써 두 척이나 쌓였을까. 바로 집 옆에 완만한 비탈이 되어버린 길이 보인다. 스키를 탈줄 알면 딱 좋은 장소인데, 라고 생각하는 것도 즐겁다. 어제부터 내린 눈으로 길거리에는 자동차의 그림자도 찾아 볼 수 없다. 이 집은 사방四方 모두 똑같은 잡목림雜木林으로 둘러싸여 있기 때문에 눈을 지탱하고 있는 가는 나뭇가지가 모두 다 레이스처럼 보인다. 아직 햇살이 비추고 있는데도 눈송이가 날아 올라간다. 바람이 불고 있었던 것이다.

오항(おはん)

1

"잘 물어봐 주셨습니다."

나는 본래 가와라마치河原町의 가노야加納屋라고 하는 염색집의 아들입니다. 태어난 집은 오래 전에 궁핍해져서 현재에는 어떤 사람의 집 한 채를 빌려 조그마한 고물상을 하며, 더 이상 어떤 근심도 없는 몸인데, 무엇 때문에 그리 쓸데없는 고생을 하는지, 나 스스로 바보스러워서 한심합니다.

예에, 그 여자는 사실 나의 부인이 아닙니다. 지금부터 약 칠년전에 내가 태어나서 처음으로 친해진 마을 기생입니다. 나보다 한살 연상인 서른세 살, 이름은 오카요おかよ라고 합니다. 당신이 알고 계시듯이 한게쓰안半月庵에 있었습니다만, 지금은 스스로 가지야초鍛冶屋町 뒤쪽에 있는 작은 집에서, 한 두 명의 기생을 두고 술집을 하고 있습니다. 나는 그 여자 집에 머물며 여기로 점심 도시락도 싸가지고 다니고 있습니다.

고물상이란 것은 이름뿐이고, 손님에게 차를 내거나 좋아하는 꽃꽂이를 하거나 하며, 수입이라 한다면 내 한 몸 용돈도 되지 않는 듯한, 말하자면 여자에게 얹혀살고 있는 남자입니다.

그것은 작년 여름 백중 때가 가까워진 어느날 밤의 일입니다. 마을 모임이 끝나고 이웃 두세 명이 가료바시臥竜橋 다리 위에서 좋은 기분으로 바람을 쐬고 있었습니다. 누군가 하얀 유카타를 입은 여성이 곧 내 곁을 지나갔어요. 그 넓은 다리 위에서 보아도 옆모습이 오항おはん과 어딘가 비슷하다고 생각했습니다. 무의식중에 뒤 따라가면서 상대방의 체면도 있어 일부러 서둘러 경찰서 옆쪽까지 가니, 뒤에서 내가 오는 것을 알고 어두운 판장이 있는 곳에서 기다리고 있었습니다.

  "오항이지? 변한 게 없구나. 오랜만이야." 라고 내가 말했습니다.

  그 주변은 마침 덤불 둑의 그늘이라 낮에도 한적한 곳이에요. 강바람이 끊임없이 '쏴악'하고 덤불 위로 불어 제쳤습니다. 그 때마다 강 건너편에 있는 직물 공장에서 여자들이 부르고 있는 노래가 손에 잡힐 듯 들려오는 것입니다.

  오항은 흰 유카타를 입고, 본 적 있는 줄무늬 무명 오비를 두르고 있었습니다. 솔직히 말해 남자의 마음을 끌 수 있는 여자는 아니지만, 언제든지 머리카락의 끈적끈적함과 땀을 흘리고 있는 듯한 얼굴에 피부 결이 고운 것이 장점으로, 저쪽의 판장에 붙어 옆을 보고 있었습니다.

  "뭐해? 아이는 건강해?" 라고 나는 연거푸 물었습니다.

  "네, 올 봄부터, 벌써 학교에 다니게 되었어요." 드디어 입 밖으로 내뱉었습니다.

"언젠가 너를 만나러 가서, 아이의 얼굴도 보고 싶다고 생각했지만, 단번에 어머니에게 떠밀렸어. 그건 내가, 얼마나 뻔뻔스럽게 생각하고 있는지 모르지만." 이라고 쓸데없는 일을 나직이 말하고 있을 때에, 벌써 사랑이라는 것은 여자와 무리하게 관계를 재촉하고 싶은 이상한 기분이 되었습니다.

이 부인 오항과는 7년 전 오카요와의 일로 인해 헤어지게 되었습니다.

나는 여자의 집에 가버리고, 오항은 신몬마에神門前에 있는 부모님의 집으로 들어갔습니다. 이런 좁은 마을에서의 일이므로, 만나려고 생각하면 어떻게든 만날 수 있는데도, 오랫동안 만나지 않고 있었습니다.

예에, 오항이 아이를 낳은 것은 부모님 집에 있게 된 때의 일입니다.

남자아이로, 이름은 사토루悟라고 합니다. 정말 소설 같은 이야기입니다만, 둘이 함께 있을 때에는, 긴 시간동안 아이를 갖고 싶어 부처님에게 빌거나, 점쟁이에게 점을 치거나 했었습니다. 그런 까닭으로 결국 헤어지게 되었을 때, 정신을 차려보니 임신을 하고 있었던 것입니다.

정말로 함께 있을 때에 응애라도 태어났었더라면, 나도 헤매지 않았을 거라고 생각하면서 이런 때 남자의 마음은 짐승 같은 것입니다.

7년 만에 만난 부인의 입에서, 지금 피를 나눈 우리 아이가 학교에 다니게 되었다고 해도, 헤, 그렇다, 모르는 새에 많이 컸구나.
라고 생각하면서도 이렇다 저렇다 하고 싶은 마음은 꿈에도 생각
지 못했습니다.

아이의 일보다도 무엇보다도, 나에게는 지금의 눈앞에 서있는
오항에게 신경이 쓰입니다.

그것은 벌써, 다른 여자를 만들어서, 죄 없는 부인을 쓰레기처
럼 버려서, 오항의 부모님에게는 물론이며, 세간의 사람들에게 어
떻게 생각되어질까 또한 불안합니다.

그것은 이미, 미리 각오했음에도 지금 저기에 있는 부인 오항
에게 만은, 어떻게 해서든지, 나쁘게 생각되고 싶지 않습니다.

저 남자는 지금 다른 여자랑 같이 살고 있지만, 그것은 어쩔 수
없는 일이겠지. 속에서 부터 야박한 마음이 있는 것은 아니겠지 라
고 생각해주셨으면 합니다.

「이봐, 저기 다이묘코지大名小路 모퉁이에 요시다야吉田屋라는
꽃집이 있었지. 그곳의 가게를 빌려서 장사를 하고 있어. 아침 일
찍은 없지만 점심 지나면 있어. 뒷집의 아주머니에게도 말해 둘 테
니까. 한번 놀러 와.」라며 앞으로의 일도 있으니까 말해 둔 것입
니다.

그것은 그런 말을 해서 여자의 마음을 끌거나, 솔직히 말하면
다시 한 번 오항의 마음을 돌려서 원래부부로 돌아가고 싶다는 것
은 아닙니다. 단지 그 순간만이라도 오항의 환심을 사고 싶다, 원
한을 사고 싶지 않다는 마음이었습니다.

정말로 사람의 마음만큼 얕은 것이 없습니다. 말하자면 그 장소에서의 바보 같은 행동이지만, "알았지"하고 오항의 어깨를 누르며 낮은 소리로 말했습니다.

"저기서 누군가 와. 빨리 가"라고 말하자, 오항은 비로소 얼굴을 들어 나에게 무언가 이야기 하고 싶다는 눈으로 봤습니다만, 그만 뒤도 돌아보지 않고 달려갔습니다.

그 오항의 흰 유카타의 뒷모습이 제방 길처럼 점점 작아져서 드디어 사시모노 마을 쪽에서도 보이지 않게 되어 나는 자리에서 서 있을 뿐이었습니다.

뒤를 쫓아갈까 말까라고 생각하며 망설였습니다.

말하자면 이것이 내 마음에 망설임이 시작된다는 것입니다.

2

그리고 나서 잠시 동안, 나는 오항이 만나러 오는 것을 손꼽아 기다리고 있었습니다. 여름 기원축제도 끝나고 가을 바다의 수호신님도 오신다고 하는데, 오항이 여기로 올 기미는 보이질 않네요. 나는 변함없이 다이묘코지의 가게로 다니고 있습니다. 해가 질 무렵, 가게 간판을 내리고 담배를 한 모금 피우며 사람들이 다니는 길거리를 멍하니 바라보고 있었습니다. 몸은 편한데 뭔가 이상한 생각이 들었습니다. "아주머니, 그럼 부탁 좀 드릴게요." 라고 말하고는 평소대로 뒷집에 가게 열쇠를 맡기고 기분 좋게 혼자 집에 돌아왔습니다. 마침 해질 무렵이라 가지야초 부근은 하루 중 가장 활기찬 때가 되었습니다.

찻집으로 불려가는 기생들의 기모노 옷자락을 손으로 집어 들어 올리며 걸어가는 사람도 있고, 인력거를 타고 가는 사람도 있었지만 나는 그 불 켜진 화류가의 처마 끝을 남의 눈을 피해 종종걸음으로 달려 돌아왔습니다. 내가 집 격자문을 열까 말까 망설이는 사이, 안에서부터 오카요의 날카롭고 드센 목소리가 들리며 "당신이세요?" 하고 달려 나왔습니다.

현관과 차나무 사이에는 병풍이 세워져 있었는데 그 뒤에 저녁 밥상이 차려져 있었습니다. 밥상 위에는 형식상의 술도 한 병 올라와 있었습니다. 여자들은 대부분 나간 뒤라서 오카요에게는 겨우 일손이 빈 때였기에 머리를 꽉 묶기 위해 빈모도 채웠습니다. 거무스름한 얼굴에 화장 분도 칠하지 않고 일부러 나이 들어 보이게 꾸미는 것이 버릇이었지만, 그래도 갈아입을 옷은 깨끗이 해 두었습니다.

"이렇게 마주앉아 먹고 있는데 당신, 아무렇지도 않아, 남의 마누라 자리를 빼앗아있는데 가끔은 미안하게 생각하기도 하겠지." 라며 어느 날 밤인가 오카요에게 물은 적이 있습니다.

반은 술김이었지만 뭐, 말하자면 내가 마음을 숨기는 게 간절했기에 생각지 않고 말해버렸습니다. 그러자 오카요는 "아무것도 아니야. 옷 챙겨서 간 사람이 손해지." 라며 계속 아무 일도 아닌 듯이 말했습니다. 오카요의 마음에 비하면 뭐, 이 정도는 아무것도 아닌 일이지 라고 생각하니 뻔뻔한 여자라고 질려하기보다는 어쩐지 나까지 마음이 편해졌습니다.

잊을 수도 없는 반 달 정도 지난 어느 날 낮, 마침 나는 손님이 전하는 물건을 기다리기 위해 거기까지 갔다 오려 한걸음에 달려 갔는데 가게 끝 쪽에 놓인 석등 그림자에 오항이 서 있었습니다. 솔로 얼굴을 가리고 있는 듯하여 그쪽으로 갔지만 나를 보고는 도망치듯이 가버렸습니다.

나는 그 뒤에서 "오항, 오항 아니야." 라고 불렀습니다. 그러자 움츠리듯 멈춰 서서는 "네" 라며 기어들어가는 목소리로 대답했 습니다. 나중에 물으니 오항은 몇 번이나 가게 앞까지 왔는데, 밖 이 밝을 때는 아무래도 들어갈 수가 없어서 날이 저물 때를 기다리 며 생각 없이 집 앞까지 가 저 어두운 격자문 앞을 왔다 갔다 한 게 두 세 번이 아니었다고 했습니다.

내가 "빨리 들어와" 라고 화난 듯한 목소리로 말하자 급하게 뒤쪽 집으로 갔습니다. "오항, 지금 거기에 아내 오항이 와있어요. 미안하지만, 잠깐 이거 빌려주지 않겠습니까?"

"네. 좋아요." 라고 아주머니는 방석을 내밀듯이 거기에 두고, 급하게 방을 나갔습니다. 자신의 수치를 밝히는 듯, 그때까지는 오 항의 일을 스스로 숨김없이 말해준 적은 없었습니다만, 아무튼, 나 의 서두르는 듯한 모습을 헤아려주었습니다. 오항이 그 곳에 있는 동안, 나를 대신하여 가게까지 봐주었습니다. 나는 오항을 데리고 그 곳의 다다미방으로 올라갔습니다.

번화가에 집이 있어, 방 안은 낮에도 햇빛이 들지 않아, "이런"이라고 생각할 정도로 어둡습니다. 아무튼, 그 집 안의 어두움으로 겨우 마음이 진정되었다고 생각합니다. 오항은 유리로 된 미닫이문 옆에 가까이 다가가, 머뭇머뭇 거리며 앉았습니다.

이야, 만나러 와 주었구나. 여기라면 아무도 오지 않을 거야. 이런 말을 하는 것이 나쁜 것인지 모르겠지만, 이 앞 절의 경내를 빠져나가면, 법당도 금방이라고. 이봐, 앞으로도 가끔 만나러 와줄 수 있는가? 라고 말해도, "네" 라고 대답할 뿐입니다.

한 쪽 손을 겉옷 옷깃에 넣은 채로, 이렇게 아래를 향하고 있을 때의 모습도 좋고, "네"하고 어깨로 한숨을 쉬며, 느긋하게 말 할 때의 습관도 좋고, 정말 7년 전과 아주 꼭 닮아있습니다.

희미하게 어두운 곳에서, 그 오항 얼굴이 멍하니 하얗게 떠있는 것을 보고 있으면, 7년 전, 그 가와라마치의 예전 집에서, 울면서 이별했을 때의 일이 생각납니다. 집 밖에는 이미 마중 나온 인력거가 오고 있다고 들어서, 어두운 헛방의 옷장 그늘에서 눈물의 이별을 했던 것입니다.

네, 그것은 이미 싫증이 나서 헤어진 것이 아닙니다. 오카요라는 여자가 생기고 부터는 바로 헤어지지 않아도 되었지만, 그동안에는 나도 정신을 차리게 되어, 기다리기 어렵지만, 잠깐만 기다려 달라며 친정으로 돌려보낸 것입니다.

오항의 절개에 대해서도 이러한 말을 할 의리도 아니지만, 마가 낀 경우라고 말하는 것은 무엇을 말하는지 알 수가 없습니다.

실로 이와 같이, 지금 눈앞에 오항의 모습을 보고 있자면, 오랫동안 고생시켜서 미안하다고 말하는 것조차 내키지 않은 듯한 마음입니다. 자, 맛있는 과자를 사왔어, 차를 우려내서 맛있게 먹자. 라고 말하면서, 거기에 있던 찻쟁반의 차통을 주려는 손이 오항이 찻잔을 주려고 든 손과 확 닿았습니다.

오항이라고 말하며 나는 무심코 그 손을 잡았습니다. "히익"이라는 듯한 소리를 냈다고 생각하자, 그 가느다란 실 같은 여자의 눈이 치켜 올라가고, 싹하고 얼굴에서 핏기가 가셨습니다.

'놔줘, 놔줘', 만지지마라고 몸부림치며 숨이 멎은 듯한 소리로 말했습니다. 실로 내 마음이면서, 무엇을 할 생각이였는지 납득이 가지 않습니다.

싫어, 이런 남자는, 마음 속 애증이 다했는가. 라고 말하는 동안에, 뭐 그것이 남자의 흑심이라고 하는 것일까. 무심코 조금 전과 같이, 한 번 더 오항의 몸에 손가락이 닿게 되면 하고 꿈에서도 생각하지 않는데, 나 자신도 여자의 신세도 엉망진창으로 골짜기의 밑바닥으로 떨어뜨려 버리고 싶다는 바보 같은 마음이 되었던 것입니다.

실로 7년이라는 긴 시간 동안, 몸을 완고하게 지켜온 오항에게 있어서는 그것은 뭐, 어떠한 의미였는지 나중에 되어서 알게 되었던 것입니다.

오항은 오랫동안 그 쪽 병풍의 그늘에서 떨고 있었습니다. "안 올 것처럼 하고, 다시 당신의 가정을 깨뜨릴까 생각하면 그것이 무서워서"라며 띄엄띄엄 말하면서 눈물을 '뚝뚝' 흘리고 있었습니다.

무슨 말을 하는 거야. 너와 나는 어릴 때부터 친구 아닌가. 이제 와서 무섭다니. 무슨 일이 있었어? 라고 나는 일부로 거친 목소리로 말했습니다. 그런 식으로 말해서, 그것이 무슨 도움이 될지 저도 알 수 없습니다.

그게 아닌가.

사람들이 뭐라고 한다면 넌 나의 아내야.

난 그런 기분이야. 라고 나는 말했습니다.

네, 나는 그렇게 말했습니다.

죄가 큰 것을 말하고 있다고 생각하면 생각할수록 더욱 말하고 싶은 것입니다.

낮인지도 모를 것 같은 어두운 가운데 있기 때문에 오항의 두툼한 몸을 안고 있는 동안에 더욱 어리석은 마음이 심해져서 몸도 마음도 시달려 마구 때리고 싶다고 생각할 뿐이었습니다.

오항을 돌려보낸 건 아직 밖에는 해가 있는 때였습니다. 인사도 하지 않고 허리를 약간 굽혀 처마 밑에 몸을 숨기는 듯이 가 버린 것입니다. 잠시 동안 나는, 멍하게 얼빠진 사람처럼 그곳 가장자리에 허리를 기댔습니다. "아아, 내가 뭐 하고 있는 거지"라는 생각을 하니, 꿈을 꾸는 듯한 기분이 들었습니다.

그러자 거기엔 "아아, 이미 돌아가 버렸잖아"라고 말하며, 그 집의 아주머니가 돌아왔습니다.

그리고 내 귀에 입을 가까이 대고 "바로 조금 전 오카요 언니가 왔었어, 우리 남편은 없으니까라며 이거, 이걸 두고 갔어."라고 말하는 것이 아니겠습니까. 보니 그것은 작은 상자에 우린 차와 안주를 넣은 것입니다.

틈이라도 있으면 뭔가 만들어서 보내 왔지만, 오늘은 그것을 직접 들고 왔다는 말을 들으니 나는 설마하고 등이 서늘해졌습니다.

오항이 나가는 것이 조금만 빨랐더라면 그만 그곳의 처마 밑에서 딱하고 마주쳤을 것이라고 생각하니 그때의 그 시간 차이가 부처의 자비라도 있었나하고 생각하며 갑자기 흠칫해졌습니다. 지금부터 말씀드리자면 푸념이 되겠습니다만, 왜 그때 그 오싹한 소름이 도는 것 같은 무서움, 두려움이 왜 더 가슴에 사무치지 않았느냐고 원망스럽게 생각하는 것도 바보 같은 사내의 염치없음입니다.

3

오항은 그 일이 있고부터는 열흘이 멀다하고 뻔질나게 드나들게 되었습니다. "지금, 어머니가 목욕물 받으러 간 사이에 왔어요. 정말로, 부모에게까지 거짓말을 하고 말이에요."라며 소매로 입을 가리고 웃는가 하면, 때로는 "구태여 숨길 필요는 없지만, 부부였는데 지금은 이렇게 남의 눈을 피해 몰래 만날 수밖에 없네요."라고 한탄하는 것이었습니다.

그런가 하면 또, "아무리 부모가 데리러 온대도, 가지 말 걸 그

랬어. 일단 시집을 왔으니, 무슨 일이 있더라도, 간 것은 제가 나빴어요."라며, 또 어떤 때는 오카요에 대해 "정말 그 여자는, 변덕스런 성미에 금방 질려서 헤어질 것 같아 기다렸더니."라며 올 때마다, 계속 그렇게 고양이 눈처럼 심기가 변하는 것이었습니다.

말하는 것도, 입이 가볍다고 할 만큼은 아니었지만, 떽떽거리며 밀치고 말이에요. 그야 뭐 사람들 눈을 피해 만나러 오는 것이라서 하고 싶은 말은 많겠지만 이 사람이 그 오항인가? 남이 무슨 말을 하더라도 변변한 대답도 제대로 못하던 그 오항이 맞나, 딴사람 같더란 말입니다. 뭐, 말하자면 그 말괄량이 오항이 저에게는 어찌나 딱하게 느껴지던지. 가을에서 겨울이 되기까지 시간이 지남에 따라, 거리를 두고 싶지 않던 마음이 격해져 왔습니다.

가게 장사도 손에 안 잡히고 하루 종일 고타쓰 앞에서 언제까지고 말없이 가만히 앉아 있는 적도 있었습니다. 말하자면, 여자를 속여 아내와 헤어지고도 다시 관계를 되돌려 정을 통한 멍청한 남자라고 불러도, 그 어떤 대답도 할 수 없습니다.

허, 아이 말입니까? 사토루라고 하는 아이에 관해서는, 제 마음이지만서도 어쩐 일인지 좀처럼 결론이 나질 않았습니다. 그야, 이런 혼잡 속에서 태어난 아이니 아버지로서는 이보다 딱할 수가 없을 것입니다. 불쌍하게도 멍청한 부모를 만나 고생할거라, 그리 생각해야 하지만 그, 처음으로 가료바시 위에서 오항을 만난 그 때부터 눈앞에 있는 오항에게 온통 마음을 빼앗겨, 아이 이야기를 하면 그저 말하는 동안, 그 아이와 무얼 하려고 했었는지 생각해 내는 것만도 힘들었습니다.

　이상한 얘기를 하는 것 같지만, 오항과 때때로 만나는 사이에도 다만 오항의 마음을 잡고만 싶어, 어쩐지 아이, 아이, 라고 해 보았던 기억은 있지만 그야, 이것저것 어느 정도 생각은 있었죠. 아이가 아버지에 대해 물어봐서, 뭐라고 해뒀어? 하고 오항에게 물어보았을 때도, "아, 멀리 여행 갔다고 얘기해 줬어요." 라고 해서 다행히 전혀 모르는 눈치였습니다.

　말하자면, 여자 둘 사이에 끼여 몸 둘 곳도 없는 남자가, 어떻게 아이의 미래를 고려할 수 있겠습니까. 허, 그렇습니다. 절 뒤편으로 빠져나가 한 두 모퉁이 정도 가면, 곧 거기가 학교기 때문에 바람에 따라 하교시간 종소리와 함께 와자지껄하며 아이들의 떠드는 소리가 손에 잡힐 듯이 들려오는 일이 있습니다. 그럴 때에도, 나는 그 목소리 가운데 사토루라는 아이도 있겠거니 하고 생각한 탓으로, 우연히 그 중에 오항이 아이를 데리러 가서는 돌아오는 길에 여기에 들르지는 않을까 하고, 그렇게 생각해 뒤숭숭해 하는 것입니다. 그런 박정한 마음으로 있었던 것이, 아무튼 나름 이렇게 평범한 부모의 마음으로 울거나 웃는다고 생각하면, 제 마음이지만 이처럼 요상할 수가 없습니다.

　허, 그런데 어느 날의 일이었습니다. 벌써 해질녘이 가까워졌지만, 가게 안 가득 따뜻하게 햇살이 비쳐 그 곳 노렌 밑 작은 돌에 생긴 그림자까지도 지면에 바짝 붙어 내려와, 현기증이 날 정도로 더운 날이었습니다.

"아저씨" 하며, 노렌[1] 사이로 어떤 어린아이가 빠끔히 얼굴을 내, "여기, 고무공 없어요?" 하고 말하는 것입니다. 학교 뒤편이니 만큼 아침저녁으로 그곳을 지나가며 이것저것 물어오는 아이는 있습니다. 나는 별생각 없이, 아이가 새 모자를 쓴 채 어쩐지 눈이 부신 듯 가늘게 뜨고는 히죽, 천진난만하게 웃는 얼굴을 보면서 "공은 없네." 하니, "없어요? 저어기 고물상에 가면 뭐든지 있다고 했는데요." 하고, 잠깐 사이에 한껏 부끄러워하는 얼굴을 하는가 했더니, 그대로 뛰어가 버렸습니다. '어이쿠' 하고 나는 거기 있던 짚신을 아무렇게나 신었습니다. "아가! 아가!" 하고 부르면서 뒤를 쫓아 나갔지마는, 벌써 그때는 이미 절의 돌계단 양측에 있는 큰 은행나무 너머로 보이지 않게 되었습니다. 나는 잠시 동안 해가 잘 비치는, 낙엽가득 떨어진 길에 멍하니 서있었습니다.

도대체 왜, 뭐 하러 그 본적도 없는 아이 뒤를 쫓아 달려 나왔는지 모릅니다. 짧은 기모노를 입고, 새 놋쇠 기장으로 반짝반짝 빛나는 모자를 쓴, 그 작은 아이의 어딘가가 보통 아이와는 달랐던 것이겠지요. 저는 모릅니다. 말하자면, 단지 학교서 돌아가는 아이 하나가 물건을 사러 들렀다고 해서, 내가 마구 울리는 종처럼 가슴이 뛰는 것은 어째서 였을까요. 그 날 저녁 때, 멧돼지고기 경단을 가지고 왔다며, 오항이 느닷없이 찾아왔습니다. 말할까 말까, 고민

---

1 상점 출입구에 옥호를 써 넣어 드리워져 있는 천.포럼(布簾)

한 끝에 그 이야기를 했더니, 오항은 넋이라도 나간 듯이 깜짝 놀라서 그 아이임에 틀림없어. 오늘 아침, 공을 살거라고 해서, 반짇고리에서 돈을 가져갔지만, 설마 여기로 오리라고는, 하며 뚝뚝 눈물을 흘리는 것이었습니다.

그럼 오항도 아무것도 몰랐다고 생각하니, 여기가 우리 부모가 하는 가게인줄도 모르고 물건을 사러 온 그 아이의 가엾음. 신령님 부처님, 이것역시 무언가의 이끌림인가 하고 생각하는 것조차 무서운 마음이 들었습니다.

그 다음날부터 나는 오항에게는 비밀로 하고 학교 앞에 있었습니다. 당신도 아시다시피, 학교에서 새로운 문 앞쪽으로 돌아가는 데는 이 가게 방향과는 전혀 길이 다릅니다. 저쪽 약국과 도자기 상점 사이에 커다란 푸조나무가 있어서, 그 나무 뒤쪽에 숨어있으면 맞은편 수수밭에서 푸욱 하고 차가운 바람이 불어와서 말이죠, 마른 수수 잎인지 먼지인지 한꺼번에 뺨에 엉겨 붙어서는, 뭐 눈도 들지 못할 정도였지만 이상하게도 그게 아무렇지 않은 것이었습니다. 단지, 와아 하고 한꺼번에 학교 문을 나서는 아이들 속에서 찾으려고 해도, 한집에 밤낮으로 같이 있지 못하는 부모 된 슬픔에, 금방 놓치고 말았습니다.

허, 어느 날의 일이었지만, 시간을 재 보려고 저는 철도 골목길 제방이 있는 곳에서 왔다 갔다 하며 기다렸던 것입니다. 거기서부터 신몬마에 다리까지는 쭉 한 갈래 제방길 뿐입니다. 이제 학교에 가 있기만 하면 반드시 이 길을 똑바로 돌아올 것임에 틀림없다고,

그렇게 생각하고 기다렸는데, 한 순간 저 쪽에서 확실히 그 아이임에 틀림없는 어린아이가 뭔가, 새끼줄 가닥 같은 것을 들고 휘두르면서 가방을 메고 깡충깡충 돌아오는 것이었습니다.

무심코 앞뒤를 살펴보니 누구 하나 보고 있는 사람이 없었습니다. "아가! 공 가져왔어"그렇게 말하고 나는 그 길바닥에 웅크려 앉았습니다. 저기, 공은 그날 큰 마을에 있는 텐구야에 가서 사 온 것이었습니다. 그 길바닥에 쭈그려 앉아 우리 아이 몸을 무릎에 가까이 대고, 손에 공을 올려놓아 줄 때의, 그 기분은 절대 잊지 않을 것입니다. 사토루는 가만히 공을 쥐었습니다. 고맙습니다 라고도, 가져도 돼요? 라고도 묻지 않고, 어쩐지, 눈부신 듯한 눈을 하고서 빙긋 웃었습니다.

그것은 순식간의 일이었는지, 긴 시간의 일이었는지는 모릅니다. 한쪽은 대나무 숲이 이제 점심때라 생각될 정도로 서늘해져 있는 그 안에서 바람이 불때마다 '스윽, 스윽' 하고 대나무 숲이 울리는 소리가 들렸습니다.

그런가, 우리 아이인가, 이런 좁은 마을 한 공간에 살고 있는데도 7년이나 되는 긴 세월을 얼굴도 모르는 채로 둔 그 아이인가 생각하니, 가슴이 미어지는 듯 했습니다.

"자, 얼른 가! 또 다음에 재미있는 그림책 가져다 놔 둘 테니까."라고 하면서, 이 어린아이의 어딘가 여린 곤충 같은 몸을, 양손으로 밀어내듯 한 것입니다. 허, 그렇게 하는 사이에도 누군가 보지는 않을까 염려하면서 말이에요.

4

아이 사토루를 처음 저 뎃포코지 제방이 있는 곳에서 만난 것은 작년 말경의 일이었습니다. 이윽고 봄이 되어 세상은 왠지 들뜬 분위기인데 내 마음의 무거운 짐은 덕분에 또 하나 더 무거워진 기분이 되었습니다.

아침 일찍 눈을 떠보니 바닥에 늘어져서 자고 있는 오카요의 옆얼굴을 보면서, '아―아―나는 이전에 어떤 짓도 하지 않았으면 좋았을 것…….'하고 한숨을 쉬지 않는 날이 없었습니다.

무엇인가 '달그락 달그락'하고 주방 쪽에서 아낙네들의 일하는 소리에 맞춰 마을 중심 쪽에 있는 바로 벽 하나를 둔 옆집에서 일찍 눈을 뜬 아이의 엄마―엄마― 하고 부르는 소리에 이어서 무언가 허둥지둥하며 발로 다다미를 동동 구르는 듯한 소리까지 금방 손에 잡힐 듯이 들려오면 무심코 숨이 멎는 것 같은 기분이 듭니다.

그것이 좋다면, 그렇게 오카요 옆에서 따듯하게 매일 밤 자면 되지만 그것이 싫다고 말 할 수도 없습니다.

싫다고 생각하면, '이런 나라고 하는 남자는 내일이라도 이 집을 나가지 않으면 안 될 몸'이라고 생각합니다만, 묘하게도 이 정든 집이 둘도 없는 따뜻한 곳인 듯한 생각이 들어. 차라리 이대로 있고 싶다고 생각하는 것도 여러 번 입니다.

"당신, 일어났어요?"하고 오카요가 일어나면 바로 말을 거는 것이 보통입니다.

아이가 없는 부부의 무언가 속닥속닥 침상 속에서 이야기 하는 것이 그 동안의 버릇이었습니다. 바로 그 아침도 "저기, 그 아사히야朝日屋곗돈, 이번이 만기야. 그거 타면 여기에 2층 올려서 거기에 두 사람 만의 객실을 만들고 싶어, 어때?"라고 말하는 것이었습니다.

하사히야의 계라고 하는 것은 이 거리의 은행에서 주선하는 작은 계(적금)입니다. 달마다 적금이라고 하지만, 정말로 모기 눈물에 불과한 정도이지만 5,6년 모으고 모아서 만기가 되면 모두 이것으로 재산을 늘린 기분이 되는 것입니다.

오카요는 5, 6년 이 곗돈을 넣기 위해, 그 돈 때문에 일해 왔던 것입니다. 그러기 위해서는 가게에 일하는 게이샤도 한 명만 쓰거나 자신이 대신해 손님대접을 하기도 하고, 또 손님이 없는 점심시간에는 아낙네들과 함께 빨래질, 걸레질 청소 같은 일도 했습니다. 단치오쿠쵸라는 화류가에서 손님 접대업을 하고 있는 여자의 모습이 맞나 싶을 정도로 막 아궁이에서 나온 것 같은 꼴이었습니다. 내 여자가 맞는지 헷갈릴 정도였습니다.

'정말로 그 곗돈 타면.' 이라고 말하는 것이 이 5, 6년 오카요의 꿈이었습니다.

'혜 ~ 두 사람의 객실을 만들면 거기서 술잔치하는 기분일거야?' 라고 말하는 것도 기분이 하늘에 떠있는 듯 좋아보였습니다.

나의 가슴속은 무엇인가 쿵 하고 묵직한 것이 짓눌리는 것 같이 되었습니다.

가지야초의 이 집은 오카요가 전에 주인으로부터 세 들던 집이었습니다. 외관은 그다지 볼품이 없지는 않지만 정말 작고, 고양이 낯짝만큼 좁은 상인의 집으로, 현관과 카라카미(중국의 두꺼운 종이) 일종으로 된 다다미 6장 정도의 거실, 거기에 이어진 마루의 부엌이 있어 그 옆에 사다리식 모양의 계단을 오르면, 제일 먼저 객실이 있고, 동쪽에 겨우 모양만 갖춘 빨래 말리는 곳이 있습니다. 객실이라고 해도 이 층의 다다미 6장 정도의 방 한 칸입니다. 사람이 붐비는 밤에는 저 좁은 현관 구석 한편에서 부부가 끌어안고 잠들 때도 많습니다.

"당신 멍청해진 게 아냐? 어? 너무 기뻐서 대답도 못하겠지? 응?"이라며 오카요는 내 쪽으로 몸을 기대고 "7년이나 같이 있었는데 하룻밤 맘 편히 잔 적이 없어. 그치? 어떻게 해서라도 이 곳 이층은 만들어 줄게. 다다미 네 장 반 정도의 도코노마를 만들어 아무도 들어오지 못하게 열쇠도 잘 걸어두고 응?"이라 말하며 갑자기 그 차가운 손을 등에 문지르면서 흥분한 얼굴로 다가오는 것입니다.

긴 세월 생각만 해 온, 처음으로 우리 손, 우리 힘으로 객실을 만든다는 것이 오카요에게 얼마나 기쁜 일인지 모릅니다. 오카요는 너무 기뻐서, 앞뒤도 분간 못하게 된 것이라 생각했지만 벌써 미칠 것 같은 얼굴이 되어 가까이 다가와 평소와는 달리 정월의 머리묶음이지만 뜻밖에도 머릿기름 냄새가 나고 뭔가 툭 차가운 것이 풀어헤친 나의 가슴에 닿았습니다. "하앗" 하고 나는 소리를 지른 것이었습니다.

저기 다이묘코지 뒤편 집에서 사람의 눈을 피해 오항과 자게 되고 나서부터 뭐, 나는 무엇을 의지하여 이 두 사람의 여자를 나눠 안게 된 것 일까요. 이 짙은 차가움, 머릿기름의 촉감은 오항의 것입니다.

그러므로 나는 지금 알아차렸다고 말하는 것일까요? 나는 숨의 근원도 멈춘 듯한 기분으로 오카요의 몸을 밀어냈습니다.

"바보! 벌써 아침이야!" 라고 말해주는 정도가 고작입니다. 정말이지, 그렇다고 해도, 그 정도까지 오카요가 우리 생각만 하는데 마음을 빼앗겼더라면 나의 아침의 입으로는 말할 수 없는 두려운 가슴속을 이미 알고 있을 텐데 라고 생각하는 것도, 제 멋대로인 남자의 바보 같은 푸념이겠지요.

진심으로 말하자면 나만큼 짐승의 모습으로 살아가는 사람이 있을까요? 나는 모든 것을 알고 있으면서도 모른 척 했던 것이었습니다.

오카요로 말하자면 내일이라도 당장 대목수를 불러 일을 시작할 것임에 틀림없습니다. 같이 살려는 마음은 조금도 없습니다. 둘만을 위한 이층 객실이, 내일이라도 이 집 위에 짓기 시작할 것이라고 말하는데도, 아침저녁으로 그 대목수의 대패질 소리를 들으면서, 나는 모른 척 이대로 있으려고 했던 것입니다.

어서 웃어 주세요. 네. 여자가 벌어온 돈으로 입에 풀칠하는 남자의 근성이라고, 비웃어도 마땅하다고 생각합니다.

그렇습니다. 나는 무엇이든 알고 있기 때문입니다.

그것은 벌써 도장으로 찍은 듯이 확실하게 알고 있기 때문입니다. 이전에 어떻게 하면 좋아할까 하는 것을 누구에게 물어볼 것까지도 없이, 벌써 확실히 알고 있는 것입니다.

나는 지금 같은 잠자리에 있는 오카요에게, 이렇게 말하면 좋을 것입니다.

'오카요. 나는 이미, 이집의 일원이 아니야. 사정은 나중에 알게 될 거야. 사정을 듣는다면 당신도 납득하게 될 거야. 그래서 내가 내일 아침이 아니라 오늘밤 안에 인력거를 부른 거야. 내 짐이라고 해봤자, 그 벽장 수납에 있는 고리짝 하나뿐이야. 저것을 신고, 그래, 내 무릎사이에 끼워서, 이미 인력거 한 대로, 여기를 나아가는 기분이야. 그래서, 저 다이묘코지의 가게에서 잠시 머물 생각이지만, 부탁이니 내 뒤를 쫓아 따라오지 말아줘. 진실로 이 7년이라고 하는 긴 시간, 나라고 하는 남자와 함께, 고생하며 살아온 당신에게 이제 와서 미안하다고 사죄하거나 할 마음은 없으니까.'라고 그렇게 말해주면 좋을 것입니다.

그런 말이라도 해주면 좋았을 텐데 나는 그렇게 하지 않았습니다. 두려워서 말하지 않았습니다. 큰맘 먹고 그런 말을 했다면 오카요가 어떤 얼굴일까, 그것이 두려웠던 것은 아닙니다.

단지 지금까지 이 여자에게, 이미 꽃도 열매도 있는 남자라 생각하게 했던 그 보람이 한순간에 없어지게 되어 버릴 것이란 생각,

그것이 두려웠던 것입니다. 네, 모두, 모두, 나 자신을 사랑하기 때문입니다. 나는 무엇이든 알고 있기 때문입니다. 진실로, 어떤 자비로울 것 같은 신의 마음이라도, 이것이 심판을 받을 일이겠지요?

그때 누구인지 달각달각하고, 집앞의 포석에 게다의 굽이 부딪치며, 지나 가는 소리가 났습니다.

아, 눈이다. 라고 나는 생각했습니다. 그렇게 말하면, 오늘은 정월 7일로 신코지新小路의 도모에자巴座에 아침부터 인형이 걸려 있기 때문입니다. 그러면, 오늘은 인형극이 있을 거라 생각하면, 저것은 그저, 어쩌면 마음을 속이는 것이겠지요. 나와 했던 일이 갑자기 마음이 들뜨게 되어, "자, 일어나지 않겠어. 연극 보러갈까?"하고 자진해서 오카요의 어깨에 손을 대고 안아 일으키자, 오카요가 큰소리로 여종업원들을 부르는 것이었습니다.

나는 무슨 일이냐는 듯이 무작정 부엌 쪽으로 달려가 도시락을 준비 시키거나 인력거를 부르거나 하며, 중얼중얼거리며 지시하기도 했습니다.

벌써 스스로 신바람이 난 듯이 자질구레한 것을 준비하거나, 안절부절못하면서 그쪽의 옷장을 열거나 했습니다.

오카요를 데리고 가서 인형극을 보여주고, 여자의 마음을 기쁘게 해주고 싶다고, 마음에서 그렇게 생각하고 있었기 때문일까요.

이런 나의 마음은 스스로도 수긍이 가지 않습니다. 정말 지금까지, 저렇게 생각했던 것임에도 불구하고, 그 내 마음속을 한번도, 이 오카요에게 알리지 않고 살기 위해서는, 나는 그때, 벌써 스스로 손을 내밀어, 어떤 일이라도 해서 빠져나오려고 생각했기 때문입니다.

오카요는 나에게 재촉당해 가까스로 겨우 잠자리에서 일어나, 느릿느릿 덧문을 열었습니다.

"어머, 멋진 눈이네."라며, 긴 주반ジュバン: 일본 옷의 안에 입는 속옷 한 장의, 야위고 가는 몸에 걸친 오카요가 소맷자락을 여미고 교태를 부리며 서서 무엇인지 크게 안도하는 그 뒷모습을 나는 지금도 잊을 수가 없습니다.

오카요는 밖의 풍경을 보며, 나의 이름을 부르며 들떠서 무슨 말을 했지만, 나는 기억하지 못합니다. 신께서 들으셔서, 혹시 천벌을 내신다면 아, 그것은, 이때의 내 몸이 틀림없습니다.

5

이야기의 앞뒤가 바뀌었습니다만, 아이 사토루는 얼마 전에 처음 뎃포코지鉄砲小路의 제방에서 만나고 난 후부터는 혼자서 불쑥 가게에 들르게 되었던 것입니다.

바로 뒤쪽 절의 경내를 빠져나가면 학교이니, 바로 어제 찾아왔다고 생각하는데 계속해서 오늘 오기도 하고, 그런가하면 열흘 정도나 얼굴을 보이지 않은 적도 있습니다.

"아저씨, 왔어요."라 하고는 그 곳 문간의 기둥에 서서 방긋하고 웃고 있는 것입니다.

짧은 가스리 기모노를 입고 아주 새로운 신주의 휘장이반짝반짝 빛나는 모자를 쓰고, 그곳에 선 채 웃고 있는 그 얼굴은 지금도 눈앞에 아른거려 잊을 수 없습니다. 그렇습니다. 사토루의 그 얼굴은 제 마음속에 깊이 새겨져 평생 지워지는 일은 없을 거라고 생각하고 있는 것입니다.

정말 지금 생각해보면, 그 아이를 기다리는 동안의 애절한 마음이 불길한 예감이었을지도 모르겠네요. 예, 이 다이묘코지大名小路의 가게에서 사람들 틈에 숨어 내 아이를 기다리고 있던 것은 작년 연말부터 올 가을까지의 매미 수명만큼도 되지 않는 고작 1년 동안의 일입니다.

말하자면 매미의 수명도 되지 않는 짧은 기간의 일입니다만, 그 꿈같이 지나간 짧은 기간의 일이 지금도 눈앞에 생생히 보이는 것입니다.

정말, 달각하는 게타소리에도 저는 가슴이 두근거렸습니다. 그곳 뒤편의 절에서 빠져나가면 이곳으로 오는 길에 토담이 있습니다. 그 토담 위를 왠지 나무토막을 질질 끄는 소리를 내며 걷는 것이 이 근방 아이들의 풍습입니다. 가게 안에서 그 나무토막을 끄는 소리를 듣고 있으면, 어느 집 아이가 올 것인지, 아직 모습도 보이지 않는데도 가슴이 두근거리는 것이었습니다.

정말 오항을 기다리는 마음이 사랑이었다면, 이 아이를 기다리는 마음은 뭐라고 해야될까요.

"뭐해, 그 발에서 빨리 버선을 벗지 않으면 감기 걸려." 하고,

그렇지? 감기지? 라 말하고 내 손에 아이의 발을 끌어당겨 버선을 벗겨 고타쓰炬燵에 넣어주기도 하고 가게의 화로에 철망을 걸어 떡을 구워주기도 했습니다. 하루하루 내 몸의 업보가 쌓여도 그때는 몰랐던 것입니다.

예, 아이 사토루는 나를 어떻게 생각하고 있을까? 입 밖에 내어 물어본 적도 없습니다. 어머니를 통해 먼 곳 어딘가로 여행하고 있다고 들은 그 사람이 어쩌면 눈앞에 앉아 있는 사람이 아닌가 하는 생각을 잠깐 한 적이 있다고 해도, 하여튼 이 어린 아이에게 그것을 물어볼 용기가 없습니다.

아무도 말로 설명해주는 사람은 없었지만, 아무튼 그립다고 생각해서 만나러 오는 것이 아닐까 생각하니, 이 세상의 인연도 어떻게 될지 불안한 심정입니다.

아이는 곧잘 가정사를 이야기 했습니다. 가만히 그 이야기를 들어보면 그런 기분으로 말하는 것은 아니지만, 신몬마에新聞前 오항의 집 안이 손에 잡힐 듯이 보이는 것 같습니다.

오항의 집에는 어머니 외에도 남동생과 그의 부인, 어린아이가 두세 명 있습니다. 대대로 이어온 미곡상에서 온 가족이 하루 종일 바쁘게 일하고 있는 가운데 시골에서 쌀을 팔러 온 농민들이나, 말을 사려고 모인 백락馬喰들이나, 사람들의 출입 많은데 오항과 사토루 둘이서 그 사람들 사이에 끼여 몸을 웅크리고 생활하고 있는 꼴이 왠지 훤히 눈에 보이는 듯한 기분이 들었습니다.

오항은 그런 가운데서도 이웃의 바느질거리 등을 받아서, 부지런히 그 날의 생계를 이어가고 있겠지, 라고 생각하면 그 신몬마에 집의 어두운 헛방 안에서 바느질을 하고 있는 옆모습이 눈에 선했습니다. 내일이라도 어딘가에 집을 구해서 부자가 모여서 한 집안에서 밥을 먹을 수 있다면 하는 생각을 하지 않은 적이 없습니다.

예, 사토루는 종종 이 가게 근처까지 와서 가게 안에 물건을 사러 온 사람의 모습이 보일때는, 그냥 그 곳의 석등 그늘에 숨어 기다리곤 했습니다. 간바야시上林라고 하는 것이 아이집의 성으로, 나는 아이가 오기를 기다려 물건을 주기도 하였더니, 가끔은 거기까지 함께 따라온 다른 아이가 "저거 봐, 간바야시는 모르는 아저씨한테 뭔가 받았어. 선생님한테 말할 거야."라며 놀러대기도 하였습니다.

부모도 형도 아닌 전혀 알지 못하는 사람에게 물건을 받는 것은 좋지 않은 일 이라고 말하고 있는 것이겠지요. 당연한 개구쟁이의 장난이기 때문에 음지에서 자란 아이의 마음이 얼마나 걱정이 되었는지 모릅니다.

"있잖아, 먼저가. 알겠지?"라고 말하며 달랬습니다.

여덟 살도 되지 않은 작은 녀석이 같은 친구에게도 신경써주는 것이라고 생각하면 무심코 눈앞이 캄캄해져서 말입니다. 무심결에 "무슨 말이야, 부모에게 물건을 받는 것이 나쁘냐. 빨리 가서 선생님께 여쭤보고 오렴." 하고 큰소리로 그렇게 말했더니, '하하하 하하', 웃어 주었어요. 쓸데없는 일에 두근두근 가슴이 뛰는 일도 있었습니다.

정말 지금 생각해보면 나는 뭐. 어떤 마음으로 그 아이를 만났던 것일까요.

"사토루! 내가 너의 아버지야. 알겠어. 아버지라고"라며 왜 한마디 말해주는 것이 왜 두려웠을까요.

부모와 자식 간의 통성명마저 할 수 없으면서 이렇게 사람들 틈에 숨어 먹여주거나, 서로 얼굴을 보며 이야기 한다고 해도 속세의 의리는 결여되어 있다고 생각했던 것일까요. 예. 그리 대단하지 않은 의리를 저버려 누구에게 미안하다고 생각했었던 것일까요

저것은 봄 피안彼岸:춘분 추분을 중심으로 한 7일간 중의 날이었습니다만, 사토루와 둘이서 여기에 앉아 사람들의 왕래를 보고 있는데. 우산도 없이 '주룩 주룩' 내리는 비를 맞으며 젖어서 가는 아이가 있었습니다.

"보렴, 지금 저곳을 달리고 있는 산키치야카테三吉やかて, 아버지가 안 계셔."라고 갑자기 엉뚱한 말을 한 적이 있었습니다. 그래. 다른 아이도 부모가 없는 경우도 있는 거야라고 어린마음에 그렇게 생각한 것이겠지요.

그날이 저물 때, 여느때 처럼 안녕이라고 말하고 돌아가려는 아이를 불러 세우곤 나는,

"있잖아, 애야, 얌전하게 있으면 조만간 아저씨가 데리러 갈게."라고 무심코 말해버린 것입니다. 이 경솔한 저의 한마디가 어린아이의 마음의 속 깊은 곳에 얼마나 깊이 새겨져 있었는지 나중에서야 알게 되었던 것이었습니다.

6

시로야마城山에 벚꽃이 피고 일 년의 한번 큰 소동이 일어나는 것은 이 마을의 전통입니다. 도시근처는 말할 것도 없고 교오사카京大阪, 모지하카타門司博多의 먼 곳으로부터 돈을 써가며 기차를 타고 오는 손님을 위해서 마을이 무너질 듯이 번성하지만 그 중에도 유독 유곽의 경기는 특출하고 가지야초에서는 춤추는 다시山車: 축제 때 끌고 다니는 장식을 한 수레 를 끌거나, 하나시바이花芝居의 교겐狂言을 짜고 있는지 찻집도 포주집도 정신없이 시끄럽습니다.

오카요 가게에서도 기녀 두 명이 데오도리[2] 팀이 되어 그 준비하랴 손님 접대하랴 집안은 발디딜 곳도 없는 와중에 "오쿄동, 너 그런 머리 모양 마음에 들어? 도키코는 오늘밤 돌아오면 바로 한게 쓰안으로 가. 야! 의상 준비 됐지?"라며 오카요는 하루 종일 소리를 높이며 자기 멋대로 가거나 가게로 나가거나하며 벌써 혼자서 흐느적흐느적 춤을 추고 있습니다.

언젠가 말씀 드렸지만 증축할 2층 객실은 피난전에 기초공사를 하였더라면 그곳이 오카요와 나와의 새로운 공간이 되어있었을 것이지만, 마침 나는 꽃 소동으로 열흘 정도 다이묘코지의 가게는 꽃꽂이 진열로 빌려 주어 아침부터 집에 있었던 것입니다.

여자의 정성이 깃든 다다미방에서 이렇게 담배를 물고 덩그러

---

2 데오도리(手踊り): 앉아서 손으로만 추는 춤

니 앉아 있어도 여기를 자신의 집이라 생각할 수 없는 숙명입니다. 울타리 밖으로 소란스럽게 지나가는 사람 목소리에도 무언가 마음을 새촉하는 느낌이 들었습니다.

정말로 평소에는 여자의 등 뒤에 도망쳐 숨어 이것이 내 가업이라 생각 했는데 이에 대한 보답으로 지금 집안이 바빠 거들고 있지만 샤미센 줄 끝이 어딘지 조차 모릅니다.

그때, 그날의 정오가 조금 지나 허둥거리던 아낙네들이 모조리 나가버리고 난 후의 일이었습니다. 오카요는 나들이옷을 입은 채 이층 장지문을 열고,

"그 오센으로부터 가까운 시일에 오고 싶다는 편지가 왔는데" 라 말했습니다.

"오센이 뭐?"라고 나는 말했습니다. "뭐라니?" 오카요는 말했습니다.

익숙하지 않은 머릿기름에 분을 바른 얼굴도 왠지 험상궂게 보였던 것도 제가 잘못 본 것일까요.

"전부터 자주 말하지 않았어? 오센이라고 사누키의 오센."이라고 말했습니다.

그리고 보면 사누키 다카마쓰에 오하요라는 언니가 한 명 있고, 거기에 오센이라고 하는 아담한 딸이 있는 것은 누군가에게 들은 적 있습니다. 그 오센을 불러 지금의 집에서 기생으로 만들어보고 싶다는 말을 확실히 들은 기억이 났습니다.

말하자면 이런 뜻도 있어 새로운 다다미방이 생겼으므로 적어

도 아이를 갖고 싶다고 생각한 것은 그야말로 순서입니다.

그것은 그 딸을 부르려고 생각할 때 나도 확실히 그렇게 생각 했습니다만, 그렇다 치더라도 그것은 뭐라고 할 수 없는 마음의 망 설임입니다. 뭐 오센을 부르려고 생각하고 있는 사이에 혹시 불쑥 이대로 여기를 나가는 처지가 되었다 하더라도 나에게는 아이가 있었다. 그렇게 되면 그 정도만으로도 그의 마음은 가벼워졌다고 순간적으로 생각 했던 것입니다.

"어이, 그 아이 몇 살이야?"

"13살, 몸집이 커져 당장이라도 쓸모가 있어." 라고 말하며, "말이지 이렇게 바쁠 때 한 사람도 더 도와준다고 한다면 좋은 거 겠지. 응, 그 애 조그만 할 때는 코가 따고 싶을 정도로 귀여웠는 데."라고 스스로의 그 말에 나도 모르게 멍하니 오카요를 보고 있 으니 가슴이 두근거리는 느낌 입니다.

본디 사람 마음만큼 어리석고 연약한 것이 또 있을까요?

다른 사람의 자식을 기르고 싶다고 말하는 여자의 얼굴을 눈앞 에, 자못 사랑스럽게 보고 있는 이런 나의 마음에는 무엇을 생각하 고 있는거죠?

"음, 오라고 하면 내일이라도 바로 올지도 모르지만." 다짐 받 듯이 그렇게 말하고, 안절부절 하면서 오카요가 나간 후에 나는 가 만히 그곳에 앉아 있었던 것입니다.

멀리 마을에서 들려오는 축제 수레의 연주 소리에 섞여서 '와 ~' 라는 사람들의 소리가 들릴 때 마다 눈앞의 난간에 걸어놓은 수건이 바람에 나부끼고 있는 것입니다. 지금 사람들이 한참 나올 시간으로 나도 모르게 무심결에 하얀 분을 바른 남자의 목에 꽃을 건네거나, 북을 배고 신명나서 가는 모습을 보고 있으면 내 마음속에는 일시에 여러 가지 생각이 피어올랐던 것입니다.

어느 것이 먼저였는지, 나는 전혀 기억이 없습니다만, 작년여름 오항을 만나고 나서, 말로는 다할 수 없는 아련한 마음의 무거운 짐이 왠지 모르게 가벼워진 기분이 들었습니다.

네, 나는 그때 다시 한 번 오항과 한집에서 우리아이 사토루를 키우기로 결심했습니다. 아아 그렇다 하더라도 이 긴 세월 나는 이것 하나에만 매달려서 꼼꼼히 준비하여 이런 오카요와 부부가 되었던 것일까요. 네, 그런 심하기도 하고 제멋대로 일지도 모르는 일을 하고 물러난 것일까요. 뭐라해도 마음에 두지는 않겠습니다. 나는 그 아이 사토루와 한집에서 자고 일어나 내 피가 흐르는 아이의 입에서 "아버지"라고 불리고 싶습니다. 내 피를 받은 아이가 사랑스럽습니다. 그게, 남들 눈에는 길가에 자란 냉이의 열매정도도 되지 않는 덧없는 것이겠지만, 나는 이 내 피를 받은 이 아이가 사랑스럽습니다. 그렇습니다. 그 아이의 연약한 곤충 같은 몸을 안고,"사토루, 나는 네 아버지야."

오카요가 나가 있는 동안에 순간적으로 생각이 나서 그대로 조리를 대충 신고,

"아버지, 잠깐 가게까지 다녀올게, 어머니가 돌아오면 꽃을 바꿔 꽃아놓고 온다고 말해."라고 하늘위에 소란스런 집집마다 처마

밑 수놓아진 빽빽한 다이묘코지의 가게까지 가서 오항을 부르러 사람을 보냈습니다만, 작은 생명의 좁은 해협 가장자리에도 계속 함께 가는 여자의 눈을 조심해서, 도둑을 본 것처럼 참고 가는 이런 나의 모습을 부디 아무쪼록 웃어주세요.

네, 오항이 만나러 왔던 것은 그날도 해가 저물고 나서 였습니다. 달가닥하고 쪽문 열리는 소리가 나고 "저녁에"라고 하는 작은 소리가 들렸습니다.

"오항이냐?"라고 말하면서 장지문을 여니 나무문 틈새로 가와하라초의 둑 근처에서 막 피어오른 불꽃이 터지고 있었습니다. 밤하늘에 불꽃이 터지는 불꽃놀이를 즐기고 있는데, 순간 덧문 밖에 몸을 기대고 주뼛주뼛하며 얼굴을 가린 오항의 모습이 그 환한 빛 가운데 확하고 비쳤던 것입니다. '아', 라며 오항은 숨었습니다.

"빨리 나와!"라고 일부러 소리 지르며 "진짜, 꽃이 피었는지도 모른다고 생각했지만"하며 순간적으로 답답해 손을 뻗어 다다미 방안으로 끌어 당겼습니다.

네, 나는 오늘밤이야 말로 이 오항의 얼굴을 확실히 볼 수 있게 된 것입니다. 오랜 세월 동안 얼굴도 마주 본적이 없다고 생각하고 있던 이 간절한 마음 한구석에 벌써 마음이 밝아지는 심정입니다.

"말이지, 나는 결심했어. 함께 하기로 결심했어."라고 나는 오항의 어깨를 감싸 안으면서 안달하기도 했습니다.

"말이지, 이제 고생 끝났어. 나도 이제 지금까지 봐 왔던 고물상이 아냐. 자동차도 끌어. 도시에도 가고."라고 말하는 순간 내 눈에서 눈물이 흘렀다.

　정말 지금부터는 아들 사토루를 사이에 두고 오항과 두 사람. 한 집에서 기거하며 성도에 어긋나지 않게 생활할 것이라 생각하며 한없이 흐느껴 울고 있었습니다.

　"있잖아, 자질구레한 것들을 정리하고, 되는대로 서둘러 이사하기로 해."라고 말했는데, 뭐라고 말을 할 수 있을런지. 오항은 하- 하고 한숨을 쉬며 몸을 등 쪽으로 늘어뜨렸습니다.

　" 참아요. 당신 참고 견뎌주세요."라며 뒤로 물러났습니다.

　"전 역시 이곳에 머무르겠습니다. 네, 이곳에 있는 편이 좋겠습니다."

　"무슨 말이지?"라고 나는 오항의 손을 붙잡고 무심코 큰 소리를 내었습니다.

　"그럼 아이는 어떻게 해. 사토루를 아버지 없는 자식으로 살게 하고 싶은 거야?"

　지금에 와서 뒷걸음질 치려 한다고 생각하자 나는 흥분되었습니다.

　그것은 오항의 생각입니다만, 내일이라도 집에서 나와 부자 세 명이 함께 살자고 하면, 그런가? 그렇다면 나는 금방 나가겠다고 대답은 못한다고 해도 두려워하며 어깨를 흔들며 고양이를 본 것처럼 또 물러나는 모습을 보고 나는 그만 '앗' 하고 말았습니다.

　"흠, 안되겠다는 거야? 함께 사는게 싫은 거야?"하고 화난 목소리로 말하니, 오항은,

"당신, 무슨 말이에요?"라고 말하며 보고 있는 동안, 갑자기 내 가슴에 와락 안겼습니다. 그대로 얼굴을 대고 '흑 흑' 하는 소리를 내며 울기 시작했습니다.

뜨거운 물 같은 눈물이 품에서 흘러 무엇인가 마음에 번지는 것 같이 생각되었습니다..

"응? 기쁜가? 기쁘다고 말해줘. 울지마, 울지마." 라고 나는 오항의 등을 토닥거린 채 뭔가 다르게 말을 했습니다.

무슨 계절인지 모를 정도로 봄이라고는 하지만 불기 없는 고타쓰의 이불을 끌어당겨 피부에 갖다 대었지만, '후드득, 후드득' 하고 마당에 나뭇잎 떨어지는 빗소리라고 생각하자, 마당 근처에 '싸악' 하고 비가 내렸습니다.

나는 지금까지도 그 빗소리를 잊을 수가 없습니다. 아, 나는 이제야 제대로 된 인간이 될 수 있다고 생각하고 내 처지도 생각할 수 없는 심정이었습니다.

이윽고 비가 그치기를 기다려 오항이 살고 있는 곳으로 데려다 주었습니다. 마침 그쪽 절 근처까지 보내고 그곳의 토담의 은행나무가 있는 곳까지 혼자 되돌아오자 전방에 누군가의 사람의 그림자가 보이고,

" 당신이야, 당신이야?"라고 불렀습니다.

어두운 경내의 한쪽에 안개가 자욱한 속에서 머리와 어깨에 벚나무 잎을 덮어쓴 채 비에 젖어 자시키기_{座敷着, 게이샤가 객석을 나갈 때 입는 옷} 를 입은 채 큰 지우산을 쓰고 있는 여자의 모습이 또렷이 보

이는 것입니다.

" 오카요야?"라고 나는 소리 질렀습니다.

"그런 곳에서 무얼 하고 있어?"

" 응, 인력거로 왔는데 그곳에서 내려서 우산을 가지고 마중 나온 거야. 정말 내가 우산을 가지고 오지 않았다면 당신은 어쩔 생각이었어? 응? 정말 도움이 되었지."

취해있었던 것입니다. 흔들 흔들거리며 토담 옆을 돌아 그대로 쿵하고 나의 가슴에 몸을 기댔습니다.

" 이거 이 옷 어떻게 된 거야?"라고 간신히 말했습니다.

네, 이 순간에 나의 마음속을 통과하는 불안감은 무엇에 비유할 수 있을 까요.

정말 한 순간 오항을 보내는 것이 늦었더라면 이 같은 경내에서 딱 마주쳤을 것입니다. 마침 조금 전까지 둘이서 피부를 맞대고 이 오카요에게서 벗어날 의논을 했던 것을 생각하면 정말 용케도 잘 빠져 나온 기분입니다.

잊을 수도 없습니다. 저것은 작년 수호신의 보호아래 처음 오항과 만났던 밤의 일을 마침 오늘밤을 그대로 아주 간발의 차로 오카요의 눈을 피했을 때 몸의 털이 쭈뼛 서는 듯한 두려움을 느꼈습니다.

어이, 잊고 있었던 두려움을 오늘밤 다시 한 번 되풀이 한 것이라고 생각하니 그곳에 서있는 다리도 후들거렸습니다.

마침 조금 전에 오항에게 교섭한 그 입에 침도 마르기 전에 나는 이 취해있는 여자의 어깨를 안고 "어머 이렇게 어깨와 소매가 흠뻑 젖었어."라고 자신의 소리라고 믿기지 않을 정도로 부드럽게 말했습니다.

정말로 나는 무슨 짓을 하고 있는 걸까요? 마음에도 없는 짓을 구부리거나 서거나하여 비에 젖은 여자의 옷을 닦아 주었던 것입니다. 오카요는 몸을 뒤로 젖히고 내가 하는 대로 맡기고 있었습니다.

" 어, 기모노 한 두벌이 아까워서 좋아하는 남자와 잘 수 있을까"라고 어쨌든 들떠서 콧노래를 부르듯이 가사에 가락을 붙여, "와서 자요. 오늘은 우리 집의 기녀, 모두 팔려나가 돌아오지 않아요. 우리 두 사람뿐이야. 지금부터 한잔하고 자요. 빨리 자요."

라고 '하 하' 웃으며 젊은 여자처럼 숨을 몰아쉬며 나의 손을 잡은 채 다그치는 것입니다.

7

진실로 세상사 좌우로 나뉘는 것이라 말하는 것처럼, 나의 마음도 합의를 할 수 없을 정도로 이리 저리 왔다 갔다 하는 것입니다.

예, 사누키의 다카마쓰에서 딸 오센이 꽃이 시들해 진지 얼마 되지 않아 왔습니다.

오카요를 닮아 검은 피부, 큰 몸집의 딸이었지만 순식간에 말

쑥해졌습니다. 연지곤지와 분을 칠하고, 이게 그 딸인가 라고 생각될 정도로, 사랑스러워져서 온 것입니다.

"정말로 저 아이, 거저 주어온 것 같은데, 뜻밖이야. 응, 남의 집 아이를 얻어서, 그래서 돈이 되면 번거롭지 않잖아."라고 오카요는 밤에 자면서도 입버릇처럼 말했습니다.

오카요에 의하면, 우리 혈통을 이어받은 언니의 딸이라고 말하거나, 아침저녁으로 손수 공을 들여 춤을 익히는 샤미센을 독촉하는 것도 자신의 생계의 근본이 되므로, 소중한 딸이라고 생각하는 것입니다.

그 일의 하나로 매일 아침마다, 날달걀을 먹이기도 했습니다.

"뭐야, 날달걀 싫다니. 바보 같은 소리하지 말고 한 번에 마셔, 좋은 목소리가 날 거야."라고 말하는가 하면, 밤에는 스스로 때수건을 목에 걸고 목욕탕에 데려가거나, 이미 가까운 사람으로 사랑스럽게 보고 있다는 것도 이제 알겠습니다.

"오센, 오센, 아까부터 부르는 소리 못 들었니?"라고 신경질적으로 말하고 있는 오카요의 목소리를 하루 종일 들을 수밖에 없었습니다.

어쩌다가, 짝을 지어 마을을 걸을 때도 있습니다만, 오카요는 비단집의 근처에 가지 못하도록 하고 "저 염색법, 오센의 소매에 좋을 것 같아" 에둘러 말하거나, 또 어떤 때는 객실 구석으로 나를 불러, 왠지 너절하게 놓여있는 선반 위의 작은 상자의 뚜껑을 열고,

"이것 봐, 이 안에 오센의 가리개(손등이나 발등으로 보호하기 위

한, 천으로 만든 가리개)의 돈을 모으기 위해, 가을의 에비스 수호신에게까지 널리 알리려고 생각하고 있다."고 말하거나, 이미 오카요의 가슴 속에는 오직 오센의 일 밖에 없을 정도였습니다.

그런 일을 생각할수록 나는, 이것저것 쓸쓸한 마음과 비교하여, 남에게 거리낌없이 딸의 신세를 져서 살고 있는 오카요의 상태를 부럽다고 생각하지 않고, 사치스럽다고 생각하는 것입니다.

정말로, 딸 오센은 우리 집에 온 그때부터, 주저하지 않고 "아버지"라고 나를 불렀습니다. 13세라고 합니다만, 머리를 카즈야마(머리를 묶는 법)로 묶고 어쩐지 교태를 부리며 "아버지, 이거 뭐예요?"라고 말하며 내 소맷자락을 잡거나 하는 것이었습니다.

아아, 그렇다고 해도, 다른 사람의 딸에게 "아버지"라고 불리는 것이 싫다고 하는 것은 나의 제멋대로의 생각입니다.

한 집에서 생활하면서, 세수할 수건 잡는 것도 게타를 잡는 것도, 어린 여자의 연약한 손의 서투름이 내 몸에 닿을 때마다, 어느 다이묘코지의 가게에서 사람들 몰래 우리 아이의 손을 잡았을 때의 슬픈 마음이 생각나 깜짝 놀라기도 합니다.

해질 무렵에, 그것은 매번 있는 일입니다만, 우리 집 앞까지 돌아오니, 문 앞의 버들나무의 그늘에서 활짝 열려 있는 3층 다다미방의 툇마루의 발을 통해서 '쿵 쿵' 다다미를 밟으며 춤을 추고 있는 오센의 모습이 보이는 것이었습니다.

"봐, 그 손을 들어. 첸, 비의 오, 톤, 비 내리는 날도 오오, 눈이 오는 날도."라고 들려오는, 오카요의 새된 샤미센 소리까지, 나에게는, 내 자신과는 관계없는 다른 세계의 일처럼 생각되었습니다.

이윽고 나는 집으로 돌아와서, 자신도 모르게 그 어둠 속에 평소처럼 서 있는 것이었지만, 그것은 마음의 망설임이었습니다. 사토루는 지금쯤 무엇을 하고 있을까, 라고 무심코 중얼거렸던 것입니다.

그일은 장마가 시작되고 얼마 되지 않았을 때의 일로, 어느 해 질녘 오카요가 객실에 초대되어 늦게까지 돌아오지 않은 것이었습니다. 기생집의 딸 오센은 항상 심야까지 투덜거리고 있었습니다. 마침내 2층의 사다리로 올라와, 장지문의 밖에서, "아버지 거기 있어요?"라고 말을 걸었습니다.

"뭐야, 들어와."라고 나는 말했습니다.

유흥가의 일로 빗소리에 섞여 무심코 처마 끝을 뛰어가는 인력거의 수레바퀴 소리와 손님을 배웅하는 여자들 소리, 게다 소리가 손에 잡힌 듯이 들려 왔던 것입니다.

보니, 오센은 이 심야에 바람에 흩날리는 머리와, 어린아이라고 생각할 수 없는 화장한 모습으로 나의 옆으로 무릎을 꿇고 앉았습니다.

"지금 도후야마치豆腐屋町 장인과 젊은이가 와서 이런저런 얘기를 했어요."

"청년이라니, 도메키치留吉인가?"라고 나는 물었습니다. 이번 봄에 이층을 개축하기 위해 일하러 온 주인과 그 청년이 요즘도 자주 놀러 와서 욕조의 땔감을 주거나 벽장의 서랍을 고쳐주기 때문에 유용한 남자라고 생각한 것입니다.

"흠. 오센짱 만큼 좋은 여자는 가지야초에도 있대요. 저기 아버지 나, 얼마든지 남자 속여서 돈을 벌 수 있어요. 좋은 기모노를 만들어 부자가 될 생각은 없어요 정말이라고, 오센짱만 있으면 정말 돈이 되는 나무를 한그루 심고 싶다고 도모키치상도 말했어요."

"흠, 그래?"라고 나는 말했습니다.

사실을 말씀드리면, 오카요에게 화가 난 것도 타인의 딸을 키워 돈을 벌 계획을 갖고 있기 때문만은 아닙니다. 그럴 계획만이 아닙니다만, 어느 사이 이 어린 여자를 통해 돈을 벌 때까지 기다릴 수 없어 자만하는 것처럼 말하는 것도, 말하자면 이쪽의 심성이 없는 행동이라고 생각하는데, 아무튼 죄가 된다고 생각합니다.

"너는 기생 되는 게 좋아?"

"흠, 아버지는 기생 좋아하지 않아요? 남자는 모두 기생을 좋아한다고요."라고 오센은 고개를 숙이며 '후 후'하고 웃었습니다.

"나 들었어요, 저기 아버지. 아버지도 기생을 좋아해서 우리 어머니에게 미혹되었잖아. 그런데 아버지의 부인은 지금도 신몬마에에 살고 있다면서요."

"뭐라는 거야."라고 조용하게 말했지만, 생각지도 못한 오센의 말에 나는 당황했습니다.

"흠, 아버지 지금 부끄러워하는 거죠. 사실을 말하면 도메키치씨도 신몬마에의 집 바로 근처에 살고 있대요. 그 부인과도 만나서 말하기도 하는데, 왠지 요즘 예쁘게 머리를 묶거나 변장하거나 하는데 좋아하는 남자가 생겼다는 거예요."

"오센!"하고 나는 말하였습니다.

도모키치라는 젊은이가 무슨 생각으로 이 어린 딸에게 말했는지는 알 수 없지만, 나의 사내답지 않는 마음에서 일 년간 사람들 몰래 숨어 오항과 밀회 하는 것을, 아무도 눈치채지 못하도록 바라고 있던 나에게는 아닌 밤중에 홍두깨였습니다.

거기, 나 혼자의 비밀로 생각하고 있는 그 일이, 세간의 입에 오르내리는 것인지 이집에까지 들려왔다고 생각하니 어쩐지 두려움에 오싹해지면서 등줄기가 차가워졌습니다.

"흥, 남자 주제에 나불나불 말하네. 오센 네 녀석 어째서 그런 바보 같은 사람 말을 들은 거야."

"알고 있어요, 이름이 뭐라고 하는 사내아이가 있다고요, 그게, 정말이예요. 그 아이를 마나러 아버지가 신몬마에 까지 가셨다고요. 거짓말이지요. 이 집에 오센이라는 아이가 있는데도."라고 반은 콧소리로 부드럽게 어깨를 흔들고 있을 때 바깥에서 자갈을 밟는 인력거 소리가 들리고, 활짝 장지문을 열고,

" 다녀왔어요."라는 취한 오카요의 새된 목소리가 들렸습니다.

"아, 어머니. 아버지 지금의 이야기는 비밀, 비밀이야."라고 말하고, 오센은 서둘러 계단을 뛰어 내려갔습니다.

8

예에, 나 말입니까? 그 꿈같은 하룻밤, 오항과 한 번 더 가정을 꾸릴 약속을 하고는 4개월, 아직껏 여기에 있다는 것은 스스로도 예견할 수 없습니다.

그것은 요즈음의 일입니다만, 그렇게 쉽게 집을 구할 수 있는 게 아닙니다. 아무에게도 알리지 않고 비밀리에 알아보며, 눈에 뜨지 않게 하는 것이 도리라고 생각하며 잠깐 숨을 돌리고 있는 것입니다. 오항과 가정을 꾸릴 집이 없습니다. 지금 와서 그것이 조금이나마 위안이 되는 것은 나의 마음이라 생각되어집니다.

그건 칠석날 일이었습니다. 더운 날이었는데, 가게로 가자마자 나는 바로 차가운 물을 받으려고 뒤쪽으로 돌아가니 기다렸다는 듯이 아주머니가 나왔습니다.

"저기, 집에 있었네요. 가와니시 안쪽, 그 절 옆에." 라고 말했습니다.

"에에, 그 절?" 라고 말하고 우물가에 쭈그리고 앉았습니다.

"그 제사공장 주인의 옛집. 그곳에 있는 가정부가 갑자기 교토로 가게 되었대. 당신이 서둘러서 오늘밤이라도 가서 보면 어떨까 생각해요. 결정은 나중에 해도 되니까."

"예에, 그렇다면 더 바랄 것이 없죠. 그래도 오항을 불러야지, 집에 있을려나?"

"그럼, 서둘러서 절에 가봐요." 라고 말하면서, 돌아나서는 아주머니 뒷모습을 나는 바라만 보고 있었습니다.

정말로 이 세상에 나만큼 바보 같은 남자가 또 있을까요? 그 정도로 오항을 설득하면서도 정작 살 집이 나왔다고 하니까 두려워하는 것입니다.

절의 심부름꾼이 오항을 부르러 갔더니 오늘 밤에라도 서둘러 이사를 하겠다고 했습니다. 예에, 오항과 한 번 더 결심을 한 이상, 집은 버릴 각오를 할 수 밖에 없겠지요.

그럼 이제, 예전에 알던 그것이 지금 이 순간까지 미루고 미루어 왔던 일이 이제야 최후의 시간까지 왔다고 생각하고, 음. 어쨌든 무엇인가 마음의 안정을 찾은 듯한 기분이 되어 어떻게 되어도 좋을 것 같은 생각에 왠지 침착해진 듯한 기분입니다. '그럼, 지금이 최후의 결정.'이라고 내 마음속으로 생각했습니다.

이윽고 머지않아, 심부름꾼이 돌아와서 오항은 해가 지면 이쪽으로 오겠다고 전했습니다.

"자, 급하게 되었습니다."라고 말하면서 아주머니는 허리를 펴고 방으로 들어갔습니다.

"죄송합니다만, 당신 일손 좀 도와주시겠어요? 여기 부인의 신혼살림에도 햇빛이 잘 들어야하니까. 지난 번 호우로 어렵게 준비한 이불에 곰팡이가 설었어."라며 그곳의 벽장을 열어 뚝뚝 이불을 두드리는 것입니다.

예에, 오항은 벌써부터 여기에다 물건을 맡겨 둔 것입니다.

"참으로 둘 다 …"라고 하는 게 입버릇이라 밤에 덮는 솜이불에서 작은 베개, 냄비와 솥, 부엌살림까지 나르며 오직 한 가지 일에만 정신을 쏟았습니다.

아주머니는 부인의 신접살림이라고 익살스럽게 말하기도 했습니다. 따듯한 심성을 가진 오항이 집을 옮긴다는 얘기에 왠지 아주머니까지 마음이 들떠 있었던 것 같았습니다.

그 후, 해 질 때까지의 반나절을 어떻게 보냈는지 모르겠습니다. 오항은 흰 유카타를 입고 머리를 하나로 묶은 채 뒤쪽으로 들어왔습니다. 당신도 알고 계시듯이, 칠석 아침은 어느 여자라도 강에서 머리를 감고 그 하루 동안 묶고 있는 것이 이 곳 풍습입니다.

"뭐야 당신." 하고 무심코 날카롭게 말했습니다만, 그쪽 봉당의 희미한 어둠에 서로 얼굴도 보지 않는 것이야 말로 '행복'입니다.

"여보, 기뻐요." 라며 오항은 얼굴에 소맷자락을 갖다 대었습니다.

"음, 어떤 집인지 모르고 기뻐하면 손해 일 텐데." 라고 말하곤 나는 우물쭈물하게 가죽신을 신고, 그것은 평소의 버릇이지만, 노렌의 안쪽에서 밖을 보고 있으니 '쏴아―' 하는 시원한 밤바람과 함께 건너편 노천 사이로부터 모깃불이 올라온 것이 보였습니다. 해가 저물지도 않았는데 일찍 자려고 하는 것인지. '덜커덕 덜커덕' 하고 모기장이 흔들리는 소리, 계속해서 누군가를 부르는 소리 등이 귀에 들릴 듯 말 듯 들려왔습니다.

그래, 오카요는 지금쯤 2층에 서서 누군가가 돌아오기를 기다리고 있겠지 생각하니 이렇게 두 여자에게 둘러싸인 마음도 공허해졌고 왠지 모르게 질린 기분이 들어 문득 뒤를 돌아보며,

"나는 가와라마치를 통해 갈테니, 당신 오키노야沖野屋 뒤쪽으로 가. 저 절 옆의 삼나무 울타리에서 기다려."라고 말하고 나혼자 총총걸음으로 나와 버린 것입니다. 말하자면, 내일이라도 집을 나와 부부가 되겠다고 말하면서도 왜 이 밤길을 남의 눈을 피해 따로 따로 가는지 내 마음이면서도 우스꽝스럽습니다.

별이 참 밝고 구름 한 점 없는 밤 이었습니다. 가료바시에서 가와하라마치로 빠져나와 벗겨진 허물이라도 본 듯 휘청휘청 걷는 내 모습이 지금도 내 눈에 보이는 것만 같습니다.

수 천 번을 말씀 드렸듯이, 나는 이곳 가와라마치 출신입니다. 7년 전에 몰래 숨어 살았고, 대대로 물려 내려오던 버려진 가게는 사람 손이 닿지 않아도 소리가 날정도 입니다. 그 출입문을 드나들 때마다 옛 기분도 납니다. 그렇지만 그것도 이제 여기가 우리 집이라는 생각을 하지 않고 지나쳐 버리는 것이 다반사입니다. 연극 이자에몬伊左衛門이 아닙니다. 오늘 밤은 이 걸이식 등불의 어두운 빛이 왠지 무언가를 말하는 듯한 생각이 들었습니다.

당신도 아시듯이, 여름 동안은 저 바로 밑에 넓은 강가가 한창인 시기입니다. 야다이의 빙수집, 가설 흥행장의 등불이 틈새로 살짝 보이기도 하지요. 자갈밭을 달리는 사람의 발자국소리, 외치는 소리에 뒤섞이어 강여울의 거친 물소리를 들으면서 가와니시에 있는 용천의 나무들 속에서 꿈에 취하고 말았습니다.

그 주변은 낮이라 해도 어둡습니다. 길을 덮고 있는 큰 나무에 단 한 개의 가스등불이 켜져 있는 것이 어둠을 더하고 있는 듯한 생각이 들었습니다.

'그래 저게 목매달아 죽는 소나무구나' 나는 내 자신만의 사념에 빠져 어둡고 깊은 연못을 내려다보았습니다. 깜깜한 밤하늘을 비추고 있는 수면이 왠지 발을 잡아당기고 있는 것처럼 보이는 것도 내 망설임 때문일까요. 저기 저 연못 주위에 소나무에 누군가가 목매달고 있다는 것은 꼬마 아이들까지도 잘 알고 있는 이야기입니다.

그건 이제 누가 모르는 사람이 없는데 뭔가 굉장한 것을 보고 있는 기분이 들었습니다.

'흐음, 저건 목 매는 소나무야.' 라며 보고도 못 본 체 했었건만, 이제 와 보니 저 나무의 그늘이 어쩐지 나와 관계가 있는, 아니 내 몸이 기억하고 있는 듯이 보였습니다.

그대로 어슬렁어슬렁 깊은 못을 따라 걷다가, 이 4, 5일 비로, 장소에 상관없이 떨어져 있던 돌멩이에 다리가 걸려, 앗 하는 사이에 미끄러져 떨어졌던 것입니다.

네, 그 부근은 온통 축축한 이끼가 자라고 있기 때문에, 저 소나무의 굵은 뿌리가 없었다면, 이미 그대로 이끼에 발이 미끄러져, 눈 아래의 어두운 깊은 못에 풍덩하고 몸을 던졌을 것입니다. 목매달아 죽는 것이나, 돌멩이에 발이 걸려 죽는 것이나 이런 생각을 하고 있자니, 어쩐지 무릎이 떨립니다. 그런 채로 거기를 기어 다니며 잠깐 웅크렸던 것입니다. 참으로 죽는 느낌도, 발을 헛디뎌 죽을 때도 있구나 하고 생각하니, 사람의 목숨만큼 덧없는 것은 없습니다.

보니, 건너편 강가에 평상을 내어 찻집 꽃돗자리를 펴고, 여자에게 샤미센을 연주하게 하고, 노래 부르라고 하고 있는 사람의 얼굴은 보이지 않지만, 세상에 그다지 신경쓰지 않는 것은 바로 어제까지의 나의 모습입니다.

노래 부르고 있다고 생각하면 휘청하고 깊은 못에 빠져있고, 내일도 알 수 없는 것이 사람의 목숨이라고 생각하면, 거기에 웅크리고 있던 동안도 어쩐지 꿈을 꾸고 있는 듯한 기분이었습니다.

네, 그 순간 꿈을 꾸는 동안에, 나 지금 여기서 죽는구나. 라고 나도 모르게 이미 한번 되풀이해서 마음에 떠올렸다고 하는 것도, 그것이 전조였는지 하고 지금 생각해봤자 행차 뒤 나팔인 셈입니다. 절의 옆쪽에 있는 셋집까지 갔던 건, 시간이 조금 지난 후 이었던 것입니다.

"여보"하고 오항이 달려왔습니다.

"아, 어디서 잘못 들었다고 생각했어, 정말 수고했어요. 어떻게 된 거에요?"

"응, 큰일 날뻔했어. 류코에서 미끄러졌어."라고 무심코 그말을 하자, 오항은 '앗' 하고 소리 내며 나의 소맷자락을 잡았습니다.

작년, 어떤 사람이 강에 빠진 것도, 그것도 칠석 다음날 밤이라며 무섭다는 듯이 다가왔습니다.

"바보 아냐, 내가 여기 있지 않은가"라고 말하는 동안에, 어쩐지 마음이 들떠, 스스로 앞에 있는 그 뒷문을 밀며, 뒷마당을 돌아서 갔던 것입니다.

그 높은 삼나무울타리 안쪽에 보이지 않는 작은 초가집이 있었습니다. 오늘 아침도 안집의 아주머니 말을 듣고, 뭐, 저 집은 하고 추측했지만, 이렇게 내 눈으로 찬찬히 보는 것은 처음입니다.

한눈에 보아도, 여자를 숨겨 놓은 듯한 조용한 집이구나라고 생각했습니다. 뒷마당이 예상외로 넓은 것이 좋은 점입니다.

바로 어제, 누가 막 이사했는지, 밧줄조각이나 나무상자나 종이부스러기가 아직 그대로 거기에 흩어져 있는 것이, 분명하지 않지만, 어두운 가운데 보였습니다. 덧문도 열린 채로, 먼지 냄새가 나는 툇마루에 걸터앉아서,

"음, 이거, 이 상태, 여기라면 들어와도 사람의 눈에 띄지 않겠네."하고 나는 무심코 말했던 것입니다.

그것은 정말 삼나무울타리 옆쪽이 바로 입구이기 때문에, 스님의 독경소리까지 손에 잡힐 듯이 들리는데, 울타리 안쪽은 마치 병풍이 서 있는 것 같은 상태입니다. 참배하는 사람의 시선도 닿지 않는 곳입니다.

사실대로 말하자면 나에게는 집 안팎의 모양보다, 이 집안에 정착하면 정말로 사람들 눈에 보일까 어떨까, 염려되는 것은 그것입니다.

"호호, 또 말했어."라고 오항이 가볍게 웃으면서, "당신도, 참

버릇이구나. 여기에 이사를 하면, 세상에 거리낌 없는 우리 집이라고"라고 말했으면서도, 내 옆에 가까이 다가와서 스윽하고 몸을 기댔습니다.

그때 내 마음 속을 무엇에 비유하면 좋았을까요. 나는 여기서 이 여자와 같이 살겠다고 약속을 했던 거네. 라고 생각하면 이 낯선 집안의 먼지 냄새 나는 온기 속에서 아무렇지도 않게 여자와 앉아있는 나의 처지를 모르겠습니다.

어디선가 어두운 풀숲에서 시끄럽게 울고 있는 벌레 소리, 먼 곳의 곳곳에서부터 바람을 타고 들려오는 윤무의 연습 북, 그 익숙한 소리까지, 어쩐지 자신의 목적지를 서둘러 몰아세울 마음이었구나, 바로 옆에 걸터앉아있는 오항의, 그 끈적끈적하게 땀 흘린 것 같은 몸의 온기에, 그렇다면 이미 먼 옛날에 잊어버린 꿈인데 스스로 즐겨 끌어들여진 마음이 되었던 것입니다.

"이봐, 아직도 거기에 거적 한 장이 깔려 있어." 하고 그대로 오항의 오비를 끌어당겨 어둑한 마루 위에 쓰러뜨렸습니다.

지금 생각해도 나에게 그 밤의 착란했던 마음은 무엇이었는지, 전혀 수긍이 가지 않는 겁니다. 어두운 바닥에 웅크린, 고양이같이 기진맥진 녹초가 되어있는 여자의 몸을 밀치고, 나는 마당으로 내려왔습니다.

'이봐, 너 정말 뭐하러 셋집을 보러 온거야. 여기서 이렇게 집을 보면서 확실하게 여자와, 천하에 떳떳한 부부라고 다 말할 생각이야? 그만큼 남자다워진 거야?'라고 스스로 내 자신을 조소하지 않을 수 없었습니다.

사실을 말하자면 나에게 지금 여기 눈앞에 분명히 이사할 집이 있다는 것이 아직도 믿기지 않는 것입니다.

"이거, 진짜야? 이런 곳에서 다른 남편들처럼 마당에 나오거나 여닫이문을 열거나 하고 있는 것이 나야?"라고 어이없어 했습니다.

말하자면 이 저녁때에 사람들 눈을 피해 여자와 집을 보러 온 것도, 그렇다면 또 내일이라도 집안 살림을 준비하여 막바지에 뺄 수 없는 때가 올 때까지 잠시 늘려진 수단이라 생각하면 우리의 바보스러움이 우스꽝스러운 것입니다.

생각하면 그 봄의 벚꽃의 밤, 무리하여 오항을 설득해 가정을 가진다고 약속을 하고 나서 하루라도 안온하게 보낸 날이 없습니다.

이대로 간다면, 마이니치신문에라도 나올 정도로 세 사람 중 누구 한 사람, 강에 빠지든가, 목메달아 죽는 것 그 외에는 방법이 없습니다. 라고 해도 그 어느 쪽의 여자에게 "아무렇지 않아, 아무 말도 하지 말고 이대로 물러나줘."라고 말했다고 해도, "헤에 그런가, 그렇다면 부탁한대로 그렇게 해줘. 나도 마음이 가벼워지게"라고 말할 수 있을까요.

"당신"하고 어두운 집 안에서 오항이 부르는 소리가 들렸습니다.

내 가슴속을 그대로 들여다보기라도 했던 건지,

"저, 저 말이에요."라고 머뭇거리며, "오카요씨가 이사해도 좋대요? 납득했어요. 정말로 납득했어요."

"했다고 해도." 나는 자신도 모르게, 단호하게 말해버린 것 입니다.

"오카요가 납득하지 않고, 어떻게 집을 보거나할 수 있겠어. 아이에게는 다른 이야기는 아무말하지마"라고 말하는 동안에도, 정말로 오카요가 말을 해 준 것이라면 좋겠다는 생각으로 어찌할 바를 몰랐습니다. 오항은 어두움 속에 웅크려 양손을 대고 허리를 굽혀 절을 하고 있습니다.

"아무쪼록 인내해줘. 그저 아이가 사랑스러울 뿐이야.

흥, 오카요가 알고 있겠지만. 오센을 키우고 있는 것도 절반은 그럴 생각때문이지."

"정말로 이렇게 만나는 것도 너무 미안하게 생각하고 있는 데."라고 말하는 오항의 소리도 참배하는 사람들이 끊임없이 울리고 있는 방울소리에 흔적도 없이 사라져, 나머지는 울음소리만이 띄엄띄엄 들렸습니다.

그건 뭐라고 하는 미음의 미혹인지요. 마음도 하늘에, 오항의 흐느낌을 듣고 있었다, 그때 가지야초에서도 지금쯤 등불을 올리고 있겠네, 라고 생각이 들었다. 그런데,

"엄마, 가자."하고 말을 붙이며 오카요의 인력거 뒤에서, '따악 따악' 하고 부싯돌 울리고 있는 오센의 모습이 생생하게 눈에 보이는 것이었습니다.

허, 방금까지 둘이서 가엾다고 말을 주고받던 우리 아이 사토

루가 아니라, 다른 사람 아이를 데려다, 기르고 있는 딸아이의 모습을 떠올리다니 정말 이상한 마음이라고 생각하지 않을 수 없었습니다.

9

그 칠석날 새벽, 오항을 데리고 절 옆집을 보러 가서는 그 뒤의 일은 말씀드릴 필요조차 없는 것이었습니다. 허, 그 집말입니까. 뒷집 아주머니가 잘 말해준 덕분에 집세 보증금도 필요 없고 문과 미닫이의 칸막이, 다다미도 요전 여자가 두고 간 것을 그대로 쓰게 되어 하나부터 열까지 더 바랄 것이 없었습니다.

"정말, 어떤 때는 이렇게 좋은 집이 있을 것 같아?"라며 아주머니는 내 얼굴을 볼 때마다 목소리를 낮춰 "당신, 세월이 흘러서, 다음에는 이사와 함께 신부도 맞이하니까, 좋은 날 중에서도 길일을 골라서 말이야."라고 하는 것이었습니다.

마침, 여름방학 동안의 일입니다. 아이 사토루도 강에 헤엄치러 다녀오는 길에 젖은 옷을 늘어뜨리고 자주 가게에 들렀습니다. 허, 이 근처 아이들은 어느 집 아이나 여름 방학이 되면 수영을 배우는 것이 습관이어서, 작은 몸에 훈도시를 메고(속옷만 입고), 발가 벗은 채로 동네를 걸어 다니곤 했습니다.

그날은 갑작스런 비로 당신도 아시다시피 그 나베초鍋町 여관의 남자 종업원이 일 끝나고 돌아가는 길에 가게 마루 끝에 걸터앉아 비를 피하고 있었는데, 장대같이 비가 쏟아지는가 했더니 해가 나서 총총걸음으로 가버렸습니다.

나는 게타를 신고, 차양을 내릴 생각으로 정원에 내려갔더니 거기에, 그 갈대발 사이에 아이 사토루가 서 있는 것이 아니겠습니까?

"바보, 비 오는데 서서 맞고 있는 녀석이 어디 있어?" 하고 나는 일부러 거칠게 팔을 잡아당겨 가게 안으로 데리고 들어왔습니다만, 휘청거리며 마루 끝에 나동그라져, 털썩하고 손을 짚고선 내 얼굴을 바라보는 그 아이의 눈을 지금도 나는 잊을 수가 없습니다.

"혜, 남자들 뿐인데, 왜 안에 안 들어 온 거야?" 하고 나는 그 젖은 아이의 훈도시를 벗겨 손이고 머리고 등이고 분간도 못하고 정신없이 닦고 있었습니다. 볕에 그을린 그 작고 마른 손발로 나에게 매달렸는가 했을 때, 사토루는 어쩐지 우는소리로, "아저씨, 거짓말만 하고."라고 말하는 것이었습니다.

"뭐야, 뭐가 거짓말이야?" 하고 내가 적당히 둘러댔습니다. 순식간에 가게 안까지 갑자기 환하게 비쳐오는 석양을 받아, 긴 파 줄기 정도도 안 되는 그 아이의 작은 목덜미가 떨리는 것을 보고 있자니 갑자기 가슴이 두근거려서 일부러 들뜬 목소리로 사토루의 어깨를 쿡쿡 찔러 보았습니다.

"이봐, 뭐가 거짓말인지 말해봐."

"흐응, 얌전하게 기다리고 있으면, 데리러 온다고 해서."

"흠, 그러면 아가, 엄마한테 안 물어봤어? 가와니시의 절 옆에 좋은 집이 있어서, 조금 있다가 이사 간다고 했어. 저 다리 건너면 바로야, 신몬마에의 반 정도 거리도 안 돼." 하고 건성으로 말하고 그야 물론 데리러 간다고 확실히 이 입으로 말했지, 하고 생각하니 그 봄의 피안의 날 역시 빗속을 우산도 쓰지 않고 비를 맞으며 이 가게 앞을 달려가는 남의 집 아이의 모습까지 생생히 눈앞에 떠올랐습니다.

그날부터 오늘까지 3개월, 이 불안한 아이의 마음속에 오늘인가, 내일인가 하고 그날이 오기를 기다렸던 것인가 하고 생각하면 그 어머니 오항에 대해 이래 저래 임시방편의 변명을 하며 지내온 반년 사이의 안타까움도 헤아릴 수 없을 것입니다.

그야 이 아이 하나를 위해서 집을 바꿔도 되지 않을까, 작은 집에서 부모자식 셋이서 베개를 늘어놓고 잘 수 있다는 그런 생각이 갑자기 들었습니다.

"아가, 저 집에 가면 형편이 좋아. 아가는 학교에 가고, 아저씨는 가게에 오고 꼭 길동무가 되는 거야."

"……" 사토루는 잠자코 눈을 내리 깔았습니다.

"아가! 왜 그래, 이 아저씨하고 매일 아침 함께 간다고 말했는데도 그래 아가는 기쁘지도 아무렇지도 않아?"라고 말하자 순식간에 정원 흙 위로 뚝뚝 눈물을 흘리며,

"그렇지만, 그렇지만…"이라고 말하면서, 그 버드나무 문 쪽 그늘에 몸을 숨어 흐느껴 울었습니다. 내 귀에는 지금이라도 사토루의 울음소리가 들려오는 듯한 기분이 듭니다.

두 명의 여자에게 끼어 오늘도 이렇게 결심을 다짐하면서 그런 마음에서 또 이렇게 날마다 망설이는 마음속의 한심함도, 본인 마음을 누가 알리도 없는 것이라고 생각했는데, 이 어린 사토루 만큼은 알고 있었던 것일까요?

"아가, 아가는 그럼 아직 아저씨가 거짓말한다고 생각하는 거야?"라고 말하는 사이에도 나는 계속되는 비가 갠 뒤의 철도 길을 무심코 올려다보았습니다.

나는 저 길을 이 아이를 데리고 매일 아침 다녀볼까? 저 다리를 건너면 곧 저기의 측면이, 저 오카요의 집이 있는 가지야초라고 하는데 태연히 강중강중 걸어온다고 생각하니 내 신세라고도 느껴지지 않는 마음인데도 저것은 뭐랄까 이상한 기분이랄까요, 뭐라 말할 수 없는 두려움을 더더욱 긁어 신경이 쓰였던 것입니다.

"그러면 오늘이야말로 이사하는 날을 정할까? 아가 좋지. 자 여기로 와."라고 말하자마자 나는 가게 안쪽으로 들어갔습니다. 뒤쪽의 덧문을 열자 거짓말처럼 차가운 바람이 쇄아하고 불어 닥쳤습니다.

"아가 빨리 올 수 없니. 아가하고 아저씨 하고 둘이서 날짜 세어서, 아가가 스스로 날짜를 정하렴."이라고 말하니 거기에 그 어슴푸레한 장식기둥에 후쿠야마의 약과 씨앗 자루가 한 개씩 매달려있고 달력이 보이는 틈 사이로 벌써 그곳에 사토루가 와서 화합하는 날이라고 써 놓은 것입니다.

"아, 9월 달 들어서 제일 좋은 길일이라고 새겨져있는 글씨를 아가는 읽을 수 있니? 길일이라고."

부모와 자식이 무릎을 나란히 한 채 숨 쉬고 있는 한순간의 슬픔을 생각해낸 것조차 뒤늦은 일이었습니다. 220일이 되던 날 9월 13일이라고 되어있는 곳에 길일이라고 크게 써져있는 것을 발견한 것도 일부러 아이 때문이라고 하자, 이미 구르 듯이 달려 가버리는 것이입니다.

"아저씨 또 올게. 9월 13일에." 라고 기쁜 듯이 말하면서 절의 옆 뒷길로 갑자기 사라져 버린 것입니다. 야위고 작은 몸에 훈도시를 입고 옷을 흔들면서 뛰어가는 그 어린 뒷모습 , 그것이 이승에서 보는 마지막 모습이 될 것이라고는 상상도 못했습니다.

10

정말 이 세상 둘도 없는 바보 같은 남자가 지겹게 언제 끝날지도 모르는 이야기를 화도 내지 않고 잘 들어준 당신도, 실은 무심코 그날의 아침까지 그 가지야초의 2층에서 오카요와 베개 나란히 두고 자고 있었습니다. 라고 말씀드리면 아 얼마나 멸시하실까요? 그날 우리가 할 수 있었던 것은 지금 생각해봐도 꿈같은 것이었습니다. 평소 아이 없는 부부의 아침은 언제까지나 침상 속에서 궁시랑 궁시랑 생활형편에 관한 것까지 서로 이야기를 나누는 것이었지만, 어제까지의 더위가 풀려 그날 아침은 머리맡 병풍 그림자로부터 계속 으스스한 바람이 스며드는 듯한 기분이 들어, 오카요는 밤이 샐 무렵부터 얇은 이불을 끌어당겨 일부러 이불을 발로 뭉쳤습니다.

"앗, 어쩌지. 추워지니 뭔가 아주 불안하네."라고 애교 부리며 나의 품 안으로 얼굴을 묻었습니다. 그것은 이미 평상시의 행동으로, 늙은 여자라고 생각되지 않게 무엇인가 고의로 말괄량이 여자처럼 애교 부리는 게 습관이 되어서 덧문 틈으로 들어오는 햇볕이 반짝반짝 밝아질 때까지 자고서는 철도 없이 푸념을 계속하는 것입니다. "어젯밤도, 한게쓰안의 아주머니가 그 정도로 좋은 팔자도 없을 거라고 말했어. 그렇게 새롭게 2층을 짓고 입양한 딸은 가지야초에서 제일 좋은 여자가 될 거야. 덧붙여 당신을 말할 것 같으면 상대방을 사랑하고."라며 노래 가사라도 읊는 식으로, 말하자면 계속되는 잠꼬대처럼 쉽게 듣고 흘려버리면 좋을 것임에도 어쩐지 마음이 불편합니다. 가벼운 응답도 속이 빤히 들여다보이는 듯한 기분입니다.

"아빠, 저 좀."이라고 그 때, 발소리를 죽이고 사다리 계단을 올라오는 기척에 이어 미닫이 문 밖에서부터 오센이 부르는 소리가 들렸습니다.

"뭐니?"라고 말하며 나는 몸을 일으켰습니다.

오카요는 나의 소매를 잡고,

"뭐야, 아빠 아직 자고 있어, 안 일어 났단 말이야."

"흠, 아빠에게 조금 용무가 있어요."

"바보야 볼일이 있으면 거기서 빨리 말해."라고 상기된 목소리로 말하는 오카요의 몸을 밀치고 오비를 끌어당기면서 미단이 문 밖으로 나왔습니다.

"다이묘코지에서 사람이 와서. 뒷문에서 기다려요."

오셴은 눈짓으로 말하듯 낮은 목소리로 말했습니다. 잠옷 유카타를 입은 채로 뛰어 내려가 보니, 그곳의 뒷문 입구 나무 문 쪽에 뒷집 아주머니의 안절부절 못하는 모습이 보였습니다.

"당신, 수레가 와있어. 짐도 대충 싸놨어."

" 어~ 지금."이라고 말하고, 그 후에는 말도 나오지 않았습니다.

오늘 아침 일찍부터 준비해서 저 스님의 옆집으로 드디어 이사한다고 하는 것을 그 아이 사토루와 약속한 후, 이 아주머니까지 한편이 되어 상의해서 결정한 만큼, 지금 이 사람 눈앞에 줄무늬잠옷을 입고 허리띠를 맬 틈도 없는 듯한 모습으로 서 있는 나를 어떻게 변명할까요.

"실은 먼저 가보았지만." 하고 말해도 될까, 허둥지둥 나와 버린 아주머니의 뒷모습을 얼떨떨하게 배웅하고 나니 내 허리 주변에 어깨를 나란히 하고 오셴이 서 있었습니다.

"자 기모노." 보니, 손에 나의 줄무늬 홑옷에 오비를 가지런히 하고 기다리는 것이 아니겠습니까. 아직 13세가 될까 말까 한 딸이, 아무것도 모르고 재미있는 듯한 작은 목소리로,

"아, 엄마가 모르게 하는 것이 좋겠구나, 어려워요."라고 말하며 얼굴을 과장되게 찌푸렸습니다.

세상 물정에 밝은 당신이니까, 그때 내가 어떤 기분으로 그 집을 나가버렸는지는 잘 아실 거라 생각합니다. 만약 이층 침실로부터 한마디라도 오카요가 부르는 소리가 들려왔다면, 그렇게 나올 수는 없었을 거라고 생각하는 것인지요, 오센이 준 기모노를 입고 왠지 요철처럼 비틀거리며 집을 나왔던 것입니다.

"안녕하세요, 좋은 날씨네요." 하고 스쳐 지나가는 두부가게에 말을 걸며 달려 달아나는 것조차 나에게는 꿈과 같은 일입니다.

'이게 저 집을 나온다는 것인가 여자를 버리고 간다는 것인가.' 라고 반복해 생각하는 것마저 남의 일을 보는 것 같은 기분이었습니다.

제방을 내려가니 다이묘코지 가게 앞에서 짐 쌓기를 끝낸 수레의 반짝반짝하고 아침의 태양을 받으며 가로놓여 있는 것이 보였습니다.

짐수레 꾼 젊은이가 길가에서 잠깐 쉬고 있는 모습에서 무언가 점잔빼며 연극조로 보이는 것도 지금 생각해 보면 끙끙거리며 결정을 내리지 못하고 망설이는 자신의 슬픈 마음인 까닭입니다.

오항은 거기에 짐을 실어 보낸 후에 노끈 조각과 나무 부스러기가 한 면에 흩어진 가게의 마룻귀틀에 앉아 차를 따르고 있었습니다.

"당신!"하고 달려 내려와, 왠지 흥분하여 땀으로 젖은 머리카락의 찰싹하고 볼에 붙은 모습을 보고, 이 사람이 그 오항인가 하고 생각할 정도로 빛나게 보인 것도 생각하면 이상한 것이었습니다.

"그래, 빨리 와 늦지 않게. 벌써 짐수레가 왔다니까."

"헤~ 그런데 사토루는? 사토루는 어떻게 됐어?"라고 성급하게 묻는 것도 내 가슴의 능력 없음을 감추기 위함이었다고 생각합니다.

"헤~ 그 아이는 점심이 지나기 전까지는 꼭 돌아올 거야. 당신도 알고 있겠지. 저 미나미고우치南河內의 아저씨가 어제 데리고 갔어."라고 말했습니다.

"부처님의 가을 축제구나. 정말로 오늘 이사한 것이 좋은지, 나쁜지 궁리를 하면서 사토루에게 빠르지 않느냐고 말하고 그대로 나왔지만, 그 문간을 나올 때 사토루의 표정을 말한다면 '호호호호호' 당신에게도 보여주면 얼마나 좋았을까?"라고 신명나듯 말하고 잠시 동안은 땀도 닦지 않고 앞치마를 입에 댄 채로 웃는 것이었습니다.

그 오항의 웃는 소리가 지금도 귀에 들리는 듯한 기분입니다.

나는 바쁘게 모모하키(타이즈 비슷한 바지 모양의 남성용 의복)에 하라카케(목수, 미장이들이 입는 배두렁이처럼 생긴 작업복. 가슴, 배를 덮고 아래쪽은 주머니로 되어있음)를 걸치고,

"그렇다면 나는 짐수레 뒤 쪽을 밀테니까."라고 그대로 달렸던 것입니다만, 옆쪽에 있는 절의 틈사이로 무심코 올려다 본 언덕길에서 제방으로 이어져있는 고갯 길에서, 그래, 저, 아이 아저씨의 뒤를 따라 저 산길을 간 것이라고 생각하는 것도 잠깐이었습니다.

"저기 아주머니에게 그렇게 말하고, 일찍 빨리가지 않으면 짐이 도착해."라고 소리치며 새 집으로 갔던 것이었습니다.

11

제방에서 가와라마치로 나와 류코의 벼랑 깊은 곳으로 빠지기까지의 뒷길은 낮에도 태양이 닿지 않는 산그늘이어서 생각 외로 비탈이 이어져 있습니다. 뭐, 이런 벌을 받아 마땅하고, 무엇 하나 제대로 기술도 일도 없는 남자가 뒤에서 수레를 밀고 있는 사이에도 땀을 폭포처럼 흘리고 숨도 가까스로 쉴 정도입니다.

"그래, 나, 이거 이 길로 수레를 미는 것 말이야. 정말로 나 독기도 없는 남자지만."이라고 쓸데없이 나지막한 목소리로 내 가슴에 중얼거리면서 저건, 뭐 머리를 낮게 숙이고 수레를 밀고 있는 것도 어쩐지 자신의 죄가 깊은 마음의 보상이라도 하고 있는 듯한 묘한 기분이 되었던 것이었습니다.

"서방님, 오늘은 아직 류코의 바닥이 지나치게 파래요. 비가 오지 않아서 그래요."라고 젊은 수레꾼들이 말했습니다.

저 류코의 낭떠러지의 어딘가는 오르내리는 사람들이 힘겨루기 하듯 발이 멈추는 곳이었습니다.

나무 밑동에 허리를 굽히고 한 번 쳐다보았습니다만 그것은 칠석 밝은 밤에 이 류코에서 발을 헛디뎌서 위태로운 목숨을 잃을 뻔했을 때의 무서움도 마치 어제의 일과 같았습니다.

"정말 언제 봐도 기분 나쁜 곳이야."

"저기 봐, 저 바위 있는 곳에 나뭇가지 하나가 있지? 저 소나무 가지에 과거 목맨 노파가 걸려서 말이야. 이미 긴 시간 걸린 채 바람에 흔들려 마을 소방관이 모두 강가에 모여 소동을 벌였지만." 이라고 또 저 소나무에 목맨 사람의 이야기를 하고는 재미있다는 듯이 웃는 것이었습니다.

산길을 빠져나가는 바람이 솨하고 수면에 세차게 불어대는 것이었습니다. 그 연못의 소용돌이가 반짝거리는 햇볕을 받는 것을 뒤로 한 채 강 하류로 흐르듯이 가는 사람이 무엇인가 말하는 듯한 기분이 들었던 것도 불길한 예감이라 생각이 든 것도 나중의 일이었습니다.

정말 눈앞에 다음이라고 말하지 않고 곧장 그곳에 자기 자신이 걸린 사건인 줄도 모르고 무심코 간과했다고 생각하자 사람의 몸이 덧없음에 가슴이 막힌다고 생각했습니다.

절 옆집에 도착한 것은 이른 점심쯤이 지나고 나서였습니다. 뒷집의 아주머니의 손을 빌려 이름뿐인 숙소로 바꾼 것입니다만, 다다미도 깔고 장지문의 문풍지까지 끝마쳤더니, 왠지 사람이 사는 집으로 보였던 것도 지금 생각하면 이상합니다.

아주머니는 처마에 있는 사람이 남기고 간 분재에도 물을 주거나 하며 "아아 이걸로 나도 어깨의 짐을 덜었다. 자 부인 원하는 것이 있다면 나중에 또 가져다줄게. 정말로 오늘부터 여기가 떳떳한 당신들의 집인 게야." 라고 말하며 서둘러 뒷문을 밀고 나갔다.

그 후, 우리는 꿈꾸는 듯한 기분으로 서로 얼굴을 마주보았습니다.

"사토루는 뭐하고 있는 거야?"라고 돌연히 가장자리로 나가서 오항은 말했습니다. 뒷문의 주변까지 구름이 낮게 깔려있네. 그 구름의 사이에서 빙빙 도는 듯한 햇빛이 나오고 있었습니다. 오항의 말에 의하면 사토루는 학교를 다니면서 몇 번이나 이 집까지 보러 왔다고 말하였습니다. 저 미나미고우치南河內의 아저씨가 있는 곳에서 곧장 돌아온다면 서둘러 여기로 올 것임에 틀림없습니다.

"개도 찾아 돌아올 수 있는 하나뿐인 길이야. 눈을 감아도 이 문으로 들어오겠지. 그것보다 저 책상 어디에 놓으면 좋을까?"

나는 벌써부터 사토루를 위해 사두었던 작은 책상을 이곳저곳 안고서 돌아다니거나 하는 동안에, 돌연히 바람이 지나가는 소리가 나서, 갑자기 먼 산 표면에 바람소리가 났다고 생각했는데, 불쑥 뒷문 뜰에 굵기 큰 빗방울이 떨어지는 것이었습니다.

매미소리가 잠깐 울리고, 만발한 싸리꽃이 솨하고 땅에 떨어져 온통 깔리는 것이 보였습니다.

"오항, 비가 와."라는 나의 소리도 안 들릴 정도로 엄청난 소리와 함께, 나무숲이고 가장자리고 말할 것 없이 세게 내려치며 강하게 불어대는 것이었습니다. 오항은 처마로 뛰쳐나가, 이상한 소리를 내곤 덧문을 닫았습니다. 천둥소리와 함께 번개가 쳐, 보이지 않던 집 안의 모습은 더욱더 무섭게 보였던 것입니다.

"여보, 사토루 괜찮을까요?"

"괜찮을 거야."라고 나는 소리 낮춰 말했습니다.

"저 아저씨 때문이야. 산속의 중 같은 놈, 비가 오느냐고 물었더니 구름만 보면 알 수 있다고 해놓고. 오늘은 아침나절부터 이럴 줄 알았어."

"그렇다면, 아직 아저씨 집에 있다는 거야?"

"네, 아저씨 집에서, 쑥떡이라도 먹고 있으려나." 라고 말한 것도 대충, 이 장대비 내리는 비바람의 산길을, 쏜살같이 서둘러 돌아오는 아이의 모습이, 생생하게 눈에 보이는 듯한 기분이 들었습니다.

그래, 확실히 사토루는 이 비바람 속을 돌아올 거야. 이 새로운 집에 돌아오고 싶은 마음으로, 이 비바람 속을 서둘러 돌아올 거야, 라고 생각하자 생생하게 그 모습이 눈에 보이는 것 같았습니다. 이제야 생각하면, 저것이야말로 부처님의 신호였던 것이라 생각합니다.

정말 사람의 마음만큼 알지 못하는 것은 없습니다. 지금 그곳에서, 아이의 모습을 보는 것 같이 이것저것을 걱정하면서 또 벌써 한편으로는 그것은 단지 한순간의 제정신도 차리지 못하는 쓸데없는 걱정을 하고 있는 듯했습니다.

"그러면, 당신 제가 저쪽의 그 찬합(정월요리를 담는 그릇)을 열까요? 어머, 저 아주머니가 들고 와 주었네." 라고 말하면서 일부로 기분이 좋아 마음이 들뜬 듯이 오항이 펼친 보따리를 가운데 두고 남의 눈에 안 띄는 곳에서 생선살 끝을 잘라 내거나 차를 마시거나 했다. 그것은 그저 어떻게든 기분을 바꾸려는 것이겠지요. 결국 지금까지 같은 일로 염려하고 있었지만 모두 자신 혼자 바보스럽게 쓸데 없는 걱정을 하는 듯한 기분이 들었습니다.

그래, 사토루는 오늘은 돌아오지 않을 것이다. 돌아올 거라면 벌써 아침부터 돌아왔을 것이다. 저 아저씨의 일이기에 조심조심해서 비가 올 것 같은 날에는, 어떤 일이 있다고 하더라도 돌아오지는 않을 것이다. 하지만 오늘이 이사하는 날이라는 것이 아이의 가슴속에 각인되어 있음에 틀림없으므로, 이 비바람 속에도 무리하게 돌아오지 않을까.

그러나 사토루는 오늘은 되돌아오지 않을 것이야 라고 되풀이하고 자신의 가슴속에서 수긍했던 것입니다. 빗소리가 가까스로 잠잠해졌다고 생각하자 어느덧 그대로 해가 저물고 다다미 방안에 램프를 매달자 이상하게 집 한가운데가 공허해 보였습니다.

아이를 매개체로 사회에서 말하는 대로 이 여자 두 명의 속이 빤히 들여다보이는 집안에서 어쩐지 나는 갑자기 내쫓긴 심정이 되었습니다.

"나는 여기에서 뭘 하고 있는 건가. 정말로 여기에서 이 집에서, 이 여자랑 다시 부부가 되는 걸까."라고 생각하고 여기까지 궁지에 몰린 듯 오게 한 자신 스스로 살아온 결과이지만 새삼스럽게 두려워하고 있었습니다.

보니 방 한구석에 작은 고리짝에 있어 확실히 한때 잠시 묵었다라고 밖에는 볼 수 없기에, 그저 무엇을 믿고 오항이 평온하게 바람을 쐬고 있는 것일까 그것조차 이상하게 생각됩니다.

"이상하네. 왠지 이 집이 마치 전부터 알고 있었던 집 같은 기분이 들어."

"정말로 저곳의 마루가 낮게 되어 있지만 가와라초의 헛방의 배치와 같이 비슷해."

"후, 다른 것은 나의 호주머니 사정이야. 아, 이제부터 어떤 고생을 할지 각오는 되어있어."

"네, 당신은 말만 하면 그 말뿐이야. 나는 또 그 고생이 하고 싶다는 듯이 벌써 긴 시간 악착같이 일을 하고 있었던 거지. 어머, 이 반짇고리 안에 들어있는 돈주머니," 라고 오항은 아직 둘 곳도 정해지지 않은 소도구의 덮개를 열어 왠지 안절부절못하는 동안에 '후드득 후드득' 하고 굉장히 많은 동전이 다다미 위에 굴러 떨어졌습니다. 그 울금색으로 염색한 무명의 돈주머니 안에 어느 정도의 돈이 들어 있었던 것입니다.

오항의 말에 의하면, 신몬마에에 있는 동생 집에서 사람들의 바느질 일을 해 온 것은 이미 몇 년이나 되어 조금의 돈을 모아오고 있었다고 하지만, 보잘것 없는 남자가 어떻게 흘려들으면 좋을 것인가. 그렇게 두 여자의 경제적 도움을 받으면서 얼마나 기쁜지 슬픈지 타인에게는 말할 수 없는 심정입니다.

"호, 그 돈으로 많은 것을 살 수 있을까. 그렇다면 나는 지금부터 안락한 은거 생활로 마음 편한 신세겠네"

"호호 호호호, 정말 당신은 어디서든 주인이야." 라고 소리를 내 웃으면서 다다미를 기어서는 돈을 줍고 있는 오항의 그 포동포

동하게 드러난 손놀림에 스스로 갑자기 끌리는 심정이 되어도, 이 어찌할 바를 모르고 피할 수 있는 길 만 생각했던 것입니다.

"여보." 하고 소리 지르며, 오항이 한쪽 손을 뒤로 끌어당기는 듯한 동작을 취했습니다. 여자의 오비에 손을 걸치고, 그대로 손안에 끌어들인 것입니다.

"사토루가, 사토루가 지금 돌아오고 있어….."라고 말하는 오항의 목소리도 그때의 나에게는 그저 잠깐의 핑계로, 아이의 이름을 대는 것이라고 생각했었던 것이었습니다.

"네, 이렇게 어두운데 사토루가 돌아오려나." 라고 어쩐지 놀라 말하고 있는 사이에도 저의 가슴 안에는 어떤 도깨비소굴이 되어 있던 것인지, 생각하지 못한 것이었습니다.

어이, 그 어두운 곳에서 누워있으며 작은 소망을 맺는 것도 지금은 사람의 육체가 먼저라고 생각됩니다. 바삭바삭하고 바람이 부는 소리가 나고 스님의 간경의 소리가 손에 잡힐 듯이 들립니다. 보니 덧문 틈으로 불당 앞의 등불이 흔들거리는 바람에 펄럭이는 모습이 보여 무심코 그곳에 보게 되는 것입니다.

지금 쯤 가지야초에서도 등불을 올리고 있을 것이라 자기도 모르게 마음속으로 중얼거리고 있으니, 아침에 막 일어난 자신의 집 꼴이 생생히 눈에 보이는 듯한 기분이 들었던 것입니다.

지금은 마침 해가 질 무렵, 다이묘코지의 가게를 정리하고, 가지야초로 돌아갈 무렵이라고 생각하니, 돌연 그날 아침 버리고 온 자신의 집이 그리워서 안절부절 진정할 수 없는 심정이 되었다고 말씀드리면, 얼마나 웃으실까요.

　길들여진 개만도 못한 놈이 해가 지면 꼬리를 치고, 자기 집에 돌아가는 꼴이 똑같구나. 라는 말을 들어도 할 말은 없습니다.

　"그래, 나 있잖아. 잠깐 동안, 사토루가 없는 동안에, 잠깐 다녀 올 테니."라고 사정하듯 중얼거리며 오비를 휘감고 있는 동안에도 초조하여, 덧문을 밀어 연 것입니다.

　"여보."하고 부르는 소리에 이어서 "어디에 가시는 거에요? 오늘밤은 여기에서 자고 가는 게 아닌가요?"라고 불러 세우는 오 항의 목소리를, 어떤 마음으로 흘려 버린건지, 도망치듯이 게타를 신고 뒷문을 빠져나갔던 것입니다.

　차가운 바람이 불어와서 삼목의 울타리 골목을 허둥지둥 하고 달려 나와, 무심코 그곳에 발을 멈추고, 한숨을 쉬었습니다. 보니 비가 갠 뒤의 산등성이에 생각하지도 못한 동그란 달님이 나오고 있는 것입니다. 정말 이 왕래가, 내 자신 하나의 몸을 둘곳이라고 생각할 정도로, 어쩐지 안심하며 안온한 마음이 되어버렸어요. 좋아. 그 여자. 오늘밤 하룻밤 정도 대사님이 지켜 주실 거야. 도둑도 오늘은 없겠지. 라고 아직 이사한 것도 그대로, 새끼줄 쓰레기 안에 두고 온 오항의 일이 그리 마음에 걸리지 않는 것이 신기합니다.

　고한초小半町에 갔을 때 일입니다. 어쩐지 와글와글 사람소리가 나서, 오키타神田의 아제미치畦道를 소란스럽게 달려오는 사람 그림자가 보였습니다.

"절 뒤편의 집이야, 봐봐, 저기에 등불이 보여."라고 여러 사람이 말하는걸 듣고 있을 때, 무얼 생각했는지 나는 그곳의 삼목울타리 사이에 잽싸게 몸을 숨기고, 사람들이 빠져 나가는 것을 보았습니다. 확실히 지금 자신이 빠져나온 집으로 사람들이 모여들었기 때문에, 나는 도둑처럼 몸을 숨기고 그곳에 있었던 것이었습니다.

"오항, 오항."이라고 부르는 소리가 계속해서 들려옵니다.

그래. 저 소리는. 저건 틀림없이 신몬마에新門前의 숙부라고 생각하니, 나는 그대로 밤길의 마을을 빠져 나와 도망쳐 돌아온 것입니다.

어이, 저 오항을 부르는 소리가 숙부라는 걸 몰랐다면, 그렇게까지 무서워하진 않았을 거라고 생각됩니다만. 당신도 알고 계시지요. 저 신몬마에新門前의 다리 옆에 마도위를 상대로 대장간을하고 있었던 무법자 헤이타平太라는 오항의 숙부이십니다.

그렇다고는 해도 단지 그 한 순간 앞뒤가 뒤바뀌어 버린 직후라, 남의 눈에 띄지 않는다고 생각하자 밤길을 달려 지나가면서도단지 그것에만 마음을 뺏겼어요.

"그것은. 신몬마에 숙부와 간발의 차이로 그 난폭한 사람과 만나지 않았다."고 단지 그것만 반복했습니다. 여자를 뒤에 남겨두고 나 자신의 안온만을 빌었다는 것조차, 마음에 두지 않는 것입니다.

예, 사실을 말씀 드리자면, 그 가지야초 바로 근처의 수로 옆에서 오늘 아침 빠져 나온 우리 집 2층 난간에 걸려있는 수건이 아무 일도 없는 듯이 팔락거리는 것을 봤을 때 어쩐지 꿈에서 깬 듯 한 기분이 들었습니다.

'나는 또, 저기서 오카요와 자는 거야.'하고 생각하자, 그것은 무슨 바보 같은 기분일까요. 작년 여름, 가료바시 위에서 처음 오항과 만났을 때부터 이 몇 개월 다이묘코지와 가지야초, 두 집을 왔다 갔다 했듯이, 오늘부터는 가와니시川西안에 새롭게 또 하나, 집이 생긴 거라고 태연하게 생각하고 있었던 것입니다.

그 하룻밤의 무서움은 나중이 돼서야 겨우 깊이 깨닫게 된 것입니다.

12

다음 날은 거짓말같이 맑은 날이었어요. 도중에 선물로 우이로우外郎를 사기도 했죠. 더 이상 아무 근심 걱정도 없는 기분으로, 그 절 옆집으로 서둘러 가 본 것입니다.

집 뒤쪽으로 돌아가자, 대낮인데 덧문이 닫혀 있습니다.

"오항, 있어?"라며 가장자리 문을 열자, 어두운 집 안에는 어제 놓아둔 짐도 그대로이고, 오항의 모습도 보이지 않았다. 그렇다면 어제 밤에 어디로 가버린 걸까하고 생각하자, 마당의 볏짚 부스러기를 헤치고 허둥지둥 달려나간 모양이 눈에 보이는 듯 했습니다.

돌연 불긴한 예감이 들어 덧문도 그대로 열어둔 채 밖으로 달려 나가,

"저기, 혹시"하며 뒤에서 소리가 치자 본적이 있는 절의 여자 신도가 법당 옆에 멈춰 서 있었습니다.

"저기, 신부님 어젯밤, 신몬마에에서 온 사람중에 누군가 다친 사람이 있습니까?"라고 물었습니다.

그곳에서 신몬마에까지 어떻게 달려 갔는지, 지금은 기억도 나지 않습니다. 사시모노초曲尺町의 흙다리 근처까지 가니 본 적이 있는 오항 집 흑판장에 장례행렬 등롱관 용의 목, 연꽃화환 등등이 엄청나게 세워져 있는 모양의, 그럼 누군가 죽은 건가하고 생각해 봐도 아무 거리낌 없이 정면에서 물으며 대답들을 처지는 아닙니다.

"사토루 아닌가, 그 아이가 죽은 거 아냐."라고 되풀이하며 그곳의 산 쪽의 뽕 밭을 빠져나가 쌀 창고가 있는 뒤편으로 돌아갔습니다.

당신도 알고 있듯이 어느 집 장례 행렬이든 마당밖에 부뚜막을 꺼내는 것이 이 근방의 풍습입니다. 밥상을 높게 쌓고, 음식물을 익히는 연기가 엷게 하늘까지 피어오르고 근처 무리가 한 곳에 모여 와자지껄 서서 떠들어대는 모습이, 축제인지 장례식인지 외관으로는 모를 정도입니다.

"우리 애랑 같은 반이라서 곧잘 데려 왔었는데."

"그럼 부인은, 가노야는 다시 돌아왔대?"

"그래서 말이야. 그 류코 벼랑의 소나무 그루터기에 베낭의 끈이 걸렸대."

"왜 그 빗속을 서둘러 돌아갔는지 말이냐."

"음, 그거야 무리도 아니지. 한시라도 빨리 아빠 엄마가 모여 있는 곳에 돌아가고 싶었던 거야."등 말하고 있는 목소리를 들었다고 생각하니 그 군중 속을 어떻게 달려 빠져나갔는지, 정신이 들었을 때는 뒷문을 빠져나가 들어서면서 헛방 사이의 판자문을 열었습니다.

"오항, 나야, 가노야"라며, 큰 소리로 사람을 부르거나 한 것도, 훗날 생각해도, 저 때의 미치광이 같은 심정은 잊을 수가 없습니다. 푸르름이 차양의 속까지 여름날의 햇빛이 집안에 향의 연기가 자욱했다. 언젠가 본 적 있는 많은 친척들과 얼굴을 마주치면서,

"오항 , 오항" 하고 화내는 자기 자신의 목소리가 왠지 다른 사람의 목소리인가 하고 생각하기도 했습니다.

정말로 사람 마음만큼 우스운 것은 없습니다. 7년 전, 오항과 헤어진 지난날부터 마음속에 새겨 넓은 세상의 여기만은 자신의 발을 밟는 일이 없을거라 생각한 그 집 안에 뛰어들어, 모든 사람들이 앉아있는 자리의 눈앞에서 뭔가 저질러 버릴 것 같은 마음이었는지 알 수 없습니다.

'히이이이 -'하고 우는 여자의 목소리가 들려, 나도 모르게 털썩 주저앉아 발꿈치로 기어 다가가니, 갑작스럽게 따뜻한 기온이 무릎에 닿았습니다.

"여보. 사토루가 죽었어요. 저 미나미고우치南河内에서 돌아오

는 길에 류코에 떨어졌어요."

"근데, 근데 사토루는 어디에 있는 거야."라고 나는 엉겨붙어 있는 오항의 몸을 밀어제치고 헛간의 마루방으로 뛰어 들어갔습니다.

나중에 생각해보니 확실히 그것은 입관 때 였다는 생각이 들었습니다.

"어머, 당신, 가노야 씨."라고 누군가 큰 목소리로 불렀다고 생각합니다만, 갑자기 순식간에 뒤로 물러나는 순간 그곳에 사토루의 자는 모습이 보였습니다.

네, 새 유카타를 입고 정말로 어느 축제라도 갈 듯한 옷차림채로 그곳에서 자고 있었습니다. 어쩐지 내 몸도 그곳에 빨려 들어갈 듯한 마음이 들었습니다.

"사토루, 나야, 니 아빠야" 하고 이불을 걷히고 목소리를 낮추고 베개 옆에 달라붙었습니다.

내 아들이 죽었다는 것을 아무도 말해주지 않습니다. 사토루를 만난 작년 겨울부터 지금까지 부모도 그렇고 아이도 그렇고 말하지 않고 기다리며 날을 지낸 그 날에, 오늘부터는 부모와 자식 3명이 한 집에서 베개를 나란히 하고 잘 수 있는 그날에 정말 일부러 골라서 죽었다는 것은 어떠한 신의 부름이었겠지요.

"사토루, 나야, 니 아빠야" 하고 나는 남들 앞인 것도 잊어버렸어요. 아이가 살아있는 동안 입 밖에 내서 말할 수 없었던 이 한마디가, 지금에서야 아이의 마음에 들리겠지 생각하게 된 것입니다.

새 유카타를 입고 옷자락의 틈사이로 햇볕에 그을린 작은 발이 탁하고 밖으로 니와 있는 모양의 애처로움. 정말로 어쩐지 뭔가 말하고 있는 듯이 생각됩니다. "아빠, 더 이상 아무것도 필요 없게 됐어."라고 말하고 있는 듯이 생각됩니다.

그건 바로 보름정도 전날, 분명히 사토루랑 둘이 가게 안에서 달력을 넘기며 정한 기일이라고 하는 9월13일 그 날에 사토루가 죽은 거야라고 생각하면 "흠, 아저씨는 거짓말만 해… 얌전하게 지내고 있으면 데리러 온다고 하고서는."라고 말하며 원망했던 이전에 비오는 날의 일도 떠올랐습니다. 아무래도 나에게는 자신의 한심스러움을 이 작은 몸으로 따지는 듯이 생각되는 것입니다.

네, 이때의 마음은 나중에는 떠올릴 수도 없지만, 갑작스레 혹하고 이상한 기분이 들었습니다.

나는 오늘의 일을 내 아들 사토루가 죽은 그 류코의 벼랑 끝에서 내가 죽을 것이라고, 우리 아이가 미끄러져 죽는 것을 이미 전부터 잘 알고 있었던 것처럼 생생하게 눈으로 보는 것처럼 알고 있었다고 생각했기 때문입니다.

그것은 그 칠석날 새벽 오항과 둘이서 대사님 옆집을 보러 갔을 때의 일입니다. 류코의 벼랑 끝에 정말로 자신의 발을 헛디뎌 자칫하면 미끄러져 떨어져 죽을 뻔했던 그 때에 나는 오늘 일을, 내 아들 사토루의 죽음을 절실히 깨달았던 게 아닐까 하고, 이상한 생각을 하기도 했지요. 어제 빗속을, 산길을 빠져 미나미고우치南河內에서 달려 돌아온 이 아이의 모습이 눈에 보이는 듯이 떠오른 것입니다.

네. 생생하게 지금 여기 눈앞에 보이는 것처럼 생각되어집니다. 맞은 편 바람에 우산을 펼치고 비로 거기가 류코의 벼랑 끝이라고 생각하지 않고 우산과 함께 그대로 연못에 미끄러져 들어갔다. 이 폭우가 쏟아지는 날 이사할 결정했었던 것은 이 아이를 죽이기 위해서였던가 라고 뭐라 할 수 없는 불안감으로 지금이야 말로 신과 부처의 뜻을 깊이 깨닫게 되는 마음입니다.

네, 그날 저녁 아직 이삿짐도 풀지 않고 마룻방 한 가운데에 갈팡질팡하는 오항의 손을 누르며 억지로 오비를 두르게 한 건 나였습니다.

"사토루……사토루 지금 돌아올거야."라고 말하고 몸을 수그리며 어느 사이에 내 옆에 들러붙어 따라다니며 숨을 죽이고 있는 여자의 이상함에

"이봐, 이렇게 어두워지면 사토루가 돌아 올 수 없어."라고 내가 아이의 이름을 부르고 여자를 놀릴 생각으로 있었던 그때, 정확히 그때 사토루는 죽었습니다.

네, 이 같은 시기에 사토루가 죽어 이런 슬픔 모습을 하고 지금 눈앞에 있는 것입니다.

네, 이것이 신의 벌이겠지요. 나의 목숨을 끊어버리지 않고 아직 이 세상에서 나의 괴롭고 안타까움을 늘리기 위해 아이의 생명을 거두어 가신 것입니다.

"뭐 가노야 씨, 그렇게 울면, 그것이 하나의 신의 벌이야. 이 과

자 여기에 놓고 빨리 절을 올리세요."라고 누군가 장황하게 말하며 내가 들고 찾아갔던 종이 꾸러미를 무리하게 관 옆에 넣어두었습니다. 이렇게 말하면 그 사람의 눈에도 바보같이 흐트러진 남자의 모습이었겠지요. 누군가 내 등을 안듯이 하고 안으로 데리고 들어가려는 그때였습니다.

"당신, 빨리가."라고 오항의 큰 소리와 함께.

"여러분, 이 사악한 놈이 사토루를 죽였어. 죄도 없는 아이를 밖으로 유인해서 그렇게 죽였어."라고 큰소리로 화를 내면서 무언인가 반짝이는 것을 손으로 던지며 다다미방에 뛰어 들어온 할머니. 그 사람이 오항의 어머니라고 생각할 겨를도 없이,

"이 자식, 낯작을 들고 이 집의 문턱을 넘어 온거야. 이자식 뻔뻔스레 죽은 아이 곁에 오다니."라고 큰소리로 외치면서, 칼부림 하는 할머니의 등 뒤로 겹쳐 뛰어든 사람은 확실히 신몬마에의 하시모토에 살고 있는 난폭한 히라타이 숙부였습니다.

네, 어젯밤 가까스로 얼굴을 마주치지 않고 용케 도망쳐 나왔다고 가슴을 쓸어내린 히라타이 숙부를 마침내 여기서 마탁들인 것을 생각하면 그대로 거기의 마룻바닥에 털썩 주저앉아버렸습니다.

"네, 부디 용서해 주세요. 부디 용서를……"하고 마을 사람들이 있다는 사실도 잊은 채 숙부의 발에 매달렸습니다,

어쩌면 어깨 위에 무거운 것이 떨어진 것같이 생각이 든 것도 순간적이었습니다.

"성이 풀릴 때까지 두들겨 주세요."

"이 사람도 아닌 녀석. 자식을 죽였어."라고 제각기 욕을 퍼붓고 있는 목소리에 섞여 "어머니 무슨 말을 해." 라고 말하고 있는 오항의 우는 목소리도 꿈속에서처럼 들렸습니다. 소란스러운 사람들 목소리 속에 스님의 독경 소리도 뒷마당의 매미의 소리도 하나 되어 어딘지 먼 어딘가부터 들려오는 것처럼 생각된 것이었습니다. 그 마루바닥에 맞아서 쓰러진 채 나는 정신을 잃은 것입니다.

13

그렇습니다. 49일 밤도 벌써 끝나고 11월도 어느덧 절반이 지난 쌀쌀한 날의 일이었습니다. 저 집 말입니까. 그 소란함 있을 때부터 오카요는 벌써 정신이 미친것처럼 된 것입니다.

"다른 사람에게 남자를 빼앗기는 것은 빼앗기는 쪽이 바보야. 빼앗기기 싫으면 주의해야해." 라고 이전엔 그렇게 말하더니 더더욱 나와 관련되어 있다보니, 그건 그 여자의 일이라며 얼굴을 맞대고 앉아 이러쿵저러쿵 말하지 않았다. 저녁이 되니 모든 가게에 불이 켜지고, 여기저기서 딱딱 하고 부싯돌 부딪치는 소리가 들려도 언제까지나 2층의 객실에 있었습니다.

"부인, 한게쓰안에서 보았어요. 뎃포코지의 구기만釘万 연회에서."라는 소리가 들려도 무엇인가 바쁜 현실의 정리하고 있고 있

는 채로,

"말해주게. 나는 벌써 기생을 그만 두었다고."라고 큰 목소리로 말하기도 하는 것입니다. 본디 잠깐 다이묘코지의 가게에 가서 뒤편의 아주머니에게 말하고 싶어, 기운이 떨어져 병이 난 것은 아닌가 듣고 싶다고 생각하는 것조차 매우 가슴이 두근거렸습니다.

신몬마에 사람의 손에 의해, 절 뒤편의 저 집도 깨끗이 짐을 끌어내고 정리했다는 것과 말하자면 내가 한 일을 모든 사람들이 정리해 주었으므로, 세상에 괴롭고 안타까운 심정이 되어서 다시 한 번 만나고 싶다. 만나서 함께 죽어간 아이의 명복을 빌어주고 싶다고 생각하는 날도 있지만, 이 애절한 심정도 이것이 자신이 받아들여야 하는 죄라는 생각밖에 들지 않습니다.

네, 사토루의 말입니까? 정말 망설이고 있을 때라고 말하는 것은 이상한 것입니다. 가을이 되어 비가 오다 말다하지만, 오늘은 갑자기 비가 많이 오는 날 집앞을 달려가는 아이의 모습을 본 듯한 기분이 들었습니다. 사토루가 우산을 들고 나갔을까하고 죽은 것도 잊은 듯이 생각하는 것입니다.

그것은 그 아이가 벌써 죽어 이 세상에는 없다고 생각하자, 갑자기 발걸음이 멈춰지는 심정이었습니다.

죠루리의 다마테고젠玉手御前은 아닙니다만, 이런 때 헤매다 망설여져서 만나러 가지는 못하지만 자주 덧문 밖을 보는 일도 있습니다. 후에 생각해 보면 오카요는 에비스코ぇびす講: 주로 10월 20일에서 11월 20일까지 개최되는 제례 또는 민간행사 참배로 짧은 순간 나루터의 에벳사마えべっ様: 7복신 중에서 유일한 일본 신 에게 갔을 때입니다.

"가노야씨," 누군가 낮은 목소리로 부르는 듯한 기분이 들어, 돌아보니 문 주변의 버드나무 그늘에 벌써 오랫동안 기다린 것인지, 다이묘코지 아주머니의 모습이 보였습니다.

나는 굴리듯이 하여 뒤쪽 나무문을 열었습니다.

"오항, 오항이 와 준건가."

"에 부인이, 이유는 그 안에 쓰여 있어요." 라고 문을 조심스레 열고는 내 손에 종이를 건네주고 도망치듯 나가버렸습니다.

전에 보았던 오항의 편지라는 생각에 갑자기 발이 덜덜 떨렸습니다.

"오셴, 오셴." 하고 딸을 재촉하며 부르는 목소리도 잠겨서, "나 이층에 있으니까 엄미 돌아오시면 큰 소리로 불러줘." 라며 미소 지었습니다.

마음의 평정을 잃은 이때에도 같은 집에 사는 여자에게 신경을 쓰는 것은, 말하자면 나의 어리석음을 말하는 것입니다.

"급히 적어 보내드립니다. 천리만리나 가는 듯이 이런 글을 남기는 것은 아마 요란스러운 여자라고 웃을 것입니다. 이미 이전부터 계속 나 혼자 결심하여 아무 일도 아니라고 생각하면, 당신에게도 또 그 사람에게도 그저 미안한 것은 저입니다.

실로 지금까지 오랜 시간을 기다리며 살아온 것은 어떻게 해도 내가 마음에 수긍이 가지 않아 당신에게 폐를 끼치고 또 그 그리움을 억눌러 오면서 많은 꿈들을 가진 것은 부처님의 굽어 살핌입니다.

만약 내가 이대로 있어 세상 사람들 눈앞에 띄인다면 어디든 좋은 곳으로 시집갈 수 있지만, 이미 그런 생각을 하기에는 이미 나이가 든 게 아닌가 하고 생각하거나 합니다.

정말로 나는 여기 혼자 있는 것이 당연하다고 생각합니다. 스스로는 이제 이것으로 아무것도 아니라고 생각하지만 상냥한 당신이기에 가엾게 생각하지 않는지. 긴 일생 동안 당신을 기다려 온 가엾은 여자라고 생각하시지는 않는지. 하고 생각합니다만, 혹시 그렇다면 그건 당신의 잘못된 생각입니다.

생각하면 나만큼 행복한 사람도 없다고 생각하기 때문입니다. 당신과 한 집에 살지 않는다고 해도, 말하자면 부부가 되어 함께 생활하는 것보다 당신에게 사랑스럽게 생각되는 것이 아닌가 생각합니다.

정말로 나만큼 행복한 사람은 없다고 생각하니까 아무 걱정하지 말아주세요. 죽어버린 그 아이도, 죽어서 부모의 애절한 마음을 훔친 것이라 생각하기 때문입니다. 아이에게 사로잡히면, 무엇보다도 그것이 부모에 대한 효도나 배려가 아닌가. 라고 그렇게 생각합니다. 정말 그렇게 생각하고 무엇보다 공양을 드리려고 생각합니다.

모두 지나간 세간의 약속이니 부디 이해해 주세요. 49제의 법사도 지났으니. 이제는 고향의 집을 떠나도 좋다고 생각합니다. 어디를 가든 저 혼자 아침저녁 입에 풀칠을 하는 것쯤이야 어떻게든 될것이 라고 생각하고 있으니. 부디 이해해주세요.

단지 이렇게 되어 면목 없는 것은 그 사람의 일입니다. 내가 간 후에는 부디 내 몫까지 더해서 사랑해주세요. 말씀드리고 싶은 것은 태산과 같지만 마음이 가는대로 글을 씁니다. 얇게 입어 감기 걸리지 마세요.

오항으로부터

서방님께

사람 일생에 이런 글을 받은 사람이 어디에 있을까요.

어떤 먼 나라 끝에 갔더라도, 이정도의 편지남기고 저 혼자서 안도하며 살수 있다고 생각하는 것일까요. 왜 단 한마디라도 원망하는 말을 하지 않는가라고 생각하며, 지금 여기에 이 눈앞에 저 오항의 몸을 꿇어 앉혀서 역으로 원한을 품어 다지고 다져 단단히 앉혀 놓으면. 뭐 , 맘껏 웃어주세요. 이것이 바보 같은 남자의 미련이란 걸 알고 미친 듯한 마음이 된 것입니다.

그것은 다이묘코지大名小路의 아주머니는 알고 있는 것이 저 아주머니가 모를 리 없다는 생각에 애간장이 타는 기분이었습니다. 가지야초에서 뎃포코지에 걸쳐 해질녘 옅은 안개에 쌓인 채 불 밝히고 있는 길거리를 강을 끼고 남쪽하류 아래로 빠지는 어두운 산길로 지금 그 곳을 급히 빠져나가는 오항의 모습을 보는듯한 기분이 되었던 것입니다.

"아버지, 어디 가는 거야!" 라는 날카로운 오센의 목소리가 들리고 찢어질 정도로 소매 자락이 끌렸습니다. 내가 정신을 차렸을 때는 신발도 신지 않은 채 도로 뛰쳐나온 것입니다.

"좀 있으면, 엄마가 돌아올 거야, 엄마는 되돌아 올 거니까요."
라고 몸을 밀어 붙여 울면서 나를 되밀려고 하는 것이었습니다.

"가면 안 돼. 안된다고요."라고 땀투성이가 된 채 몸을 비틀고 있는 오센의 어디까지가 참인지는 모르지만 말하자면 아이의 마음만큼 무서운 것은 없습니다. 네, 저건 저 갑자기 비가 오는 날, 비에 젖은 사토루가 "아저씨 거짓말쟁이"라고 울며 원망한 그 소리도, 지금도 귀에 들리는 것 같은 생각이 듭니다.

네, 냉이 열매 정도도 안 되는 핏줄이라 생각해도 내 자신의 피를 나눈 오직 한 아이를 죽게 방치하고, 어째서 남의 집 아이에게 "아버지"라고 불리면서 꼼짝 못하고 서 있는 것입니까. 이 조그만 딸의 힘에 밀려서 뒷문의 어두운 곳에 몸을 웅크린 채로 '왁'하고 큰 소리로 울 수밖에 없었다고 하면, 틀림없이 경멸하실 것이라 생각합니다.

그리고 그 후 세월이 흘러 어떻게 지냈는지 그 후 물어보니, 오항은 사토루 49제 끝난 다음날 아침에, 때마침 그 오항의 편지가 도착하기 7,8일 정도 전에 떠났다는 것입니다. 아무리 미련이 있어도 따라가지 못하도록 배려한 것으로 생각합니다. 사람들 말에 의하면 빗츄섬備中玉島의 선착장 근처에서 확실히 오항이 서 있는 것을 보았다고 말하고 있지만 혹시 마을에서 고용살이라도 하고 있는 것인가. 네, 죽어버리거나 할 리는 없습니다.

단지 내 눈앞에서 사라져 버려, 바보 같은 남자의 욕망을 남긴 것이라고 생각 하고 있는 것이 틀림없습니다.

" 아버지, 아버지."라고 이전과 마찬가지로 하루에 한번 부르는 오센의 목소리에도 또 "남자가 필요하지 않은 사람은 어느 나라든 갈 수있어. 상대 남자가 있는거야, 남자를 원하는 거야."라고 달라붙어오는 오카요의 피부 온기도, 이것이 나의 천도의 세간으로부터 그릇된 길의 응답이라는 것을 이제서야 알 수 있을 것 같은 마음입니다.

색참회(色ざんげ)

어디서부터 이야기 하면 좋을까 하고 잠깐 생각하더니, 그는 천천히 말하기 시작했다.

외국에서 돌아와 얼마 안 있어 가타마蒲田에 방이 두 세 개 있는 2층짜리 작은 집을 빌려 나는 2층, 아내와 아이는 아래층에서, 마치 따로 사는 듯한 생활을 시작했다. 벌써 그때 즈음엔 별거 이야기도 꽤 많이 진행되고 있어, 그저 이야기의 구체적인 결말을 기다리고 있는 것뿐이었다.

무엇보다 나는 십년 만에 보는 여자들이 너무나 예뻐 보여서 눈을 뜨면 집에서 뛰쳐나와 거리를 정처 없이 걷거나, 밤에는 늦게까지 댄스홀이나 카페를 찾아 돌아다니다가 귀가했으므로 아내의 얼굴을 며칠이나 못 볼 때가 많았다.

어느 날 밤이었다. 돌아와 보니 책상 위에 여자글씨체의 편지가 놓여 있었다. 다카오高尾라고 서명이 되어 있어 다카오 아무개라는 여자이겠지 생각했는데, 그런 것은 아니고 고마키 다카오小牧高尾 라고 확실히 적혀있었다.

다카오 라는 남자 이름에 어울리는 여자가 쓴 것 같은 편지답게

능숙한 필체로 두 장 정도의 편지지에 뭔지 뜻도 모를 시 같은 것이 쓰여 있고, 그 뒤에는 자신의 집은 센다가야千馱ヶ谷의 도쿠가와德川씨 댁 근처이니까 꼭 한번 놀러 오세요 라고 쓰여 있었다. 연애편지치고는 심하게 담백하면서도 추상적이어서, 난 그대로 읽고 잊은 채 잠이 들어버렸다. 그 다음날에도 집으로 돌아와 보니 비슷해 보이는 편지가 책상위에 올려져 있고 이번에는 시를 읽고 답장을 해주길 바란다고 적혀 있었다.

다음날도 그 다음날도 똑 같은 봉투가 놓여 있었지만 나는 더 이상 열어볼 마음이 없어 그대로 두었다.

그리고 1주일쯤 뒤에도 끈질기게 편지가 왔다. 그런데 이제까지의 폭이 좁고 얇은 봉투가 아니고 조금 큰 듯한 서양봉투로 바뀌어 있는 것을 보고 아무렇지 않게 열어보니, 편지 외에도 본인 인 것 같은 젊은 여자 사진이 한 장 들어 있었고, 여자 뒤에는 호랑이 가죽이 걸쳐있는 의자와 피아노 같은 것도 보여 꽤 중상층 계급의 편안함과 한가로움이 느껴졌다.

다음날 아침 나가는 길에 나는 그것을 아내에게 보여주었다.

" 어라, 부잣집인 것 같아. 당신 벌써 만나고 있는 거죠?"

" 농담도, 내가 다가온다고 편지나 보내고 하는 여자를 만날 것 같아?"

"그래도 좀만 놀아주면 되잖아요, 분명 부자라니까요."

부인은 꽤 건방지게 익살을 떨며 말했지만 사진의 여자는 조금, 딱 그 정도밖에 아름답지 않았다.

그런 일이 있고 난 후에도 편지는 변함없이 왔다. 특별히 마음에 두고 있는 것은 아니지만, 나는 여자의 끈기의 대단함에 반쯤은 질려서 댄스홀과 카페에서도 여자의 신상에 대해 물어봤다.

" 당신들 중에 고마키 다카오小牧高尾 라고 하는 여자를 아는 사람 있어?"

그런 일로 나도 꽤나 여자의 편지에 신경 쓰게 되었는지도 모른다.

어느 날 밤, 집에 돌아와 보니 책상 옆에 다섯 치 정도로 쌓여있는 편지 중에서 아무렇게나 편지 한 장을 집어서 열어보니 거기에는 시 같은 건 써져있지 않고 종이엔 "내일 저녁6시에서 6시 반 사이에 센다가야千駄ヶ谷 개찰구에서 기다릴 테니 와 주세요. 나는 머리에 붉은 조화 꽃을 꽂고 있을게요." 라는 글이 세줄 정도 쓰여 있었다.

물론 나는 가지는 않았지만, 대체 그 다음날 편지에는 뭐라고 써져 있을지 생각하면서 다음날의 편지를 열어보니 한 글자 한 글자 지금까지와 같은 문구로, "저는 머리에 붉은 조화 꽃을 꽂고 있어요."라고 써져 있었다.

나는 조금 재미있어져 이번에는 그 전 날의 편지를 열어보니 역시 장미 조화라고 적혀 있고, 다음도 그 다음도 딱 그날 밤에 도착한 것과 합쳐서 20, 30통정도의 편지가 모두 같은 내용인 것에 질려버렸다.

나는 좀 더 이전의 것으로 거슬러 올라가 제일 처음으로 보낸 것 같은 두 세통까지 ,모든 봉투를 열어 볼 마음이 생겼다.

그러자 장미꽃 이전의 내용은 대충 7,80통 정도인데, 모든 편지에 호랑이 가죽위에 걸터 앉은 사진이 들어있고, 그 이전의 것에는 영문도 모르는 시가 이어져 있었다. 나는 잠시 동안 서재 안에 앉아 있는 동안에 이 여자에 대해 이상한 흥미를 느끼기 시작한 자신을 발견했다.

내일 저녁에는 가 볼까 하고 그 땐 그런 생각이 들었다.

다음날 저녁 센다가야 역에서 내린 것은 6시 30분이 조금 넘어서였다. 플랫폼 계단을 반 정도 내려왔다고 생각하니 그 개찰구 쪽에서 키가 큰 젊은 여자가 꼿꼿한 자세로 이쪽을 향해 서 있는 것이 보였다.

요즘 자주 잡지에서 볼 수있는 페리시타 부인처럼 긴 머리를 땋아 느슨하게 이마 위로 말아 묶어, 거기에 붉은 장미 조화를 꽂고 있는 모습이 때마침 여름이어서 6시가 조금 지났는데도 아직 대낮처럼 밝았다. 넓은 바깥의 정원의 밝은 광경을 배경으로 해서인지 얼굴이 잘 안 보이지만 기분 탓인지 사진보다도 오히려 젊고 생생한 여자처럼 느껴졌다.

가까이 오자 여자는 반짝반짝 빛나는 듯한 눈을 떠 똑바로 내 얼굴을 쳐다보았다. 나는 일부러 느린 걸음 그대로 광장 왼 편 인력거 대기실 옆 샛길을 따라서 돌아갔지만 왠지 모르게 뒤에서 여자의 시선이 쫓아오는 것처럼 느껴졌다.

이럴 때 좀처럼 "당신이 고마키씨군요."라고 말할 수 없을 것 같았다. 나는 여자의 시선이 닿지 않을 때까지 걷고 나서 조금 멈추어 서 있었다. 그리고 그곳의 가로수가 무성한 곳을 통과해 뒤돌아보자, 여자는 다시 원래 자세로 돌아가 뒤쪽에 서 있었다.

역시 나라는 것을 눈치 채지 못한 걸까 하고 생각하면서, 잠시 동안 그곳에서 서서보고 있자, 이윽고 '획' 하고 갑자기 방향을 바꾸어 도쿠가와德川 씨 댁 쪽으로 걷기 시작했다.

아마 정확히 6시 30분이 되었기 때문이라고 생각하면서도 지극히도 기계적인 동작으로 미련도 없이 빨리 돌아가는 것이었다. 나는 조금의 시간을 두고 여자의 뒤를 쫓았다.

역에서 한 정거장 되는 길 오른쪽에 접해 있는 도쿠가와德川씨의 저택보다도 더 엄숙하게 문패에 「고마키 요시로小牧与四郎」라고 쓰여 있었으며, 문패 중간은 조금 낡아 있었고, 오래된 장미 덩굴이 터널처럼 안쪽 정원까지 이어져있었다. 여자의 샌들 소리가 아직 그 안쪽에서 들리는 것 같아 나는 조금 가슴을 졸이며 그곳에 서서 귀를 기울이고 있었다.

이윽고 하치만사八幡社쪽 거리 가까운 곳에 한 채의 미곡상을 발견하였다. 그 주인에게 물어보니 거기는 고마키 요시로 라고 하는 삼대 중역의 집으로, 주인인 요시로는 중국이나 대만 등으로 여행 가있을 때가 많아 부재 시, 지금까지는 화족 여학교에 다니고 있는 외동딸 아가씨만 있을 거라고 이야기해주었다.

얘기에서 들은 이 아가씨가 그 여자인 걸까 라고 나는 왠지 모르게 흥미를 느꼈지만 조금 전 개찰구에서 살짝 본 여자의 큰 체격의 다부진 몸이나 정면에서 본 빛나는 눈빛을 생각하면 사랑을 느꼈다고 하기에는 조금의 감성도 부드러움도 없는 여자 같다는 생각이 들었다. 그렇다 치더라도 요즘처럼 밤 낮 없이 카페나 댄스홀 같은 곳에서 여자들이랑 놀고만 있는 나에게 있어서는 뭔가 신선하고 색다른 스타일의 상대로 생각되었다.

그날은 그대로 더 이상 거리에서 정처 없이 걷거나 하지 않고 집에 돌아오니, 역시 책상 위에 「붉은 장미꽃을」이라고 써진 편지가 놓여 있었다.

그리고 다음날은 조금 빨리 집을 나와 도중에 이발소에 들러 구두를 닦고 센다가야의 플랫폼에 내리자 여자는 어제와 같은 곳에서 같은 자세로 꼿꼿하게 서 있었다.

내 모습을 확인했다고 여기자 조금 확신이 있는 걸음으로 성큼성큼 다가왔다.

"유아사湯淺 씨죠? 역시 유아사씨네요."

그렇다고 대답하자,

"당신 어제도 여기에 계셨죠?"하고 물었다.

왠지 정직하게 대답하고 싶지 않아서,

"아니 지금 온 게 처음이에요."라고 말했다.

"그럴 리 없어요, 하지만 그렇게 서둘러 간 게 끝이었으니 어쩌면 다른 분이라는 생각도 했지만,,,"

" 그럼, 당신은 매일 여기서 기다리고 있었던 거요?"

"네, 그럼요, 그게 당신이 여기에 꼭 올 거니까요."

여자는 먼저 걷기 시작했다.

나는 그 뒤를 쫓으면서 여자의 건강한 손과 발, 혈색 좋은 볼을 보았다.

" 무슨 이유로 그렇게 매일 편지를 보낸 거요?"

"그런 건 물어보는 게 아니에요, 만약 당신이 오지 않았다면 앞으로 3개월이든 3년이든 계속 보낼 작정이었어요. 뭐든지 생각한 건 도중에 멈추는 경우가 없어요. 저는."

여자는 어제 서 있던 오른쪽 문 앞에서 나를 뒤돌아 봤다.

"잠깐 들르지 않을래요?"

나는 뒷마당 쪽에 떨어져 있는 서양식 집을 향해 갔다. 방안은 이미 조금 어두웠다. 여자는 낮은 스탠드에 불을 켰다. 그러자 어두운 가운데 그 사진에 있던 피아노와 호랑이 가죽이 걸려있는 의자가 보였다. 벽에는 핀으로 꽂혀져 있는 신문에서 오려낸 것 같은 나의 사진도 보인다.

"술 마시죠?"

여자는 나에게 어떤 양주를 권했다. 최근에 보는 여자의 얼굴은 여자라고 하기보다 마치 아이 같은 순수한 표정을 하고 그 어린 아이의 아름다움을 위해 무서움을 모르는 척하는 것처럼 보인다.

" 어째서 나와 만나고 싶다고 생각 한 거야?"

" 아직도 그걸 묻고 싶은 거예요?" 여자는 조금 웃었다.

"당신이 좋아서, 나 당신을 사랑하고 있다고, 사랑해요."

나는 웃었다.

"사랑한다니, 당신, 지금까지 사랑해 본적 있어?"

"있어요. 내 첫사랑이기도 하지만 우리 집 가정교사를 사랑했었어요. 근데 곧 그게 어리석다는 걸 알았고 어리석다고 생각하니까 바로 그 남자를 해고해버렸어요."

조금 전부터 꽤 시간이 지났지만 아무도 이 방에 들어오는 일은 없고, 부모님의 방에서는 인기척도 들리지 않았다.

"그럼 어째서 나를 좋아한다고 생각했어?"

"당신과 기차에서 만나고 난 후부터예요."

모두 다 말하겠다며, 그녀가 꺼낸 이야기에 따르면, 그녀는 내가 일본에 도착한 날에 고베神戸에서 도쿄東京까지 가려고 탄 기차 안에서 나와 함께였다. 대만에서 돌아오는 그녀의 아버지를 오사카大阪에서 만나 식당차에서 조금 쉬고 좌석에 돌아오자, 바로 나중에 온 내가 식당차에서 잃어버린 그녀의 부채를, "이거 당신 거예요?"라며 아버지께 건네주었다고 한다.

그 말을 들으니, 그때의 일이 생각나긴 하지만 그녀로 생각되는 소녀는 감색 세라복인지, 아무튼 옷 위에 길게 늘어트린 목도리를 하고 있어 나에게는 별로 기억이 없고, 오히려 그쪽에 기름진 이마와 날카로운 시선을 하고 앉아있던 백발의 신사가 더 기억에 남아 그녀와 비슷한 사람이 있었다는 것을 생각나게 했다.

그 야간 기차가 도쿄 역에 도착해 가족이나 친구들과 신문사의 사진반에 둘러싸인 나를 보고 저 사람은 누구일까 하고 기대감을 가지고 있었다. 그런데 다음날 신문을 펼쳐보니, 내가 오랜 시간 외국에 있었던 유아사 죠지湯浅讓二 라는 서양화가로, 가타마蒲田에 있는 집에 정착해 있다는 것을 알게 되었다. 그러나 집에 아버지가 머물고 있는 동안은 아무것도 할 수 없었다.

"나는 능숙하게 두 얼굴의 인간이 될 수 있어요. 아빠가 있는 동안에는 어른스러운 아가씨, 아빠가 안계시면 종잡을 수 없는 불량소녀가 돼버려요."

언제나 양쪽에 가정부가 붙어 다녀 자동차 창문으로 바깥에 눈길을 주는 일도 금지되어 있을 것 같은, 아가씨가 될 수 있지만, 불량소녀 역할을 더 능숙하게 잘 할 수 있었다.

아버지가 빨리 다시 대만에 가버리면 좋은데, 20일 정도 기다린 후 드디어 어느 날 아버지를 도쿄 역까지 배웅해드리고 곧바로 그 걸음으로 가마타의 경찰서에 가서 나의 새로운 주소와 가족에 대해 조사하며, 인력거를 타고 나의 집까지 가보았다. 하마터면 들어갈 뻔 했지만, 생각을 고쳐먹고 그 후로는 매일같이 그 편지를 썼다고 한다.

"그럼 나한테 부인과 아이들이 있다는 것도 알고 있겠네?"

"그딴 거."라고 여자는 그 얇은 입술을 꼭 깨무는 것처럼 말했다.

"그딴 건 어차피 당신 게 아닌 거잖아, 뭐든지 있을 순 있어, 어떤 부인인지는 모르지만 그래도 그런 부인보다 내가 좋은 게 당연하다고 정해져 있잖아요."

"어째서 당연하다고 정해져 있어?"

"당연해."

혼잣말처럼 반복하다가 슬쩍 눈을 뜨고 나를 본다.

"당신 같은 사람이 그런 집에서 그림을 그리고 있다니."

그렇게 말하고 잠시 입을 다물고 있는 여자의 옆모습을 보고 있는 동안 여자가 무슨 말을 하려고 하는지 나는 반 정도는 알 것 같은 기분이 들었다.

이 화족 여학교의 아가씨는 조금은 내 삶의 방향을 불쌍하게 보고 있거나, 그렇지 않으면 염려하고 있는 듯했다.

나는 잠깐, 어린아이에게 아저씨는 바보네 하고 들었을 때처럼 기분이 나빠졌다. 그 나쁜 기분을 숨기기 위하여 나는 여자의 손을 잡았다.

"안 돼, 만지면 안 돼."

하고 펄쩍 뛰는 듯이 여자는 방구석 쪽으로 몸을 움츠리고 나서는 거기에서 계속 시선을 고정시켜 내 쪽을 보았다. 그러나 나는 여자를 따라가지 않았다. 이윽고 꽤 늦어졌으니까 하고 그곳을 나오자, 여자는 역까지 나를 바래다주었다.

"내일 또 봐요."

여자는 헤어질 때 그렇게 말했다.

다음날이 되자 나는 더 이상 나갈 기분이 아니었다. 사랑하는 상대라고 하기 에는 너무나도 모범적인 몸가짐과 솔직한 성격을 가지고 있는 그녀는 정말 조금의 감정밖에 나의 마음에 남지 않은 것 같았다.

게다가 사실을 말하자면, 나에겐 아직 외모지상주의가 남아 있어서 그 미인이라고 할 정도도 아닌 여자를 특별히 마음에 두지는 않았다. 그동안 점점 날이 지나고 나는 내 일 중의 하나인 가을 전시회에 낼 작품 제작이 바빠져 왔다.

"그렇게 열정에 불타는 여자를 그대로 두다니, 죄악이야."라고 쓰거나, "만나러 오지 않고 무얼 하는지도 모른다."라고 쓰거나 했던 여자의 편지가 변함없이 매일처럼 오고 있었다.

어느 저녁 나는 드물게 우리 집 이층에서 성악가 가메이 유지로亀井雄二郎와 화가 엔다 슈키치園田修吉등과 함께 아내의 식사 대접을 받으며 맥주를 마시고 있었는데 아래층에서 누군가를 부르는 듯한 아이의 소리가 들렸다. 바로 내려간 아내가 계단에서 나를 불렀다.

"그 여자예요. 그 여자가 당신을 불러 달라고 해요."

근처 채소가게 앞까지 와선 그곳의 아이를 불러 이쪽으로 보낸 것이라고 말하는 화장을 곱게 한 아내의 얼굴은 딱딱하게 굳은 듯한 표정이 되어 있었다. 언제쯤 이었던가, 사진을 보았을 때에는 조금은 놀아도 괜찮지 않은가 등의, 먹히지도 않는다는 식으로 말한 주제에, 라고 생각하며, 나는 다시 무언가 말하는 것이 귀찮아서 큰소리로 말했다.

"신경 쓸 일은 아니지 않나. 누구를 기다리는 것은 그쪽 마음이지 않은가."

"그래도 뻔뻔스럽지 않아요. 실컷 이상한 편지를 보내놓고 이번에는 불러달라니."

"무슨 일입니까?"

음악가인 가메이亀#가 짐짓 점잔을 빼는 듯한 얼굴을 하고 물으니, 아내는 그대로 거기에 딱 붙어 앉아 자못 밉살스러운 상태로 손님에게 여자의 일을 이야기했다.

"그렇지만 자네, 그런 걸 언제까지고 내버려두는 것은 옳지 않아. 흥미가 없으면 없다고 확실하게 자네가 직접 거절하는 것이 옳아."

"거절한다고 한들 소용이 없어."

얼마 있어 삼십 분 정도 지났다고 생각했을 때, 이번에는 근처의 인력거 할아범이 와서, 잠깐 거기까지 나에게 와달라고 했다. 나중에 가겠다고 말해 할아범을 돌려보내고 가메이는 진지한 얼굴로 내 쪽을 향했다.

"저런 곳에서 기다리게 하는 것은 좋지 않네. 부인도 우리들도 이렇게 앉아 있으니까 그 앞에서 확실하게 말하면 좋지 않은가. 그렇게 하도록 해."

진지한 기분이라기보다는 구경꾼의 참견 같은 기분일 것이라고 생각했지만 가메이는 스스로 인력거 앞에서 기다리고 있다는 여자를 부르러 일어나 나갔다.

곧 가메이와 함께 여자가 왔다. 우리들의 만찬은 왠지 회의라도 열고 있는 듯 굳어졌다. 그 와중에도 아내는 가장 멀리서 분명히 적의로 보이는 태세를 한 채 여자의 얼굴을 빤히 쳐다보았다.

"지금도 이야기했습니다만." 가메이는 그 여자에게 말했다.

"당신 같은 젊은 아가씨가 유아사湯浅 군 같은 남자에게 열중한다는 것은 어떻게 된 것이지요?"

"무슨 의미이신지요?" 여자는 힐문하듯이 가메이의 얼굴을 보았다.

"아니, 어떤 의미라기보다 유아사 군에게는 부인도 있고 아이도 있고."

"알고 있어요, 그런 것쯤. 하지만 내게 그런 것은 아무런 상관도 없는 일인 걸요."

"어머, 뭐라고요?" 아내는 낚아채는 듯 한 목소리로 말했다.

"자, 부인 제게 맡겨 주세요. 이보세요, 고마키小牧 씨. 제가 하는 이야기는 굉장히 상식적인 것일지도 모릅니다만. 어차피 안 되는 일임에 자명한 것을."

"정해져 있지 않아요."

지금의 그녀에게 있어서 가장 중요한 것은 나를 좋아한다고 하는 그녀의 기분 때문이다. 그렇게 말하고 있는 그녀의 모습은 한쪽에 내 아내가 있는 것을 고양이 새끼 따위가 있는 정도로 밖에 생각하지 않는 듯했다.

가메이는 "흐음." 하고 끙끙대는 듯한 소리를 냈다. 그러한 가메이의 모습에 그의 아내도 어딘가 불안 한 듯 당황하고 있어, 이 자리에서 침착한 사람은 그녀 한명인 듯 보이기도 했다.

"실례지만, 오늘밤은 제가 댁까지 배웅해 드리지요. 너무 무례

하게 굴지 마세요." 가메이는 그렇게 말하며 여자를 데리고 나갔
다.

그런 가늘고 큰 뒷모습이 근처 울타리 저 편으로 사라지는 것
을 이층 난간에 기대 배웅하던 아내는 울그락 불그락 하면서 말했
다.

"왜이렇게 어리석은 남자들만 모여 있는지요."

다음날 점심을 지나 다시 가메이가 찾아 왔다.

"자네는 바보야." 내 얼굴을 보자마자 그렇게 말하고 "고마키
요시로小牧与四郎라고 하는 사람, 그 유명한 미쓰비시三菱의 고마키
요시로란 말이지. 이런 행운을 눈앞에 보고 있으면서도 달아나게
하다니 바보야. 게다가 그 아가씨 좀 괜찮지 않나. 그렇게 확실하
게 하는 여자애도 없어."

"너무 확실해서 미친 것 같아."

"그렇지만 그 미친 짓이 재미있지 않는가. 좀 천한 여자아이들
이 가지고 있지 않은 맛이야."

가메이는 지나치게 감탄해 보이면서 조금 목소리를 낮춰 사실
은 지난 밤 함께 집까지 데려다 줄 때 오늘 내가 여자의 집까지 데
리고 가겠다는 약속을 해버렸단다. 별다른 일은 없이 할 테니 부디
자신의 체면을 세워달라고 한다.

"시끄럽게 굴지 말고, 가주지."

어느 샌가 가메이의 중매인 말투 흉내에 장단을 맞춰 줄 기분
이 든 나는, 날이 저무는 것을 기다려 함께 집을 나왔다. 여자의 집

앞까지 오자 가메이는 먼저 서서 바깥 현관부터 안내를 청했다. 고풍스러운 실내장식을 한 넓은 응접실에 잠시 기다리자 드디어 문이 열리고 고마키 다카오가 평소와 같이 미소도 짓지 않은 얼굴 그대로 나타났다.

"가메이씨. 당신의 볼일은 이것으로 다예요."

들어오자마자 내 쪽도 보지 않은 채 가메이에게 말했다.

그곳에 하녀가 아이스크림인지 뭔지를 가지고 왔기 때문에 가메이는 급하게 그것을 집었다.

"그렇지만 이것을 먹을 동안은 여기에 있어도 괜찮겠지요."

가메이는 어느새 인가 그녀의 반응에 대한 행동을 정한 것처럼 광대 같은 태도를 유지한 채 그렇게 말하면서 은근슬쩍 나를 남겨두고 물러나서 가버렸다.

잠시 입을 다물고 있던 여자는 지금부터 함께 어디까지 가주지 않겠느냐고 말한다. 나도 긴자金座에 나가 차라도 마실까 생각하고 있었기 때문에 나가겠다고 대답하는데 하녀가 다과를 내왔다.

"아까 그거 준비됐어?"

여자는 그런 것을 물었다.

"네. 자동차도 준비되어 있습니다만."

집 뒤의 작은 나무문을 연 곳에 한 대의 대형 자동차가 기다리고 있었다. 나는 여자와 나란히 걸터앉으며 "어머니는?"하고 물어보았다.

가메이의 말에 의하면, 그녀의 어머니는 아버지가 부재중인 동안집에 남아 있을 것이라고 했던 것이 생각났다. 나는 그런 일 같은 건 조금도 신경 쓰지 않았지만 여자는 흘끗 차가운 눈을 하고 내 쪽을 보았다.

"어머니에게는 어머니만의 즐거움이 있어요."

나중에 안 사실이지만 이 거만한 불량소녀의 본보기는 전부 그 어머니의 행동에 의한 것인 듯했다.

나는 그날 밤 서른둘이나 된 남자인 내가 이 열여덟 살짜리의 소녀에게 끌려 들어간 그 호텔은 그녀의 어머니가 익숙하게 사용하는 사랑의 숙박처로, 앞에 하녀에게 다짐을 받아두었던 것도 그 준비 때문이었던 것이다.

자동차는 어두운 거리를 달려 지난다. '뚝' 하고 창문에 빗방울이 떨어졌다고 생각했는데 '좌-'하고 소리를 내며 굉장한 비가 되었다. 나는 은근히 그 비속을 희미한 등불에 의해 지금 어디를 달리고 있는 것인가를 알려고 생각했지만, 십년 전 도쿄의 거리에 대한 나의 어슴푸레한 기억은 금새 호우 안에 가려져 버려 방향마저 알 수 없었다.

그렇지만 나는 여자에게도, 또 운전사에게도 어디에 가고 있는 것인지 일체 물어보려고 생각하지 않았다. 어디든 갈 테면 가보라지 라는 그런 흥미도 있고 나는 여자의 왠지 모르게 삼엄한 느낌으로 입을 다문 채 있는 모양을 우습다고 생각했던 것이다.

이윽고 차가 멈추자 어두운 나무속에서 하얀 옷을 입은 남자가 뛰어와 여자에게 우산을 씌웠다. 그 곳은 호텔인 것이다. 나는 아직, 혹은 그 곳에서 저녁을 먹으려고 하는 것인가 라는 식으로 생각했었지만 여자는 침착한 태도로 로비에서 보이들의 정중한 목례를 받으며 중앙을 빠져나가 어두운 복도의 쪽으로 천천히 걸어갔다. 그러자 등 뒤에서부터 한 명의 보이가 뒤 쫓아와서 그녀의 손에 방 열쇠를 건넸다. 그녀는 어떤 방의 문을 열었다. 뒤이어 곧바로 내가 들어오자 '철컥'하고 문을 열쇠로 걸었다.

"놀랐어." 나는 그렇게 말했다.

"당신이 하고 있는 일은 남자가 할 일이요, 내가 당신에게 하는 것이요."

"그래요."

여자는 아직 지금 열쇠를 내린 문 쪽에 서서 어깨로 호흡을 하고 있었다.

"오늘은 내가 그 걸 할 거에요. 이럴 때 남자가 하는 것을 내가 할 것 이라고요." 여자의 눈은 무언가 적의의 빛으로 타오르고 있는 듯하다. 잠깐 사이 내가 꼼짝달싹 못하고 있을 때에 여자는 침대 쪽으로 접근해 입고 있던 옅은 홍색의 기모노를 벗기 시작했다. 오비를 끌러내자 기모노가 스르륵 마루에 떨어진다. 실오라기 하나도 걸치지 않은 나체는 놀랄 정도로 요염했다. 기모노를 입고 있을 때의 여자를 보고 있을 때는 꿈에도 상상 하지 못했던 그 하얀 살결의 부드러움은, 손으로 만졌다가는 그대로 엉겨 붙어 떨어지지 않는 것은 아닌가라고 생각될 정도였다.

아마 여자는 이 일을 잘 알고 있는 것이겠지. 그리고 틀림없이 기모노를 벗은 그녀는 어떤 남자의 마음을 얻는 일이 가능함에 틀림없다고 하는 것을. 나는 반쯤 넋이 나가 갑자기 먹을 것을 보았을 때의 동물과 같이 타오르는 자신의 마음과 싸웠다. 불가사의한 일이기도 한데, 이것과 닮은 다른 어떤 경우에도 화가인 나의 본능은 여자의 아름다운 육체를 그대로 자신의 것으로 하고 싶다고 생각한 적은 없었다. 그럼에도 이 여자의 몸은 다른 어떠한 욕망도, 자제도 눌러 죽일 수 없을 정도로 나의 마음을 압도했다.

나는 그때, 자각하지 못한 채로 언젠가 여자가 이야기했던 어떤 여자와 그 가정교사와의 사랑을 망상했다.

"뭘 멍하니 있어요? 당신 그렇게 무기력해요?"

여자의 목소리가 채찍과 같이 내 뺨을 때렸다. 나는 숨을 들이마시고 있었다. 무슨 말을 하는 것인가. 이러한 말을 들은 남자가 무엇을 할지 이 여자는 알고 있는 것인가, 라고 생각지도 못하게 무심코 나는 난폭한 기분이 들어 여자의 몸을 안아 올려 침대의 위에 내던지듯 해 굴렸다. 삐걱하는 소리가 난 듯했다. 여자는 어깨로 숨을 쉬면서 놀라 눈을 크게 뜬 채로 자, 어떻게 할 거야 라고 말하는 듯 지긋이 나를 바라보았다.

나는 벌써 야수가 되어 있었다. 한 손으로 갑자기 여자의 등을 어루만지며 부드러운 가슴 사이에 얼굴을 묻었다.

'아', 하고 여자는 외마디 비명을 질렀다.

나는 움직이지 않았다. 만약 내가 목소리를 낼 수 있었다면 이런 말을 할 생각이었다.

"어떻게 하는지 봐둬. 밤이 새면 당신 몸은 사라져 있겠지."

갑자기 여자는 몸부림치며 양손으로 나의 몸을 밀어 올리려고 했다. 그리고 미친 것처럼 나의 팔이 던 가슴이 던 가리지도 않고 이빨을 세웠다. 대체 무슨 행동인가. 조금 전까지 사람을 바보로 여긴 불량소녀의 도전과 이 격렬한 저항은 무엇을 의미하는 것인가. 나는 여자의 행동에 맡기면서 조금도 손을 떼려고 하지 않았다.

보니 그 창백해진 입술에서 얇은 하나의 빨간 혈선이 그어져 있는 것이 아닌가. "고마키씨. 고마키씨."

나는 여자의 어깨를 흔들면서 불렀다.

얼마나 시간이 지났는지 알 수 없었다. 커튼의 틈새에서 하얀 여명의 빛이 비추어 왔다. 나는 게다가 솜처럼 지쳐 있다. 그대로 그곳에서 푹 고꾸라져 잠들어 버렸다.

눈을 뜬 것은 다음날 아침으로 벌써 정오에 가까운 시각이었다. 여자는 아직 죽은 것처럼 자고 있었다. 두, 세 번 불러 보았지만 아무래도 눈을 뜰 것 같지도 않았다. 정신 차리고 보니 내가 입고 있던 하얀 셔츠는 군데군데 찢어지고 뺨에도 가슴에도 손톱에 긁힌 흔적이 있었다.

갑자기 나는 여자가 눈을 뜨는 것이 두려워져 서둘러 복장을 갖추고 호텔의 밖으로 나왔다.

탈 것 같은 7월의 태양 가운데 독살스럽게도 만연하게 활짝 피어있는 수국 꽃이 있는 프론트까지 걸어가니 탈 것 같은 7월의 태양 가운데 독살스럽게도 만연하게 수국이 활짝 피어있는 프론트까지 걸어가니.

그 일이 있고 나서, 나는 가끔 고마키 다카오의 일을 생각할 때가 있었다. 다시 호출 편지를 보내 올 것이라고 은근히 기다리고 있었지만, 하루 이틀을 기다려도 아무런 말도 없었다.

전에는 그렇게 하루가 멀다 하고 보내오던 편지가 오지 않는 것이 이상하면서도 '오늘은 왔겠지.'라고 깊은 밤 집으로 돌아오는 도중에도 생각했지만, 돌아와 보면 역시 아무것도 와 있지 않았다.

이윽고 이레, 여드레도 지난 어느 날 아내가 한 장의 명함을 들고 이층으로 올라와서 낯선 남자가 나를 만나러 와 있다고 했다. 목을 여미는 깃의 양복을 입은 풍채가 별로인 남자가 현관에 앉아 있다.

내 얼굴을 보자마자, "잠깐 고마키씨의 아가씨를 만나 뵙고 싶습니다만."이라고 했다. 그런 사람은 여기에는 오지 않았다고 말하자, 아니 정말 잠시라도 만나 뵐 수 있다면 좋겠다고 마치 내가 여자가 와 있는 것을 숨겨주고 있다는 듯이 말했다.

"대체 당신은 나와 그 아가씨가 무슨 관계가 있다고 하는 것인가?"

남자는 잠깐 뺨에 옅은 웃음을 띠웠다. 그리고 커다란 종이 쌈지 같은 물건 속에서부터 또 한 장의 커다란 명함을 꺼내 내 앞에 놓았다. 도호 비밀탐정사무소東邦秘密探偵社 아무개라고 쓰여 있다.

"실은 여기에 찾아뵙기 전에 근처에서 좀 듣기도 했고, 저도 한 두 번 아가씨가 그 앞의 정류장에 서있는 것을 본 적도 있습니다."라고 허튼 수작을 부리기도 했다.

"정 그렇다면 집 안을 수색해도 좋은데. 하지만 여기에는 나와 아내와 아이들만 있을 뿐입니다."

만약 정말로 저 여자가 와 있다고 해도 나는 아무렇지도 않게 이렇게 말할 수 있다. 이런 남자가 하는 말은 어떻게 돼도 좋았으나 또 그 여자가 무엇을 저지른 것인가, 그것이 알고 싶었기 때문에, "그렇다면 그 아가씨라고 하는 사람은 가출을 한 것이군요."라고 물으니 무엇을 모르는 척하고 말하는 것인가 미심쩍은 얼굴로 대답했다.

"1주일 정도 전이네요. 하지만 유아사 씨, 당신은 그날 밤 보카이호텔亡海ホテル에 함께 계셨으니까 아시지 않습니까?"

"보카이호텔亡海ホテル?" 나는 아무렇지도 않게 시치미를 뗐다.

"그런 곳에 갔던 것으로 되어 있군요. 어째서 또 내가 갔다는 것입니까?" 남자의 말에 따르면 여자가 사라지고 난 후 그 방을 조사해 보니 내 사진 스크랩이 샘플이 마루에 떨어져 있었다고 한다.

하녀의 증언에 의해 여자가 남자를 데리고 함께 차에 타서 외출했다는 것을 알았고 차를 조사해 그 운전수에게 내 사진을 보여 주니 확실하게 이 사람이라고, 게다가 호텔 보이에게 물어 봐도 이 사람임에 틀림없다고 했단다.

"확실한 근거가 없으면 아무래도 이렇게는 올 수 없기 때문이니까요."

"불쾌한 말투군요. 당신의 근거라는 것이 뭔가요?"

나는 일부러 커다란 목소리를 하고 말했다.

"무슨 권리가 있어서 당신은 이런 형사 같은 말투를 하는 거요? 그런 심문에 나는 한마디도 대답할 의무는 없어. 그거야 그 사람이 한 번 여기 들렸던 적은 있지만."

이렇게 말하는 사이 나는 정말로 열 받는 것 같은 기분이 들었다. 남자는 잠시 생각에 몰두하는 척하여, 나의 어투에 난폭함이 누그러진 것 인지, 아니면 내가 하는 말을 그대로 정말이라고 생각한 것인가, 지, 그럼 역시 자신의 오산이었는가, 라며 이윽고 돌아갔다.

그 여자가 가출을 했다. 아마도 그 호텔에서 집으로 돌아가지 않은 채 어딘가에 가버린 것으로 생각되지만, 그에 대해서 나는 얼마의 책임이 있다고 해도 아무렇지 않았다.

기차 안에서 잠깐 남자를 봤다고 해서 바로 그 남자에게 접근해 오는 그런 식의 여자인 경우다. 어떤 엉뚱한 행동도 비극적인 결과를 함께 동반한다고 생각했기 때문에, 나는 다소 얽매였다.

다음 날, 나는 혼자서 바이올린인지 뭔지의 연주를 들으러 제국 극장帝劇으로 외출했다. 복도에 나가 담배를 피우고 있으니 젊은 부잣집 아가씨 같은 여자 두 명이 나에게 접근해,

"실례지만 유아사씨 되시지 않습니까?"라고 한다. 둘 다 고마

키 다카오小牧高尾의 친구들인데 그녀의 일에 대해 잠깐 이야기하고 싶은 것이 있으니까 괜찮다면 위층의 찻집으로 와주지 않겠냐고 말하는 것이다.

한 명은 그 정도는 아니지만 다른 여자 한 명은 막 핀 꽃과 같은 생기 있는 아름다움으로 나의 시선을 사로잡았다.

그것은 내가 일본에 돌아와서 처음 보는 아름다움으로 거리의 여자들이 가지고 있지 않은 상쾌함이 그 말에도 표정에도 넘치고 있었다. 이 여자가 그 사이조 쓰유코西条つゆ子다. 나라는 남자의 일생을 지배하고, 나의 운명을 뒤집은 그 쓰유코인 것이다. 나는 더 이상 고마키 다카오의 일에 관해 어제 아침 그 비밀탐정인 남자에게 물음을 당했을 때처럼 정색하며 반대하지 않았다.

그 뿐인가, 그녀들과 함께 다카오의 행방을 찾아주지 않겠느냐고 했을 때 순순히 그 동료에 끼겠다고 대답했을 정도이다.

"어머님이 안 되셨어요." 쓰유코가 그렇게 말했다.

마침 그날 밤 역시 같은 식으로 어딘가에 외출했었다고 하는 다카오의 엄마는 그 남편이 부재중에 이러한 불상사가 생겼다는 것을 알게 되면 살아있지는 못한다고 말하며 떠들고 있었지만 나는 거기에 관해서는 조금의 동감도 하지 않았다.

나의 마음은 새로운 흥분으로 가득했던 것이었다. 이런 아름다운 여자들과 함께 여자의 행방을 찾는다고 하는 것은 무슨 쾌감이라고 할지 모르겠다. 그렇게 생각한 나는 뭔가 내게 볼일이 있을 때에는 전보를 주도록 말해 두고 그녀들과 헤어졌다. 삼일 정도 지난 어느 밤 쓰유코에게 온 전보는 내일 아침 여섯 시 도쿄역東京駅에 와 달라는 것이었다.

6시면 날이 밝고 얼마 지나지 않은 무렵 아닌가. 나는 거의 잠도 못 잘 정도로 빨리 눈을 떠, 도쿄역으로 달려갔다. 쓰유코는 이미 도착해, 혼자 개찰구에 서있었고 나의 모습을 보자 손을 높게 들어 2장의 푸른색 표를 보여주었다.

"드디어 탐정이 시작되었어요." 쓰유코는 플랫폼 쪽으로 계속 걸으면서 말했다. 그녀의 가는 어깨는 나의 어깨와 아슬아슬 닿을 정도의 높이였다.

"거처를 아셨습니까?"

"네."

쓰유코는 검은 눈으로 흘끗 나를 쳐다보았다.

"어젯밤, 어머님께서 전화 주셨어요. 즈시逗子 호텔에 있대요."

그러한 소식이 탐정사로부터 왔지만, 찾으러 간다고 하더라도 이 경우 남자 탐정사와 어머니가 가는 것은 아마 그 여자의 기분을 날카로워지게 할 뿐 일 것이다.

그래서 서로 이런저런 이야기하는 사이좋은 친구인 쓰유코가 가기로 한 것이다. 아직 이른 기차 안은 비어있었다.

"저 아직 아무것도 못 먹었어요."

나는 빵과 커피로 가벼운 식사를 하면서, 이 유쾌한 여행이 그 여자의 행방을 찾기 위해서 라고는 믿을 수가 없었다. 시원한 아침

바람이 기차의 창문을 스쳐간다. 쓰유코는 밝은 모습으로 말을 건 넸다.

"당신에 대해서, 훨씬 전부터 알고 지낸 것 같은 기분이 들어요. 대단히 평판이 좋았어요. 고마키小牧씨가 만날 때마다 이야기 하는 것으로도 부족해서 전화를 걸어 와선 당신의 이야기를 하는 거예요."

"그 여자다운 행동이네요."

완전히 쓰유코에게 사로잡혀 버린 나는 그 여자 일로 쓰유코에게 하찮은 오해를 받고 싶지 않았기 때문에, 여기에서 그 여자와의 관계를 분명히 설명해 두고 싶었던 것이다.

"별난 아가씨라는 인상 이외에는 아무런 느낌을 받지 못했어요. 사실이에요. 그럼 아무튼, 이런 임무, 성가신 일이 아닙니까? 당신과 함께 있지 않았으면 말이예요." 쓰유코의 마음을 얻기 위해서는 나는 뭐든지 말할 것이다. 이윽고 기차는 도착하고 우리들은 자동차를 타고 호텔로 향했다.

호텔 카운터에서는 좀처럼 끝이 나지 않았다. 숙박 인명부에 고마키 다카오의 이름이 보이지 않는 것은 물론 가명으로 투숙했을 것이라고 생각은 했지만, 그래도 그녀의 모습 특징을 세세하게 설명해 보았다.

직원은 쉽게, "아, 그분 말씀이십니까." 라고는 말하지 않았다. 젊은 부인의 투숙객은 여섯 일곱 명 정도 있지만 과연 어느 부인이 그 고마키씨 인지는 모르겠다고 말하는 것이다. 우리들은 살짝 난

처했다.

"모래사장에 나가 봅시다. 곧 운동하러 나올지도 몰라요."

우리들은 발코니 쪽을 빠져나와, 바다와 인접한 넓은 잔디로 나왔다.

"저기 있어요." 쓰유코는 멈춰 서서 말했다. 서양 아이들과 '꺄 꺄' 소리를 질러가며 공놀이를 하고 있는 것이다. 짧은 원피스를 입고 땋아서 길게 늘인 머리를 하고 있는 그녀는 마치 어린 아이와 같았다. 나는 잠시 기가 막혀 서 있었다. 이것이 행방불명이 되었다고 하는 그녀인 것이다. 그러나 생각하기 나름으로 그야말로 그녀다운 점도 있다.

"안 돼! 그 공. 강아지와 같이 공을 쫓아 달려 온 그 순간에, 얼떨결에 고개를 들어 우리들의 모습을 눈치 챘다. 그녀의 큰 눈이 순간 푸른색이 되었다고 생각하던 찰나 가지고 있던 공을 홱 내던지고는 그대로 쓰유코와 내가 있는 쪽을 뒤돌아보지도 않고 지나가더니 척척 계단을 올라갔다.

"어떻게 된 거죠?" 쓰유코는 나를 보고 말했다.

"분명히 내가 같이 왔기 때문에 그래요."

"그렇게 바보 같은 말이 어디 있어요."

우리들은 곧 바로 그녀의 뒤를 쫓아갔다. 한번 뒤쫓기로 결심하면 막다른 곳까지 궁지로 몰아넣고 싶어진다. 그녀는 몇 번이나 복도를 돌아 바다가 보이는 곳의 한방 안으로 들어갔다. 우리들도 신경 쓰지 않고 문을 열었다.

"너희들이 올 거라고 정확히 알고 있었어."

잠시 가만히 있다가 그녀는 말했다.

너희들이라고 아무렇게나 하는 말 속에 이상하게 경멸의 말투가 느껴진다. 적어도 그녀와 같은 침대에서 하룻밤을 보낸 적이 있는 나이고, 또 쓰유코도 그녀와 오랫동안 알고 지낸 친구라고 하는데도, 우리들을 응시하고 있는 그녀의 눈 속에는 단지 적의와 혐오만이 보인다. 쓰유코는 겨우 낮은 목소리로 말했다.

"하지만 어제 밤늦게 결정된 거야. 게다가 유아사씨는 내가 부탁해서 일부러 와주셨는데, 그런 말을 하다니 실례 아니야?"

"잘 알고 있어."

그녀는 고집 있는 표정으로 반복했다. 그리고 홱 우리들에게 등을 돌렸다고 생각하자 열려 있던 창문 쪽을 향해 사내아이같이 '휴' 하고 휘파람을 불었다.

"제가 잠깐 밖에 나가 있는 것이 좋겠죠?"

쓰유코는 작은 목소리로 나에게 말했다. 아마 다카오의 불쾌한 기분이 내가 자신과 함께 왔기 때문이라고 해석 한 듯한 쓰유코는 내가 말려도 듣지 않고 밖으로 나갔다.

혼자 남은 나는 어쩔 수 없이 담배에 불을 붙였다. 여전히 다카오는 나에게 등을 돌린 채, 창문에서 해변을 향해 손을 올리거나 하고 있다. 조금 전까지 놀고 있던 아이들에게 무엇인가 신호를 보내고 있는지도 모르겠지만, 거의 반은 내가 싫어하는 짓을 굳이 하는 것이다. 나는 발끈해서 말을 걸었다.

"뭣 때문에 그렇게 화내고 있는 거요? 그날 아침 바로 이곳에 온 거요?"

"정말로 모욕적이었어요, 다른 여자라면 자살했을 거예요."

그녀는 처음으로 말을 꺼냈다.

"모욕? 내가 당신을 모욕했다는 겁니까?"

"그 이상의 모욕이 있어요? 호텔에 혼자 사람을 남겨 두다니."

"농담이 아니야. 거기에 나를 데리고 간 건 당신이에요. 당신은 그날 밤, 그러한 말투로 나에게 말했어요. 게다가 그날 아침이라니, 당신이 상상하고 있는 것처럼 나는 도망간 것이 아니에요. 당신이 아무리 불러도 일어나지 않아서."

거짓말 같이 들리겠지만, 나는 내 집을 비워 두고 여자와 함께 밖에서 사거나 하는 일은 하지 않았다.

부인 없는 외국 생활에서도 잠은 반드시 숙소에 돌아와 자는 습관이었다. 단순한 습관에 지나지 않지만, 그날 아침, 그대로 여자 곁에서 늘어지게 자고 싶지 않았던 것은 그런 습관 때문이기도 했다.

"게다가 그 날은 무엇보다도 중요한 일이 있었고."라고 내가 이야기하고 있는 중에, "고마키씨 고마키씨."라고 부르는 소리가 들리고, 아직 중학생 같아 보이는 한 젊은 남자가 뛰어들어 왔다.

"준비 다 됐으니까 빨리 와! 아, 손님이 계셨어?"

"좋아. 지금 갈 테니까 조금만 기다려."제 말만 하고 칸막이 커튼 뒤 쪽에서, 재빠르게 하얀 세라복으로 갈아입고 나와서는, 나에게는 시선도 주지 않고 둘이 손을 잡은 채 그대로 성큼성큼 복도로 나가 버린 것이다.

조금 전 창문에서 휘파람을 불거나 손을 들거나 했던 것은 분명 이 남자에게 무엇인가 신호를 보내고 있었던 것이었다고, 겨우 나는 깨달았지만, 스포츠 셔츠를 입은 아이 같은 남자는 도대체 누구인가.

그러나 아직 중요한 이야기는 한마디도 하지 못하고 도망가 버려, 나는 아래층 객실에서 기다리고 있던 쓰유코와 함께 두 사람의 뒤를 쫓아갔지만, 이미 훨씬 앞쪽 모래사장까지 달려가 버린 후라서 도저히 쫓아 갈수는 없었다. 우리들은 잔디가 있는 곳에 멈춰 섰다.

해안에는 붉은 돛의 요트가 한 척이 메여 있는 것이 보이고, 눈 깜짝할 사이에 두 사람은 물속을 밀어 내는 듯이 바다로 나가 버렸다. 요트는 바람을 가득 품고 달려간다. 잠시 동안 우리들은 어안이 벙벙해 그 행방을 지켜보고 있을 수밖에 없었다.

"완전히 빠져나가 버렸네요, 어떻게 하죠? 돌아올 때까지 여기서 쉬고 있을까요?"

"그럴까요." 그야말로 지친 모습이었다.

"저쪽에서 조금 쉬면 좋겠어요."

나는 쓰유코의 등에 손을 얹듯이 하고 테라스로 돌아가 그곳의 의자에 앉혔다. 맑은 하늘아래 어디까지나 푸른 바다가 계속 되고 있다. 한눈에 쇼난湘南바다가 보이지만, 그 푸른 그라운드를 앞바다로 들락날락 하고 있는 요트의 붉은 돛의 움직임은, 어떻게 생각하면 우리를 우롱 하고 있는 듯하다. 그러나 의심할 여지없이 이것은 단순한 뱃놀이라는 것을 알지만.

"아이러니한 풍경이군요." 나는 밝은 목소리로 말했다.

나도 조금 전까지는 다카오의 가출을 비극적인 것으로 생각하고 있었는데, 어느 순간부터인가 덕분에 이대로 웃으며 지나 갈 것 같기도 했다. 게다가, 한 여름의 맑은 하늘아래 바닷바람에 날리면서 아름다운 여자와 마주 보며 이야기하고 있는 남자에게 어떤 사건에 대한 관찰도 그다지 어둡지는 않을 것이다. 나는 점점 즐거워졌다. 그러고 보니 쓰유코도 밝은 얼굴로,

"조금 전까지만 해도 그렇게 정색했던 것이 이상하네요, 내가 너무 마음 놓고 있다니, 왠지 모르게 실망했어요. 그러나 덕분에 당신과 친구가 될 수 있었으니까요. 가끔 가출해 주면 고맙겠지만."

"호호, 그런데 그 요트 정말 멋지네요."

"눈치가 빨라서, 좀처럼 돌아올 것 같지도 않네요. 어때요, 조금 빠르지만 점심식사라도 하지 않겠습니까." 함께 식사를 마치고 우리들은 잠시 동안 근처의 쇼린松林을 산책했다. 나는 이미 그 요트의 행방 등이 어떻게 되던지 상관없었다. 나의 머릿속에는 벌써 그런 것은 없어지고, 단지 서로 사랑하고 있는 연인과 해안의 호텔에 와있는 것이라는 가상으로 변해 있었다. 우리들은 천천히 걸었다. 그리고 겨우 호텔 근처에 돌아왔을 때, 먼저 쓰유코가 얼굴을

들었다.

"돌아왔어요."

저 바다를 향한 2층 창문에, 속치마 하나만 입고 양손으로 몇 개의 고무를 잡아당기는 알 수 없는 운동을 끊임없이 하고 있는 다카오의 모습이 보였다. 우리들은 전처럼 절박한 심정은 없었지만 서둘러 계단을 올라 노크도 하지 않고 문을 열었다. 다카오가 뒤돌아보았다. 그녀의 그 약식복장에 대해서도 우리들은 어떤 주의도 더 이상 기울이지 않았다.

"너무한 거 아니야. 일부러 도쿄에서 찾아왔는데 바람이나 맞추고."

쓰유코는 침착하게 비난했다.

"차라도 내오는 게 좋지 않아?"

"부디 마음 내키는 대로 하세요. 그것보다 당신네들, 인기척도 내지 않고 남의 방에 들어오다니 무례한 거 아니야."

다카오의 표정은 역시 돌처럼 굳어져 움직이지 않는다.

"진심이야? 다카오."

얼마 지나지 않아 쓰유코가 말했다.

"그렇게까지 화내는 거, 당신의 오해요."

"오해라고? 당신네들 같은 사람 내가 어떻게 생각할 줄 알고?"

다카오의 얇은 입술에는 비웃는 듯한 웃음의 그림자가 떠있다. 그러고 나서 칸막이 커튼 뒤에서 명랑한 노랫소리가 들리고, 조금 전 다카오와 함께 나갔던 젊은 남자가 목욕 수건으로 젖은 머리를 닦으며 나왔다. 아마 이제 막 바다에서 돌아와 홀로 샤워를 한 거겠지. 깜짝 놀라 멈춰 서서 우리와 눈이 마주치자, 순식간에 빨갛게 되었다.

"신경 쓰지 마! 다모쓰保씨, 소개해 줄 테니까 이쪽으로 와."

명령하듯이 말하고 우리들 쪽으로 끌어 당겼다.

"아타카 다모쓰安宅保씨. 제 남자친구예요."

나중에 알게 되었지만, 이 젊은 남자는 다카오가 호텔에 온 지 이틀째에 그녀와 알게 되어 그대로 그녀와 일상생활을 함께 했으나, 그녀와의 연애사건이 원인이 되어 자살했다는 것이다.

게이오慶応보통부 학생으로 이제 겨우 열여덟 살이 된, 소녀처럼 눈이 예쁜 소년이었다. 우리들은 어쩔 수 없이 인사를 했다. 그러나 이 순간부터 우리들은 완전히 쓸모없는 사람이 된 것 같았다. 나는 겨우 말을 꺼냈다.

"있잖아, 다카오씨, 우리들이 단지 이곳에 놀러 왔다고는 생각하지 않겠지요? 어떤 사정이 있는지는 모르겠지만, 말이 통한다면 바로 오늘 밤이라도 이쪽으로 와서, 어떻게든 함께 돌아가지 않겠습니까?"

"싫어요. 대강 나를 구슬려 데려가려고 하는 거 소용없는 일이에요. 엄마에게 그렇게 말해 주세요, 엄마 때문이나, 가족 때문에, 그럴 필요가 이제 없어요. 내가 돌아가고 싶으면 그때 돌아갈 거예요."

그런 그녀가 말하고 있는 걸 듣고 있자니 나는 매우 어리석은 기분이 들었다. 당분간 그녀는 그녀가 말한 대로 밖에 하지 않겠지.

"쓰유코씨, 잠시만."

나는 쓰유코를 불러 아래층 사무실로 내려갔다. 그리고 그녀와 상담한 후, 도쿄의 고마키집으로 전화를 걸어 아침부터 생긴 일을 모두 이야기한 뒤, 이 정도라면 그렇게 대단한 일도 아니라 생각되어 그녀를 남겨두고, 일단 올라가겠다고 알리고는, 그대로 도쿄로 되돌아가기로 했다.

○

그런 일이 있고 나서 머지않아 어느 날 아침 신문에서 나는 다카오 집안의 몰락을 알게 되었다. 타이완台湾은행 패닉상태. 그 유력한 거래처에 밀접한 관계를 갖고 있던 재계의 풍운아 고마키 요시로의 몰락. 이것은 확실히 흥미 있는 삼면기사였다. 호황의 조수를 타고 유력한 배경을 내세워 철과 미곡거래의 평판으로 단숨에 거대한 부를 축적한 다카오의 아버지가 그 기세를 몰아 손을 펼친 각종 사업이, 최근 세계경제의 반동적인 불황의 여파로 수습이 곤란에 빠져 있을 때, 마침 은행의 패닉에 의해 결정적인 타격을 받아 결국엔 파산의 신청을 받는 처지가 되었다고 보도되었다.

나는 잠시 동안 그 기사를 앞에 두고 감개에 빠졌다. 다카오는 어떻게 해야 할 지에 대해 생각하고 있는 중에 어느 날 즈시逗子호텔에서 만났던 소년의 형이라고 하는 인품이 넉넉해 보이는 중년

신사가 나를 찾아 왔다.

전혀 관계없는 일을 묻는 것 같습니다만. 라며 꺼내는 이야기에 따르면, 그날부터 얼마 지나지 않아 다카오는 곧 되돌아오겠다는 약속을 하고 호텔에 소년을 홀로 남겨 놓은 채 도쿄로 돌아갔고, 그 뒤로 돌아오지 않을 뿐만 아니라 편지도 오지 않고 전화마저도 되지 않는 상황에서 어디에 있는지 거처도 알 수 없다고 했다.

그러다가 여자로부터 버려졌다는 것을 처음 알게 된 소년은 좀처럼 단념하지 못하고 유서를 쓰고 죽음을 선택하려고 했지만, 때마침 그곳에 가서 도쿄 자신의 집으로 데려왔는데도, 이대로는 한시라도 눈을 뗄 수 없는 불안한 상황이라고 했다.

형인 자신은 무슨 일 때문에 그런 생각을 하는 것인지 짐작이 가지만, 당신은 다카오에 대해서 잘 알고 있으므로 동생을 위해서 꼭 그녀를 만나 이유를 물어봐 주지 않겠느냐고 말하는 것이다. 그녀에 대해서는 솔직하게 나도 신물이 난다. 그러나 이 형이라는 사람의 온화한 사람됨과, 그 호텔에서 봤던 소년의 금방이라도 얼굴이 붉어지는 아이 같은 인상이 나의 마음을 움직였다고 말할 수 있지만 누구의 눈에도 분명히 행복한 결말을 예상할 수 없는 이 사랑에 대해 어떤 도움을 줄 수 있을까. 나는 상대방을 달래면서 말했다.

"그렇다면 당신은 2, 3일전 신문에 나왔던 고마키 집의 파산 기사를 읽어보셨겠네요."

"보았습니다."

신사는 무슨 이유에서 인지 허리를 조금 굽혔다.

"그 기사를 보고나 이런 말을 하는 것이 실례가 될지 모르겠습니다만, 만약 그쪽에서 지금 단지 약속만이라도 해 주신다면."

이런 말을 스스로 하는 것은 이상하게 들리겠지만, 시골집은 시코쿠四国에서도 상당히 알려진 집이다.

다카오의 미래 생활 보증 정도는 무엇이라도 도울 계획이라는 것이다. 이 마지막 말을 듣고 나는 다카오에게 이야기해봐야겠다고 생각했다. 그리고 손님과 함께 집을 나간 후 바로 그 길로 센다가야의 고마키 집에 가 보았더니, 문은 단단하게 못질이 되어 있고 표찰이 벗겨진 흔적이 희게 남아 있었다.

나는 언젠가 밤에 다카오와 함께 차를 탄 적이 있는 뒷문으로 돌아가 그곳을 허리를 굽히고 열자, 예전에 본 기억이 있는 젊은 하녀가 허둥지둥 나왔다. 온 이유를 말하자, 다카오도 그 어머니도 여기에는 없고, 주인은 훨씬 이전에 여행을 나간 후 돌아오지 않고 있으며, 집안에서는 지금 변호사가 와서 여러 가지 정리를 하고 있는 중이라고 한다. 나는 잠시 동안 그곳에 서있었다.

"곤란하군." 이라고 낮은 목소리로 중얼거리자, 이전 나와 다카오에 대해서 무엇인가 잘못 생각을 했던 것일까. 따님은 혼자서 이곳에 살고 있다고 말하며 한 장의 주소를 나에게 전했다.

오다와라小田原 급행의 산구바시參宮橋 역의 근처라고 해서 가 보니 겨우 한 채, 건널목의 제방 위에 있는 같은 번지의 집을 찾아

내었지만, 곁에는 표찰도 없었다. 나는 두세 번 그 집 앞을 왔다 갔다 했다. 이곳이 다카오의 은둔지일까. 나는 분수에 맞지 않게 감상하며 2층을 올려다보면서 불렀다.

"고마키씨, 고마키씨." 그러자 같은 동으로 되어 있는 인가의 부엌문이 열리고, 그곳의 마누라처럼 보이는 여자가 얼굴을 내밀었다.

"지금 우편을 보내러 가셨습니다만, 안에 들어와서 기다리세요. 금방 돌아오실거에요."

시키는 대로 나는 격자문을 열었다. 거리낌 없이 구두를 벗고 올라갔지만 집안에는 방석 하나 두지 않고 부엌의 한쪽 구석에 배달 음식 같은 양식 접시가 지저분한 채로 내 있고, 밥공기 하나 보이지 않는 것이다. 나는 잠시 동안 다다미방 한가운데에 서 있었다. 이 아무것도 놓여있지 않는 집안에 젊은 여자가 혼자서 살 수 있을까. 그러나 나는 또 2층으로 올라가 보았다. 그곳에는 낯설지 않은 피아노와 다홍색 긴 의자가 놓여 있다.

그 집안에서 처음으로 그것이 얼마나 고가의 물건인지 알 수 있을 정도로 집안의 황량한 느낌과는 대조를 이루고 있었다. 다카오는 좀처럼 돌아오지 않았다. 나는 또 다시 계단에서 내려와 현관의 기둥에 기대어 오랜 시간동안 기다리고 있었다. 이윽고 그녀의 발자국 소리가 들리고 드르륵 하고 현관문이 열렸다.

그녀는 바로 나를 알아보았다. 그대로 얼어붙은 듯 나의 눈에 시선이 머물고, 그녀의 시선은 심하게 당황하는 기색이 소용돌이

치고 있는 것을 나는 못 본 척하지 않았다. 그러나 그것은 단지 한 순간일 뿐 이였다. 금세 증오와 상처받은 자부심으로 타오르는 불과 같은 눈으로 변했고 지금이라도 나에게 덤벼들 것만 같은 생각이 들었다.

"죄송해요. 주인도 없는 곳에 이렇게 와서."

엉겁결에 내가 그렇게 말하자, 다카오는 낮고 떨리는 목소리로 말했다.

"이런 곳까지 와서 나를 비웃으려 하는 거겠죠? 무엇 때문에 그렇게 사람을 따라와서 서성거리나요? 누가 당신을 반겨줄 줄 알아요?"

"아니."

나는 더 이상 그녀가 심하게 말하는 것에 걱정하지 않았다.

"이웃집의 아주머니가 그렇게 말했기 때문에, 내가 비웃다니 무슨 말이요?"

"나가주세요, 나가주세요."

라는 말을 하고는 그대로 이층에 올라가는 그녀의 등 뒤를 나는 따라 올라 갔다. 어떠한 이유에서일까 나는 이렇게나 화내고 있는 다카오를 조금은 좋다고 생각했다. 여느 때의 그녀보다도 지금의 그녀는 아름다웠다.

"나가주세요, 안 들립니까?"

다카오는 윗입술의 오른쪽 부분을 희미하게 떨면서 나를 노려 보았다.

"내가 무슨 일로 여기에 온지 알고 있습니까? 아타카군이 죽을 것 같다고 합니다."

아타카군 이라는 소리를 듣자 그녀의 볼에는 생각지도 못한 냉소가 띄어졌다. 나는 잠시 입을 다물고 그 냉소를 지켜보았다.

"수고하셨어요."

들리지 않을 정도의 목소리로 그녀는 말했다. 나는 그것을 어떻게 해석해야 하는 지를 생각했다. 혹시 그 말은 그녀가 지금부터 나와 그 소년에 대해 말하려는 생각일까? 나는 일부러 말했다.

"뭐라고요?"

"수고하셨다고 말했습니다. 이제 내버려 두세요."

"그런데 왜 안 가보려는 거죠? 내 눈으로 보아도 그는 느낌이 좋은 청년이고, 당신도 그 청년을 좋아했기 때문에 함께 있었던 게 아닌가요?"

"그래요. 그러나 이제 다 끝난 일입니다."

다카오는 맞서는 눈초리로 말했다.

"해안가 호텔에서 일주일 정도 함께 놀았습니다. 누구라도 그럴 거라 생각해요. 모래사장을 걷다가 예쁜 조개껍데기가 떨어져 있다면 누구라도 잠깐 주워 보고 싶을 거예요. 그러나 그것을 주워 조금 걷다보면 머지않아 버리게 될 겁니다."

이러한 말투에 상관없이 그녀의 얼굴은 날카롭고 창백했다.

"어째서 그렇게 사람 얼굴만을 보는 건가요? 당신은 그렇게 하지 않는다고 말할 수 있나요? 당신은 그것을 버리지 않을 수 있다고 말할 수 있나요? 그렇기 때문에 당신과 관계를 끊고 싶은거에요. 그러니깐 단지 쓸데없는 참견을 거절 하는 것이다."

"그러나 고마키씨."

나는 겨우 말을 했다.

그녀의 논리 속에는 그녀만의 일생의 준비가 있다. 그 준비 배경에 그녀는 얼마든지 거짓을, 그 거짓을 위해서 자신을 죽이는 일이 있다 할지라도 아무렇지 않게 거짓말을 할 수 있을 것이다. 그렇게 말하는 그녀가 가엽다는 생각이 갑자기 내 마음 속 낮은 곳에서 솟아올랐다. 집도 없이 단지 피아노와 붉은 의자를 가지고 이러한 집에 숨어 있는 그녀가, 그 전의 그녀보다도 한층 여왕 같은 말을 하고 있다. 나는 주의 깊게 그녀의 표정을 지켜보았다. 그리고 최후의 카드로 가지고 있는 것을 말하기 시작했다.

"나는 당신을 영리한 아가씨라고 생각하기 때문에 아무런 숨김없이 말하겠습니다. 만약 당신 말대로 라면 단지 예쁜 조개껍데기라 할지라도 그것은 평범한 조개껍데기가 아니에요. 정확하게 말하자면 속 안에는 진주가 가득 들어있는 거죠. 아타카군 집 쪽에서는 당신이 약속만 해준다면 당신에게 물질적인 노동 따위는 시키지 않는다고 말하고 있습니다. 뭐든지 당신의 생각대로 하겠다고 말했어요."

"역시 그런 거네요."

돌연 나는 무언가 그녀에 대해서 심술궂은 생각이 드는 것을 느꼈다. 처음으로 그녀를 만난 밤, 그녀가 나에게 말한 것을 생각하였다. 이런 집에서 그림을 그리며 있는 다는 건, 그녀는 이러한 말을 하며 나에게 그녀와 사이가 좋아지는 계책에 대해서 이야기 한 적이 있다. 무엇을 말하고 있는 것일까. 아무렇지 않게 그것을 다른 사람에게 말 할 수 있는 그녀가 지금 내가 하고 있는 말 그 이상으로 악의를 갖고 해석하고 있는 것일까? 나는 울컥해서 말했다.

"그럼 예전에 당신은 나의 생활을 보증한다는 등의 말을 한 것을 기억하고 있습니까? 그것도 나를 비웃은 건가요?"

"네 그래요. 돈 있는 사람이 돈 없는 사람을 비웃는다는 건 당연한 일 아닌가요. 자 내려와서 당신이 아무렇지 않게 비웃어 봐요."

"싸우자는 거요. 나는 아무렇지 않게 져 줄 겁니다."

밖에 나가자 벌써 해가 지고 있었다. 나는 급하게 대여섯 발자국 걸었지만 문득 그 집 2층에 남아있을 다카오는 아마 혼자서 다다미 위에 몸을 던져 울고 있지는 않을까? 라는 생각을 하면서 걷고 있던 나의 마음은 어느 샌가 쓰유코를 만나고 싶다는 마음으로 가득 찼다.

즈시에서의 일이 있고나서 나와 쓰유코는 두 번 정도 만났지만, 급속하게 친해졌다. 난 역 앞 붉은 자동전화 박스에 들어가 그녀를 불러냈다.

다카오에 대해서 할 말이 있으니까 지금 바로 긴자銀座의 에스키모까지 와 줄 수 있냐고 물어봤다. 나의 마음은 이미 다카오의 거만한 눈물 등은 아무것도 아닌 것이 되어 버렸다.

○

에스키모에서 기다리고 있으니, 얼마 지나지 않아 쓰유코가 왔다. 머리를 내리고 하얀 옷을 입고 있는 그녀는 희미한 길거리에 불을 켠 밤의 꽃과 같은 얼굴을 하고 있었다. 그녀가 들어오는 것을 알아차림과 동시에 나는 그녀의 내린 머리를 보았다. 언젠가 그녀의 집 가까운 곳까지 그녀를 만나러 간 적이 있다. 그녀는 막 감은 머리를 대충 묶은 채로 머리를 내리고 나왔다. 그 모습이 얼마나 산뜻해 보였는지 그녀의 모습과 너무 잘 어울렸기 때문에 당신은 그 머리가 가장 예쁘다고 무심코 말했던 적이 있었다. 그 말을 기억하고 있는 것인가 라는 생각에, 나는 기뻐하며 그녀를 맞았다.

"잘 와 주었어요."

나는 그녀를 만나 기쁘다는 표현을 하며 아타카소년의 형에게서 다카오를 부탁 받은 이야기부터 지금 다카오가 있는 곳에 가서 매정하게 쫓겨났다는 이야기까지 하였다. 나는 쓰유코와 항상 다카오에 관한 이야기만 했다. 언제나 같은 것 이었다. 나는 쓰유코의 눈과 입술을 보고, 이어서 송골송골 땀이 난 하얀 이마를 보았다. 그리고는 손수건을 쥐고 있는 섬세한 손을 보았다.

"공처럼 나는 밖으로 던져졌어요."

"처음부터 가능하지 않을 거라는 건 알고 있었어요."

쓰유코는 웃으면서 말했다.

그녀의 말에 의하면, 고마키의 집이 몰락해 버린 지금에서는 어떠한 혼담도 다카오의 마음을 상처 입히는 일이다. 혹시라도 다카오가 말하고 있는 것이 모두 거짓말이고, 다카오가 그 소년을 마음 속 깊은 곳에서 사랑하고 있다고 할지라도 내가 한 말을 물리치려 할 것이라고 말했다.

"바보스럽군요. 그러나 그녀는 결혼도 하지 않고 도대체 어쩔 셈인 거죠?"

"생활에 대한 것이라면 괜찮아요."

쓰유코의 말에 의하면, 이전부터 지금 상황을 예지했던 다카오의 아버지는 다카오와 그 어머니에게 어느 정도의 재산을 남겨 놓으셨기 때문에 직접 생활상에 변화가 있다 할지라도 지금 당장 생활은 곤란하지 않을 것이라고 했다.

게다가 다카오의 아버지라는 사람은 실업가에서는 보기 드물게 학식과 높은 덕망을 갖춘 인격자로, 재계에 가망이 없어진 지금까지도 오랫동안 원하면서도 이루지 못했던 학자의 생애로 들어가려고 상하이上海 육영서원育英書院의 교원으로 부임해 갔다고 한다. 원래 가난하게 태어나 다카오의 어머니 집에 데릴사위로 들어왔기 때문에 아버지가 고마키 집안에 왔을 때부터 이 부부는 그다지 정과 사랑이 넘치는 가정생활을 영위하지는 못했다. 아버지는 아버지대로 어머니는 어머니대로 각자의 생활을 했다. 어머니는 어렸을 때부터 무슨 파라고 하는 우타자와歌澤의 기예를 배우며, 비밀리에 유명한 가부키 배우등과 교제하면서 최근에는 센다가야의 본가와 따로 아카사카赤坂의 이마다초今田長에 다른 집이 있어 아버지가 여행 중일 때는 대부분을 그 별채에서 어렸을 때부터 학습하던 친구인 아무개인 배우와 함께 살았다. 그렇기 때문에 지금의 고마키 집안의 몰락은 오히려 세 사람이 각자의 생활을 그들답게 정해버려 반드시 불행 할 거라고는 말 할 수 없는 부분이 있다.

쓰유코의 말에 의하면, 아마 다카오의 이제부터의 생활도 이전의 생활도 내가 상상한 정도로 비참하지는 않다. 어쨌든 나에게 있어서는 쓰유코와 아이스크림을 먹으면서 하는 이야기일 뿐이다.

그런데 갑자기 생각이 나 아타카의 형에게 전화를 걸어 아무것도 한 것 없이 팔짱을 끼고 돌아온 자초지종을 알려 주었다, 그러자 "아아"라는 한숨 소리가 들렸고, 어쨌든 자전거로 잠깐 이곳에 들러 보겠다고 했다. 사실을 말하자면, 나는 지금부터 쓰유코와 함께 긴자를 산책이라도 하려고 생각했기 때문에 만나도 어떻게 할 수 없는 그 남자를 기다리고 있는 것이 귀찮게 느껴졌지만 어쩔 도리가 없었다.

얼마 지나지 않아 검은 윗옷을 입은 남자가 왔다. 나는 한 번 더 자세하게 설명해 주었다. 그의 마른 어깨가 마치 호흡하고 있는 듯 움직이고 있는 것이 이유 없이 기분나빴다.

이윽고 얼굴을 들고 "남동생이 죽는 것을 그냥 보고만 있겠다는 것이군요." 라고 말했다. 죽게 내버려 둔건 다카오인 것 같지만, 듣기에 따라서는 내가 죽게 내버려 둔 것 같이 들리기도 했다. 온화한 성격의 그가 화가 나면 어떤 식으로 화를 낼까? 부탁했던 나를 참으로 원망하고 있는 듯한 어투로, "불쌍하게, 이런 것을 동생이 안다면 죽어 버려요. 어떻게든 그밖에 해 주실 일도 있겠지요."라고 말했다.

　나는 뭔가 싫어졌다. 거기서 어떻게든 직접 다카오를 만나는 것이 좋을 것 같습니다. 내가 말하면 고집을 피워도 당신이라면 좋은 답변을 들을 수 있을 거라고 말하자, 남자는 쓸쓸히 일어나 혼자서 다카오를 만나러 갔다.

　벌써 칠월 말이라 장맛비가 적어져, 그 해는 숨 막힐 정도로 무더운 해질녘 이였다.

　에스키모를 나온 나와 쓰유코는 더 이상 다른 사람을 신경 쓰지 않았다. 그 날 이후로도 가끔 나와 쓰유코는 만나고 있었다. 아무렇지 않게 길을 걷고 차를 마시고 헤어지는 것이 다였지만 매번, 애정이 커지고 있다는 것을 느끼게 되었다. 처음에는 단지 나만 이런다고 생각했지만 지금에 와서는 쓰유코 역시 나를 좋아하고 있을 지도 모른다고 생각되는 때도 있었다.

　어느 때, 쓰유코는 새침한 얼굴로 나에게 다카오에 대해 어떻게 생각하는 지를 직설적으로 말해 달라고 했다. 쓰유코는 그 전날 다카오와 만나 그녀로부터 나의 얘기를 들었다고 한다. 잘은 모르지만 그날의 다카오는 계속해서 쓰유코를 놀리는 어투로, 멈추지 않고, "나 아직 그 사람과 결혼할 마음이 있어. 그렇게 할 작정이야."라고 말했다 한다. 그렇게 말한 다카오의 기분을 알 것 같다는 생각이 들었다. 그리고 나와 다카오의 사이에 아직 그런 것을 말할 만큼의 관계가 남아 있는지 아닌지를 알고 싶어. 라고 쓰유코는 말했다.

다카오가 어떻게 말했던지 간에 나는 그렇지 않았다. 그러나 그것에 대해 쓰유코가 연인다운 관심을 가지고 있다는 것에 이유 없이 기뻤다. 실제로 제멋대로인 아가씨라는 것은 가끔 사람을 유혹시키는 것이 목적으로 생각지도 않은 것을 말한다.

단지 나는 그런 것으로 쓰유코의 애정을 꾀어내는 듯 하는 결과가 된 것을 즐겁게 생각하면서 다카오가 말한 것은 단순히 내뱉는 말 뿐이라는 것을 쓰유코에게 설명했다. 나는 그 때 나의 어깨와 스칠 듯이 걷고 있는 쓰유코의 조그마한 어깨를 살며시 끌어당기고 싶다는 생각이 들 정도로 그녀는 사랑스러웠다.

○

4, 5일이 지난 어느 날, 아침 쓰유코로부터 전보가 왔다. 급한 용건이 있으니 산구바시参宮橋의 다카오 집까지 와 달라고 해서 갔다. 또 무언가 다카오에 대해 성가신 일이 생긴 것일지도 모른다고 생각했지만, 거기에서 쓰유코를 만날 수 있다고 생각하자 무슨 일이 있어도 가 봐야겠다는 생각이 들었다. 바람도 없고, 한 낮의 햇볕이 내리쬐는 나의 머릿속에는 쓰유코에 대한 생각만으로 가득 찼다.

"실례합니다."

라고 말했지만 대답이 없다. 고요하다고 해도 현관문 바닥에는 본적 있는 쓰유코의 검은 더러운 짚신이 벗겨져 있었기 때문에 나는 그대로 급하게 이층으로 올라갔다.

"어떻게 된 거에요?"

"일부러 불러내서 미안해요."라고 말하는 쓰유코 옆에는 다카오가 피아노의 의자 위에 몸을 던져 울고 있었다.

"어찌 된 일입니까?"

나는 다시 한 번 말했다.

쓰유코는 옆 다다미 위에서 읽다가 만 한 장의 긴 편지를 나에게 가르치면서 "안타쿠安宅씨가 죽었답니다."라고 말했다.

나는 생각지도 못한 일이라 놀랐다. 죽는다 죽는다고 말했던 그 소년이 이렇게 쉽게 죽을 리가 없다고 생각하고 있었는데 죽어버린 것인가. 편지는 그 소년의 형이라는 사람이 다카오에게 전해 준 것이다. 읽고 있는 동안 나는 일전에 에스키모에서 그 사람과 만났을 때의 기묘한 초조함 같은 것이 점점 사라지는 것 같았다.

"이제 와서 누구를 원망하려는 마음도 없습니다."

그런 마음으로 우리들과 헤어진 후의 것을 자세하게 써 놓았다.

"밤낮으로 자지도 못하고 말도 할 수 없는 상태에 있어 나도 몹시 지쳐버렸고 여행이라도 가게 된다면 조금이라도 잊혀지겠지 하는 생각에, 고향의 노부모가 있는 곳에 잠시 머물러보게 했습니다만. 그 돌아오는 중에 시코쿠를 오고가는 배 위에서 몸을 던져버리고 말았던 것입니다. 바람이 심하게 불던 밤이었기 때문에 곁에 있던 나의 아내 어깨에 걸쳐줄 망토를 가지러 선실에 들어간 불과 30초 정도 사이에 보이지 않게 되어버렸던 것입니다. 누군가 바다에 몸을 던진 물소리를 들었다며 실제로 검은 그림자가 물속에 뛰어든 것을 본 사람도 있지만 사체는 아직 떠오르지 않아서……"

나는 편지를 두고 어깨를 부들부들 떨며 울고 있는 다카오 쪽을 보았다.

이런 여자라도 자신을 위해 죽은 소년을 생각하며 울고 있는 것이라고 생각하니 왠지 불쌍해보였다.

"이제 그만 우세요. 괜찮아요. 곧 모두 잊어버릴 거예요."

다카오는 대답도 없이 울고 있었다. 나는 다시 말했다.

"힘내지 않으면 안돼요. 아프기라도 하면 그거야 말로 바보 같은 행동이 아니겠어요."

잠자코 있다.

이윽고 우는 소리가 멈추고 갑자기 다카오가 얼굴을 들었다. 눈물이 닦여진 커다란 눈은 붉은 입술과 같이 부어있는 눈꺼풀에 깊은 감동을 받으며 나의 눈이 멈췄다고 생각하자 뜻밖에 냉소적인 모습이 뺨을 스쳤다.

"착각하지 말아줘. 나는 저런 애송이가 죽어서 울고 있는 게 아니야."

나는 어이가 없어서 다카오로부터 눈을 피했다. 이 여자의 한마디로 또 시작이군 하는 생각이 들었다.

"심술꾸러기."라고 혼잣말을 하며, 그녀의 설명을 들어줄 정도의 친절은 날아가 버리고 말았던 것이다.

이런 여자가 울고 있는 모습을 보인 이유가 있는 것일까. 화가 나지만 참고 잠자코 있던 나의 모습을 보고 그녀는 오히려 트집을

잡으려는 듯이,

"일전에 형이라는 사람이 왔을 때에도 나는 확실히 말했어. 유아사씨를 이용하여 이쪽으로 보내려고 하다니 바보 같다고. 알고 있는지 모르겠지만 유아사씨는 나의 연인이었다고. 연인에게 사랑의 중개인을 부탁하는 것은 얼간이 같은 일이라고."

무슨 말을 하는 것 인지. 의사표현을 할 때 사람을 곤란하게 하는 것이 이 여자의 속셈이라고 생각하면서도 나는 내심 당황했다.

아까부터 어쩐지 벌벌 떨고 있어 겨우 거기에 앉아 있는 것처럼 보이던 쓰유코는 다카오의 이 한마디를 듣고 도움을 구하려는 눈으로 나를 슬쩍 봤다.

나는 큰 목소리로 말했다.

"바보 같은 말은 그만 둬."

"바보 같은 것이라고? 당신은 나의 애인이 아니라고 말하려는 거지? 쓰유코의 앞에서 확실하게 그 이유를 말할 수 있다고? 우리들은 아직 한 번도 헤어지자고 한 적이 없었잖아. 그게 아니라고? 애인사이도 아닌 사람이 왜 함께 호텔에 가거나 한 거지? 같은 침대에서 함께 잔거지? 호호호호."

라고 광기 들린 큰 소리를 지르며 돌연 웃기 시작했다.

"무슨 말을 하고 있는 거야? 그런 바보 같은 말을 해서 무얼 얻을게 있다고 그러는 거야."

고의로 그렇게 한 이유는 없었지만, 쓰유코에게는 아직 저 보카이호텔의 밤에 있던 일을 이야기 하지 않았던 나는 갑작스럽게 다카오의 입에서 그 일을 듣게 되자 이야기 했던 것 이상으로 깊은 관계였던 것처럼 생각되어지더라도 그 때의 전후 사정을 몰랐던 쓰유코에게 어떻게 설명해야할지 알 수 없었다.

나는 겨우 오늘 다카오가 우리들을 여기에 부른 것이 무엇 때문인지 알게 되자 화가 나기보다 당황스러웠다. 이런 말을 듣고 겨우 요즘 내 쪽으로 기울어져 온 쓰유코의 마음도 어떻게 동요될지 모른다고 생각하니 나는 전부 다카오의 예상한대로 걸려들어 당황할 수밖에 없었다.

"그날 밤의 일은 당신도."

나는 쩔쩔매기 시작했다.

"그렇게 확실히 한 것은 말할 수 없겠지. 아무튼 사람의 의사를 무시하고는." 라고 말을 꺼내자, 그런 나의 목소리에 덮어씌우는 듯이 전보다도 한층 날카로운 소리를 지르며 "호호호호호"라고 웃고 있었다.

이런 상황에 많은 명언 중 하나를 골라 변명을 하려 했던 나의 입장은 점점 바보스럽게 느껴졌다. 보니 쓰유코는 조용히 손수건으로 얼굴을 가렸다. 거기서 소리를 내지 않고 울기 시작했다.

나는 어찌할 바를 모르며 울고 있는 쓰유코의 손을 잡았다.

"오해하지 말아요. 당신에게 말하지 못했던 것은 오해하는 것이 무서웠기 때문이야. 이 여자가 말하고 있는 것과 의미가 전혀 달라."

"알고 있어요."

쓰유코는 낮은 목소리로 말했다. 그리고 나서 점점 깊게 얼굴을 묻고 울기 시작했다. 다카오는 오히려 미치광이처럼 웃음소리가 더 심해지고, "좀 더 확실하게 가르쳐 주시죠. 그 정도 변명으로 되겠어요? 사실은 저 오늘 쓰유코에게 와달라고 한 것은 당신과의 관계를 죄다 말해 깨끗하게 청산해버릴 작정이었어요. 근데 더 이상 이렇게 하는 것도 바보 같군요. 오늘을 끝으로 헤어져 주세요. 쓰유코씨에게 이대로 당신을 줘버린다고 말하고 있는 거예요. 그럼 함께 일어나 주시죠. 가버려! 가버리라고."

나는 일부러 가라앉힌 목소리로 말했다. 쓰유코는 묵묵히 손수건을 소매에 넣고 나의 배후에서 물러났다. 마치 뛰어 내려가는 것처럼 밖으로 나갔다.

"화난거지?"

"아니요."

쓰유코는 더 이상 울고 있지 않았다. 기분 탓인지 그 맑은 눈은 그렇게 갈팡질팡 했던 나를 애달파하는 것처럼 보였다. 솔직히 말하면 나는 그날 밤 다카오가 그렇게 흥분해서 실신해버리는 일이 없었다면 잠자코 함께 잤을 것음에 틀림없다.

내가 그러지 못했던 것은 결벽증 때문이 아니라 피로해서 오는 이상한 열 받음 때문이었다. 그러나 그런 것을 지금 쓰유코에게 말할 수 없다. 그것은 말하지 않고 단지 절대로 깊은 관계로 간 것은 아니라는 말만은 확실히 말하고 싶은 것이다.

"그 여자도 확실히 그렇게 말하지는 않았던 거죠? 그것은 함께 방에 머물렀긴 머물렀어도 심한 폭풍우로 집에 갈 수 없었어요."

"괜찮아요. 괜찮아요. 저는 깊게 생각하지 않아요."

"정말입니까? 자 이 이야기는 오늘을 끝으로 잊어주겠습니까?"

겨우 웃으며 고개를 끄덕이는 것을 보고 나는 한숨을 돌렸다. 그리고 나서 죽은 소년의 이야기를 생각하면서

"그러나 이상한 여자입니다. 불쌍하지도 아무렇지도 않다고 하는 것은."

"화가 납니다. 맘대로 자살해버린 것을 다른 사람의 탓으로 해버리면 참을 수 없다고."

정신을 차리니 우리들은 이미 산구바시参鴬橋 정류장을 지나쳐 정체모를 시골길로 나와 있던 것이다. 이런 일로 나는 더 이상 다카오를 만나는 일도 없어졌지만 이런 상태로는 기름종이에 불을 지핀 듯한 쓰유코와의 사랑을 생각할 기력이 없었다.

단지 가끔 쓰유코의 입을 통해서 그 이후의 소식을 듣긴 했지만 다카오의 아버지는 얼마 안 있어 아내와 딸을 남기고 중국에 가고, 다카오는 아버지의 전성기에 그 밑에서 일을 하던 실력가인 젊은 남자와 협동하여 상해로부터 계란수입을 시작했다고 한다.

지금에 와서는 어느 시골에서나 팔게 되었지만 그것을 대량으로 일본에서 수입하는 것을 생각을 해낸 것은 다카오 쪽에서 최초인듯하다. 사업가로서의 다카오는 역시 아버지의 재능을 물려받았던 것인지 별난 성격이 자취도 보이지 않고 정말 꾸밈없이 성실

하게 착착 성공을 이루고 있다고 한다. 나는 상당히 협력자라는 젊은 남자와 결혼이라도 했던 것은 아닐까라고 생각하고 있었지만 그런 것도 아닌 듯하다.

쓰유코의 말에 의하면, "마치 이중인격의 표본처럼" 별난 인물이 되었다고 말했다. 그로부터 5년이 지난 봄에, 나는 긴자의 모피 가게에서 물건을 사고 있는 여자를 슬쩍 봤지만 그녀 쪽은 눈치 채지 못한 모양이었다.

○

쓰유코와 나와의 연애 초기에는 매우 당연한 듯 아무 일 없이 순조롭게 지났다. 아직 보잘 것 없는 소년 시절에 일본을 떠나 긴 세월 외국에서 생활하고 있었던 나는 그동안 사랑을 하고 싶어 하기보다 사랑스러운 형태를 갖춘 생활의 필요 속에서 그런 일을 직업으로 하고 있는 여자들과의 약간 사무적인 관계 외에는 거의 경험이 없었다. 그렇기 때문에 진정으로 쓰유코의 출현에 대해 나는 기분이 소년일 무렵의 순수한 연정보다도 순진하고 주변머리없는 사람이었고 쓰유코 또한 외국에서 귀국한 화가라는 나의 신문기사적인 지위의 화려함에 소녀 같은 환상을 가지고 대하고 있었다. 두 사람은 거의 가을 내내 어디까지나 내성적인 애인사이의 틀을 벗어나지 못했다.

이젠 그런 모습은 더 이상 허락할 수 없을지도 모른다고 생각했지만 그 무렵 신바시역新橋의 그 근처의 유유테이有有亭라고 하는 레스토랑이 있었다. 여러 메뉴는 좋았지만 들어가면 조금 그늘진 곳에 의자를 두 개정도 넣어둔 작은 방 몇 개인가를 준비해두고 커튼을 치자 방안의 사람의 형태는 그 근처를 지나도 모를듯하게 되었기 때문에 자주 여성을 동반한 손님들이 거기에 앉아 소곤대며 서로 이야기를 나누고 있었다.

나와 쓰유코는, 쓰유코는 요쓰야四谷에서, 나는 우스다臼田에서 성선을 타고 신바시新橋에서 만나 거기서부터 유유테이의 그 작은 방에서 긴 시간동안 마주 앉아 있었다. 창문에 먼지를 뒤집어쓴 아오기리青桐 잎사귀 등이 보인다. 간간히 위층에서 들려오는 엉터리 피아노 소리가 들어오거나 한다.

유난히 점심시간은 조용했으므로 거기에 앉아 있으면 세상을 꺼리고 있는 연인같이 안타까움이 가슴 가득 퍼져 오는 것이다. 몇 번인가 거기에서 만나고 있는 동안에 일하고 있는 오야에ぉ八重라고 하는 여자가 간간히 우리들이 있는 곳에 얼굴을 보이게 되었고

"어머, 즐겁게 보내."

등을 시작으로 놀리듯 인사를 하곤 했기 때문이었는지 나중에는 슬쩍 자신도 동석하여,

"나는 남일 같지 않네."

라는 등을 말하며, 지금은 우스다에서 작은 단역을 하고 있다는 그의 정부에 대해서도 말하곤 했다.

오야에의 이야기에 의하면 그 남자는 원래 게이오 대학의 학생으로 습관적으로 방탕하게 보내다 신세를 망치고 고향에서 송금

도 끊겨 오랫동안 오야에의 수입에 의지하여 함께 살아 왔다. 하지만 취미로 시작한 단역으로 요즘 조금이나마 이름이 알려지게 되었다고 생각하자 옛날에 했던 고생은 잊어버리고 다가가도 오지 않는다고 한다.

"타산적인 사람이야."라며 한숨을 쉬면서도 우리들을 위해서라면 무엇이든지 힘이 되어 주겠다고 말하며 습관적으로 자주 나를 대신해 쓰유코의 집에 호출하는 전화를 걸어준다던지 전언을 부탁받아주기도 했다.

어느 날, 언제나 한 번도 시간에 늦은 적이 없는 쓰유코가 좀처럼 모습이 보이지 않았다. 나는 긴 시간동안 신바시역에서 기다림에 지친 끝에 이번에는 유유테이에서 기다리다가 지쳐 오야에게 전화를 부탁해보기도 했지만 전화도 연결되지 않았다. 무슨 일이 있었는지 알지 못한 채 걱정을 하며 할 수없이 집으로 돌아가니 책상위에 쓰유코로부터의 편지가 놓여 있었다.

"급히 상담하지 않으면 안 될 일이 생겼으니까, 오늘밤 열한시에 우리 집 앞까지 와 줘요. 나는 좀처럼 밖에 나갈 수 있을 것 같지 않으니깐."이라고 쓰여 있었다.

나는 여러 가지 좋지 않은 경우의 것을 상상하며 혼자서 걱정하고 있었지만 결국 쓰유코를 만날 때까지는 어떻게 손 쓸 방법도 없었다. 나는 그래서 가슴을 두근거리게 하는 11시가 오길 기다렸다. 그리고 시나노마치信濃町의 정류장에서 조금 뒤쪽의 완만한 길로 내려가자 거기에 쓰유코의 집이 있고, 이젠 집사람들이 잠들어

버린 듯한 어두운 정원의 초목이 많이 심어진 곳을 향하니 모든 창문이 닫혀 진 채로 조용했다.

처마 밑의 옅은 빛에 손목시계를 비추어 보자, 아직 11시 23분 전이었다. 나는 발소리를 죽이고 열두 번이나 집 앞을 왕복했다. 그러자 현관의 사이로 응접실 같은 방에서 환히 불이 켜졌다라고 생각하자, 아주 살짝 커튼이 움직이고 쓰유코 같은 인형이 가만히 나를 보고 있는 것 같았고 모습이 확실하게 보였다. 사람들의 눈을 피하기 위해 익숙지 않은 검정 옷을 입고 있었던 나는 거기에 있는 사람이 나라는 것을 쓰유코에게 알려야한다는 생각에 그 그림자를 향해 손을 들었다. 그러자,

"저기로 돌아."라며, 자꾸 정원의 뒤 쪽을 가리키고 있었기에 벽돌로 된 높은 울타리를 따라 뒤쪽으로 돌아가니 거기에 얇은 철봉을 끼운 나무문이 열려져 있다. 그 틈사이로 몸을 기울이자 '땡그랑' 하는 하나의 풍경과 같은 소리가 울렸을 뿐 나는 정원 안에 들어갈 수 있었다.

보니 응접실의 빛은 꺼져, 그곳의 창문에서 훌쩍하고 몸을 틀어 쓰유코가 정원으로 뛰어내리고 있었다. 나는 숨을 죽이고 초목의 그림자 밑을 서성거리며 기다리고 있자 쓰유코는 조용히 달려와서 나의 어깨 부근에서

"아아."라는 낮은 소리로 말했다.

나는 쓰유코의 가는 몸을 조용히 안았다.

"어떻게 된 거야?"

"일이 힘들게 됐어요. 나 시집 보내버리시겠다고 하셨어요."

"시집을?"

깊은 어둠속이었지만 쓰유코의 큰 눈이 안달 난 듯한 격심한 표정으로 빛나고 있는 것을 나는 느낄 수 있었다. 나는 쓰유코를 안은 채 옆의 나무 밑에 놓여있는 벤치에 조용히 앉았다. 이렇게 해서 만날 수 있었던 것만으로 지금은 쓰유코의 보고와 같은 중대한 것도 나에게는 이해되지 않았다.

"시집 같은 거 가버릴까."

나는 다시 한 번 쓰유코의 몸을 강하게 안았다. 암흑 속에 눈이 익숙해지자 아까 그 응접실의 창문 쪽에서 언뜻 하얀 도깨비 같은 것이 보였던 쓰유코의 몸은 옅은 분홍빛의 파자마을 입고 작은 발에는 빨간 슬리퍼를 신고 있어 어딘가 중국 여자아이 같았다.

"그러니깐 이제 아무튼 남편도 결정 되어 버렸고, 내가 모르는 동안에 내정으로 속속 정해져버렸다고."

해군 장관인 쓰유코의 아버지는 옛날부터 은연중에 부하 중 젊은 사관 중 한 사람을 쓰유코의 장래의 신랑으로서 점찍어 두었다고 하지만 그것에 대해서 오늘까지 그녀는 한 번도 아버지로부터 들어본 적 없었다고 한다. 그게 갑자기 오늘 아침이 되었고 내일 가부키 좌에서 맞선을 볼 예정이라고 알리셨다고 말했다.

"우리의 일을 알았었을 지도 모른다고 유모가 말했어요. 그러니깐 아빠는 나에게 아무 말씀도 하지 않을 생각이었던 것 같아요."

쓰유코는 한숨을 쉬었다.

「군인 가정」의 냉정함에는 상당히 길들여져 있다 해도, 이 아버지의 집을 나와 새롭게 만드는 장래의 가정까지 「군인 가정」으로 정해져 버리는 것인가라고 생각하자 참을 수 없다고 말했다.

"있잖아요. 도와줘요. 나를 그런 곳에서 빼내줘요. 응? 빼내줘."

쓰유코는 벌벌 떠는 듯한 눈을 하고 나의 가슴에 매달리며 몸을 기대왔다. 쓰유코의 기분에는 나라는 연인이 있으니깐 그 외의 누군가와도 결혼은 할 수 없어. 라든지 마치 내일 맞선의 상대가 이러이러한 남자니깐 결혼하고 싶지 않다. 라던지 하는 것보다도 그 남자가 군인이라는 것만으로 몸서리칠 정도로 싫다고 생각하는 듯했다.

어쨌든 어떤 방법을 사용해서라도 내일의 맞선으로부터 도망치고 싶으니깐 뭔가 좋은 방법을 알려달라고 말하지만, 그러나 나에게 있어서는 예를 들어 이것이 목숨을 건 사랑이라 할지라도 세상 보통 인식으로 보면 부인도 있고 아이도 있는 남자다. 그런 내가 어떻게 쓰유코의 연인으로서 자신의 이름을 밝힐 수 있을까. 짧은 시간에 빨리 아내와의 관계를 확실하게 하고 아이의 장래도 정리하고 난 후 중류이상의 생활을 하는 경제능력을 가진 한사람의 어엿한 남자로서 쓰유코의 아버지 앞에 나타나는 것이 아니라면 나의 출현은 단지 하나의 웃음거리가 되는 것에 지나지 않다. 나는 어찌할 바를 몰랐다.

"좋은 방법이 있어요?"

나의 말이 머뭇거리고 있는 것을 본 쓰유코가 말했다.

"당신도 내일 와주지 않을래요? 응, 와 줄래요? 아빠를 상대로 나는 무너져버릴지도 몰라요. 하지만 그 외의 사람이라면 지지 않을 거야. 재미있는 일이 있어요."

"망쳐 버릴 거야?"

나는 한 번 더 쓰유코의 몸을 안았다. 가는 몸의 부드러움은 아기를 안고 있던 때처럼 불안하고 애처로웠다.

"그럼 내일봐요."

"잘자."

내 품에서 떨어지자, 쓰유코는 다시 나는 새처럼 몸을 세워 응접실의 창문 속으로 사라졌다. 나는 긴 시간동안 그곳의 나무그늘에 서서 어느 방이 그녀의 침실인지를 보기위해 눈을 들어 어느 창문에 불이 켜지는 지를 기다렸지만 언제까지나 불은 켜지지 않고 이윽고 잠잠해졌다. 긴장이 풀리고 나는 다시 집으로 돌아왔다.

○

다음날 나는 시간에 맞추어 가부키좌로 나갔다. 옅게 어두운 장소로 발을 옮겨 들어가니 바로 마치 빨아드려지는 듯한 속도로 극장의 관람석 앞쪽의 오른쪽 편에 자리를 차지하고 있는 쓰유코 가족의 일행을 찾아내었던 것이다.

쓰유코와 그 엄마인지 고모인지 아님 중매쟁이처럼 보이는 마혼 정도의 두 명의 여자와 그리고 오늘의 맞선 상대 같은 남자 모두 네 명이 정말이지 평온하게 무대를 바라보고 있는 것을 보니, 나는 내 좌석이 그곳으로부터 꽤나 떨어져 있다는 사실에 왠지 안심이 되면서, 경쟁자라고도 할 수 있는 그 남자의 자리를 탐하는 듯한 시선을 보냈다.

해군 중위의 제복차림으로 체격도 다부진 뒷모습은 쓰유코의 이제 막 핀 하얀 백합꽃 같은 청초한 아름다움에 비하면 얼핏 어울리는 대상인 것처럼 느껴졌다. 나는 저녁에 했던 쓰유코의 말을 상기했다.

"그런 곳에 가는 거 싫어, 알겠어요? 가는 거 싫어요."

쓰유코의 뒷모습은 지금도 그렇게 말하고 있는 듯이 여겨져서 나는 조용히 자리에서 일어나 그들의 등 뒤로 다가갔다. 무대에서는 오카루ぉかる의 도피 장면인지 무엇인지를 하고 있었지만 그런 것을 볼 수가 없는 나는 그저 무대의 밝기에 취해 한층 어두운 좌석 사이를 '휴' 하고, 살 것 같은 기분으로 다가가자, 깜짝 놀란 듯이 쓰유코가 등 뒤를 돌아보았다. 그리고 내 모습을 알아차리고 조용히 복도로 빠져 나왔다.

"같이 온 거야. 어머니랑?"

"고모랑, 아빠 친구의 부인. 중매인."

쓰유코는 피식 웃는 듯한 표정을 했다. 이 표정이 나에게는 조금 의외였다. 하지만 쓰유코의 눈에 지난 저녁의 어둠이 없는 것은 나에게도 기쁜 일이었다. 혹 이것은 단지 익살스러운 사건으로 아무렇지 않게 끝나버릴 종류의 일일지도 모른다는 왠지 안일한 기분이 들어, 오늘밤 자신의 역할도 단지 희극의 한 역으로 여기는 느낌이 들었다.

"어떻게 할 거야? 신랑 바람맞히고 어딘가로 가버릴래?"

"이대로 있는 거예요. 조금 있다가 고모가 나와서 당신을 발견할 때까지."

쓰유코는 그렇게 말하고 장난스럽게 웃으면서 내 쪽으로 몸을 기대왔다. 그 동안에 막간 벨이 울려서 우르르 관객이 복도에 나오는가 싶더니, 과연 쓰유코의 고모 같은 여자가 그 혼잡을 헤치듯이 나와서 우리들의 곁으로 찾아왔다.

"이런 곳에 있었던 거야? 손님에게 실례잖니."

"그래도 너무 피곤하단 말이에요."

쓰유코는 그렇게 말하고 더욱 내 쪽으로 몸을 기대는 듯이 하면서 힐끗 눈을 치뜨고 나에게 눈짓을 주었다.

"친구와 만나서 조금 이야기하고 있었던 거예요."

"오늘 밤이 어떤 의미가 있는지 너 알고 있잖니. 조금은 고모의 입장도 생각해줘."

억누른 낮은 목소리로 말하고 나서, 내 쪽으로 굳은 미소를 보냈다.

"죄송합니다. 너무나 실례입니다만, 저쪽에서 손님이 기다리고 계셔서."

그렇게 말하면서, 쓰유코의 몸을 누르듯이 해서 데리고 가 버린 것이다. 나는 그 뒷모습을 보고만 있었다. 대체 어떻게 하면 좋을까. 여기까지 와서 나는 단지 수수방관하며 보고 있는 것만으로 괜찮은 걸까. 아니면, '쓰유코씨 생각은 아랑곳하지 않고 이러시는 것은 제가 반대입니다.'라고 라도 말해야 했던 것일까. 아니면 아까 쓰유코가 하고 있던 것처럼 그녀의 뒤를 쫓아 그 곁에 가까이 다가가, '쓰유코씨 한테는 내가 있어.'라고 하는 듯한 마음을 보여서 오늘의 맞선을 몽땅 엉망으로 만들어 버려야 했었던 것일까. 나로서는 어떤 결단도 내릴 수 없었다. 단지, 지금 쓰유코와 만난 연극에서 나라고 하는 남자를 본 고모가 쓰유코에 대해 어떻게 대처할 지가 신경 쓰였다.

아니 거기에 응하지 않고 오늘 밤 사이에 이야기를 끝낼까, 혹시 만일의 경우를 우려해서 이대로 중지 해 버릴까, 어느 쪽이든 나는 단지 쓰유코가 이 맞선을 기뻐하지 않는다고 하는 사실 하나에 적어도 위로를 얻는 것 외에는 없었다.

문 안에서 나에게는 잘 들리지 않는 연기자의 대사가 탁구공처럼 벽에서 벽으로 왔다 갔다 울려 퍼지는 것처럼 들린다. 하지만 나에게는 쓰유코와 사람들이 있는 좌석 한 부분만이 멍하니 머리에 떠오른다. 나는 아직도 그곳에 가고 싶은 충동을 겨우 억누르면서 긴 시간을 보내고 있었다.

'역시 이대로 혼자 돌아가 버리자' 그렇게 결심하고 이윽고 모자를 가지러 한 번 더 좌석에 돌아왔다가 복도로 나가려고 하는데, 문 밖에 쓰유코가 창백한 얼굴을 하고 서 있었다.

"빨리 나가요. 나 다시 빠져나온 거예요."

그대로 극장 밖에 달려 나왔는가 싶더니, 때마침 지나가던 자동차를 불러 세워 거기에 뛰어 올라탔다. 나도 이어 홀쩍 올라탔다.

"신바시新橋요."

쓰유코는 운전사에게 그렇게 행선지를 말하고 나서 내 쪽을 향해 씩 웃었다.

"잠깐 저쪽으로 가도 괜찮지? 나 어지간히 참으려고 했었는데."

"머리 장식 떨어져."

나는 쓰유코의 머리에 꽂혀 있는 하얀 장미의 장식을 보면서, 들끓어 오는 환희의 마음으로 겨우 말했다.

"오늘 밤은 무슨 다른 아가씨 같네."

"꼭 다카오씨 같지? 고모가 꽤 의심하고 있어. 어처구니없는 일을 해서 깜짝 놀래키고 싶어져."

그렇게 말하는 쓰유코는 정말로 이제껏 어떤 때의 그녀보다도 명랑하고 장난꾸러기같이 보였던 것이다. 나도 바로 그 분위기에 녹아들었다.

지금 저 극장에 남아 있는 사람들의 당황하고 있을 모양이 왠지 터무니없이 유쾌하게 여겨졌기 때문이다. 유유테이는 예전 같지 않게 붐비고 있었다.

"어머, 이렇게 늦게 어쩐 일이야?"

조금 취한 듯한 아가씨가 커튼 사이로 얼굴을 내밀었다.

"마치 사랑의 도피라도 하는 것 같은 모습이네,"

"정답이야. 오늘밤은 꼭 오야에의 지혜를 빌리고 싶어서 찾아왔어,"

나는 명랑하게 응수했다. 이 작은 방 안에서 보니 오늘 밤의 쓰유코는 마치 시집가는 신부처럼 아름답게 단장하고 있는 것 같았다. 그 쓰유코를 바라보면서 나는 아까부터 왠지 추장의 아내가 될 예쁜 공주님을 혼인식 와중에 빼내온 젊은 야만인 같아진 마음이 들어 유쾌해졌다.

나는 술을 조금 마셨다.

"어딘가 잠시 숨어있을 곳이 없을까?"

"이런, 대책 없이 활발하네. 언젠가 이런 일이 있을 줄 알고 기대하고 있었어."

여자는 내가 단지 농담으로 말하고 있다고 밖에 생각하지 않은 것이다. 왠지 우리들의 머뭇거리고 있는 모습을 보곤 비웃는 것처럼 평소 습관대로 웃으며 바보 취급하면서 말한다. 나는 조금 진지한 얼굴로 사실은 이렇고 이렇게 되었다고 오늘 밤의 일을 이야기했다.

"분명히 내가 데리고 나왔다고 짐작은 하고 있을 거라고 생각하지만."

"아니야. 그런 건."

오야에는 의외의 표정을 하고 말했다.

"이제까지 겨우 별 탈 없이 지내 왔는데, 그러면 본전도 못 찾게 돼."

"반대하는 거예요?"

"그렇잖아 당신, 부녀자 유괴가 되어 버린다고. 본가 큰집의 일이니 혹시라도 바보 같이 경찰들 따위에게 신고하지는 않겠지만, 역시 오늘 밤에는 얌전히 돌아가는 편이 좋지 않아?"

약간 술에 취해 있어서 그런 말을 하는 야에를 그래도 난 상담 상대로 하는 수밖에 없었다. 나는 조금 곤란해 하는 얼굴로 쓰유코 쪽을 보았다.

"여기 온지 어느 정도 지났지?"

"돌아가는 거 싫어, 나," 쓰유코는 아직 웃고 있었다. "돌아갈 거였으면 빠져나오지도 않았어. 유아사씨까지 그런 마음인거에요?"

"내가?"

나는 쓰유코의 눈꺼풀 위에서 바람처럼 움직이고 있는 긴 속눈썹을 살짝 훔쳐봤다. 만약 나에게 쓰유코를 이대로 보내지 않을 결심을 무디게 할 것이 있다고 한다면 그것은 무엇일까. 나는 단지 내 생활상의 무력함을 겁내고 있었다. 하지만 이 경우 쓰유코에게 무슨 할 말이 있단 말인가. 나는 아까의 젊은 야만인의 용기를 다시 내지 않으면 안 되었다.

"쓰유코씨가 돌아간다고 해도 이제 돌아갈 수 없어. 나중에는 어떻게든 될 거야. 어쨌든 좋은 곳이 없을까,"

나는 일어나서 오야에를 불렀다.

"어쨌든 나중에 모르는 척 하지 않을 테니까, 당신 어디 아는데 없어?"

"어디든 있잖아요, 그런 곳은 그쪽이 더 잘 알잖아요?"

"그건 그렇지만, 대합실이다 호텔이다 하는 건 안 된다고,"

나는 진지한 얼굴로 말했다. 쓰유코를 데리고 그런 곳에 가고 싶지 않다고 하는 마음도 있었지만, 오랫동안 도쿄를 떠나 있던 나에게는 그러한 장소에서 야에가 방금 말한 경찰 시비 운운했던 소동에 의해 끌려갈지도 모른다고 하는 것이 우스꽝스러울 정도로 신경 쓰였다.

"더러운 곳이라도 좋아?"

"괜찮아, 내일이면 또 어떻게든 될 테니까,"

오야에는 거기서 짧은 편지를 써 주었다.

아자부麻生의 센다이자카仙台坂 밑에 있는 절 경내 2층에 셋방을 얻어 살고 있다고 하는 오야에 자신의 집을 우리들에게 빌려주려고 한 것이다. 나는 몇 번이나 고맙다고 했다. 서둘러 쓰유코를 재촉해서 유유테이를 나와 바로 앞쪽에 있는 센다이자카仙台坂로 차를 몰았다. 절이 있는 곳까지 오자 깜짝 놀랄 만큼 어두웠다. 시가지에 이렇게 깊은 곳이 있었나 싶을 정도로 한적한 곳이었다. 우리들은 야에가 그려 준 지도를 행선지로 눅눅한 낙엽을 밟으면서 그 집을 찾아 걸었다.

"후회하지 않아?"

"아니요."

숄도 겉옷도 극장에 놓고 온 채로 나왔을 아무것도 걸치지 않은 가냘픈 어깨가 추워 보였다.

"이런 곳에 데려와서 왠지 미안한 생각이 들어."

"그렇지 않아요."

아까까지의 발랄함에 비해 쓰유코의 목소리는 기운이 없었다. 하지만 나는 용기를 잃지 않도록 자신의 마음을 다잡으면서 걸었다.

드디어 오야에가 말한 집을 찾아서 오야에의 편지를 꺼내니, 나이 든 할머니가 나와서, "들어오세요." 하고 말한다. 우리들은 이층에 올라갔다. 다다미 여덟 장과 여섯 장이 연속으로 이어져 있는 방에 젖혀진 채 있는 침상의 주위에는 벗어 던진 옷과 급히 먹은 귤껍질 등이 아침 상태 그대로 어지럽혀져 있었다. 어지간히 접대를 하고 있는 여자의 방답다고 말하면 말할 수 있겠지만, 과연 어디에 앉으면 좋을지 고민 될 정도였다. 창문을 열자 어둠 속에 부대끼며 울리고 있는 나무들의 스치는 듯한 가지가 바로 코까지 와 있어서, 훅 하고 습기 찬 공기가 들어왔다. 대낮에도 어두컴컴한 방이라고 생각되었다.

"큰일이네,"

나는 낮은 목소리로 중얼거렸다. 이런 썰렁한 방 안에서는 어떤 사랑의 꽃도 시들어버릴 것이라고 생각하니, 왜 적어도 제국호텔이나 뉴글랜드로 나갈 정도의 용기를 내지 않았는지 후회하지 않을 수 없었다. 이 집의 분위기로 내일의 생활에 대해 어떤 짐작이나 할 수 있을까. 틀림없이 쓰유코 마음에도 같은 생각이 오갈 것이라고 생각하니 나는 따분해졌다.

"안 앉을 거야?"

"아, 네."

쓰유코는 침대 모서리에 걸터앉았다.

"춥지 않아?"

"아니."

"혹시 뭐하면 다시 돌아갈까?"

쓰유코는 아무 말 없이 내 얼굴을 바라보았다. 생기 없는 볼에는 내가 이제껏 본적이 없는 쌀쌀한 차가움이, 가까스로 이 방 안의 묘한 분위기에 반항하며 떠다니고 있었다. 그녀는 중얼거리듯이 말했다.

"이미 늦었어요."

그것은 시간이 늦었다고 하는 의미인지, 돌아가기에는 이미 늦어버렸다고 하는 의미인지 알 수 없다. 다만 나는 따분함 속에 파묻혀, 어째서 언제나처럼 그녀를 안고 그 입술에 입맞춤도 할 수 없게 된 것인지 화가 났다. 어쩌면 이대로 밤이 새어 버릴 것이다. 그런 것을 생각하고 있을 때, 창문 돌계단 아래에서 떠들썩한 게타 소리가 들리며, 술 취해 있는 듯한 아가씨의 목소리와 남자의 탁한 목소리가 가까워지고, 이윽고 매우 거칠게 현관의 격자문을 열었다 싶더니 그대로 우당탕 계단을 올라왔다.

"한창 즐기고 있는 중에 미안한데 말이야."

남자의 어깨에 축 늘어져 기댄 상태로 오야에가 얼굴을 들었다.

"이봐요 유아사씨. 이 호색한이 그 매정한 놈이야. 잠깐 얼굴을 봐달라니까, 정말 유아사씨의 손톱의 때라도 끓여 마시게 하고 싶어."

"바보, 뭐라고 헛소리를 하는 거야."

가마타의 활동배우를 맡고 있다고 하는 오야에의 정부일 것이다.

화려한 체크 외투에 헌팅캡을 쓴 젊은 남자가 히죽 하고 내 쪽을 보고 웃었다.

"실례하겠습니다. 취해있으니까 상태가 안 좋아서."

"흥."

오야에는 다다미 위에 눕다시피 앉았다.

"왜 또 그런 곳에 앉아 있는 거야. 하하, 이불은 거기 벽장에 한 세트 더 있어. 무슨 싸움이라도 한 것 같은 모습이네."

"자기가 꺼내서 주면 될 것 아니야."

그러자 오야에는 비틀거리면서 일어나 다른 방에 우리들을 위한 이불을 깔고 나서, 가만히 있는 내 어깨를 눌렀다.

"뭘 멍하게 있는 거야. 설마 내가 돌아와서 화나있는 거 아니지?"

"아니, 신경 쓰지 않아. 어차피."

나는 뭔가 뒤틀린 마음이 말로 나오려고 해서, 그냥 마음속으로 짓눌렀다. 그리고 쓰유코를 재촉해서 다른 방으로 옮기고 오야에와 남자에게 인사한 후 사이의 맹장지를 닫았다. 물결처럼 울분이 밀려온다. 하지만 그것도 모두 자신에게 돌아올 뿐이다. 이제와서 자리를 박차고 새벽녘의 거리에 나간다고 해도 그것으로 무엇이 해결 되겠는가. 단념한 나는 겨우 쓰유코를 달래 그곳에 눕게 했다.

　"잠들었어?"

　"아니요."

　비탈길 위를 달리고 있는 것 같은 자동차 소리가 바람에 날려 들려온다. 그 소리는 모두 비탈길 위에서 멈추고 무언가 소란스럽게 이야기하고 있는 것 같은 사람목소리가 들려오는 것 같다. 혹시 쓰유코를 쫓아오는 사람들이 아닐까 하고 뜬 눈으로 있자, 또 새로운 차 소리가 비탈길 위에서 멈춘 것처럼 느껴진다. 우리들은 두 자루의 나무토막처럼 누워서 이 불행한 밤이 밝는 것을 기다렸다. 거의 밤을 계속 새고 있던 오야에와 남자의 거리낌 없는 정담은 우리들의 사랑을 완전히 말려버리는 것이었다.

　다음날 아침, 창문이 밝아지기를 기다렸다가 우리는 정신없이 잠들어 있는 오야에와 남자의 베개 주위를 넘듯이 해서 밖으로 나왔다. 아침이 되자 쓰유코가 아버지 집으로 돌아가고 싶다는 말을 꺼냈기 때문이다. 그렇다면 그것으로 족하다. 나에게는 이제 쓰유코를 붙잡을 어떠한 용기도 남아있지 않았다. 내일, 모레, 혹은 일주일 후에 우리들은 또 만나겠지. 그리고 나는 한 번 더 새로운 기력과 자신을 가지고 이 사랑을 돌이키겠지.

"이제 됐어. 여기서부터는 혼자서 돌아가는 편이 좋아요."

시나노마치信濃町의 정류장 앞에서 쓰유코는 멈추어 서서 말했다. 그녀는 처음으로 씩 웃었다.

"안녕."

"안녕."

쓰유코는 나에게 등을 돌리고 걷기 시작했다. 그리고 한 번 더 돌아보며 그곳에 멈추어 섰다.

"무슨 일이야?"

"역시 같이 가주면 좋겠어. 큰맘 먹고 아빠를 만나주었으면 좋겠어요."

"아빠를?"

나는 반문했다. 함께 가서 쓰유코의 아버지를 만나서, 자신의 경거함을 사죄한다. 그것으로 조금이라도 쓰유코의 기분이 편해진다면 가도 좋다고 생각했지만, 우리들의 장래에 대해서 나는 조금도 쓰유코의 아버지를 설득시킬 수는 없었다. 나는 환자에게 시중들고 있는 간호사와 같은 기분으로 쓰유코와 함께 걸었다. 내 머릿속에는 몇 개의 말이 떠올랐다. 나는 어쩌면 단순한 말로 그녀의 아버지를 설득할 수 있을지 모른다는 그런 어리석은 일을 생각했던 것이다.

"유모가 있어."

쓰유코는 멈추어 섰다. 거기부터 보이는 그녀의 집 나무 쪽문 앞에 한 할머니가 서서 이곳을 보고 있었다. 그리고 쓰유코의 모습을 보자 종종걸음으로 달려 왔다.

"어머, 아가씨."

"아빠 계셔요?"

"모두 계십니다. 아유, 잘 돌아오셨습니다. 잘."

할멈은 눈물을 머금은 눈으로 뚫어져라 쓰유코를 본 뒤 시선이 내 쪽을 향했다. 부드러운 비둘기처럼 그 눈빛은 어머니의 눈을 닮았다. 그렇게 생각하자 내 머릿속에서 오랫동안 만나지 못했던 나이 든 어머니가 스쳐지나 갔다. 이 할멈은 항상 쓰유코의 이야기 속에 등장했었고, 쓰유코의 집 안에서 유일한 자기편이라고 말했었다.

"소란스럽게 해서 죄송해요."

"아니에요, 당신. 너무 당치않은 말씀을 하시니 아가씨가 가여 워서. 하지만 잘 돌아오셨습니다. 자 이쪽으로 들어오세요. 유모가 어떻게든 잘 말씀 드리겠습니다."

할멈은 그렇게 말하고 쓰유코의 손을 꼭 쥐고 나무 쪽문을 열었다. 슬쩍 할멈의 방에 숨기고, 그리고 어떻게든 차분한 중재를 할 생각이니까 오늘은 나에게 이대로 물러서 달라고 했다. 그 말을 무시하고 함께 따라갈 용기는 없었다. 할멈의 말을 듣지 않고, 집 안의 혼잡한 분위기 속에 내가 얼굴을 내민다고 하는 것은 불에 기름을 붓는 것과 같은 일이라는 것을 알고 있었다. 그에 나는 이 할머니의 비둘기 같은 상냥한 눈빛을 믿었다. 그리고 쓰유코를 혼자서 돌려보낼 결심을 하자 그곳의 벽돌담에 털썩 등을 기대 두 사람의 모습이 그 안으로 사라지는 것을 배웅했다.

"그럼 바로 다음에 상황을 알려드릴게요."

할머니는 나무 쪽문에서 다시 돌아보며 낮은 목소리로 속삭였다. 나는 잠시 그대로 서 있었다. 마침 아침 해가 떠올라 서 있는 내 발 부근을 비추었다. 그 미지근한 온도가 내 바지를 통과해서, 무언가 그대로 철퍼덕 땅바닥에 납작 엎드리고 싶은 그런 무기력함을 느끼게 한다. 나는 그렇게 지쳐 있었다.

○

매일 나는 집에 들러서 쓰유코로부터의 편지를 기다렸다. 사나흘 기다렸지만 아무런 소식도 없다. 나는 점점 불안해졌다.

그 뒤의 소식도 걱정이었지만 그렇게 서먹서먹한 이별을 한 뒤의 쓰유코의 기분이 어땠을까 하는 걱정으로 견딜 수 없었다. 나는 어떻게 해서라도 쓰유코를 만나지 않으면 안 될 것 같은 기분이 들어서 시부야渋谷의 곤노金王에 있는 선생 집으로 꽃꽂이를 배우러 다니는 쓰유코를 기다려 만났던 적이 있었음을 생각하고 시부야 역으로 갈 결심을 했다.

다음날도 그 다음날도 시간을 계산해서 플랫폼에 서 있었지만 쓰유코의 모습은 보이지 않았다. 생각해보면 꽃꽂이 연습 같은 평화로운 아가씨의 삶은 쓰유코에게 있어서 사라져버린 건지도 모른다. 그렇다하더라도 나에게 한통의 편지도 쓰지 못할 만큼 심한

감시를 받고 있는 것일까

고민을 거듭한 끝에 나는 쓰유코의 집 근처까지 가보기로 결심했다. 두세 번 왔다 갔다 하며, 쓰유코를 만나지 못한다 하더라도 어쩌면 그 노파의 모습이라도 볼 수 있지 않을까하고 멈춰 서서는 출입문 뒤쪽 정원수를 통해 몰래 살펴보았지만 마치 아무도 살고 있지 않은 집처럼 고요 했다.

나는 다시 먼 곳까지 걸어갔다. 그리고 요쓰야四谷의 전철대로에서 오른쪽으로 꺾은 다음 다시 비탈길로 내려가 막다른 곳에서 좁은 골목을 돌아 조용한 저택에서 어울리지 않은 허름한 집의 모퉁이를 돌면 정확히 그 곳에서 부터 쓰유코 집의 기울어진 뒷문이 보인다. 나는 오랫동안 그곳에 서서 그 언젠가 쓰유코와 만난 밤을 떠올리며 불빛이 새어나오고 있는 이층 창문을 가만히 올려다보았지만 연한 푸른빛의 커튼이 쳐져있기만 하고 사람의 기척은 느껴지지 않았다.

밤낮으로 나는 포기하지 않고 걸었다. 이런 나의 모습을 수상하게 여길 수 있기에 누구의 눈에도 띄면 안 되겠다고 생각하면서 걸어 다녔다. 어느 날 다시 허름한 집들이 세워져있는 길로 나오자 문득 그 길 입구에 판지상자 제조라고 쓰여 진 간판을 내건 집이 있었고 그 집 처마에 '셋방'이라고 쓰여 진 목패의 밑 부분이 눈에 띄었다.

'이 이층집을 빌리자' 그렇게 생각한 순간 그대로 가게 앞으로 가서 이층집을 보여 달라고 말했다.

방값은 3엔이라고 한다.

"그렇지만 손님께서 살만한 곳은 못된 다네."

그런 말을 하면서 성품이 좋아 보이는 할머니가 먼저 일어나 어두침침한 계단을 올라간다. 먼 옛날에는 한 농사꾼의 집이었던 듯, 두꺼운 대들보를 가로로 놓은 다락방에 마구잡이로 놓인 파지 상자가 쌓여있어 종이의 가윗밥 때문에 발 디딜 틈도 없을 정도였다.

"하지만 요즘에 이 정도에 이렇게 싼 방은 거의 없으니까요."

나는 그렇게 말하고 환기가 제일 잘 될 것 같은 낮은 창문을 열었다. 그러자 그 곳에서 비스듬하게 불과 얼마 간격이 얼마 안 떨어진 곳에 쓰유코의 이층집 창문이 보여 해장죽 수풀 저편으로 현관에서 집 앞까지 자갈을 깐 길도 보이는 것 이었다.

나는 이제 바람이 부는 길을 어슬렁거리며 걷지 않아도 그저 이 창문틀에 앉아 있으면 누구에게도 의심받지 않고 저 이층방의 상황과 그리고 그 집에서 언제, 누가 나오는 지도 알게 된다. 그렇게 생각하자 뭔가 소리를 질러 이 기쁨을 표현하고 싶다고 생각될 정도였다.

곧장 이야기를 끝내고 그 날부터 4, 5권의 책을 넣은 작은 여행가방 하나를 들고 그 집에 진을 치니 손은 홀홀 책 페이지를 넘기면서도 끊임없이 눈을 치켜 떠 창문 맞은편을 보고 있었다. 날이 저물면 집으로 돌아갔다가 아침에 눈을 뜨면 준비를 하고 다시 나왔다.

그렇게 열흘정도 살면서 나는 쓰유코의 아버지로 보이는 노신사가 정각 아침 아홉시에 자동차를 타고 어디론가 나가 정각 세시에 돌아온다는 사실만을 알게 되었으며, 쓰유코의 모습을 보기는커녕 안에서 살고 있는지 조차도 확인할 수 없었다.

"할머니 저기 이층의 서양관에 살고 있는 사람 뭐하는지 알고 있어요?"

어느 날 나는 이렇게 아래 층 사람에게 물었다.

"아아, 저곳은 사이조西条라는 해군대장의 댁이에요."

할머니는 그렇게 말하고 쓰유코의 집에 대해 이것저것 이야기 해주기에 넌지시 쓰유코의 일을 물어보니 그 아가씨에 대해서 라면 잘 알고 있다고 말했다.

그런데 항상 새빨간 모자를 쓰고 학교에 간다는 등의 두서없는 대답을 해주었다. 아마 빨간 베레모 같은 모자를 쓰고 있었기 때문인지 빨간 베레모를 쓰는 등의 여학생은 그 때의 정서로 마치 이방인과 같은 인상으로 , 그 때의 쓰유코의 옷차림으로서는 딴 사람 같이 상상되는 쓰유코 인 것이다. 나는 그 쓰유코의 모습을 마음속에 떠올리고 조금이나마 자신을 달랠 뿐 다른 것은 없었다.

쓰유코의 부재는 할머니도 잘 모르는 듯 했다. 어느 날 여느 때처럼 늦게까지 이층에서 건너편 창문에 희미한 불빛이 켜지는 것을 보고 바로 창문의 덧문을 닫고 돌아가려는데 갑자기 그 창문에서 피아노 소리가 흘러나왔다. 깜짝 놀라서 귀를 기울이자니 쇼팽의 녹턴의 똑같은 악장을 반복해서 치고 있었다.

'아아, 쓰유코다.' '쓰유코가 아닌 다른 누구라고 생각하자.'

나는 가만히 가슴을 진정시키고 잠시 서있었다. 커튼에는 단지 피아노의 그림자만이 환히 비추어 방안의 모습을 엿볼 수는 없었지만 난 그 쓰유코에게 마음속으로 말을 걸었다. 이 반 달 동안 나는 어떤 일에도 인내심을 가지고 기다릴 수 있겠다는 기분이 들었다. 내일 밤 다시 찾아 와야지. 내일 밤 알아내지 못한다면 다시 모레 밤에 찾아와서 그 피아노를 친 주인공에게 말을 걸 기회를 잡아야지. 그런 것들을 생각하면서 이 소리가 멈출 때까지 그 곳에 서 있었다. 그리고 다음날부터 낮에 오는 것을 그만 두고 날이 저물기를 기다려서 나갔지만 언제나 같은 시간에 피아노 소리가 들려오는 것만으로는 좀처럼 모습을 볼 수 없었다. 나는 그 사이에 여러 가지 생각을 하고 있었다.

이곳에서 보이는 골목 안쪽으로 맞은편 집 뒷마당의 울타리가 이어져있다. 그 벽돌과 울타리의 이음매부분에 힘을 주면 사람의 몸이 들어갈 만한 틈이 생긴다는 것을 전부터 알고 있었다.

거기로해서 정원에 들어가자. 그리고 불빛이 켜져 있는 창문 아래에 숨어 있다가 쓰유코가 피아노 앞에서 일어나는 것을 기다려 밖에서 유리문을 두드리자. 그런 생각에 결정적으로 내 마음이 움직이게 되었다.

어느 날 밤, 항상 굳게 닫혀 있던 창문의 커튼이 조금 열리고, 그 곳에서 다섯 치 정도 되는 밝은 빛이 굵은 선이 되어 정원의 잔디밭 위를 비추고 있는 것이 보였다. 나는 주저하지 않고 골목 안쪽으로 들어갔다. 울타리 틈새로 살며시 정원으로 들어가 땅을 기어가듯이 해서 창문에 이르렀다.

그 창문은 어느 날 밤, 쓰유코가 슬리퍼를 신은 채로 나왔던 정원이다. 나는 밖에 있는 벽에 가슴을 바짝 대고 잠시 동안 호흡을 가다듬었다. 그리고 마침 열려 있는 커튼 사이로 비스듬히 방안을 살피자 피아노 앞에 앉아 무심하게 건반을 두드리고 있는 사람은 쓰유코가 아니라 여동생으로 보인다. 얼굴 어딘가가 닮아 보이는 열다섯, 여섯의 소녀였다.

나는 납작 엎드려서 땅바닥에 웅크리고 앉았다. 피아노 소리는 내 머리 바로 위에서 흘러나왔다. 뭐라고 해야 좋을지. 무엇을 위해서 나는 남의 집 정원에 숨어들어온 것일까.

나는 지금도 이 창문을 두드려 쓰유코의 안부를 묻고 싶은 자신을 진정시켰다. 나는 더 이상 신중하게 생각할 수 없었다. 그렇게 생각하자 조금이라도 그 곳에 가만히 있는 것이 무서웠다. 서둘러 정원을 가로질러 다시 판지상자 집 이층에 돌아와서 그대로 다다미에 드러누웠다. 오랫동안 나는 천장을 바라보고 있었다. 눈물이 관자놀이를 타고 흘렀다.

"나중에 이유를 말해 드릴게요."라고 말한 노파의 말이 몇 번이나 떠올랐다.

나는 알고 싶었다. 이대로 쓰유코와 헤어지지 않으면 안 된다고 해도 진실을 알고 싶었다. 어째서 아까 마음먹고 유리창을 두들기지 않았는지 하는 생각을 하고 있었다. 아마 나는 지나치게 오랫동안 좁고 어두운 방안에서 시간을 보내고 있었기 때문에 마음이 어떻게 되어버린 것인지 이제 일어나는 것도 싫어졌다.

아래층에서 무언가 다투는 소리가 들려온다. 계속해서 우르르 하고 계단을 올라오는 시끄러운 발소리가 들린다고 생각했더니 핫피를 입은 남자 두 명이 내가자고 있던 배게 밑에 불쑥 서서 나는 멍청히 보고 있었다.

"어이 가와라河原." 한 남자가 소리쳤다.

깜짝 놀라서 일어났다. 나는 내 이름을 알려지는 것이 싫어서 가명을 사용해서 이 이층집을 빌린 것을 생각해냈다. 남자들은 달려들어서 나의 양손을 잡았다.

"잠깐 용건이 있으니까 경찰서까지 가주게."

형사인 것이다. 형사가 나를 붙들고 간다. 내 머릿속은 잠시 동안 한 가지 생각이 스쳐지나갔다. 나는 신고당한 것이다. 그토록 신중하게 행동하려고 생각했는데 역시 쓸모없었다. 내가 이곳에 있는 것도 매일 쓰유코를 지켜보는 것도 오늘 밤 그 정원에 몰래 숨어 들어간 일도 모두 알고 있었던 것이다. 나는 양손을 묶여진 채로 일어났다.

"왜 그러는 거죠? 제가 무슨?"

"입 다물어! 말할 것이 있으면 서에 가서 말해."

환한 거리 사이로 나는 끌려갔다. 이 두 남자 사이에 끼어서 걷고 있자니 나는 점점 내 스스로 비참해지는 것을 느꼈다. 나는 타인의 눈에 비치는 것과 완전히 똑같이 여자에 대한 상식을 잃은 터무니없는 멍청한 남자로밖에 지나지 않았다.

될 대로 되라.

그런 난폭한 마음으로 나는 걸어갔다.

요쓰야四谷서의 형사실에 이르자 제각기 다른 여러 모습으로 변장한 형사들이 날카로운 눈빛으로 나를 보았다.

"아이구, 수고 했네. 수고 했어."

그런 말을 하면서 주임으로 보이는 남자가 들어왔다. 그리고 멀리서부터 무엇인지 가제본이 되어있는 인쇄물을 내 쪽으로 내던지고는,

"가와라, 너 이것을 기억해? 이거 네 쪽에서 배부했지?"라고 말한다.

그 인쇄물을 본 순간 나를 딴 사람과 착각했다는 것을 느꼈다. 나를 가와라 누구라는 사회운동을 하고 있는 남자와 헷갈린 것이다. 그러한 이유를 알게 되자 나는 기쁨으로 가슴이 가득 차올랐다. 나는 큰 소리로 웃었다. 그리고 가능한 한 침착하게 나의 본명과 직업 등을 얘기하고 본가는 생각한 것처럼 일이 잘 되지 않아서 집에서 떨어진 작업실을 가질 생각으로 그 판지 상자집의 이층집에 있는 것이라고 설명했다.

"하지만 작업실을 빌리는데 왜 구태여 가명을 사용할 필요가 있나?"

"특별한 이유도 없어요. 그냥 본명을 말하고 싶지 않았기 때문입니다."

설령 쓰유코를 지켜보기 위해서 그 곳을 빌렸다고 해도 일부로 가짜 이름을 사용할 필요가 없었다. 단지 누군가의 마음속에도 숨기고 있는 자존심과 같은 것이 나를 그렇게 만든 것이다. 주임은 좀처럼 나의 말을 믿으려 하지 않았다.

그런 가운데 형사들 중에 화가로서 나의 이름을 어렴풋이 기억하고 있는 남자가 있어 내가 외국에서 돌아왔을 때 나온 신문 기사에 실려 있는 사진과 나를 대조해서 보면 바로 안다고 말하니 바로 깊숙한 곳에서 낡은 신문 철함을 꺼내 보고 나서야 겨우 내 설명을 믿었다.

"그럼 기념으로 초상화라도 한 장 받을까?" 라는 말도 나왔다. 나는 한밤중이 되서야 겨우 거리로 해방되었다. 밖으로 나오자 말로 표현할 수 없는 울분이 재차 내 가슴에 번졌다.

착각이라고 알았을 때의 그 순간도 그리고 다시 요청 받은 대로 마구 그린 초상화도 침을 뱉고 싶을 정도로 화가 났다

○

다음 날 부터 난 그 판지상자 집 이층집에 다니는 것을 그만두었다. 경찰서를 나오니 불현 듯 나는 긴 시간 안개 속을 헤맨 것과 같은 기분에서 해방이 된 것만 같아 어제까지의 어리석었던 내 행동이 믿어지지 않을 정도였다. 이제 서야 나는 쓰유코가 요쓰야 그 집에 없다는 것. 노파와 함께 어딘가로 멀리 감금되어 있음에 틀림없다고 확신했다. 나는 기회가 오기를 기다릴 뿐이었다.

사오일 불안한 와중에 칩거해서 살고 있는데, 어느 날 밤 아내가 한통의 전보를 들고 내 이층집의 방으로 올라왔다.

"전보예요."

그녀는 그렇게 말하고 움직임이 없는 굳은 얼굴을 내게로 향하곤 바로 내려갔다. 나와 아내와의 사이에는 벌써 반년 동안 이와 같은 생활이 계속되어왔다. 우리들은 서로 변호사로부터 이혼신고서를 작성하고 신고서가 도착하는 것을 기다리고 있을 뿐이다.

그런 생활에서 우리들은 벌써 익숙해져 있다고 말해도 좋다. 나는 잠자코 전보를 읽었다.

'하코네 고라強羅 다니구치谷口 별장 쓰유코' 라고만 기재되어 있다. 쓰유코가 거처를 알려왔다. 나는 다시 한 번 읽었다. 나의 상상이 맞았다. 쓰유코는 고라에 있는 다니구치라는 사람의 별장에 감금되어있는 것이다. 불길한 느낌에 이런 일이 일어날 것 같다는 짐작은 했었다.

내일 아침 눈뜨면 만나러 가보자. 그렇게 생각하니, 그 긴 시간 동안 괴로워했던 것도 잊고 잔잔하고 따뜻한 온천에 몸을 에워싸는 듯한 기분이 들었다.

"내일 아침 빨리 가자."

전보를 손에 들고 나는 다시 한 번 입속으로 중얼거렸다. 그러자 갑자기 무언가 격렬하게 갈구하는 듯한 생각이 목구멍에서 치밀어 올라왔다. 이렇게 밤늦게 전보를 보내온 것은 뭔가 심각한 돌발사고가 생겨서 나를 부르고 있는 것은 아닐까.

여기까지는 어쨌든 기회를 봐서 소식을 전하려고 하다가 더 이상 가만히 기다릴 수 없는 상태에 빠져버린 것은 아닐까하는 생각이 들자 한시라도 가만히 있을 수 없었다.

열한시가 가까워 지고 있었다. 서둘러서 가면 12시 몇 분인가 오다하라小田原행 마지막 전차에 올라탈 수 있었다. 나는 모자를 들고 그대로 도쿄 역으로 달렸다. 강한 바람이 플랫폼의 지붕을 들썩거리게 하는 소리를 내고 있었다. 기차가 요코하마橫浜에 도착할 무렵부터 비가 섞인 심한 비바람이 불기 시작했다.

이윽고 오다하라에 도착하자 심한 폭풍우가 되어 캄캄한 마을은 이미 물에 잠겨있었다.

유객꾼인 남자들은 모두 입을 모아 이 정도의 비론 고라 까지는 도저히 갈 수 없다고 말한다. 나를 머물게 하려고 한 것도 있지만 실제로 이런 폭우를 뚫고 산으로 향하려 하는 미치광이처럼 보이긴 했다. 나는 그렇게 생각을 하면서도 출발하려 했다. 어쨌든 차를 찾아서 오겠다는 한 남자에게 돈을 쥐어주자 얼마 지나지 않아 역 앞의 차고까지 운전수를 끌고 왔다.

"길이 잘 안 보여요."

운전수는 내 얼굴을 보자 바로 그렇게 말한다. 아침이 되면 모를까 이 밤길로는 일부러 차 사고를 내러 가는 것과 같은 것이라고 말하며 좀처럼 움직이려고 하지 않았다.

"갈 수 있는 곳까지만 가 주세요."라고 나는 말했다.

이럴 때일수록 내가 하려고 생각하고 있는 것 말곤 아무것도 생각하지 않으려는 일념 때문인지 상대방도 다시 내 생각대로 움직여 줄 거라고 생각했다.

"길이 붕괴되면 당신은 거기서 되돌아가도 상관없어요. 어찌 되었든 차를 내줘요. 지갑을 털어서라도 요금은 당신이 말한 대로 지불 할 테니까."

"손님 제가 태워다드리죠."

같은 차고 안에서 다른 젊은 운전수가 우비를 뒤집어쓰고 나왔다.

"고라 어디입니까? 손님."

"다니구치의 별장입니다."

젊은 운전수는 차고로 되돌아가서 한 대의 형편없는 차를 꺼내 왔다.

"그 차밖에 없는 것인지요?"라며, 더 이상 차에 대해 뭐라 말하면 젊은 운전수가 가는 것을 포기 할까봐 스스로 문을 열고 올라탔다.

어쩌면 운전사 중, 누군가에게 제지당해서 가장 좋지 않은 차를 꺼내 온 느낌도 들었다. 자동차는 흙탕물 속을 달리기 시작했다. 질풍에 세찬 장대 같은 빗발이 창문의 틈새로부터 내 뺨을 때렸다. 나는 외투의 옷깃을 세웠다. 암흑 속에서 불었다 말았다 하는 지독한 바람소리가 들린다. 그리고 나뭇가지가 부러지는 소리나 나무줄기에 금이 가는 소리가 들린다.

산에 접어들자 길이라고 하기 보다는 급류하는 강 밑바닥 흙탕물이 흐르는 아래로 커다란 암석이 굴러 떨어져온다.

"손님."

뭐라 말하고 있는 운전수 목소리가 바람에 묻혀 잘 들리지 않는다. 나에게는 그 외침이 이 이상 올라가는 것을 단념하자고 말하는 것처럼 생각되어 큰 소리로 연달아 외쳤다.

"괜찮아요. 금방이에요."

"다니구치 별장은 언덕 위에 있어요. 아무래도 낭떠러지 아래에 차를 세워야 할 것 같아요."

"알고 있어요. 갈 수 있는 곳까지 가주면 그 이후에는 걸어갈게요."

혹시라도 내가 그때 하코네라는 곳에 도착해 좀 더 확실한 사선지식이 있었다면 그대로 산을 내려갔을지도 모른다. 오랫동안 외국에서 살았던 나는 누구나 두세 번은 갔을 뻔한 곳에도 가지 못했었다. 게다가 이런 경우 나는 사태가 곤란하면 곤란 할수록 이 상황에 저항하고 싶다는 마음이 강하게 들어서 이런 광포한 날씨가 마치 나의 반항심을 부추기고 있다는 듯이 생각되었다.

돌과 꺾여버린 나무들의 가지를 치면서 달렸다. 찢어진 장막은 무서운 소리를 내고, 바람에는 토사가 섞인 비가 그대로 세차게 내리쳐 좌석을 흠뻑 적셔 몇 번이나 빗속에 매몰되어 버릴 것 같았다.

무엇인가 '꿍꿍' 하는 땅울림과 같은 소리가 골짜기에 메아리쳐 들려온다.

"손님, 여기까지예요."

운전수가 간신히 차를 세우고는 말했다. 헤드라이트에 비친 젊은 운전수의 병사와 같이 빛나고 있는 얼굴이 보이고 얼굴 위를 흐르고 있는 비가 보였다. 나는 가만히 차에서 내렸다. 그리고 눈앞에 계속 이어져 있는 높은 경사의 언덕을 올려다보았지만, 거기선 별장으로 보이는 등불조차 볼 수 없었다. 그렇지만 난 결심을 하고 그 길을 떠났다.

마을의 중반 쯤 오르니 작은 언덕 위에 다니구치의 별장이 있었다. 낮은 울타리에 둘러싸인 검소한 코티지풍의 건물이 세워져 있는 것이 어렴풋한 그림자처럼 느껴진다. 무심코 되돌아보니 방금 내린 자동차의 헤드라이트가 암흑 속에서 아른거리며 기어가듯이 산을 내려가는 것이 보였다.

이미 시간은 두시를 지나고 있을 것이다. 내 머리는 섬광과 같이 시간을 생각했다. 그리고 양손으로 울타리를 찾으면서 그 주변을 빙글빙글 돌았지만 물론 사람이 일어나 있는 것 같은 기색은 없었다.

문은 열려 있었다. 나는 거기부터 뜰 안까지 들어갔다. 그리고 작은 소나무들을 헤치고 뒤편으로 돌아 판자를 손으로 더듬어서 한두 번 집의 주위를 돌아보았지만 안의 상황을 살필 수 없었다. 나는 잠깐 동안 곳간 뒤로 몸을 숨겼다.

가장자리가 높은 저수탱크에 쏟아지는 빗소리가 마치 북소리 같았다. 나는 처음으로 모자, 외투, 와이셔츠부터 양말까지 몸이 흠뻑 젖어 있는 것을 느꼈다. 그러나 난 이 심연의 바다와 같은 어둠과 엄청난 비바람의 소리 때문에 안 들키고 안전할 수 있다는 것에 얼마나 기뻐했는지 모른다. 나는 몇 번이고 심호흡을 했다. 그리고 한 번 더 판자에 찰싹 가슴을 붙여 돌고 있는 사이에, 높은 낙엽송들 사이에 숨어 있던 하나의 창문으로부터 등불이 새어나오는 것을 발견했다.

나는 그 창에 다가갔다. 그 안에 누군가 있을까 하는 것도, 또 누군가 있다고 해도 뭐라고 말을 건네면 좋을까? 하는 생각도 하지 않았다.

말은 이렇게 해도 나는 도쿄 역을 출발 할 때부터 자동차에 몸을 맡기며 계속 그것만을 생각하고 있었지만 쓰유코를 만나고 싶어 하는 광포한 굶주림 같은 기분이 모든 생각을 밀어내버려 그 밖에는 아무것도 생각할 수 없었다.

왠지 나는 그 창문 넘어 쓰유코가 있다고 생각하니, 이 비바람에도 불구하고 만약 거기에 쓰유코가 있다면 말을 건네 밖으로 불러낸 다음 함께 여기서 도망치려는 터무니없는 생각이 내 마음을 스쳐갔다. 나는 그 창유리에 뺨을 대고 조금 열려있는 커튼 틈새로 방안을 엿보았다. 그러자 역시 거기에는 쓰유코가 창 쪽에 등을 돌리고 침대위에 누워서 뭔가 책을 읽고 있는 것 같은 기색이 머리맡 탁자 위에 있는 스탠드 등불이 흐려지면서 느껴졌다. 나는 살그머니 창을 두드렸다.

"쓰유코, 쓰유코, 쓰유코."

계속해 서너 번 불러 보았지만 소리는 내 귀에도 들리지 않고 비바람에 휩쓸려 버린다. 침대와 가까운 창가로 다가갔다. 거기에서는 책을 들고 있는 쓰유코의 하얀 손이 보이고 베개에 파묻혀 있는 아이 같은 뺨이 보였지만 유리창에 세게 내리치는 빗방울에 씻겨 금세 보이지 않게 되었다

가장자리가 높은 저수탱크에 쏟아지는 빗소리가 마치 북소리 같았다. 나는 비로소 모자, 외투, 와이셔츠부터 양말까지 몸이 흠뻑 젖어 있는 것을 느꼈다. 그러나 난 이 심연의 바다와 같은 어둠과 비바람의 소리 때문에 안 들키고 안전할 수 있다는 것이 아주 다행이라 생각했다. 나는 몇 번이고 심호흡을 했다. 그리고 한 번 더 판자에 찰싹 가슴을 붙여서 돌고 있는 사이에, 높은 낙엽송들 사이에 숨어 있던 하나의 창문으로부터 등불이 새어나오는 것을 발견했다.

나는 그 창에 다가갔다. 그 안에 누군가 있을까 하는 것도, 또 누군가 있다고 해도 뭐라고 말을 건네면 좋을까? 하는 생각도 하지 않았다.

말은 이렇게 해도 나는 도쿄 역을 출발 할 때부터 자동차에 몸을 맡기며 계속 그것만을 생각하고 있으면서도 쓰유코를 만나고 싶어 가슴을 졸이고 있었다. 돌연 엄청난 바람이 불어와서 휴대용 등불이 확 옆쪽으로 기울어져 일순간 그 섬광의 불빛에 내 전신이 밝혀지는 것을 느꼈다. 나는 덤불 안에서 뛰쳐나왔다. 일순간 그들의 눈에 발견되기 전에 스스로 빠져나오는 것이 상책이라고 생각

했기 때문이다.

"무슨 일입니까?"

나는 사람들이 나에게 퍼부을 질문을 자문했다. 그들이 안고 있는 것은 우비를 입은 젊은 남자로 술에 취해 목을 늘어뜨려 죽은 것처럼 보였다.

"어리석은 놈이에요. 이 비에 차를 거칠게 몰았으니까."

그들 중 한명이 그렇게 말한다. 그들은 오늘밤 이 산의 비상경계를 맡고 있다가, 지금 다리아래에서 무언가 '꽝꽝' 하는 엄청난 소리가 나 절벽이 무너져 내렸다고 생각한 찰나에 헤드라이트를 밝히면서 맞은편에서 질주해 온 자동차 한 대가 눈 깜짝 할 사이에 그 절벽과 함께 전락했다는 것이다.

사람들이 달려갔을 때는 이미 늦었다. 차는 장난감같이 부서져서 운전수는 차 아래에 내던져있어 큰 암석에 깔려 숨이 끊어져 가고 있었다. 가까스로 사람들은 그 남자를 구해냈던 것인데, 이 근처에는 골짜기의 별장 한 채가 오도카니 언덕 위에 서있을 이어서 양해를 구해야 하지만 일단 여기까지 데려왔다고 말하는 것이다. 그 자동차일까. 나는 오싹해서 그 젊은 남자의 얼굴을 엿보았다. 딴사람같이 얼굴에 핏기를 잃어 창백해져 있지만 틀림없이 나를 태워다 준 그 운전수였다. 내 눈에 조금 전 헤어졌을 때 병사와 같이 빛나고 있던 얼굴과 그 얼굴 위를 흐르고 있던 비가 떠올랐다. 나는 마음이 심란해져 남의 정원에 숨어든 자신의 처지를 잊고 있었다.

"무슨 짓을 한 거야." 라고 그렇게 어리석음을 무심결에 지껄이면서 이 남자를 죽인 것은 자신이라는 생각에, 궁지에 몰려 사람들 앞에서 눈도 마주칠 수 없었다.

"도대체 누구십니까? 당신은?"

한명이 물었다. 나는 깜짝 놀라서 원상태로 돌아왔다. 찰나에 순간적으로 생각을 짜낸 것이, 자신은 이 안쪽에 살고 있는 사람인데 길을 착각해서 이 정원에 발을 디뎌버린 것이다. 이런 곳에서 만나는 것도 무엇인가의 인연이라고 생각하기 때문에 함께 이 남자의 간호를 하려한다고 태연하게 말할 수 있었던 것이다. 다행히 아무도 나의 말을 수상히 여기는 사람은 없었다. 나는 사람들의 선두에 서서 바깥쪽으로 돌았다. 휴대용 등의 불빛을 비추니 돌을 쌓아 세운 산장 같은 집의 정면 구조가 보이고 통나무로 짠 엄중한 문이 보였다.

"실례합니다."

나는 계속 문을 강하게 두드렸다.

"실례합니다. 실례합니다."

머지않아 안에서 등불이 켜지는 것이 보였다. 누군가 일어나 양초 등에도 불을 붙인 것이다. 흔들흔들 등불이 가까워지고 안에서 문이 열렸다. 머리가 흰 노인이 나와서 우리들이 찾아온 이유를 듣고 집안에 한번 되돌아갔다 온 후,

"들어오세요."

라고 말하며 맞아들였다. 우리들은 현관 다음의 응접실 같은

방에 안내되었다. 검소하게 장식된 넓은 방이다.

사람들은 한쪽 구석의 긴 의자 위에 부상자를 옆으로 뉘였다. 도롱이를 입은 것 같은 카키색의 양복 깃을 세우고 각반脚絆을 감고 있다. 마을의 청년단의 단원일 것이다.

노인에게 부탁해서 땔나무를 나름과 동시에 화로에 불을 피우기 시작했다. 불길의 징조가 부상자의 창백한 얼굴 위를 덮었다. 밖에 있을 때에는 비에 씻겨 조금도 보이지 않던 피가 후두부의 상처로부터 계속 샘솟아 흘러서 찢겨진 피부 사이에서 깨진 두개골이 하얗게 보였다.

"의사를 부를 수 있으면 좋겠는데, 전화는 없죠?"

"소용없어요. 저 산사태로 오다하라까지 내려가려고 해도 길이 없으니까요."

그들은 작은 목소리로 서로 속삭였다. 지름길은 있지만 그곳을 지나는 것은 물론 위험하다. 게다가 의사를 불러온다고 해도 그때까지 부상자가 의사를 기다리는 것은 어려울 것이라고 말한다.

노인의 부인으로 보이는 노파도 나와서 목욕 수건이나 무명을 대어 상처를 덮었지만 순식간에 피에 물들어 흠뻑 젖어버렸다. 나는 사람들 사이에 섞여서 몸을 아끼지 않고 가슴의 단추를 풀고 양복을 벗기는 것을 돕거나, 젖어서 회반죽처럼 되어 단단하게 달라붙어 있는 구두를 벗게 하거나 하는 일이지만 양말을 벗긴 뒤의 종이와 같은 하얀색 알몸의 다리나 다리에 얼어붙어 있는 듯한 차가움은 나의 간담을 서늘하게 했다. 나는 긴 시간 동안 크게 경련하는 이 젊은 운전수의 입술이나, 더러워진 와이셔츠 아래로 가쁘게 몰아치는 숨결을 넋이 나간채로 멍하니 바라보고 있었다.

"이제 틀렸어."

누군가가 기침하는 듯한 목소리로 말하는 것이 들린다. 이 남자는 죽는 것일까. 단지 나를 태우고 왔다는 것 때문에 낯선 집에서 의사도 못 부르고 턱없이 죽는 것일까. 남자들은 더 이상 손을 쓰지 않는 것처럼 보였다. 사람이 죽을 때까지의 몇 분을 기다리고 있는 기분 나쁜 침묵이 계속되었다. 창밖은 끊임없이 으르렁거리는 듯한 바람의 소리가 계속되고 나무들은 꺾이는 소리와 함께 검고 큰 그림자가 되어 흔들리면서 쓰러지고 비는 창문 살을 씻는 듯이 흘렀다.

일순간 나는 창밖의 비바람도, 난로 안에 타고 있는 화염도, 그리고 이 방의 광경도 긴 시간동안 늘 보아온 것 같이 생각했다. 그리고 내가 이런 상황에 있는 것도 당연한 듯이 생각되었다. 돌연 나는 추워졌다. 물을 뒤집어쓰는 듯한 한기가 나의 등골에 밀려왔다. 나는 덜덜 떨었다. 귀에 내 이빨이 바들바들 떨리는 소리가 들린다.

"이제 끝입니다."

노인 목소리 같은 낮은 소리가 들린다.

'그렇다. 그 남자가 죽는다.' 나는 그렇게 생각했다. 그리고 힘을 주어 눈을 똑바로 보고, 긴 의자위에 더 이상 누구의 손에도 지탱되지 않고 가로로 누워있는 젊은 운전수의 벌어진 입이 보이고 금세 쿠션에서 목을 떨어뜨리는 것이 보였다. 나는 양손으로 얼굴을 감쌌다.

"영감님, 양초를."

"가엾게도."

그런 소리가 들렸다.

나는 죽은 사람의 머리맡에 양초를 세우는 것을 보았다고 생각한다. 그 희미한 불꽃이 하늘하늘 흔들리는 것을 보았다고 생각한다. 나는 이번에는 몸 안이 불타듯이 뜨거워졌다.

'나도 양초를 세우는 것일까.' 그렇게 생각해서 그것을 노인에게 부탁하려고 고개를 드니 다음 방 사이의 문이 약간 열려 있어 그곳에 명주로 된 다홍색 실내복 같은 옷을 입은 쓰유코의 가느다란 몸이 서있는 것이 보였다. 나는 그대로 인사불성이 되었다.

○

긴 시간동안 비를 맞고 있었기 때문에 나는 심한 급성폐렴에 시달렸던 것 같다.

나중에 들으니 그때 그대로 혼수상태가 계속되어 꼬박 이틀간 깨어나지 못했다고 한다. 눈을 뜨니 나는 밝은 창문에 가까운 침대에 누워서 흰색 가운을 입은 의사가 걸터앉아 내 가슴에 청진기를 대고 있었다.

"어떻습니까? 정신이 드십니까?"

내가 눈을 뜬 것을 보고 의사가 묻는 것을 알 수 있었다. 나는 대답하려고 했지만 내 바로 위에 있는 의사가운의 흰색이 나의 눈 안쪽에서 번진다. 나는 곧 지쳐 잠들었다.

그로부터 또 이틀이 지났다. 창문에도 침대위에도 방안 가득 따뜻해 보이는 햇살이 가득차 있어서 뭔가 나는 갓난아이가 되어 양지에 자고 있는 느낌으로 잠에서 깼다. 창문에 누군가 서서 커튼을 잡아당기고 있다. 나는 쓰유코라고 생각했다. 밝은 자줏빛의 그 옷을 나는 잘 알고 있다고 생각한다. 나는 웃으려고 했다. 그러나 나는 너무 피곤해서 바로 잤다.

또 눈을 떴다. 쓰유코가 걸터앉아있다. 나는 그것을 자연스러운 일로 생각했다. 자신이 이 침대에서 자고 있는 것도 자연스러운 것이라고 생각했다. 쓰유코는 진지한 표정을 짓고 있었다.

"잘 잤어?"

나는 그녀의 긴 속눈썹을 가만히 보고 있었다.

"이 방 되게 따뜻하네."

"아."

쓰유코의 놀란 목소리가 나에게 들렸다. 그녀는 펄쩍 뛰듯이 일어나서 등 뒤의 문을 돌아보았다. 그녀의 얇은 뺨에 공포와 같은 핏빛이 오르는 것이 보였다.

"가만히 있어! 아직 아무도 당신이라는 것을 몰라."

"쓰유코. 쓰유코."

안쪽에서 노인의 쉰 목소리가 들린다.

○

"네." 라고 쓰유코는 큰 소리로 대답하고 서둘러 나의 곁을 떠났다.

그리고 문에서 조금 머물러 서서,

"가만히 있어요."

라는 듯 나를 돌아보며 입술에 손가락을 대고 나서, 다시 안쪽을 향해, "할아범. 손님 기분이 괜찮아진 것 같아. 말도 이젠 하실 수 있나 봐요."라고 말했다.

나중에 안 사실이지만, 이 다니구치 별장은 쓰유코 외가의 조부모가 있는 별장으로, 쓰유코는 그 아침에 나와 헤어져 자신의 집으로 돌아갔다고 생각했는데 그대로 여기에 보내진 것이라 한다.

"할아범."이라고 불렀으므로, 나는 문득 그 심한 폭풍우의 밤의 일을 생각해 내, 그 순간 무단으로 이 집의 뜰에 잠입한 것이나, 거기에 다친 운전수가 사람들에게 실려 온 것이나, 모두가 이 집의 응접실에서 부상자를 치료 한 것이나, 머지않아 부상자가 죽어 버려서 그 공포와 자책하는 마음에 쫓기고 오랫동안 비를 맞고 있었기 때문에 그대로 거기서 졸도해 버린 것 등의 기억이 번개처럼 나의 뇌리에 스쳐 지나갔다.

할아범이라고 불리고 있는 사람은 그날 밤 부상자를 위해 땔감, 수건, 양초 등을 옮겨 온 노인이었을까 하고 혼란스러운 마음으로 갈피를 잡지 못하면서 어떻게든 될 대로 되라고 억지로 자신을 진정하고 있으니, 그 노인과는 닮지 않은 흰 수염을 길게 늘어뜨린 노인이 온화한 미소를 지으며 방에 들어왔다.

"정신이 들었어요?"

"여러 가지 폐를 끼쳐서."

나는 간신히 말했다.

밝은 햇빛이 비쳐 노인의 조금 늘어진 눈꺼풀에 희미하게 붉은 무지개가 비추고 있는 것까지 느끼며 나는 눈도 뜨지 못할 것 같은 기분이다. 노인은 차가운 손을 내 이마에 얹어 보았다.

"열도 내린 듯하다. 뭐라 해도 이런 산속에서는 치료할 수 없어서 말이요."

그런 말을 느긋한 어조로 말하고 나서 무언가 생각난 듯이, "아 그리고 말이요. 아직 이름도 모르기 때문에 어디에도 소식을 알리지 못했어요. 이 안 별장의 누군가에게 슬쩍 물어봤는데 아무도 모르겠다고 했어요. 어쨌든 갑작스러운 일이라 무슨 일이 있는지 모르지만, 사는 곳은 어디지요?"

나를 추궁하다기보다는 오히려 내 병을 아직 어느 곳에도 알리지 않았던 실수를 사과하는 듯한 말투였기 때문에 나는 마음속으로 '휴우' 하고 호흡을 했다.

그랬지, 그날 밤 운전수를 들쳐 엎고 올라온 남자들에게 질문 받아 순식간에 그만 이 안의 별장 사람이라고 아무렇게나 말했던 것이 생각이 났지만 지금은 그런 일에 구애받을 수 없을 정도로 내 기분은 혼란스럽고 맨 밑바닥까지 쫓겨 있었던 것이었다.

상관할쏘냐. 막장은 나라고 하는 사실을 알 때까지의 일이지 않는가. 그때까지는 어디까지나 시치미를 떼고 딴청부리고 있었지만 나는 마지막에 결심하고 마음을 가라앉히고 대답했다.

"도쿄입니다."

"도쿄. 오, 그리고 이름은?"

당연히 물어보는 것인데 나는 말문이 막혀버리고 한숨을 쉬었다. 그리고 둔해져 버린 머리회전 때문인지, "사이죠 산지로西条贊二郎"라는 음악가입니다. 라고 말해버리고 나서 '헉' 하고 입을 다문 것이다.

'사이죠'라는 것은 쓰유코의 성이기 때문에 여기서는 결코 말해서는 안 되는 것인데 그 사이죠를 말해버린 것이다. 그러나 노인은 그 때문에 조금이라도 나를 의심하는 듯한 기미는 없고 사이죠 씨 라고 불렀다.

"그거 참 이상하네. 이곳에 가까운 미도리가綠家에도 그런 이름을 가진 사람이 있는데 역시 무언가 인연이 있는 건지도 모르겠어요. 어쨌든 일단 댁에 전보를 치도록 하죠."

"아뇨." 하고 나는 당황해서 가로막았다.

그리고 이것도 입에서 나오는 대로 자신의 진짜 집은 규슈의 남쪽 끝에 있어서 병에 걸려있다고 일부러 부모들을 소란스럽게 하는 것은 염려되고 또 도쿄에 있는 집이란 것도 그저 면학중인 임시거처에 지나지 않아 4, 5일 집을 비웠다고 해서 아무도 걱정하며 기다리고 있을 사람도 없을 것이라고 거짓말을 했다.

그리고 나서 잠시 동안 요모산四方山의 이야기 후로 노인은 또 무언가 생각난 듯이 그 폭풍우가 분 밤, 그런 깊은 밤에 어째서 그런 곳을 걷고 있었던 것인지 묻는 것이었다. 노인의 예상으로는 내가 정신을 차리면 이것저것 물어보려고 생각하고 있었던 것이겠지만, 나는 이미 될 대로 되라는 생각으로 기분 탓인지 방금까지의 노인의 질문은 모두 나의 신분을 알아내려는 것처럼 생각되었기 때문에, 여기까지는 발뺌했지만 이 이상 무언가 감쪽같이 꾸며대며 대답 할 기력을 잃어버린 것이다. 나는 흠뻑 땀에 젖어있었다. 아직 열이 있기 때문에 금세 지쳐버린다. 나는 기운 없는 얼굴을 베게 속에 파묻혀 눈을 감았지만 반쯤은 일부러라도 그렇게 하지 않으면 안되었다.

"안 돼요. 할아버지." 그렇게 말하고 있는 쓰유코의 목소리가 들린다.

"겨우 지금 정신을 차렸어요. 너무 이것저것 물으면 안 돼요."

"그렇지. 실례를 했군."

그런 목소리를 듣고 꾸벅꾸벅 잠에 빠져들며 나는 쓰유코의 그 현명한 말이 의지가 된다고 생각했다. 그렇다고 해도 내가 다른 병도 아니고 이러한 상황에서 그대로 잠에 빠져들어 버린 것도 어떤 열병에 걸렸다는 사실은 나에게 있어서 뜻하지 않은 행운이었다.

이런 일이 있은 후, 내가 눈을 뜬 것은 같은 날 해 질 무렵이었다. 베게 근처에는 역시 쓰유코가 앉아있고 내가 눈을 뜬 것을 보자 낮은 음성으로, "지금 할아버지와 할머니는 산책 나가셨어요." 라고 말한다.

쓰유코의 조부모는 함께 아침저녁으로 시간을 정해서 산책을 가는 습관이 있으며, 집안에는 지금 하인인 할아범과 할멈 등이 있을 뿐이라고 말한 것이다. 나는 여러 가지 생각을 담아 눈으로 웃었다. 창문에서 비치는 엷은 햇살을 품고 눈을 반쯤 뜨고 있는 쓰유코의 눈꺼풀은 햇살처럼 짙은 속눈썹 그림자를 볼에 드리우고 혀나 턱의 부드러운 그늘도 무어라고 형용 할 수 없을 정도로 아름다웠다. 그래도 아직 열이 내리지 않는 나의 가슴에는 쓰유코에 대한 그 기아같이 광폭한 연심은 잠들어있고, 조용한 기쁨이 물처럼 넘쳐온다.

"아까는 고마웠어. 할아버지는 이제 나에 대해 알고 계서?"

"아니요. 어째서 모르고 계시는지 이상하게 생각될 정도로, 매우 우스운 일이에요."

쓰유코는 키득거리며 눈으로 웃었다. 그 장난스러운 눈은 나를 유혹한다.

나는 편안한 마음으로 무언가 나쁜 짓을 하는 것을 상상했다. 그래. 모두다 속여 버리자. 그렇게 생각한 순간에 나는 조금 대담한 기분이 들었다. 그리고 그 혼수상태였던 나를 깜짝 놀라게 한 듯이 생각되는 그 일부터, 자칫 잘못하면 도망칠 수 있을지도 모른다는 생각이 들게 된 것이다. 나는 시험하듯이 쓰유코의 얼굴을 보았다.

"저기? 그날 밤 어떻게 해서 내가 여기까지 올라왔는지 알고 있어?"

"알고 있어요."

쓰유코는 전과 같이 장난스러운 눈을 하고 나를 보았다.

"나는 알고 있어. 전부 나는 알고 있어."

"내가 그 자동차를 타고 온 사실도?"

"네."

"돌아갈 때 그 자동차가 떨어진 것도?"

"네."

나는 점점 대담한 기분이 되었다. 그리고 어떠한 기분의 변화인지 모르겠으나, 방금 까지는 그 운전수를 죽인 것은 자신이라고 굳게 생각하고 있었는데, 될 대로 되라, 그게 어쨌다는 건가. 나를 태워 온 차가 돌아갈 때에 무슨 일이 있었다는 것을 내가 알게 됐다는 듯이 겁이 없어졌다.

"그래도 어째서 다른 사람들은 몰랐던 걸까? 오다하라의 차고에서 사람이 왔다면 당연히 알았을 텐데."

역 앞에서 그때 큰소리로 나는 행선지를 소리친 것을 확실히 기억하고 있지만, 그 목소리도 비바람 소리에 휩쓸려 죽은 운전수 외의 누구의 귀에도 남아있지 않았던 것일까.

쓰유코의 말에 의하면 다음날 아침이 되어 검시관이나 시체인수인들이 왔을 때에는 내가 이 방에 실려 온 다음의 일이었기 때문에, 아무도 나를 본 사람은 없고 나와 그 자동차를 연결시켜 생각한 자도 없다는 것이다. 쓰유코는 한 장의 지방신문을 가리켰지만, 그 사회면의 한쪽 구석에,「아무개 주차장 모 운전사가 어젯밤 폭우에 고라 방면으로 승객을 데려다 주다.」등의 세 줄 정도의 기사가 나 있는 것을 발견했을 뿐이다.

사건은 내가 자고 있는 사이에 이렇게 잘 해결되어 있었다. 나는 이 집안에서는 '사이쪼 산지로' 란 음악가가 되어있고, 그 자동차 사고에 대해서는 아무것도 모르는 한 명의 승객으로 그것도 그저 신만 알고 있는 것으로 되어있다. 아아. 라고 나는 마음속으로 기쁨의 목소리를 높였다. 그리고 이런 위험을 벗어난 내 사랑에는 무언가 부정한 악마의 가호를 입은 듯한 부분이 있다고 생각한 것이다. 쓰유코의 조부와 조모는 그리고 후에도 여러 차례 내 병실에 모습을 비추었지만, 이제 전처럼 나에게서 무언가를 캐내려고는 하지 않았다. 내 병은 얇은 종이를 벗겨내듯 천천히 좋아졌다.

쓰유코는 내체로 잠자코 내 베게 맡에 앉아있었으나, 아침저녁 노부부의 산책시간에는 바로 숨바꼭질을 하고 있던 연인 사이처럼 느닷없이 숨을 죽이고 무언가 말을 꺼내는 것이다.

그 장난은 우리들을 자극했다. 게다가 이 짧은 시간 사이에 무엇이든 이야기해 두고 싶은 서두르는 기분에 의해 우리들의 화제는 심하게 극단적이 되었다. 우리들은 은밀하게 이 별장을 빠져나갈 것을 의논한 것이다.

"할아버지가 나빠요. 내가 하고 싶은 대로 해 준다고 굳은 약속을 하고 여기로 데리고 왔어요. 역시 아빠가 무서운 거야. 기다릴 수 없어서 난 당신에게 그 전보를 친 거예요."

나는 쓰유코를 데리고 도망간 후의 우리 생활을 눈이 핑 돌 정도의 속도로 마음속에 그려봤다. 예전 어느 날 밤의 몹시 불쾌한 경험을 한 번 더 겪지 않게끔 해야 한다고 생각하자 유쾌한 생각보다도 전에 그일이 더 마음에 걸렸다.

오사카로 가야겠다고 생각했다. 오사카에는 옛 친구로 그쪽의 유명한 리뷰review의 총지휘 같은 일을 하고 있는 남자가 있다. 그 남자에게 부탁해 무언가 일을 소개 받자. 수가 틀리더라도 오케스트라의 피아노 연주자나 개그맨이나 뭐라도 하자. 나는 그런 것을 생각했다. 그리고 도쿄에 있는 집은 일이 조금 일단락되면 변호사의 손을 빌려 정리하자고 생각했다. 단지 그 최후의 수단은 그저 쓰유코에 대한 의무의 마음에서 실로 사무적인 모습을 취해 내 생각 속에 떠오른 것이다. 내가 조금 걸을 수 있게 회복되기까지 우리는 기다리기로 했다.

이 상담이 정해지고 나서는 우리는 별로 이야기를 하지 않기로 했다. 쓰유코도 거의 내 방에 오지 않게 했다. 때때로 차 마시는 방에서 조부모를 부르고 있는 쓰유코의 목소리가 들려오거나 내 방 밖을 걷고 있는 쓰유코의 신발 소리가 들리거나 했다. 혼자서 자고 있어도 나에게는 언제라도 쓰유코가 어떤 방에 있는지가 느껴진다. 지금까지 한 번도 느낀 적 없는 안도의 마음이었다.

"들어가도 돼요?"

쓰유코는 언제나 문을 반쯤 열고 얼굴을 보였다. 노인들의 산책시간을 계산해서 나는 은밀하게 걷는 것을 연습하고 있던 것이다. 한쪽 팔은 쓰유코의 어깨를 붙들고 한발 한발 내밀도록 해서 침대 주위를 걷는 것 이지만, 5일정도 안에 거의 손을 떼고 걸을 수 있게 되었다. 이윽고 내일아침 도망치려고 계획한 날이 다가온 것이다.

"엄청 두근두근 거려."

쓰유코는 가슴에 손을 얹고서 말했다.

노인들이 아침 산책을 나간 것을 기다려, 쓰유코는 한발먼저 뒤편의 산길로 돌아오고, 나는 벼랑 밑의 사이 길을 빠져 나와 다른 길을 통해 마을을 나가는 버스의 종점에서 만날 예정이었다. 잘 되면 노인들이 돌아 올 때까지 우리는 버스로 오다하라 부근까지 갈 수 있을 것이리라.

나는 손을 뻗어서 쓰유코의 가슴에 양손을 얹었다. 그리고 방 안에 언제나 새로운 꽃이 꽂혀 있는 작은 꽃병과 엊그제까지 쓰고 있던 얼음주머니에 공기를 넣어서 부풀린 채로 난간의 살에 동여매져 있는 창문이나 그 창문에서 보이는 낙엽송의 정원수나 그 드문드문 난 가지 사이에서 엿보고 있는 높은 하늘로 눈을 돌리자, 이 집에서 쓰유코를 데리고 탈출하려고 하는 내 행위가 얼마나 큰 배신인지 생각하지 않을 수 없다.

"나는 도둑보다도 질이 나쁜 남자다. 하지만 나는 더 심한 일을 했을지도 모르지만."

"그런 말하는 건 싫어요."

"아니 이제부터 나는 무엇을 해야 할지 모르겠어."

농담처럼 말했지만 내 기분은 장난이 아니었다. 아마 나는 조금 굳어진 표정을 하고 있던 것이리라. 쓰유코는 슬쩍 내 옆으로 다가와 말했다.

"돌아오신 것 같아요."

방울이 울리는 소리가 나고 현관의 포석에 달가닥 지팡이를 두는 기척이 들렸다. 노인들이 돌아온 것이다.

"그럼 내일 봐요."

쓰유코도 일어나 문이 있는 곳에서 여느 때 보다는 조금 오래 멈추어 서서 낮은 목소리로 말한 것이다. 이것이 나에게의 이별의 말이 될 줄은 두 사람도 생각하지 못했다.

그날 밤 나는 좀처럼 잠 들 수 없었다. 내일 있을 일, 그리고 앞일을 생각하면 흥분해서 점점 눈이 맑아질 뿐이었다. 자지 않으면 내일은 열이 날지도 모른다. 그렇게 생각하고 자려고 하면 할수록 눈 안이 마른 것처럼 되어서 아직 충분히 회복되지 않은 몸은 마치 암시에 걸린 것처럼 열이 나는 듯해서 침대 위에서 누운 채로 떠있는 듯한 기분이 들었다. 잘 수 없으면 잘 수 없는 대로 괜찮다.

어떻게든 자지 않으면 안되겠다는 생각으로 고집 부리지 않는 편이 좋다고 나는 될수 있는대로 기분을 가라앉히려고 했다. 그 동안에 점점 창문 밖이 밝아 오고 이윽고 할멈이 일어나 나온 것일까. '끼익 끼익' 하고 탱크에 물을 길어 올리고 있는 소리가 들려왔다. 나는 이제 자는 것을 포기했다. 적어도 시간이 될 때까지 몸을 편하게 하고 있으려고 가만히 누워있었지만, 머지않아 쓰유코와 약속한 8시가 가까워졌다. 나는 일어나서 의자에 앉았다. 쓰유코는 벌써 집 뒤편의 쪽문에서 빠져 나와서 조급하게 산길을 뛰어 내려가고 있거나, 어쩌면 벌써 버스의 종점인 곳에 서서 작은 트렁크를 들고 내가 오는 것을 기다리고 있는 것은 아닌가 하고 생각하자 나는 가만히 있을 수가 없었다.

나는 살그머니 일어나 그곳의 옷장 속에 양말이나 셔츠까지 꼼꼼히 말려져 있는 것을 꺼내서 양복을 입기 시작했다. 걱정 한만큼 기운을 잃지는 않았다. 나는 살짝 창밖을 둘러봤다. 그리고 아무도 없는 것을 보고 현관에서 구두를 신고 선룸sunroom의 옆에서 베란다로 나와 거기서 정원으로 내려가려고 했지만, 갑자기 그 베란다가 밝은 탓인지, 비틀비틀 눈앞이 침침해져 헉 하고 생각하는 사이 한쪽 발을 헛디뎌 그곳의 벽돌로 된 마루 위에 찰싹 납작하게 엎드려 버린 것이다.

그때 내 침침해진 눈에 무언가 아침 장보러 나갔다 돌아 와 서양식의 채소바구니를 들고 집 뒤편의 쪽문에서 돌아온 할멈이 소리지르며 달려오는 것이 보였다.

"사이죠씨. 당신… 구두를 신고서…"라는 말을 하는 것이 들린다.

큰일 났다, 들켜버렸다고 생각한 순간에 나는 양쪽겨드랑이에서 식은땀이 흘렀다. 그대로 나는 의식을 잃어버린 것이다.

○

　정신이 들자 나는 역시 이전에 있던 방 침대 위에 누워있었다. 나는 멍해진 머릿속에서 어렴풋이 그날 아침에 실패한 탈주계획을 떠올렸다. 나는 이곳에 있지만 쓰유코는 어찌 되었을까. 나는 집안의 모든 소리에 의해 지금 어느 방에는 누가 있다고 혼자 판단을 하려고 귀를 쫑긋 세웠지만, 기분 탓인지 아무런 소리도 안 들린다. 그 동안에 삐걱하고 문이 열리는 기척이 났다고 생각하자 그곳에는 할멈이 소심한 미소를 띠며 서있는 것 이었다.

　"눈을 뜨셨군요?"

　"네."라고 나는 대답했다.

　나는 잠자코 있었다. 무언가 할멈이 말을 꺼내지 않을까, 혹은 쓰유코가 모습을 보이지는 않을까? 하고 생각하고 그 말을 기다리고 있었지만, 할멈은 그리고 나서도 여러 번 내 방에 와서 이것저것 시중을 들어주었지만 내가 듣고 싶어 하는 것에는 일부러 언급하지 않으려고 하고 있는 듯한 분위기다. 그러나 그 동안에 소식이 올 것이라고 생각하고 있던 쓰유코도 모습을 보이지 않을 뿐더러, 아침저녁 정원에 나가 나무를 돌보거나 하면서 창문에서 말을 걸어오는 적도 있던 노인까지 헛기침 소리도 안 난다. 나는 이제 기다리는 일에 지쳐서 넌지시 할멈에게 물어보았다.

　"아가씨는 그 날 낮에 주인 어르신님과 함께 도쿄로 돌아가셨어요."

　그리고 그 별장에 남겨져 있는 것은 나와 할멈 부부뿐이라고 말한다. 그 날 낮에 도쿄에? 그럼 누구나 다 알게 되어 버려서 쓰유코는 또 아빠 손에 맡겨져 버린 것일까. 나는 기력도 없는 눈을 감았다. 그러자 할멈은 위로하는 듯한 어조로 말했다.

"괜찮아요. 지금 도쿄에서 친구 분이 배웅하러 와 주셨어요."

"친구라니요?"

"네, 당신 친구가 와 주셨으니까요. 건강해 지기만하면 곧 돌아가실 수 있어요."

친구가 나를 맞이하러? 나는 무슨 소리인지 잘 이해할 수 없었다. 단지 내가 의식을 잃고 있던 사이에 무슨 일인가가 일어나 그 때문에 모든 일이 드러나 버린 것이라는 것만은 확실히 느껴졌다.

나는 정신을 차렸다. 그리고 지금은 어떤 물건 소리도 들리지 않는 넓은 집안에서 참을 수 없을 정도로 추위를 느끼며 하루라도 빨리 도쿄에 돌아가고 싶다고 생각했다. 나는 알몸이 된 채로 골짜기의 밑바닥 같은 곳에 떨어져있는 기분으로 암담하게 며칠인가를 보냈지만, 그런 기분의 비참함과는 관계없이 몸은 점점 좋아졌다.

아마 나는 그 도망치는 날이 벌써 며칠이 지난 후에도 내가 지금 정도로 회복되기까지 기다려야 하는 것이었다. 혹시 그랬다면 그저 하루 밤 잘 자지 못한 걸로 그런 불찰을 저지르지 않고 끝났을 텐데, 라고 무언가 먼 과거의 일처럼 생각하는 기분으로 그날 아침 들고나간 지팡이가 지금도 확실히 침대 발 언저리의 판에 기대어 세워져 있는 것을 보면서 생각하는 것이었다.

어느 날 아침, 벼랑 밑 길에 모처럼 자동차가 서는 소리가 났다고 생각하자 이윽고 하카마를 입은 자그마한 남자가 할멈의 안내를 받아 내 방에 들어왔다. 보니까 그것은 내 선배이기도 하고 오랜 친구이기도 한 화가인 구스모토楠本였다. 왜 구스모토냐고 생각함과 동시에 나에게는 모든 것이 명료해졌다. 아마 내가 상상하고 있던 것보다도 훨씬 많은 일이 쓰유코의 집에 있는 사람들에게 알려져 있는 것이다.

"야~"라며 구스모토는 귀여운 미소를 띠며 내 얼굴을 바라봤다. 그 미소는 구스모토의 특유의 미소로 지금도 아랫도리를 입은 본인을 쓴웃음 짓고 있는 듯, 아무 말 하지 않아도 깊이 친한 감정을 안겨줘서 나는 한때 오랜 시간 암담했던 기분이 날아가 버리는 것을 느꼈다.

"야~"

"어떻게 된 거야? 빨리 좋아져서 다행이야."

구스모토는 창문을 열고 밖의 풍경을 보면서,

"꽤 좋은 곳이네. 이런 곳에서 2, 3일 푹 쉬면 좋겠어." 라고 말하고 나서 나의 귀에 입을 대고, "어때? 함께 도쿄에 돌아갈까? 1시간 정도 걸리면 우리를 맞이할 자동차가 오도록 되어 있어."라고 말한다.

얼마 안 있어 나는 구스모토와 함께 별장을 떠났는데, 그 다음 구스모토로부터 들은 바에 의하면 아침베란다의 마루 위에 내가 쓰러져 있는 것을 발견한 할멈은 나를 할아범에게 업히고, 그대로 노인들의 산책길을 따라가 그것을 알렸다. 한쪽에선 쓰유코의 모습이 보이지 않는다는 것과 병자인 내가 양복으로 갈아입고 외출하려고 했던 것을 여러모로 생각해보니 혹시나 하는 의심으로 모두 분담해서 찾았더니 쓰유코는 산 아래 다리 옆의 버스 정류장 기둥에 기대서 있었던 것이었다.

아마도 쓰유코는 노인의 의리추구를 거절할 수 없지 않았을까. 그대로 함께 도쿄로 데리고 돌아가버렸다는 것이지만, 그 후 쓰유코의 소식에 대해서는 구스모토는 당연하고 나도 상상할 수 없었다. 아마도 전보다 더 엄중한 감시를 받아서 어딘가에 갇혀있는 것 같다는 생각을 하자 그 사실에 대해서 나의 무력함을 가엽게 여길 수밖에 없었다.

"근데, 어떻게 내가 여기에 있다는 걸 알았어?"

"어떻게 라니?" 구스모토는 애매모호한 표정으로 웃었다.

"요쓰야四谷에서 편지가 왔어."

서둘러 사이죠 집을 방문했더니, 관리인 같은 남자가 나와서 고라에서 있었던 일을 자세히 이야기하고 나에게 돌보아 주도록 부탁한 것이다. 구스모토는 말하지 않았지만 사이죠 집에서는 나에게도 구스모토에게도 그다지 살가운 대접은 하지 않을 거라고 상상하니 구스모토에게 미안한 생각이 들었다.

다시 나는 나의 집에 앉아 아내와 대화 없는 생활을 시작했다. 나는 마지막 날 어디에도 나가지 않았다. 쓰유코에 관해선 가능한 생각하지 않기로 했다. 그렇지만 역시 생각하지 않은 건 아니다.

그저 겨울동안은 겨울잠을 자는 뱀처럼 나의 사랑도 꼼짝 않고 움직이지 않은 채 타고 있다. 구스모토는 가끔 와줬다. 그리고 내가 집에서 안정적으로 있는걸 보고 안도하고 있는 것 같아 보여, "너도 이제 평정심을 찾았으니까."라는 말하고, 나에게 쓰유코가 남긴 편지를 건넸다.

그것은 언젠가 우리가 고라 별장을 떠날 때 할멈이 구스모토를 몰래 불러, 도쿄에 도착해서 나에게 전하라고 했던 것이다. 나는 혼자가 되었을 때 서둘러 편지를 뜯었다. 그 극성스러운 조부모의 눈을 피해 급히 적은 것 같은, 그 편지는 뭔가 화를 내고 있다고 생각할 만큼 몹시 거칠고 조급해서 위협하는 말 속에 비참함과 자포자기의 심정이 담겨있어 아무리 생각해도 혼란스러운 상태였다.

"이걸로 끝이에요. 이제 헤어져요. 그렇게 결정해줘요. 그렇게 결정해요. 오늘부터 쓰유코는 당신의 것이 아니에요. 쓰유코는 쓰유코이고, 당신은 당신이에요. 당신은 혼자예요. 이렇게 심한 말을 쓴 걸 용서해주세요. 그렇게 생각하지 않으면 지금부터 어떻게 될지 확실히 알고 있어요. 쓰유코는 어쩔 수 없는 여자예요. 쓰유코가 있으면 당신은 엉망진창이 되어 버릴 거예요. 그걸 알게 되었어요. 함께하고 싶다는 생각은 않해요. 이제 두 사람은 아무 사이 아니에요. 아무것도 아닌 거예요. 쓰유코도 당신과의 일은 오늘 이후로 잊어버릴 거예요."

나는 잠시 그저 멍하니 편지의 문자를 읽는 것밖엔 무엇이 쓰여 있는지 알려고도 하지 않았다. 그 만큼 생각지도 못한 문장이었다.

"나 당신이 무서워요. 나는 무엇을 해야 할지 모르겠어요. 나는 당신이 무슨 일을 할 사람인지 잘 알고 있어요. 당신은 점점 바닥으로 떨어질 거예요. 쓰유코는 그런 기분이 아님에도, 아무래도 당신을 바닥으로 떨어뜨리는 것은 쓰유코 에요. 왜 그런지 모르겠지만, 두 사람이 함께하고 싶다고 생각하면 생각할수록 이상하게 되어 버려요. 점점 자신의 구멍을 파는 거예요. 그걸 느껴요? 나는 그게 두려워요. 이제 무슨 일이 벌어질지 그거 알아요? 둘 다 죽게 될 거예요. 하지만 쓰유코가 무서운 것은 죽는 것이 아니에요. 그 전에 여러 가지 일이 무서워요. 잘 알겠죠? 점점 갈 수 없게 되어 오는 걸 알고 있죠? 죠지씨. 그렇지만 쓰유코를 겁쟁이라고 생각하지 말아주세요. 여기서 멈추지 않고 작별하지 않으면. 괜찮아요. 괜찮아. 작별할 수 있을 거예요. 잘살아요. 쓰유코는 11월4일 다쓰다마루龍田丸에서 미국으로 떠납니다. 모두 안녕. 이미 결정했기 때문에 나를 찾으러 오는 건 싫어요."

나는 다시 한 번 읽었다. 당황해서 읽었기 때문에 의미를 잘못 이해한 게 아닌가 라고 생각하기도 하여, 무언가 이 편지의 표면에는 나타나있지 않은 말이 어딘가 숨겨져 있지는 않을까 라고 생각하기도 했지만, 어디에서도 잘못 읽은 부분은 없었다.

나는 혼란스러운 심정으로 경황없던 아침에 있었던 일을 떠올렸다. 쓰유코는 확실히 나랑 함께 도망치기위해 그 다리 아래 버스 종점에서 나를 기다리고 있었다고 말했는데, 그때부터 조부모들에게 들켜서 도쿄로 돌려보내지게 결정될 때까지의 1시간, 2시간

동안, 그렇게 마음이 변해버릴 수 있는 것인가. 혹시 변했다하더라도 무엇을 위해서 일까.

나는 화살처럼 빨리 마음속에서 솟아나는 다양한 대답을 하나하나 음미했다. 쓰유코는 처음부터 나와 함께 도망치려는 마음 같은 게 없고, 단지 매일 나와 이야기를 하고 있는 동안에 점점 나의 말을 피할 수 없게 되어 본의 아니게 도망치는 것에 동의한 것일까. 쓰유코는 지금 나로부터 피할 수 있어서 한숨 놓고 있는 것일까. 그럴지도 모른다.

벌써 그 가부키좌의 소란 후에 얼마나 내가 생활에 대해서 무능력한 남자인가라는 것을 다 알아 버린 게 틀림없으니까 한순간 변덕에 동의한 것 이라고 해도 곧 정신 차렸다는 것일지도 모른다.

나는 그렇게 생각하면서 그러나 아직 체념할 수 없는 미련의 기분으로 혹시 이 편지는 조부모에게 강요당해서 그 눈앞에서 일부러 쓴 것은 아닐까라고 생각하거나, 설령 지금 쓰유코의 기분이 이 편지대로라고 해도 어째서 그런 기분이 되었는지를 생각한 것이다. 왜 미국에 간다는 것인지, 나는 어디에 있는지 모르는 쓰유코를 향해서 마음속으로 중얼거렸다.

언제 였는지, 나는 쓰유코로부터 삼촌이 뉴욕 미쓰비시三菱 지점에서 일하고 있어 어머니가 쓰유코를 그 사촌과 함께 있도록 하겠다는 말을 들은 것을 생각해냈지만, 왠지 미국에 간다는 말은 나를 멀리하기 위한 하나의 거짓말일지도 모른다는 생각이 들었다.

그렇다 치더라도 이 편지 하나로 나는 완전히 쓰유코의 마음을 잃어버린 것이다. 나는 조금도 쓰유코의 편지에 쓰인 내용을 믿을 수 없게 되었다. 지금까지의 어떤 쓰유코가 진짜 쓰유코 인 것 일 까. 나는 그것이 알고 싶었다. 금방이라도 쓰유코를 만나 쓰유코 의 입으로 그것을 듣고 싶었다. 다시 나는 한 달 전의 나처럼 쓰유 코를 찾는 것에 열중하기 시작했다. 나의 그 모습은 곁에서 본다면 미친 사람 같이 보였을 것이라고 생각한다. 나는 또 그 신바시의 유유테이에 예의를 다해 부탁해서 거짓말로 호출을 한다거나 밤 늦게까지 요쓰야의 쓰유코 집 앞을 서성거리며 누군가를 태운 자 동차가 나오는 것을 기다려 그 운전수에게 집안에 모습을 탐문하 게 하거나 아무런 도움이 안 되는 일로 날을 보내며 완전히 자신을 잊고 있었다.

그 동안에 쓰유코의 소식은 전혀 들리지 않았으며 그 미국 운 운 한 것도 기정사실로, 적어도 그 날 부두에서 멀리서나마 이별을 하고 싶다고 생각해 이렇게라도 알리고 싶은 마음이 생겼을지도 모른다고 생각하게 되었다, 그 다쓰다마루가 출항한다는 11월 4일 이 다가오는 것을 단지 하나의 희망으로 기다리는 것 밖에는 할 수 없었다.

맑지만 추운 날이었다. 나는 일주일 정도 전부터 여러 번 전화 로 문의 해둔 시간보다도 조금 일찍 도쿄 역으로부터 산바시 행의 기차에 타고 요코하마에 도착했지만, 벌써 거기에는 출항 준비를 끝낸 배가 기다리고 갑판이나 부두도 사람으로 꽉 차 있었다. 나는 그 인파를 헤치고 배위에 올라갔다. 일등의 산책갑판에서 중갑판으로 나와 살롱으로부터 식당까지 샅샅이 두루 살피어 쓰유코를 찾았지만, 어디에도 그녀와 같은 모습은 눈에 띄지 않았다.

나는 잠시 동안 붐비는 인파 속에 서있었다. 혈안이 된다는 것은 이런 때의 내 눈과 같은 것이다. 어디에 숨어있어도 찾아내지 않고는 견딜 수 없다는 격한 기분이 되어, 결국 배의 사무장을 찾아내어 선객 명부를 보았지만 어디에도 쓰유코의 이름을 발견할 수 없었다.

"신청도 하지 않았습니까?"

"네, 신청도 하지 않았습니다."

사무장은 무뚝뚝하게 대답했다. 그동안에 전송하는 사람에게 하선을 재촉하는 징 소리가 울려 퍼졌다. 나는 무수한 이별의 광경 안에 시달리면서 혼자서 부두로 물러났다. 출항의 기적이 공기를 찢는 것 같은 소리를 내며 울렸다.

"만세."

"안녕."

무수한 소리가 배에서 울려 퍼지는 음악과 섞여 이 한 순간에 죄다 말해 버리고 싶다는 생각을 한 것이다. 나는 무엇을 위해서 배가 음악을 연주하는 것인지 잘 알았다. 빨리 찾으세요. 라고 그렇게 말하고 있는 것이다.

나는 테이프 사이를 우왕좌왕했다. 설령 쓰유코는 숨어 버렸다고 해도 쓰유코를 배웅하기 위해서 쓰유코의 부모나 조부모, 그 가부키좌에서 본 백모인 누군가가 이 인파속에 있음에 틀림없다. 그렇게 생각한 것이지만, 나의 침침해진 눈 탓인지 누군가의 모습을 발견하는 것이 불가능했다.

그 동안에 배는 눈에서 보이지 않을 정도의 속력으로 멀어져간다. 무수한 테이프를 배에서 흩날려 금세 갑판위에 사람 그림자도 누군지 분별하기 어려워졌다. 나는 잠시 거기에 서서 배를 응시하고 있었다. 혹시 쓰유코는 나의 눈을 피하기 위해서 이름을 바꿔서 타고 있었는지도 모른다.

저 굉장히 혼잡한 배 안에서 여자 한명 정도 타는 것은 대수도 아닐 것이다. 나는 비참한 기분으로 다시 사람 그림자가 드물게 된 부두를 걷고 있다가 어느새 인가 쓰유코의 편지를 읽을 때의 격렬한 기분이 사라져 버렸다. 될 대로 되라.

나는 아무 저항할 기력이 없는 자신을 불쌍히 여기면서 마음속으로 중얼거렸던 것이지만, 그칠 줄 모르는 눈물이 흘렀다.

그날부터 나는 집안에 틀어박혀 있었다. 생각하고 싶지 않아도 쓰유코에 대한 생각이 떠오르면 왠지 쓰유코는 아직 일본에 있는 것처럼 생각되어지는 것이다. 어디에 있는지 모르지만 아무래도 아직 일본에 있을 것처럼 생각되었다. 혹은 그렇게 생각하는 것으로 자신을 달래고 있는지도 모르지만, 나는 문득 생각이 나 다시 거리에 나와 볼 마음이 생겼다

어느 날 스루가다이駿河台의 길모퉁이에서 메이지대학明治大学 쪽으로 올라가고 있는 한 명의 소녀, 머리카락을 길게 내려뜨린 뒷모습이 쓰유코처럼 보여 아무 생각 없이 확 말을 걸 것처럼 뒤를

쫓아갔더니, 내 구두소리에 신경이 쓰인 소녀도 멈춰서 내 쪽을 향해 봤다. 쓰유코라고 헷갈릴 만한 것이 언젠가 요쓰야 집의 뒷마당을 향해있던 방에서 피아노를 치던 소녀였다.

통통한 어깨, 깊어 보이는 눈빛도 마치 쓰유코 같아서, 그 옅은 입술 떠올라 있는 어리숙하고 교만한 가벼운 웃음이 기분 탓인가 사람의 마음속까지 꿰뚫어 사람을 가엾게 여기고 있는 듯한 시선을 보자, 내 귀에는 바로 그때의 석양 아래 매일 들은 쇼팽의 음이 들리는 것 같았다. 그러나 이 실망은 바로 이런 길모퉁이에서 적어도 쓰유코 가족을 한 사람이라도 만날 수 있다는 기쁨과 섞여버렸다.

"여보세요."

나는 말을 했다.

"실례합니다만, 사이죠씨의 따님이시죠?"

소녀는 입을 다물고 내 얼굴을 봤다. 그 소녀의 눈에서 내가 누구인지 알고 있다는 것을 느꼈기 때문에 집요하게 쓰유코에 대해 물어봤다.

"역시 떠나지 않은 거죠?"

"아니요, 떠났어요."

소녀는 확실한 목소리로 대답했다.

"다쓰다마루로 떠났어요."

"다쓰다마루로? 하지만 내가 배까지 가서 확인했어요."

소녀는 눈에서 영리한 어른과 같은 표정을 지었다.

"그러니까 언니는 고베神戸에서 떠났어요."

라고 말하고 그대로 커피숍이 있는 그 길모퉁이를 돌아가 버렸다.

나는 그저 그 뒷모습을 바라보았다. 뭐라 말해야하나. 쓰유코는 내가 따라가는 것을 두려워 고베에서 출발했다고 말하는 걸까? 나는 그대로 바람이 부는 길 가운데 주저앉아 버릴 것 같았다. 그 정도까지 쓰유코는 나를 두려워하고 있었다는 것인가. 그 정도로 나에게서 멀어지고 싶었던 것인가.

오늘 아침까지는 왠지 모르게 일본의 어딘가에 있을 것처럼 생각되었던 쓰유코가 아마 지금쯤 미국에 도착해서 그 사촌인가 하는 남자 곁으로 가기위해 흔들거리는 기차를 타고 뉴욕으로 가고 있다는 것인가. 뜻밖에도 나는 그 소녀의 밀에서 쓰유코를 둘러싼 그 가족이 나에 대한 강한 멸시와 혐오감을 가지고 있는 것을 알고, 무엇인가 이대로 가만히 있을 수 없다는 기분이 솟아오르는 것을 억누를 수 없었다. 다만 내가 무엇을 할 수 있을까. 아마 나는 단지 쓰유코를 잃은 기억을 위해서만 남아있는 힘을 소모할 수밖에 없을 것이다.

○

내가 실연했다는 이야기는 내가 모르는 사이 동료 간의 소문거리가 된 듯 했다. 저 녀석 자살할지도 모른다고 말하는 사람도 있고, 하지만 실연할 주제도 아니라는 사람도 있다는 이야기를 구스모토가 익살스럽게 가끔 내게 전하러 왔다. 구스모토의 그 익살스러움 속에는 다분히 나에 대한 우정이 담겨있었다.

남자가 사랑을 하다니 우스운 일이다. 너도 그렇게 생각하지? 라고 구스모토는 그런 어투로 나 자신에게 이 깨진 사랑을 그저 약간의 놀이거리의 결말이라는 식으로 굳게 결심시키려고 하는 것 같았다. 그러한 구스모토에게 나는 불쑥 휘말렸다. 아니 의식적으로 끌려 간 적이 있다. 그렇다.

나에게 실연은 아무 것도 아니다. 나는 그렇게 생각해보는 것이다. 8년 전에 아내와 함께 하게 되었을 때의 경위도, 그리고 외국에서 함께 산 일이 있는 여자들과의 일도, 그런 것은 모두 사랑이 아니다. 그럼 그 외에 한번이라도 사랑 같은 기분이 된 적은 있을까. 아무것도 없다. 사랑을 하다니, 나는 전혀 그런 주제가 아니기 때문이다.

사랑을 하는 듯한 행동에 능숙하게 길들여진 서양인 처럼 될 수 없는 사람이기 때문인가. 그런 남자가 단지 쓰유코에 한해서 정색을 하고 사랑을 하고 실연을 하다니, 게다가 동료로부터 자살할지도 모른다고 말해지다니 바보스럽다. 나는 그런 식으로 생각해봤다. 그러자면 왠지 모르게 답답했던 쓰유코와의 결말도 하나의 우스운 사건에 지나지 않는 것처럼 생각된다.

나는 그 여자에게 반해서가 아니고, 단지 그 여자가 너무 멀리 도망치는 것을 능숙하게 멀리서 손짓하며 부르며 매달려 보았지만, 부모들이 그렇게 소중히 간직하고 싶은 딸을 손에 넣는다는 것도 나 같은 어설픈 자에게 있어서는 하나의 흥미인 것이다.

나는 그런 식으로 생각해봤다. 이 생각은 왠지 모르게 유쾌했다. 나는 오랜 간만에 긴 시간 동안의 답답함으로부터 벗어나는 것 같은 기분이 되어 쓰유코에 대해서 가지고 있던 나의 기분 하나하나를 해석해 바로잡아봤다.

"겨우 여자의 일이 아닌가."

나는 소리를 내 그렇게 말해봤다. 그러면 오늘부터라도 이전의 자신과 조금도 다르지 않은 자신이 될 것 같았다. 거리로 나가 술도 마시고 춤도 추며, 여자와는 단지 재밌게 놀기만 하던 그 이전의 자신으로 되돌아 갈 것 같았다. 이런 생각의 방향은 정확히 실연당해 자포자기가 된 기분과 완전히 같은 방향이었으므로, 나는 자신을 거기에 빠뜨리는 것이 가능할 것 같았다. 그러나 나는 이런 경우에 홧김에 술을 마시는 것보다 좀 더 허무한 기분이 들었다. 스스로는 완전히 그 어설픈 자의 습관으로 돌아왔다고 생각하면서 길에 나와 친구들과 떠들어 봐도 재밌지 않았다.

차라리 미국에라도 가면 어떨까 라는 생각이 갑자기 들었다. 메리킨 점프(미국인이 일본인을 얕잡아 이르는 말)라고 불리고 있는 자국 부랑인의 일을 나는 자주 듣고 있다.

그렇게 생활에 목적도 없이 배회하며 살 마음이 든다면 의외로 재미있지 않을까 라는 생각을 하면서 나는 어느 샌가 도시의 어느 길모퉁이에서 우연히 쓰유코와 만날지도 모른다고 막연하게 생각했다. 그리고 마치 목구멍이 타들어 가는 기분으로 오래된 트렁크

가방을 뒤져 배의 시간이나 여행비용을 알아보는 자신을 알아챘다. 그렇지만 여행 비용 따위는 한 푼도 생길 가망성이 없는데다가 그런 기분이 나에게 진실이었는지도 잘 몰랐다.

우선 '미국과 일본은 말이 통하질 않지'라고 자조 섞인 웃음을 짓는 것이다. 지금 뭔가 끼어든 것이 발화점이 된다면 곧바로 정리해 버릴 것 같다고도 생각했다. 그리고 그런 생각에 함몰되어 여러 생각을 하며 점점 거리로 놀러 나오게 되었다.

겨울이 되어 이제 크리스마스도 다가오는 날 아침, 같은 놀이 친구인 바바馬場가 경마장에서 전보로 '재미있는 일이 있으니 놀러와.'라고 해서 온 적이 있다. 바바는 외국에 있을 때부터의 친구로, 일로서 만나는 사이라기보다 즐겁게 같이 이야기 할 수 있는 동료이다. 높은 건물에 세련된 아틀리에를 가지고, 소문난 미인부인과 함께 살고 있었다.

이 부부는 모두 구속 없는 새로운 방식의 생활을 하고있기 때문에, 언제나 가정에서 옥신각신 하는 것을 재미있어 하는 무리와 놀기 좋아하는 친구들이 바바의 집에 밤낮없이 모여오고 있다. 그런 바바이기 때문에 이상한 여자라도 불러두고 나에게 일종의 병문안을 시킬 요량이었을 거라고 생각해서 갔더니 창 밖에서 벌써 축음기 소리와 젊은 여자의 새된 목소리가 들리고 있었다. 나는 막대기로 유리창을 두드렸다.

"들어와."라고 안에서 바바가 외쳤다.

문을 열자 머리를 양 갈래로 동그랗게 말은 건지 무언가로 머리를 묶은 일본 소녀 같은 여자와 단발머리를 하고 홀에서 입고 있는 댄서의 옷 같은 것으로 한껏 화려하게 멋을 부린 여자, 또 미션 스쿨 학생 같은 눈에 띄지 않는 옷을 입고 있는 저마다의 분위기를 가진 세 명의 젊은 여자와 그 속에서 바바와 또 다른 친구 쓰무라津村가 함께 담소를 나누고 있었다.

"이 여성분들은 모두 네 팬이야. 부디 네가 만나주기를 3개월 전부터 바라고 있었어."

쓰무라가 그의 특기인 가느다란 눈에서 웃음을 지으며 나에게 말했다. 신주쿠 서점 쓰노쿠니야津の国屋의 아들인 쓰무라는 지금은 쓰노쿠니야의 경영 외에 문예, 미술잡지를 출판 하거나 해서 살고 있지만 그때는 아직 독신으로, 언젠가 쓰노쿠니야 건물 2층에 나와 비바와의 그림전시회를 열어주는 일이 있었기 때문에 한 때 우리 모두를 끌고 다니며 놀러 돌아다녔다.

"어, 3개월이 아니고 반년이에요."

단발머리인 소녀가 끼어들어 말했다. 난로의 따뜻함과 위스키를 섞은 홍차로 소녀들의 얼굴은 발그레 했다. 우리들은 떠들거나 춤추거나 했다. 그러는 동안 미션스쿨학생처럼 옷을 입고 있던 여자만이 마루에 다리를 쭉 뻗고는 모두가 떠드는 것을 보고 있었다.

"조금만 빌려줘."

나는 그 여인이 가지고 있던 만돌라를 가지고 축음기에서 나오는 재즈에 음악을 맞추자 금세 바바가 돌아보며 말했다.

"어이, 그 여자 죽이는 재즈는 그만해."

"무슨 말을 하는 거야."

악기를 여자 손에 돌려주면서 불쑥 나는 그 때 유행이었던 무릎까지 오는 스커트 아래로부터 곁눈질로 여자의 다리를 훔쳐보았다.

일본인에게는 좀 드문 예쁜 형태의 마른 다리였다. 내가 눈길을 줌과 동시에 소녀도 슬쩍 나를 올려보고 눈웃음 지었다. 나중에야 들은 이야기이지만 이 여자는 벌써 오래전부터 폐에 질환이 있어 특유의 멍하게 부은 듯한 정말 여성스러운 온화한 느낌이 들었다. 안경은 쓰지 않았지만 심한 근시안으로 보였는데 조금 떨어진 물건을 볼 때에도 그 큰 눈을 쓱 고양이 눈처럼 가늘게 뜨고 보는 습관이 있어서 그게 내게 큰 매력을 주었다.

나는 다른 두 명의 여성에게는 전혀 흥미가 없었지만 이 여자에게는 왠지 관심이 갔다. 하지만 그런 기분도 스스로를 그렇게 부추긴 시기의 일이었기 때문에 얼마나 진심이었는지는 모른다.

그날은 해질 무렵까지 재미있게 놀고, 모두 헤어졌다. 그 뒤로 단 3, 4일이 지난 어느 날 나는 쓰무라에게 볼 일이 있어서 신주쿠역 앞 광장을 지나려할 때 버스정거장 근처에서 그날 서양 옷을 입었던 여자가 혼자 서 있는 것을 알아차렸다.

잠시 멈춰서 '저기' 라고 부담 없이 인사를 하려고 했지만, 그녀는 바로 앞에서 이쪽을 바라보면서도 나를 눈치 채지 못한 것처럼 보였다.

어, 이런 이렇게 가까운데.라고 생각하고 있는데, 게이오 제복을 입은 키 큰 학생이 버스에서 내려 그녀 가까이 다가와 함께 큰 소리로 이야기를 하면서 팔짱을 끼고는 내 옆을 스쳐 지나갔다.

나는 '지금 거기서 그 여자의 랑데부를 보고 왔어.'라며 쓰무라에게 했다.

"그 녀석이었겠지?"라고 쓰무라는 눈을 가늘게 뜨며 웃었다.

"도모코는 그런 와중에도 마치 상사병이라도 걸린 것처럼 너에게 푹 빠져 있어."

"그런 말 하는 게 서툴러서 그래. 그런 게 재미있니?"라고 한 차례 농담을 하고 돌아왔다.

어찌된 영문인지 그 후 3, 4일이 지나서 긴자銀座로 나간 김에 백화점에서 살 것을 보러 가는 중, 근처 상점에 도모코라는 그 서양옷의 여자가 또 넥타이를 고르고 있는 것을 보았다. 역시 얼마 멀지 않은 거리인데 그녀는 조금도 눈치 채지 못하고 이윽고 빨간 격자무늬로 된 화려한 넥타이를 하나 빼서 포장하고 있는 것이었다. 나는 근처에 다가가 도모코의 어깨를 쳤다.

"어머." 하고 도모코는 고양이 같은 눈을 갑자기 크게 떴다.

"지금 빨간 넥타이는 네가 좋아하는 사람에게 줄 거니?"

"아니요, 유아사씨. 이건 남동생에게 사주는 거예요."

라고 말하고 나서 그 남동생이라는 사람도 내 그림을 좋아해서 나를 만나고 싶어 한다고 한번 자신의 집에 놀러오지 않겠느냐고 했다.

"내일은 안 될까요? 일요일이니까 내일 오실 수 없으려나? 내

일은 남동생도 집에 있고."

거기서 나는 도모코에게 센조쿠洗足에 있다는 집주소를 듣고 그 다음날 가기로 약속했다. 이미 다가온 연말이지만 우리들처럼 생활하고 있는 사람들에게는 역시 겨울도 변화란 없었다.

다음날 준비를 하고 집을 나오려고 하자 평소에는 배웅도 하지 않던 아내가 구두를 신고 있는 내 뒤에서 말을 했다.

"일전의 계약서에 사인해주세요."

"그건 안 돼."

나는 뒤를 보지 않은 채로 대답했다.

계약서라는 것은 두 사람이 이혼하려고 이야기할 때부터 몇 번이나 어느 쪽인지 생각해서 쓴 것으로, 내가 아내에게 지불하게 되는 아이의 양육비, 그 외의 것에 대한 약속으로 몇 번이나 써보고도 양쪽 모두 승인할 것 같지 않은 것이었다. 이번에도 아내가 그녀의 아는 변호사에게 상담해서 만들었다고 하는 그 계약서에는 아이가 성인이 될 때까지 매달 백 엔씩의 양육비를 운운하는 내용이 쓰여 있는 것이었다.

"봐요, 아무것도 인정하지 않았네요?"

"생각해봐, 백 엔이라니. 지금 내가 그런 돈을 매월 줄 수 있을 것 같아?"

"할 수 없다면 알겠어요." 그리고 그대로 그녀는 입을 다물어 버렸다.

나는 아내가 생각하고 있는 것을 잘 안다. 아이를 떠맡고 아내

혼자 만 7년 동안 내가 돌아오기를 기다렸다. 돌아오면 이혼할 생각이었다면 아내는 그 7년 동안에 좀 더 다른 방법으로 살고 있었을 것이다. 되돌릴 수 없는 7년. 그 아내의 잃어버린 세월을 위해서 나는 당연히, 예를 들면 조금 무리가 있어도 그 계약서를 따라야하는 의무가 있는 것은 아닐까하고 생각했었다.

'도리를 말해서는 안 된다. 약속을 해도 나에게 불가능한 일이니 방법이 없지 않은가. 적어도 50엔 정도라면 어떻게든 할지 몰라도 말이야.'라고 마음속으로 생각했다. 서로가 하루라도 빨리 헤어지고 싶다고 생각하면서도 돈 문제로 이야기가 진척이 안 된다는 것은 어리석은 일이라고 생각했지만 아무래도 방법이 없었다.

변호사나 소송이나 계약서라고 하는 말을 좋아하는 아내를 조금 우습게 생각하면서 마을을 향해 걸으며 정기장까지 나오는 사이에, 나의 도리나 계약서라는 것은 모두 잊어버렸다.

도모코의 집은 요즘 새롭게 생긴 반 서양식의 조용한 한 구획, 센조쿠 역에서 가까운 곳 저택마을 안에 있었다. 외관도 집의 형태도 순수한 미국식이었지만 현관까지 길 포석이 깔려있는 좁은 길에, 양쪽이 초목들로 그늘이 보이는 정원의 구조는 어딘지 모르게 일본식이었다. 그 미국식과 일본식의 부조화가 그야말로 현대적인 느낌을 주었다.

그런 집 한 채로 포치porch의 천정에는 중국풍 등롱이 내려오게 했다. 내가 왔음을 알리자 도모코가 그 짧은 무릎스커트를 펄럭거리며 어린아이처럼 달려왔다.

"엄마, 유아사씨가 오셨어요, 빨리 빨리!"

곧바로 도모코 엄마로 보이는 아직 40대가 안된 듯한 조금 살찐 한 여자가 급하게 나왔다.

"어서오세요." 라고 부드럽게 애교 섞인 말로 응접실로 안내해 주었다.

응접실에는 고풍스러운 샹들리에가 있고 벽에는 중국의 화폭이 걸려있다. 난로 위의 선반에도 탁자에도 무엇인가 어지럽게 꽃과 장식품으로 꾸며져있었지만 그것이 오히려 잘 살던 집이라는 듯한 편안함을 느끼게 했다.

나는 이상한 안락함을 느끼고 응접실 의자에 걸터앉았다.

"도모코가 또 제멋대로 부탁을 해서."

도모코의 엄마가 말했다.

"엄마는 유아사씨가 정말 오기 어려웠을 거라고 말했어요."

"뭐라 말씀드려야 좋을지. 떼쓰는 아이 상대하시느라 힘드셨죠? 갈대땔감이라도 듬뿍 가지고 오게 시키세요."

"싫어요, 엄마가 가세요. 가시는 김에 뭐 맛있는 것 좀 만들어서."

"어쩔 수 없구나."

도모코의 엄마는 웃으며 일어서 나갔다.

"좋은 엄마시네."

어찌된 것인지 나는 흔히 있는 부모 자식 간의 애정이 부럽게 느껴졌다. 이것이 집이구나라는 생각이 들었다. 외국에서 긴 시간을 보내고 돌아와 집에 자리를 잡게 되었어도 뭔가 '허울뿐인 집'이라는 것의 연속이었다.

생각해보면, 나에게는 집이라는 것이 없었다. 스스로 나는 그 '집'이라고 하는 것의 공기를 깨뜨려오고 있었으면서 지금 돌연 무언가 계속 어린 시절에 잃었던 그리운 것을 만나려는 느낌이 든 것이다. 이 느낌은 이후 자주 도모코의 집에 드나 들고나서부터 나를 사로잡아 내게 뗄 수 없는 곳이 되었다.

"엄마는 더 이상 그런 걸로 오지 않아요."

"엄마는 뭐든 너를 이해해서?"

"엄마가 내 일을 이해해줘요."

"어떤 억지스러운 일이라도 말이지?"

"네."

라고 대답하고 나서 도모코는 낮은 목소리로, "저 병에 걸렸어요."라고 말했다.

"알고 있어."라고 나는 매우 자연스러운 목소리로 말했다. 그리고 나는 도모코가 손에 장작을 잡고 난로에 던져 넣을 때 힐끗 얼굴을 봤다.

"병에 걸려서 네 얼굴이 그렇게 아름다운거야. 얼굴이 불 가까이에 있어도 푸르다. 푸르다는 거 좋아?"

"좋아요."

멍하게 홀린 듯이 마치 윤곽만 있고 색이 없는 사진처럼 입술 색까지 엷어진 도모코의 얼굴은 잘 그리면 재미있는 그림이 될 것이라는 느낌도 들었다. 잠깐 이야기하고 있는 동안에 나는 도모코의 목소리에도, 표정에도, 이야기를 하는 분위기에도 그 안색에 나타나고 있는 것과 같은 무색의 재미를 발견했다.

"누나, 점잖은 체 하고 있어요."

거기에서 얼굴을 내민 남동생이 놀리는 듯이 말해도 도모코는 웃고 있었다.

이윽고 나는 작별을 고했다. 도모코가 말한 것처럼 마지막까지 모습을 보여주지 않던 엄마가 당황하며 안에서 나와, 곧 남편도 돌아오니 조금만 기다리라고 끊임없이 만류하는 것을 거절하고 집 정문으로 나오자 그곳, 초목이 많은 곳 그늘에 서둘러 나온듯한 도모코가 넓은 모포 같은 숄을 어깨에 두른 채 서있었다.

"역까지? 그 숄을 두르니까 스페인 여자 같아. 그것만 걸치고서 춥지 않아?"

도모코는 가볍게 고개를 흔들었다. 하지만 역시 추운 듯이 내 몸 그늘에 몸을 숨기는 것처럼 나에게 다가왔다. 바람은 없었지만 가까이 연못이 있는 바깥에서 날이 저무는 차가움이 피부로 느껴졌다. 나는 걸으면서 살짝 도모코의 몸에 손을 댔다.

"역시 춥지."

"네."

어두컴컴한 가운데서보니 한층 더 몽롱한 도모코의 표정이 남자 말을 잘 따르는 여자처럼 보여 내 맘을 붙잡았다. 나는 멈춰서 숄 위에서 도모코의 깃털처럼 가벼운 몸을 안아 올리고 입맞춤했다.

"그런데 말이에요." 라고 도모코가 들을 수 없을 정도의 낮은 목소리로 말했다.

"한 번 더."

나는 한 번 더 안아 올려 입맞춤했다. 조금 전까지 그 방 안에서 나를 감싸고 있던 난로의 따스함이나 좋은 느낌의 집 공기가 아직 그대로 내 마음에 남아있어서 이렇게 도모코를 감싸고 있는 것도 그 계속된 즐거움인 것 같았다.

"이제 돌아갈게."

나는 아기에게 말하는 것처럼 말했다.

"감기 들어."

"다음엔 언제 오실 거예요?"

"언제라도."

그리고 다음 날도 올 것을 약속하고 전차를 탔다.

나는 매우 기분이 좋아졌다. 다음날도 그 다음날도 오후가 되면 집을 나와 도모코집에 놀러 나갔다. 하지만 그것은 도모코를 만나러 간다기보다도 도모코가 있는 집, 그 기분 좋은 의자에 기대 쉬고 싶은 기분이었다. 도모코의 그 온화한 눈짓 전에 어머니의 상냥한 목소리와 따뜻한 커피와 밝은 등걸이 그런 것들이 나의 가슴을 들뜨게 했다. 그리고 그 집의 난로 앞에 앉아있으면 긴 시간 여행을 하고 집에 막 돌아온 것 같은 안도감이 들었다.

아마 쓰유코와의 숨 막힐 듯한 압박의 사랑 다음으로 도모코라는 여자와의 수수께끼 인연, 그 말로 밖에 설명할 수 없을 정도로 안이한 사랑 때문에 나는 도모코가 좋았을지도 모른다. 그동안에 나는 점점 집의 가족들과 정이 들었다.

처음에 도모코의 아버지는 나를 어린 딸이 있는 곳에 드나드는 남자로서 강한 경계심을 갖는 듯한 눈으로 바라보았지만 머지않아 친구처럼 친근하게 대해 주었다. 그 뒤에는 그저 아버지하고만 이야기를 하고 돌아오기도 했다. 젊은 시절 오랜 시간동안 미국에서 살았다는 도모코의 아버지는 그의 가정도 완전히 미국식 생활로, 아이들에게 좋은 아버지라기보다는 좋은 친구 같았다. 뭐든지 아이가 좋아하는 것을 시키고 아이의 생각이 중심되어 결론을 내리는 식이었다.

"아마 나의 목숨은 대부분 그 인생의 시간에 없는 것이었지." 라고 말하는 것이 입버릇으로 젊었을 때의 심하게 앓은 폐병이 그의 인생전환기가 되었고 기적적으로 나았다. 그것은 정말로 있을 수 없는 일이었다. 자신의 수명은 그때까지로 정해진 것이었기 때문에 그 뒤 자신의 생활이라는 것은 완전히 횡재였던 것이다. 또 그는 그 횡재를 살리기 위해서는 자신이 할 수 있는 한 사람들을 위한 일을 해야 한다는 것이 입버릇이었고 그러한 자신의 처세술을 쓴 작은 책을 자기 회사의 부하직원들에게 나눠주거나 해서 자기 만족하는 일종의 '긍정적인 호인'이었던 것이다. 나는 이런 아버지와 있는 도모코 집의 명랑한 분위기를 얼마나 고맙게 생각했는지 모른다. 갑자기 나는 무심코 일전의 쓰유코의 집에서 대접받았던 건조한 식사의 차가운 만남을 떠올리고 오싹해졌다.

새해가 밝고 나는 잠시 쓰무라가 있는 곳으로 갔다.

"도모코와 결혼한다던데 진짜야?" 쓰무라는 나의 얼굴을 보자 곧바로 물었다.

"그런 바보 같은."

"하지만 소문이 한결같던데. 네가 그런 감정이 없어도 도모코 쪽은 완전히 결혼할 생각으로 있다는 이야기야."

쓰무라는 변함없이 히죽거리면서 가늘게 뜬 눈 사이로 비난의 색을 띄워가며 말했다.

"시끄러워, 나중에."

"시끄럽든 뭐든 그렇게 하면 안 되는 거야. 지금 네 부인과의 정리도 제대로 하지않고 있는데. 그리고 도모코는 네 집 사정 따위는 잘 모르고 있잖아."

"알고 있어. 도모코도 잘 알고 있고, 부모님들도 알고 있어."

나는 그렇게 대답했지만 그렇게만 말할 수 없을 것 같은 기분이 들었다. 도모코는 처음부터 나에게 부인과 아이가 있는 것도, 그리고 쓰유코의 일도 알고 있다. 쓰유코의 일은 '함께 미국으로 가보지 않을래요?' 라는 말을 할 정도였다는 것. 아내의 일이라고 하면 전혀 꺼릴 것이 없는 상태였던 것은 내가 아내와의 관계를 실제보다도 좀 더 간단하게 해결할 수 있는 것처럼 이야기하고 있었기 때문일 것이다.

스스로 도모코와 함께 할 생각은 꿈에도 하지 않았으면서 혹시 도모코가 조금이라도 그런 생각을 드러낼 경우에 실제로 간단히 결혼 할 수 있다고 암시하지 않았다고는 말할 수 없다.

그러나 나는 그때 그 정도로 확실히 자신을 분석하지 않았다. 쓰무라가 말하는 시끄러운 일 등이 만약 일어난다고 해도 어떻게 든 된다고 생각했다.

"괜찮아, 그런 실수는 하지 않아."

"하지만 저런 불량소녀처럼 보이는 젊은 여자는 성가시다고, 복잡해지면 터무니없는 손해를 봐. 게다가 무엇보다 나는 별개로 하고, 다른 선배들은 아내와 헤어지는 것을 좋게 생각하지 않을 거 야."

쓰무라는 끊임없이 내가 가정으로 돌아 올 것을 설득했다. 기 분은 어찌되었든 형식만으로 지금의 가정을 깨뜨리지 않도록 하 는 편이 상책이라는 쓰무라의 의견은, 나에 대한 세상의 평판을 걱 정해 주는 사람들이 가지고 있는 사고방식과 같은 것이었다.

오랫동안 남편의 귀국을 기다리고 있던 아내가 아닌가라고 말 하고 있지만 나에게 있어서 그 일은 이미 문제가 되지 않았다. 다 만 도모코의 일로는 번거로움을 일으키고 싶지 않다고 생각했으 므로 앞으로 잠시 동안 도모코 집으로 가는 것을 보류했다.

한편, 그 일과는 전혀 관계없이 아내와의 이혼 수속도 한시 빨 리 끝내고 싶다고 생각하여 자세한 항목은 나중에 적당히 협의하 기로 하고, 이혼 신고서만 제출하기로 아내도 동의했다. 그리하여 즉시 신고서를 써서 아내도 그것에 서명했지만, 아내 주위의 보증 인에게 서명을 받는 단계에서 "아무래도 이혼 신고의 서명을 하는 것은 꿈자리가 사나워서"라는 말 등으로 거절당했다고 하는 것이다. 나는 불쾌한 표정을 지었다.

"그 정도라면 처음부터 보증인이 된다고 말하지 않았으면 좋았을 텐데."

"나, 시바야마柴山씨에게 가 볼게. 그 사람이라면 사정도 잘 알고 있고."

아내는 그렇게 말하고 또 나갔지만, 바로 되돌아와 그 시바야마라고 하는 아내의 친구도 지금 여행 중이어서 2,3일은 지나야 돌아온다고 했다. 나는 뭐랄까 아내가 보증인 서명만이 남아 있는 수속을 고의로 지연시키려는 듯한 기분이 들었다. 하지만 그래도 약간 안심하게 되어 오랜만에 2층 창문으로 보이는 풍경 스케치 등을 하고 있자 계단 아래에서 아내가 말을 걸며 올리왔다.

"있잖아."라며 아내는 조금 웃는 얼굴을 했다.

"우리 헤어져도 친척처럼 지내는 거지? 무언가 곤란한 일이 있으면 상담하러 가도 괜찮아?"

"좋아."

나는 무슨 말을 하고 있는 건가하고 생각했다. 가끔 문득 생각난 듯이 이런 예쁜 말을 해보는 것이 아내의 버릇으로, 사실은 전혀 저항하는 말 밖에 하지 않는 평소 수법을 알고 있는 나로서는 그 때문에 몇 번이나 불쾌한 기분이 들었었다.

흥이 깨진 기분으로 나는 10일 정도 집에 틀어박혀 있었다. 그러자 어느 날 오후 드물게 바바가 찾아 와서,

"큰일이야, 도모코가 칼모틴(진정제, 수면제)을 마셨대." 라고 했다.

도모코의 친구인 그 언젠가 화려한 기모노를 입은 단발의 여자 모모코ももチ가 바바에게 그것을 알리러 와서, 나를 바로 도모코의 집으로 가게 해 달라고 부탁한 것이다.

"그런 어처구니없는 일은 없어. 도모코는 심한 불면증이라고 말했으니까, 칼모틴은 칼모틴이지만, 자살하려고 한 것은 결코 아니야."

나는 왠지 모르게 반쯤 당황하고 있는 자신에게 그렇게 말하면서, 준비를 하고 집을 나왔지만 아무래도 도모코가 자살하려고 했다는 말은 믿을 수 없었다. 도모코의 집에 도착하자 기분 탓인지 평소보다 조용한 것처럼 생각되었다.

"아가씨는?" 이라고 묻자,

"방에서 쉬고 계십니다." 라고 했다.

평상시라면 반드시 모친이 현관까지 나왔을 것이라는 생각을 하는 것도 잠시, 오지 않은 사이에 이 집 분위기에 무슨 변화가 있었는지 알수 없었다. 도모코는 창백한 얼굴을 하고 침대에 누워있었다.

"어떻게 된 거야? 또 몸이 안 좋아졌어?"

도모코는 큰 눈을 뜨고,

"예." 라고 하는 듯이 끄덕였다.

아직 낮인데 커튼이 내려져 있는 어두운 방 탓인지 도모토의 큰 눈은 마치 두 개의 검은 구멍처럼 되고, 어쩐지 아련한 부드러운 뺨의 그늘진 곳도 왠지 홀쭉하게 빠져 있었다.

"오랫동안 오지 않았네요."

"나?"라며, 일부러 시치미를 떼며 무언가 도모코의 마음에 드는 말을 하고 싶어,

"일을 하고 있었어. 너의 얼굴도 그리고 있어."

"그래요."라며 도모코는 웃었다.

나는 이 도모코가 자살하려고 한 것은 아니어도 무언가 나의 일로 도모코를 슬프게 한 듯한 기분이 들어 가능한 친절히 대해주고 싶다고 생각한 것이었다. 머지않아 모친이 들어왔다. 그리고 도모코가 눈치 채지 않도록 나를 방 밖으로 불러,

"자네, 오늘 밤은 바쁜가?"

"무슨 일 입니까? 도모코씨가 뭔가 했습니까?"

"응, 약간. 조금 각혈했다네. 만약 바쁘지 않으면 오늘 밤에 조금 이야기하고 싶은 게 있는데."라고 하며 가정부의 손에서 검은 모피의 목도리를 집어 어깨에 걸치면서, "나는 지금부터 잠깐 밖에 들렀다 오네만, 그렇지, 당신 쇼와거리 뒤쪽에 있는 아오바靑葉라고 하는 중국요리 집을 알고 있는가? 그곳으로 6시경에 와주지 않겠나?"라고 하는 것이다.

나는 왠지 모르게 철렁했다. 무언가 할 이야기가 있다고 해도 일부러 집 밖에서 만나 이야기 할 만한 일이 있는 것일까 라고 생각했지만 어쨌든 만나서 들어보면 알게 될 것이다. 나는 간단히 모

친의 제의를 승낙했다. 그러자 모친은 한번 현관까지 나갔다가 다시 돌아와서, "도모코에게는 말하지 말아주게. 신경 쓰면 안 되니까." 라고 말했다.

모친이 나간 뒤 나는 잠시 도모코의 방에서 놀고 있었다. 도모코의 어딘지 모르게 가냘픈 애처로운 모습은 역시 조금 전 모친이 말한 대로 각혈한 뒤의 쇠약한 탓으로, 칼모틴 운운한 것은 단지 그 말괄량이 아가씨 도모코가 생각해내어 공연한 연극이라는 것이 밝혀졌으므로, 안심하고 시간이 되자 그 쇼와거리昭和街의 아오바青葉라고 하는 중국 요리 집으로 들어갔다.

도모코의 모친은 이미 그곳에서 기다리고 있었다.

"자네 술은 어떤가. 라오슈老酒라도 좀 마시지 않겠나?"

라고 말하면서, 요리가 나오고 나서도 좀처럼 이야기를 꺼내려고 하지 않았다. 하지만 이윽고 태연한 상태로, "자네, 이제 부인쪽의 일은 머지않아 정리되겠지?" 라고 묻는 것이다.

나는 정직하게 이전부터의 경위를 이야기했지만 이런 일을 묻고 있는 모친의 기분이 어떨지 어렴풋이 짐작하자, 나와 아내 사이의 언제까지나 정리 되지 않고 가로 놓여 있는 금전상의 문제 따위 입 밖에도 내고 싶지 않은 기분이 들었다.

"적합한 집이 있으면, 저는 혼자 이사한다고 생각을 하고 있습니다만." 이라고 매우 간단히 이야기 하면서 어쩐지 가벼운 염려를 하지 않을 수 없었다.

과연 모친의 용건이라고 하는 것은 도모코의 일이었다.

"아버지는 이렇게 말씀하신다네. 이 아이는 병이 있기 때문에 보통 사람처럼 결혼시키는 것은 생각하지 않고 영문부기(재산 등의 장부정리)의 공부라도 시켜서 마음이 내키면 자신의 회사 일을 시켜주거나 장래에는 여성실업가 같은 일이라도 시켜 준다고 하지만 나는 아버지의 그 의에 대해 신중하게 생각한다네. 병에 걸렸다고 해도, 그 병이라도 결혼하는 사람은 꽤 있잖아? 게다가 그대로 낫지 않는다고 정해진 것도 아니고, 그랬던 아버지도 훌륭하게 건강한 몸이 되어 있는 걸."

나는 가만히 술을 마시고 있었다. 그리고 점점 모친의 말 속에 휘말려 옴짝달싹 할 수 없게 되어 가는듯한 자신을 느끼면서도 아직 충분히 생각을 정리할 여지가 있는 것처럼 생각 하고 있었다.

모친은 또 계속해서, "그렇지? 무언가 처지의 변화로 그것이 계기가 되어 점점 건강하게 될지도 몰라. 가령 또 나빠졌다고 해도." 라며 말하다 말고 모친은 잠시 입을 다물었다.

"나빠져서 그대로 죽어버릴 정도라면 차라리 그 아이가 생각하고 있는 것을 이루어주고 싶다고, 그렇게 생각하는 것이 사랑에 눈 먼 부모일지도 모르지만 어쩌면 그 아이는 곧 죽을지도 모르잖아. 두 달일지 세 달일지 고작 반년 정도의 기간일지도 모른다고 생각하면 최소한 그동안 만이라도 좋을 대로 살게 해 주고 싶다고 생각한다네. 유아사씨, 당신은 그 아이의 병에 대해서도 잘 알고 있고 그저 2,3개월 정도의 기간일지도 모르지만 그 동안 함께 살아 주겠나? 응? 싫다는 말은 하지 않겠지?"

온화한 눈은 무언가 반짝 빛나는 듯한 표정을 띠고 나를 보았지만 순식간에 눈물이 차올라 그 빛을 숨겨버렸다. 나는 당황하여 눈을 돌렸다. 이미 나는 이 모친의 물음에 답할 말을 준비해 두었을 터인데도 생각지도 못한 눈물이 갑자기 나의 생각을 혼란시킨 것이었다.

"아무래도 도모코는 안 되겠어?"

"잘 모르겠습니다만."하고 말했다.

모친은 온화한 미소를 띠고, "하지만 그 아이의 일이니까, 어떤 상태로 문득 또 좋아질지도 모르겠어, 저기, 유아사씨. 그러니까 아무래도 당신이 도와주지 않으면 안 되는 거라네. 당신이 걱정하고 있는 것은 단지 부인의 일 뿐이지? 부인일만 정리되면 도모코를 받아주겠나?"

"그러나 저는 지금으로서는 그런 상담에 어울릴 자격이 없다고 생각합니다. 별거라도 하고 있다면 문제는 다르겠지만."

"그것도 단지 시일의 문제일 뿐이지 않나?"

"물론 그렇습니다만" 이라고 나는 말을 얼버무리고 입을 다물었다.

마침내 언젠가 쓰무라가 "나중에 시끄러워 진다."고 말한 때가 왔구나. 라고 생각했지만, 이 모친을 앞에 두고는 단호한 태도를 취할 수 없었다. 이윽고 모친은 내가 가만히 있는 것을 보고 뭐라고 생각한 건지 갑자기 기분을 새로이 한 듯한 밝은 상태가 되어, "그럼, 자네도 잘 생각해 보게. 오늘밤의 일은 도모코에게도,

누구에게도 말해서는 안 되네." 라고 하고 그 굵은 손목을 굽혀 시간을 보면서, "이제 슬슬 의사선생님이 오실 시간이니까 이것으로 실례하겠네만, 그럼 2,3일 안에 또 와주겠나?"

"예, 찾아뵙겠습니다."

우리들은 같은 자동차로 게이힌 가마타 京浜蒲田까지 와서 그곳에서 헤어졌다.

혼자가 되자 나는 자신의 마음이 모친의 제의를 조금도 거절하지 않은 것을 깨달은 것보다도 전부터 오늘이 올 것을 알고 우두커니 기다리고 있었던 듯한 기분이 들었다.

"결국 나는 도모코와 결혼하는 것이 아닐까." 라고 생각해봐도, 그것으로부터 무언가 몸이 떨릴 듯한 우려도 솟아나지 않았다.

집으로 돌아가자 아내는 거실에서 아이의 재킷인지 무언가를 짜고 있었다. 나는 스스로 자신의 구두를 신발장에 정리하고 난 뒤 그대로 2층으로 올라갔지만 문득 발길을 돌려 아내에게 말을 걸었다.

"시바야마柴山씨는 아직 돌아오지 않았어?"

"아직이에요." 아내는 이쪽을 보지 않고 냉담히 대답했다.

"하지만 나, 역시 여러 가지 계약을 하고 나서 할 생각이에요."

"뭐라고?"

"시바야마씨는 곧 돌아오겠지만, 계약을 끝내고 나서 하는 것이 순서라고 말 하는 거예요."

"어쨌든 이곳은 처리할거니까, 적합한 집을 구해 두는 것이 좋

아. 당신이 이사하지 않으면 내가 나갈게."

아내는 가만히 대답하지 않았다. 하지만 그 다음날이 되자 어디에선가 밤늦게 돌아와서 쿵쿵 2층으로 올라왔다. 그리고 무언가 의도 있는 얼굴로 히죽히죽 웃으면서 사람의 관심을 끌도록 말하는 것이다.

"있잖아요, 당신은 정말로 얼마 정도라면 매월 내 쪽으로 보낼 수 있어요?"

"어쨌든 100엔은 불가능 해."

나는 아내의 마음속에 무언가 변화가 일어났다는 것을 느꼈지만 눈치 채지 못한 듯이 모른 척 하고 있었다.

"그러니까 얼마 정도라면 틀림없이 낼 수 있다고 생각해요?"

"50엔이야. 50엔 정도라면 그럭저럭 줄 수 있을 거야."

아내는 잠시 생각하다가 끝내 50엔이라도 좋다고 말을 꺼냈다. 50엔으로는 단지 집세를 지불하고 살아갈 정도의 돈이다. 생각해 보면 이대로 언제까지나 언쟁하며 2층과 아래층으로 나누어 살아서는 아이도 삐뚤어져 버리고 자신도 참을 수 없는 기분이라는 말을 했다.

"나 이제 처음부터 다시 시작할 생각이에요. 양복 재봉 공부를 해서 친구와 함께 가게를 차릴 거야. 그럼 어쨌든, 내일이라도 작은 집을 구해 볼게요." 라고 말하면서 활기찬 걸음으로 내려갔다.

아마 오늘 만나고 온 누군가에게 그런 지혜를 얻어온 모양이겠지라고 생각하자, 마치 내가 생각하고 있던 예상이 꼭 들어맞은 것 같아 우스꽝스럽게 생각되었다.

그로부터 2, 3일이 지난날의 오후, 도모코의 집으로 가 보니, 집 앞 뜰에서 도모코의 부친이 드물게 정원 손질을 하고 있었다.

"아~." 라며 다가 와서, 손에 들고 있던 삽을 내버려 두고 서둘러 툇마루에서 나를 불러 평소의 응접실이 아닌 자신의 거실 쪽으로 안내했다.

"지난번에는 야스코가 무언가 이야기한 모양인데, 네가 도모코를 받아준다면 정말로 다행이다. 자네라면 그 아이의 병에 대해서도 알고 있고, 사실을 말하자면 그 아이를 받아줄 만한 사람은 없다고 생각해서 단념하고 있었으니까 말이야."

"도모코씨는 이제 괜찮습니까?"

"오늘 자네가 오지 않으면 내가 가볼까 생각하고 있었던 참이야. 병 따위 어딘가로 날아가 버렸어. 좋은 일은 서두르는 거니까, 그저 집안사람만 불러서 그야말로 형식만 갖춘 결혼식을 하면 어떨까. 어이, 누군가 2층 서재에서 달력을 가지고 와라." 라고 집 안으로 소리쳤다.

도모코의 모친은 이미 내가 도모코와의 결혼을 승낙한 것처럼 보고했으나, 지금 부친의 입으로 이런 말을 들어도 나는 놀라지 않았다. 어느새 인가 나는 자신의 애매한 태도로 도모코의 부모님에게 그러한 생각을 품게 해버렸고, 또 스스로도 이 편안한 따뜻할 것 같은 가정의 한 명이 될지도 모른다고 문득 생각한 적이 있었다. 어느 쪽이든 같은 것이다.

저 썩어빠진 아내와의 인연을 알고서도 도모코가 다가와 새로운 가정을 만들어, 때때로 아버지와 어머니가 방문해 온다. 그렇게 되어도 상관없을 것 같았다. 머지않아 아버지는 하녀가 가지고 온 달력을 넘기면서 며칠은 건축을 시작하면 불이 나서 이웃에게 폐를 끼치는 날이라거나 사물의 승패가 없는 날이라면서, 나는 잘 알지 못하는 말을 하면서 성급하게 이미 결혼식 날을 잡았다.

하지만, 그것도 14일, 5일 전날부터 점점 다가오는 날로 거슬러 올라가 마지막에는, "23일에 하자. 조금 서두르는 것 같지만, 23일이 기일이니깐."이라고 말한 그 23일까지는 그 날부터 5일 밖에 남지 않았었다.

나는 곤란 했다. 그 5일 동안에 무엇을 이치에 맞도록 진행해야 하는지 그것이 걱정이었지만, 아버지의 안달하는 모습을 그만두게 할 수는 없었다.

"새롭게 결혼식을 할 필요가 없다고 생각되는데."라고 말해 보았지만, "사실 죄송스러운 일이긴 한데, 회사 체면도 있어서 말이야."라고 말했다. 이윽고 모친도 다가와의 예식장 어디 어떤 곳에서 할 것인지, 하객은 누구로 할 것인지, 허둥지둥 대는 사이에 나는 이 집의 사위가 되어 있었던 것이다.

"유아사씨, 잠시만요."라고 어머니는 뒤에서 나를 눈에 띄지 않는 곳으로 불러 걱정하는 모습으로 말했다.

"아내가 살 집은 이제 정해졌어?"

"뭔가 오늘 아침에 구하러 나간 듯해요."

"그래? 그럼 안심이네." 라고 어떻게든 안심한 그 얼굴을 보니 나는 아내의 일 등 은 아무것도 아니라고 반복해서 되새기지 않으면 안되었다. 혹시 아무리 귀찮더라도 벌써 이렇게 되어버린 후에는 옳은 것이 아니더라도 끝까지 버티면 되니깐. 나는 왠지 재촉당하는 기분으로 밝을 때 집으로 돌아가 보니, 아내는 마침 입구에서 서 나를 기다리고 있었다.

"저기, 아주 좋은 집이 있어요. 다다미 6조와 4조 반, 3조에 13엔이에요."

"벌써 정해 놓고 왔어?"

"그래서 같이 가서 보자고요. 좋으면 나 바로 내일 아침에 옮길 거예요."

어쨌든 좋은 일이라는 생각에 나는 몰래 기뻐하며 아내를 뒤따라 가보니 선로와 가깝지만 정원에는 매실나무 등이 심어져 있었고 확실하게 대문구조로 되어있었다. 낡은 집이지만, 살기에는 나빠 보이지는 않았다.

"좋은데."

"네, 좋아요. 집세가 13엔이라는 것이 걸리지만 들어가서 12엔으로 깎을 생각이에요." 라는 말을 하고 들떠있는 아내는 나의 마음속을 의심하지 않는 듯했다.

다음 날 아침이 되어 일찍부터 계단 아래에서 분주하게 짐을 옮기는 소리가 났다. 나도 일어나 함께 이사를 도와주며 새로운 집에 장지를 붙이고 찻장 목제 화로로 진열해서 보니 그것만으로도 아담하고 좋은 집이 되었다.

"아 기뻐요. 그렇죠? 꼭 50엔씩 보내줘요. 왜 빨리 이사 오지 않았나 하는 생각이 들어. 같이 있을 때 당신은 나에게 돈도 주지 않았어."라고 말하며 웃고 있는 아내의 얼굴은 마음속에서 기뻐하는 듯했다.

이윽고 나는 혼자서 집으로 돌아갔지만 등불이 켜져 있는데도 어두운 채 가재도구 전부를 옮긴 후의 집안은 동굴 속처럼 추웠다. 나는 2층으로 올라가 거기에 남아 있는 붓과 캔버스 안에 아무렇게나 옆에 누워서 긴 시간 동안 멍하니 자고 있었다. 드디어 나는 혼자가 되었다. 그렇게 생각해 보아도 어떤 기쁨도 들뜨지는 않았다.

그 다음날 나는 2, 3장의 그림을 들고 그때 나의 후원자였던 고우지마치麴町 마을의 서점 주인을 방문했다. 그리고 사실대로 이번 새 결혼식에 대한 이야기를 했지만, 쓰유코와의 맞지 않는 연애를 불안하게 보던 주인은 오히려 내 처지의 변화를 기뻐해주며, 가만히 돈을 50엔을 건네주었다.

나는 그 돈을 가지고 바로 집으로 왔다. 그 동굴과 같이 추운 집에서 하루도 있고 싶지 않다는 생각을 하며 나무가 많은 산을 걸어서 바로 이 전까지 서양인 부부가 살고 있었다는 집 위치의 경치를 보고 바로 결정해 버렸다. 그리고 그 길로 바로 센조쿠에 있는 도모코 집으로 가, 집이 정해졌다는 사실을 알렸다.

"그래 다행이야. 아빠가 무심하니깐 어떻게 될지 걱정했어.

자, 같이 가서 집이 어떤지 보고 싶은데." 라고 말하고 미리 코트를 입은 듯한 어머니의 옆에서 도모코도 같이 보러 가자고 말했다.

"안 돼 당신은, 몸이 안 좋아지면 그거야말로 곤란하잖아."

"괜찮아요. 바람만 쐬지 않으면 괜찮아." 라고 말하며 다시 간신히 침대 위를 막 일어나려고 한 도모코는 어깨로 거친 호흡을 내쉬며 먼저 일어나 자동차를 탔다. 나는 도모코의 가냘픈 다리에 모포를 덮어 주었다.

"그다지 좋은 집은 아니야."

"좋아요. 어떤 집이라도. 나는 집안에서 나막신을 신을 거야 엄마." 라며 도모코는 마치 소풍가는 아이처럼 즐거워 보였다. 나막신은 도모코가 누구에게 귀국선물로 받은 것이라고 한다. 센조쿠에서 숲 속의 이 집까지 차를 타고 가면 7분밖에 걸리지 않았다. 오래된 덤불로 뒤덮인 뾰족하고 붉은 지붕은 2층 창문의 하얀 페인트를 바른 철문이 햇볕을 받아서 그런지 멀리서도 보였다.

"자 좋은 집이네. 이 울타리는 도모코가 좋아 하는 장미네."

어머니는 도모코를 돌아보며 웃었다. 생각보다도 맘에 든 두 사람은 열심히 방을 보고 돌아보며, 이 창문 아래에는 피아노를 놓아둘 거라든지 이 베란다에는 강아지를 데리고 놀거라든지 그런 것을 이야기 했다.

"의외로 별도 좋은데요."

나는 낮은 소리로 어머니에게 소곤거렸다. 갑자기 나는 이런 자기 자신이 친숙해 졌다.

그 다음날 나는 가마타의 집에서 나의 그림을 가지고 왔다. 집의 물건은 모두 아내의 집에서 가져가 버렸기 때문에 모두 새로운 것으로 사서 갖추어야 했다. 나는 하루가 걸려서 양식가구의 오래된 도구가게를 찾아 긴 의자와 장식장을 사고 커튼을 달았다. 센조쿠에서 도모코가 사용하던 여성스러운 물건들이 도착했다.

이윽고 모레가 드디어 결혼식 날로 되어, 나의 사정을 잘 알고 있는 극소수의 친구들에게 간단한 초대장을 보냈다. A, B, C 거기에 구스모토, 바바, 쓰무라등 수신인명을 기록하면서 그 한 사람 한 사람의 얼굴을 떠올리며 그 중 한 사람정도는 이 결혼식에 올 것이라고 생각했다.

"결혼식이라고? 대체 누구와 또 결혼하는 거야?"

"결혼을 2번 하든 3번 하든 쟤는 그러려니 할 거야. 이제 즐기는 일이 될 거라구."

"어쨌든 그 부인과 헤어지다니 부도덕한 일은 세상이 용서하지 않을 거야."

그들의 생각을 나도 확실히 알 것 같은 기분이 들었다. 신경 쓸 필요가 있을까. 어떻게 해도 나는 그대로 생활을 계속하는 것은 불가능할 것 같았다. 누구도 오지 않는 결혼식에 난 평안하게 앉아서 있을 각오만 하자.

결국 그날이 왔다. 나는 준비를 해서 회장에 있는 잔디의 조스이칸如水館으로 나가기 전에 도모코의 집에 들렀다.

"어서 오세요." 라고 어머니는 역시 숨기지 않고 기쁨을 뺨에 드러내며, "난리도 아니네. 마치 전쟁이 난 것처럼 시끄럽구나."

도모코의 학교 친구같은 아름다운 옷을 입은 아가씨들이 꽃다발을 안고 많이 축하를 해주러 왔다. 집안의 사람들은 그 안을 이리저리 왔다 갔다 하고, 어떻게 보면 내가 와 있는 것도 잊어버린 것 같은 모습이었다. 밖에는 벌써 마중 나온 자동차가 왔다.

"도모코씨는 어디에 있어요?"

"도모코, 도모코. 어디에 있겠지."

나는 혼자서 앞에 구두를 신고 현관에 서 있었지만, 도모코의 모습은 좀처럼 보이지 않았다. 아무렇지도 않게 정원의 뜰을 돌아보며 현관 쪽으로 가려는데 거기에 있는 방에 걸려 있는 커튼 틈새에서 현관 귀틀의 어딘가에서 도모코와 키가 크고 게이오 제복을 입은 한 젊은 학생이 서서 무엇인가 소곤소곤 이야기 하는 모습이 보였다. 나는 깜짝 놀라 그늘에 몸을 숨겼다. 그 언젠가 도모코에 대해 잘 알지 못할 때, 신주쿠의 역전 버스 정류장 옆에서 도모코와 함께 팔짱을 끼고 나의 앞을 지나가던 게이오대학의 학생이다는 사실을 나는 생각해냈다. 옅은 분홍빛의 화려한 혼례의상을 몸에 걸친 도모코는 커다란 꽃다발을 안은 채 눈에 손수건을 가져다 울고 있는 모습이었다.

"울고 있구나."

나는 가만히 그렇게 생각했다. 그리고 마치 미국의 사진에 나오는 가정을 대수롭지 않게 생각하는 멋쟁이 남편이라도 된 것처럼 아내의 로망스를 보고도 못 본체하려고 했지만, 슬쩍 창문에서 떨어져 혼자 자동차 안에 몸을 숨기자 왠지 마음이 편하지 않았다.

그 여자가 울고 있다.

나와 같이 하고 싶다고 칼모틴까지 마셨다는 여자가 울고 있다. 나는 조금 무관심한 기분이 되어 담배를 피우려고 했다. 그러나 생각해볼 것도 없이 나는 처음부터 이 도모코와의 결합에 의해 인생의 새로운 시작을 세운다는 것에 어울리는 밝은 희망이나 즐거운 기대를 안고 있는 듯한 기분과는 다른 아주 먼 곳에 있었던 것이다. 도모코를 사랑한다기보다 도모코 집의 그 온화한 분위기에 마음이 끌려, 그 때문에 단지 내 생애 장기 알을 하나 움직여 볼 마음이 생겼던 것이다. 나에게는 그 멋쟁이인 남편 역할인 그가 가장 자연스럽다고 생각할 때 도모코가 어머니의 도움을 받으면서 나왔다.

"곤란한 아이구나. 시집을 간다는 게, 역시 집을 나가는 것은 슬픈 거구나. 자 봐 이렇게 눈이 빨갛게 되어서는 호호호."

어머니는 밝은 모습으로 나에게 그렇게 말했지만, 물론 그렇게 생각하지 않는다는 것을 나는 알 수 있었다. 식장에는 이미 많은 사람이 왔다. 사실 주변 사람 5, 6명에게만 말했지만 이미 거기에는 4,50명의 사람들이 모였다. 그들은 전부 도모코의 친척들이나 도모코의 아버지 회사의 사람들로 내가 알고 있는 사람은 한 명도 오지 않았다. 아버지는 그 한 사람 한 사람을 나에게 소개해주면서 낮은 목소리로 나에게 말했다.

"무슨 일이지. 아무도 오지 않는 것 같구나."

"모두 태평한 사람들만 있어서요. 결혼식이란 걸 농담 정도로 밖에 생각하지 않을 거예요."

나는 아무도 오지 않을 것이라는 것을 정확히 알고 있었지만 아버지는 이 시간이 되어서도 설마 라는 기대를 품고 있는 것 같았다.

"자 조금만 기다려 보자." 라고 어머니는 말했다.

도모코는 아직 아까의 눈물 때문에 갑자기 부어버린 눈을 해서 많은 친구들에게 둘러싸이다 가끔 힐끗 내 쪽을 보았다.

3명 모두 말은 하지 않았지만 다들 뭔가 실망감을 느끼고 있는 것 같았다. '아아' 라고 말해도 이제야 차에서 내려 친구들이 올 것이다. 그리고 어디에서 냄새 맡고 찾아 온 것 인지 신문사에서 여기저기 후레쉬를 켜고 찍기 시작했다. 알리고 싶다고 티를 낸다고 생각할 수도 있지만 내 쪽에서는 이번에 결혼하는 신부에게도 신문사에게도 잡지사에게도 물론 친구들에게도 당당하게 알릴 수 없었다. 역시 나는 사람들 의혹의 대상이 되어 있는 것이다.

저 어처구니없는 오랜 연극의 대사인 처자를 버릴 것인지 버리지 않을 것인지 하는 말이 언제 내 머릿 속에 스며들어 있었다고 할 수 있다.

어쨌든 우선 여기서 도모코와 함께 있으면서 점점 세상의 밝은 곳으로 나가자고 생각하고 있던 나는 처음부터 사람을 초대하고 싶은 마음은 없었지만, 지금에 와서 보면 왠지 이상하게 생각될 수도 있다는 생각이 들었다.

신랑 측 손님은 한 명도 오지 않았다. 이런 결혼식이 있을까?

혹은 이것이 지금부터 시작하려는 도모코와의 생활이 이상하게도 무언가 불확실하게 느끼게 되는 첫 번째 일이 될 수 도 있다고 속으로 생각했지만 애써 태연한 척하기로 했다.

"어쨌든 급하게 결혼식을 서둘렀으니 말이야, 너는 언제 초대장을 보냈어?"

"그저께요."

"그저께?"라고 아버지는 온화하게 답변하며, "그저께라면 초대장을 보지 않은 사람도 있어."

그것을 단지 하나의 중요한 이유인 듯이 말하고, 그러면 시간이 너무 지체되지 않게 이제 시작한 편이 좋겠지라고 말하고 있는 도중에 리쓰노쿠니律の国 가게의 젊은 주인인 쓰무라가 하오리 하카마를 몸에 두르고 굳은 얼굴로 나타났다.

"어서 와."하고 우리들은 눈으로 인사했다.

쓰무라가 내 쪽에 단 한 사람의 손님이었다. 안도하며 나는 쓰무라를 아버지에게 소개하고 그것이 마치 결혼식 신호탄이 된 것처럼 결혼식이 시작된 것이다. 사람들은 탁자에 앉았다. 그리고 결혼식처럼 축사를 하고 신랑 신부의 소개를 끝으로 결혼식은 무사히 끝이 났다. 그리고 내가 쓰무라의 모습을 눈으로 쫓았을 때에는 더 이상 어디에도 보이지 않았다.

"자, 나 집에 잠깐 들러 볼게."

어머니는 안도한 표정으로 나와 함께 도모코의 차에 함께 탔다. 도쿄, 요코하마의 국도를 우리들은 별다른 대화 없이 지나왔다. 우리들은 어디서부터 이런 기묘한 곳에 들어온 것인가 잘 알고 있었지만, 누구도 그것을 입에 올리지는 않았다. 집으로 돌아가는 언덕 위에서부터 모든 창문이 새빨갛게 등불이 켜져 뭔가 크리스마스의 밤과 같은 분위기를 즐기고 있어 보이는 집을 엿볼 수 있었다. 우리 집에 오게 된 가정부가 깨끗하게 집을 정리 했다.

"이제 모든 준비는 끝났어?"라고 어머니는 마중 온 가정부에게 물었다.

같은 집이라고 생각되지 않을 정도로 깔끔하게 정리되어 있었다. 구두를 벗고 올라오니 이것이 반나절 안에 내가 나갔다 온 같은 집이라고 생각되지 않을 정도로 깔끔하게 정리 되어 있었고, 2,3일 전에 고물상에서 긁어 모아온 가구들이 훨씬 전부터 그곳에 있었다는 듯이 안정되어 있었다.

방 안은 가스 스토브에 의해 적당히 따뜻해져 있었고, 탁자 위에는 꽃이 있었다. 욕조에도 따뜻한 물을 받아두었다. 그것은 마치 몇 개월 전부터 이런 생활을 해 온 집안같이 아주 자연스럽게 느껴져 나는 뭐라고 할 수 없는 이상한 기분이 들었다. 반나절 안에 내 집 안에 저 센조쿠의 온화한 공기가 흘러 들어온 것이다. 이것이 집인 것이다. 그리고 집이라는 것은 남편이 무엇을 생각하고, 또한 부인이 무슨 생각하고 있는 지와는 상관없이 평화의 따뜻함을 영위해 가야만 하는 것이었다. 나는 그런 것들을 생각했다. 가정부가 따뜻한 홍차를 가져왔다.

"자 슬슬 쉽시다. 이제 귀찮은 시간이죠?" 그리 말하고 어머니는 이윽고 혼자서 돌아갔다. 단 둘이 되었을 때 도모코는 왠지 우울해 보였다.

"왜 그래?" 라고 나는 다정하게 물었다.

하얀 가운으로 갈아입고 침대에 누워서 멍한 눈으로 먼 곳을 응시하는 도모코의 기분을 말이 필요없이 나는 알 것만 같은 기분이 들었다. 도모코는 오늘 결혼식을 평범한 여자가 결혼하는 기분과는 조금 다르게 생각하는 것이다. 결혼식, 외국에서 돌아온 신인 화가 유아사 죠지랑 결혼을 한다. 그 유아사 죠지가 설령 어떤 남자라 하더라도 죠지라는 이름을 가진 남자와 결혼한다.

많은 유명인이 출석하여 내일 아침 신문에 꽃다발 나무 그늘에서 웃고 있는 도모코에 큰 사진이 실려야만 했다. 그런 도모코를 많은 학교친구들이 보러 왔는데도, 아마 도모코는 그 후에 저 센조쿠의 집에서 헤어진 젊은 학생의 일을 떠올리는 것이었다.

"왜 그래?" 라고 나는 다시 물었다. 도모코는 날카로운 눈빛으로 째려봤다.

"너무 피곤해."

"그럼 좀 쉬어."

"내일 아침까지 푹 쉬어."

나는 저 술 취한 남편 역할에 익숙해진 듯이 부드럽게 말하고, 일어서서 창문 커튼을 내렸다. 그리고 가까이 다가가 열이 있는 듯한 도모코의 이마에 가볍게 키스를 하고 손을 뻗어 탁자 위의 등불을 껐다.

○

　나와 도모코의 생활은 그 다음날부터 시작됐다. 결혼식 일도, 그 젊은 학생 일도 잊은 듯이 기분 좋은 아침이었다.

　우리들은 교바시京橋로 아버님 만나러 외출했다. 아버님은 기분이 좋아서 어제도 조스이칸에 와준 중역들을 다시 한 사람 한 사람 나에게 소개시켜주시거나, "문화인의 새로운 가정에는 꼭 필요하니깐 말이야."라며 회사 상품인 전기기구, 전기장치가 나와 있는 카타로그를 탁자 위에 펼쳐서 하나하나 모서리 부분에 표시를 하고는 "이 만큼을 오늘 안에 너희들 집에 보내도록 하자."라고 말했다.

　그리고 그 후에 나만 몰래 별실로 불러 어머니로부터 듣고 걱정하고 있었는데, 라며 아버지는 헤어진 부인의 일을 묻기 시작했다.

　"이런 말을 해서 미안하지만, 돈을 좀 써서 해결될 문제라면, 내가 어떻게든 할 테니……. 호적도 분명히 정리하면 어떨까 하고 생각하는데. 아무튼 모처럼 여기까지 왔으니까, 잘 헤쳐 나가야지."

　"그거라면 문제없습니다."라고 나는 그 순간 마음에 떠오른 한 치의 불안도 억누르지 않고 대답했다.

　"만약 무슨 귀찮은 일이 생긴다 해도 아버님과 관계없는 일이에요. 제 쪽에서 처리할 일이니까 결코 걱정 끼칠만한 일은 없을 겁니다."

"그렇군, 자네 입으로 그리 확실히 말하니 안심할 수 있겠는데……."라고 다시 어딘가 납득이 가지 않는 표정이었지만, 도모코에게 이런 이야기를 하고 있는 것을 들키고 싶지 않았는지 바로 화제를 바꿔, 지금 3명이서 미쓰코시三越에 가보자고 말했다.

"신세대의 쇼핑에 함께 가주지. 2,30년 전에 야스코やす子랑 미국을 걸었던 게 떠오르네." 라고 말하고 미쓰코시에 가자 가재도구부터 접객용 튀김도구까지 스스로 앞장서서 사는 것이었다. 뭐라고 말한 들 아버지는 딸이 처음 결혼했다는 사실이 좋아서 감출 수 없는 모양이었다. 우리들도 그 분위기에 맞추다 보니 신혼 생활 같이 기분이 밝아졌던 것 같다.

아무튼 두 사람의 생활은 생각보다 평화로웠다. 그 젊은 학생의 일은 어쩌면 내 오해일지도 모를 정도로 도모코는 쾌활했고, 나는 다시 담백한 사람처럼 젊은 아내를 애무하는 걸 잊지 않았다. 이걸로 된거야라고 생각했다. 이대로만 가면 나는 의외로 차분한 마음을 갖고 점점 일을 하는 습관을 되찾을 수 있을지도 모른다. 태어나서 처음으로 화로 옆에 앉아 따뜻한 커피를 마실 수 있는 가정을 가졌다는 기분에 당분간 이 행복감 속에서 지내기로 했다.

그러자 처음엔 우리들의 새로운 생활을 경원하던 친구들도 내가 여기까지 억지로 끌고 온 것을 보고는 한명 한명씩 다가와 어느샌가 다시 원래대로 뻔뻔히 왕래하게 되었다.

우리들은 자주 바바馬場부부의 권유로 제국호텔帝國ホテル거리로 외출 나가기도 했다.

어느 날 밤도 함께 만나서 평상시 습관대로 바바는 도모코와 나는 바바馬場의 아내인 나쓰에夏枝와 짝이 되어 춤을 추거나했는데, 손을 나쓰에의 홀쭉한 몸을 살짝 감싸자 엷은 이브닝드레스 천 아래에 등뼈를 알 수 있을 정도로 말라 있는 것을 느낀 나는 거리낌 없이,

"꽤 마르셨네요." 라고 말했다.

나쓰에는 대답을 하지 않고 나지막이 "하아." 하고 한숨을 쉬며, "죠지씨, 당신 같이 가주지 않을래요? 왠지 몸이 안 좋아요."

"어디 가시는데요?"

"어디든 좋아요, 온천이든 어디든 당분간 휴양하고 싶어요."

나쓰에의 낮은 목소리는 시끄러운 재즈와 구두소리 안에서도 확실히 들렸다.

최근에 와서 바바의 가정은 그 가정답지 않을 정도로 자유로워져서, 이제 곧 파괴될 지경까지 와있다는 소문이 돌았고, 바바는 요 근래 가까워진 젊은 나이의 새로운 연인에 빠져 있었다. 그날 밤도 부부와 함께 그 연인도 와있었으니까, 이 나쓰에의 낮은 한숨도 그런 가정 분위기 때문일지도 모른다고 생각했지만 처음부터 그렇게 자유롭게 살아온 나쓰에가 그저 이번에 나타난 바바의 연인 일 때문에 전전긍긍하고 있다곤 생각하지 않는다.

"온천도 좋지."

라고 나는 조심히 대답했다.

"우리 쪽도 도모코가 조금 안 좋으니까, 뭣하면……. 같이 나

가는 것도 좋겠지."

　라고 말하는 것을 잊었지만, 도모코는 집에 와서도 가끔 몸이 안 좋은 거 같다고 말하고는 의사에게 간다며 나가곤 했다. 도모코의 사촌오빠인가 하는 남자가 전염병 연구소에 다니고 있어서 도모코는 이틀 간격으로 그곳으로 찾아갔다. 돌아오면 너무나도 힘이 없는 얼굴을 하고 나른한 채로 침대에 몸을 던진 채 말도 못할 정도였다. 그래도 다음날은 건강해져 나를 귀찮게 해서 이곳에 산책하러 오게 되었지만 몸을 위해서도 역시 도쿄를 벗어나 어딘가 산속 온천에라도 갔다 오는 게 좋을 거 같다고 생각해서 돌아오는 차 안에서도 도모코가 나쓰에의 일을 "꽤나 사이좋게 춤추더군요."라고 말했을 때, 나는 온천에 가는 이야기를 꺼내며, "함께 가지 않을래."라고 말했다.

　"당신은 싫은 거야? 다함께 가서 떠드는 것도 기분전환이 되고 재미있다고."

　"당신은 정말로 감이 안 오나요?"라며, 반짝 빛나는 눈으로 나를 향하곤, "함께라는 건 당신과 단 둘이서 가자고 한 거 아닌가요?"라고 말하며 매우 언짢아 한 적이 있다. 그때부터 도모코는 눈에 띄게 침울한 얼굴을 하게 되었다.

　원래부터 말이 없었지만, 전에는 말이 없어도 온화한 그림자 같은 것이 있어서 그 덕에 오히려 사람의 마음을 끌었는데, 지금은 그것이 무뚝뚝하게 입 다문 모양으로 보였다.

　함께 한지 아직 2개월이 될까 말까인데, 도모코의 변화가 어디에서 오는지를 나도 어렴풋이 알고 있었다. 나와의 생활에 대해 젊은 여자다운 화려한 환상을 품은 것이라고 하면 어차피 한번은 올 것이었을지도 모른다.

어느 날 생긴 일로 나는 아무렇지 않은 표정으로 들어가자 집 앞에서 헤어진 아내 마쓰요가 무슨 일인지 도모코와 언쟁을 하는 듯한 광경을 본 적이 있다. 부재중이니 나중에 오라고 도모코가 말했는데, 아니 돌아올 때까지 여기서 기다리겠다고 말했는데, 생각할 겨를도 없이 순식간에 마쓰요가 이쪽을 돌아봤기 때문에 나는 신경 쓰지 않고 안으로 들어갔다.

"어찌됐든 들어 왔으니 됐잖아."

"조금 더 있었으면 문전박대 당할 참이었어."

짙게 화장한 뺨에 경직된 듯한 미소를 띠우며 그렇게 말하는 마쓰요를 곁눈질하는 듯해서 나는 도모코에게, "잠깐 이야기를 나눌 테니까 그동안 당신은 거실에서 기다리고 있어."라고 말하자, 도모코는 새파래져선 신경질적으로, "싫어요, 나도 같이 이야기를 들을 거예요."라고 말하는 것이다.

나는 마음을 굳혔다.

다함께 응접실에서 마주보고 앉아서 마쓰요에게, "얘긴 아직 이야?"

"멋진 집이네."

인형이 장식된 피아노와 타고 있는 가스스토브와 커튼 등을 보고 마쓰요는 시선을 옮기며, "이런 귀족이 사는 듯한 집에서 당신은 살고 있고, 나는 보잘 것 없는 데서 살고 있네요."

"흥."

나는 웃었다.

"당신이 작고 변변찮은 곳에 산다고 나도 그런 집에서 살아야 하는 건 아니잖아? 볼일 이라는 게 뭐야?"

"받을 걸 받으러 왔어요."

"받을 것?"

나는 생각지도 못한 소리를 내고는, "그런 건 확실하게 정리했잖아. 그렇게 하기로 확실히 승낙해놓고 이제와서 무슨 말을 하는 거야."

"무슨 증거라도 있어?"라고 마쓰요는 차갑고 낮은 소리로 말했다.

"증거라고?"

나는 마쓰요가 무슨 생각을 가지고 여기에 왔는지 확실히 알게 되었다. 매월 50엔씩 돈을 주기로 구두약속만 했을 뿐이고, 나와 마쓰요는 단 한 장의 법정증명서도 서로 가지지 않은 것을 마쓰요는 말하고 있었다.

"쓸데없는 소리를 하면 바보 취급할거야."

나도 지지 않게 말했다.

"그때 약속이 마음에 들지 않는다고 말하는 거라면 그만 둘거야. 난 별로 곤란할 것도 없으니까."

"그런 협박에는 넘어가지 않아요. 그때와 지금은 전혀 사정이

다른 거 같으니까. 네, 물론 다르고말고요. 도쿄로 나가는 전차비도 부족한 당신과 이런 부잣집 아가씨랑 함께 사는 당신은 하늘과 땅 차이죠. 당신은 내가 이번 달까지 가만히 있는 걸 그저 보기 좋게 당신이 뜻한 대로 속아 넘어갈 거라 생각했나요? 그대로 속은 채 울며 잠들 거라 생각했나요? 난 그렇게 사람이 좋지 않아요."

"이미 그런 사실은 알고 있어. 하지만 만약을 위해 말해두는데, 어느 부잣집 아가씨와 함께 산다고 해서 내가 부자가 된다고 할 수 없으니까, 대체 몇 만 엔을 원하는 거야?"

나는 마치 얼버무리려고 그리 말하자 의외로 단순한 마쓰요는 그걸 진심으로 받아들이고, "그러네." 라고 말하곤 갑자기 굳은 표정을 풀고 선 엷은 미소를 띠었다. "정확하게 알아봤어요. 도모코씨네 댁이 무슨 집인지 하는 것도, 무슨 생각으로 당신이 도모코와 같이 살게 되었는지도, 그러니까 알고 있어요. 나는 일만 엔을 받을 생각이에요. 농담 아니에요."

나는 기가 막혀 대답했다.

"일만 엔은 커녕 천 엔도 낼 생각이 없으니까 그리 알아두라고. 그런 일을 여기에 말하러 오다니, 역시 너는 그 엄마의 그 딸이야."

마쓰요의 엄마라는 사람은 일종의 소송에 휘말린 여자로 이미 죽었지만, 그 일생동안 변호사를 달고 살았을 정도였다. 마쓰요 자신도 엄마의 일에 대해서는 한심하게 생각하고 있었다. 그런데 화가 난 나머지 나는 그런 것까지 말해버린 것이다.

"좋아요. 그 엄마의 그 딸이라도." 마쓰요는 창백한 얼굴이 되었다.

"당신이 그런 기분이라면 나도 도모코씨에게 들어달라고 할거야. 그죠 도모코씨."

라며, 도모코 쪽으로 의자를 미끄러지듯 방향을 바꾸어, "난 지금까지 당신이 들은 것처럼 태연하게 말할 수 있는 뻔뻔한 여자입니다만, 그렇지만 당신에게 동정 받을 수 있다고 생각하고 있어요. 당신은 설마 이 사람이 단지 독신이라고 생각한 것은 아니죠? 내 아이들의 존재를 알고서도 이 사람과 함께 하려고 한건가요?"

"멍청이."

나는 생각하지 않고 큰 소리쳤다.

"그런 말을 입 밖에 내서 어쩌려고. 그렇게 돈이 탐난다면 마음대로 소송이라도 해! 소송이든 뭐든 말이야. 후, 뻔뻔한 여자가 와서는 기가 막혀. 자, 나가버려. 두 번 다시 이집으로 오면 용서하지 않아!"

마쓰요는 반사적으로 숄을 들고 떠났다. 그리고 두 세 걸음 뒷걸음치면서 냉소를 띠며, "역시 아픈 곳은 아프구나. 그렇게 무서운 얼굴을 해도 소용없어. 어떤 얼굴을 한 들 소용없어." 라고 아주 밉살스럽게 내뱉으며 나가버렸다.

마쓰요가 돌아가 버리자, 도모코는 방에 들어가 침대위에 몸을 내팽긴 채 언제까지나 울고 있었다.

"알잖아. 저런 말 해봤자 아무런 일도 일어나지 않는다는 걸

말이야. 저 사람이 말하는 것은 형식적인 것이니까. 형식적인 일이여서 그냥 네가 웃고 들어주었다고 생각했는데……."

"그렇지만." 이라며 도모코는 얼굴을 들지 않고 흐느껴 울면서, "법률적으로는 그것이 가장 중요한 일이잖아요."

"법률적으로는 이라니?"

나는 어찌할 바를 몰라 일부러 아이를 달랠 때와 같은 말투가 되어,

"그런 일이 신경쓰이는거야? 좋아 좋아, 자아 이제 그것도 완전히 해결해 버리자."

갑자기 제멋대로 굴자 나는 당황스러워 깜짝 놀랐다.

"싫어요! 싫어요 난."

도모코는 더욱 슬프게 어깨를 부들부들 떨며 울고 있는 것이다.

그 가느다란 어깨와 물결치고 있는 많은 머리를 보고 있는 중에 왠지 모르게 나는 지금 도모코가 울고 있는 것은 마쓰요가 와서 저런 말을 해서가 아니라, 나와의 생활에서 무엇인가에 호소하고 있는 것 같은 기분이 들어왔다.

마쓰요가 나타날 때까지는 분명히 모습을 보이지 않았던 생활의 불만이 형상을 취해 나타나 보이는 것이다. 그러나 어떻게든 될 것이다. 나는 도모코가 슬퍼하고 있는 것보다 스스로 그 사실을 깨닫는 것이 무섭고 당황하여 부정하고 있는 것이다.

이 정도의 일로 주저해버린다면 이런 위험한 다리를 건너는 것

은 있을 수 없는 일이다. 위험한 다리. 그러나 그 위험한 다리에는 어떤 목적이 있는 것일까. 이 다리를 건넌다면 다리가 향하는 방향이 편안한 안전지대라고 말하는 것일까. 내가 하는 것 어디까지나 단지 위험한 다리에서 끝날 뿐이다. 그러한 어두운 생각과 함께, 마쓰요에 대한 혐오와 화가 새롭게 나의 가슴에 불타올랐다.

마쓰요에 대한 이른바 불합리한 행위 등, 그 돈으로 무언가 하고 있을 것이라는 기분이 들자 위자료 몇 천 엔은 고사하고 양육비조차 대주기 싫었다. 싫어서 견딜 수 없는 여자에게 무엇을 위해 돈을 주는 것이 있는 걸까. 나는 단순히 그렇게 생각했던 것이다.

그런 일이 있던 다음날 나는 도모코가 좋아하는 개를 보기 위해 긴자 뒤쪽에 있는 애견가게에 가서 돌아오는 길에 낮은 울타리 너머로 보이는 식당 테라스에서 키 큰 학생복의 젊은 남자가 이쪽에 등을 돌리고 도모코와 서서 이야기하고 있는 것을 보았다.

나는 곧, 잠시 잊고 있던 게이오의 학생이라는 생각이 나서 일부러 휘파람을 불면서 쪽문에서 마당으로 돌아가자, 도모코는 조금 당황한 태도로 그 남자를 나에게 소개하며, "구니國의 친구야." 남동생 구니오國邦의 이름을 말하며 여기 앞을 지나가기에 잠시 얘기했던 것이라고 말했다. 그 남자에게 속삭인 것 같지만 전에도 여러 번 내가 없을 때도 온 것 같았다.

"이쪽으로 올라와."

나는 일부러 소탈하게 말하며 먼저 서서 그 남자를 응접실에 안내해서, 서로 부딪히지 않게 이야기를 나눴지만 남자는 친구와 약속이 있다면서 허둥지둥 하며 돌아가 버렸다.

"재밌는 남자네."

비교적 솔직한 기분으로 나는 그렇게 말해 보았지만, 도모코는 단지 눈을 들어 내 쪽을 볼뿐 뭐라고 대답하지 않았다.

기분이 이상했지만, 나는 진심으로 조금도 사랑한다고 생각하지 않았던 도모코의 이 생활을 점점 중요하게 생각하게 되었던 것이다. 마쓰요의 일 등에서는 당연한 일이지만, 가령 도모코에 조금이라도 아내다운 느낌이 있었더라면, 그런 일로 이 생활을 흔들리게 하고 싶지 않다는 생각을 하고 있는 것이다.

그것은 언젠가 생각한 적이 있는 '애주가 남편'으로서의 사리 분별 능력과는 전혀 다른 성실한 기분이었다. 나는 이 집이 좋은 것이다. 긴 파도에 시달리고 있는 듯한 불안정한 생활을 계속해 온 나는 겨우 항에 도착한 뱃사람 같은 기분으로 이 난로가 피어오르고 있는 집을 사랑하고 있었다. 그러나 그런 기분도 결국은 단지 나의 제멋대로인 생각 중 하나의 현상에 지나지 않았던 것을 나중에 알았다.

그건 모처럼 따뜻한 어떤 겨울날의 일이었다. 나와 도모코는 평소처럼 테라스에 이어져있는 선룸의 커튼을 열고, 늦은 아침식사를 한 뒤 커피를 마시고 있었다.

울타리의 밖에서 예쁜 어떤 젊은 여자가 천천히 지나간다. 처음은 보라색 밝은 기모노와 다홍색 띠가 희미하게 보였던 것, 꼭 내가 앉아있는 곳에서 보이도록 다가왔다.

나는 '아' 하고 낮은 소리를 내며 찻잔을 두었다. 쓰유코가 지나가고 있는 것이다. 그 쓰유코의 긴 속눈썹의 눈이 정확히 나를 본 것이다. 그렇게 생각하면 저 기모노도 띠도 확실히 쓰유코가 입고 있던 것과 같은 옷이라는 기분이 들어, 나는 놀라 의자에서 벌떡 일어났다. 길을 등지고 앉아있던 도모코는 '왜' 라는 듯한 눈빛을 나에게 보냈지만, 이미 그 때의 나는 쓰유코의 뒤를 쫓아 현관으로 뛰쳐나갔다.

밖에 나온 나는 멈춰 서있었다. 어디로 간 것일까. 지금 비탈길 위에서 내려와서 여기를 지난 것이라면 아직 반도 가지 않았을텐데, 거기부터 두 세 채 집 앞에 구부러진 모퉁이까지 달려가 보았지만, 쓰유코의 모습은 보이지 않았다.

나는 조금 주저하며 잠깐 서 있었다. 그리고 거기에 두 개로 나눠져 있는 한쪽 길로 철도 건널목이 있는 곳까지 달려가 보았지만, 그 어느 쪽에도 쓰유코의 모습은 보이지 않았다.

나는 아마 어떤 길에서 그녀를 놓쳐버린 것이다. 그렇다 하더라도 쓰유코는 지금 어째서 이런 곳을 걷고 있던 것일까. 나는 슬리퍼를 신은 채 조금 왔다 갔다 한 후 잠시 서서 거칠게 호흡을 억누르고 있었다.

쓰유코가 일본에 있었던 것이다. 그 11월 4일 배로 분명히 고베에서 미국으로 출발한 쓰유코가 아직 일본에 있다. 이럴 수가 있는 것인가. 나는 점점 내 눈을 의심하게 되었다. 그리고 그때부터 이제 4개월의 세월이 지나, 지금은 완전히 다른 세계로 자신을 책

망해 꿈속에서조차도 생각하지 않으리라 결심하고 있던 쓰유코의 모습을, 그렇게도 분명히 보았다고 믿는 것은 뭐랄까 멍청이 같은 것일까 라며 스스로 웃으며 겨우 침착해 졌다.

그 다음날 오후 바깥에서 돌아보자, 도모코는 어디에 갔는지 부재중이고 거실 책상 위에는 쓰유코로부터 온 한통의 전보가 얹어 있던 것이다.

「내일 아침 10시, 시부야 역에서 기다림. 쓰유코」

나는 오랫동안 그 전보를 들고 있었다.

내 손은 떨리고 있었다. 역시 쓰유코는 일본에 있었던 것이다. 일본에 있으면서 나를 보기 위하여 어제는 이 집 앞을 지난 것이다.

쓰네つね라는 가정부를 불렀다.

"도모코가 이 전보를 봤어?"

"아니요. 나으리."라고 쓰네는 명료한 어조로 답했다.

"아가씨는 매우 급히 외출하시느라 그냥 책상 위에 두셨어요."

도모코가 살았던 센조쿠 집에서 온 이 가정부는 도모코를 언제까지나 아가씨라고 부르고 있다.

"좋아, 좋아."

라고, 나는 아무렇지도 않게 말했지만 전보용지는 처음과는 달리 주름이 접힌 부분이 차이가 나서 역시 도모코가 읽었다는 사실을 알수 있었다.

그러나 그게 중요한 걸까, 완전히 경황이 없었던 나는 아직 침착하다는 것을 느끼기 위해서 도모코의 일에 대해서 묻기도 했지만, 이제 더 이상 가정도 아이도 관심이 없었다.

아, 쓰유코가 일본에 있다.

나는 큰소리를 지르고 싶었다. 나의 큰 환희의 음성에서 겨우 간신히 이룬 평화로운 가정이 또 망가져 가는 소리가 들리는 것 같았지만 그것을 어떻게 할 수 있을 것인가.

하지만 만약 이 집안의 따뜻한 난로 불같은 따스함이 나를 잡아줄 수 있다면 나는 어떻게든 이 집안에 머물고 싶어 할지도 모른다.

나는 더 이상 스스로 무엇을 생각하고 있는지 알 수 없었다. 단지 나에 대해 알고 있는 것은 내일 아침 10시에 쓰유코를 만나러 가는 것. 그리고 도모코도 이 집도 이제 끝이라는 생각이 들었다.

○

그 다음날 나는 반년 만에 쓰유코와 만났다. 푸른 코트를 입고 있는 탓인지 이전보다도 더욱 야위어 보이는 듯한 가는 목덜미와 눈에는 푸른 그늘만이 감돌고 눈이 퀭하게 놀랄 만큼 커져서 마치 환자처럼 보였다. 마치 무엇인가 망가진 장난감처럼 딱한 모습이었다. 이 모습은 자고 있던 나의 광기에 불을 붙였다.

그 반년전의 광기 어린 애정이 그대로 살아났다. 어떤 일이 있어도 이 쓰유코를 잃지 않을 것이라는 생각만으로 도모코와의 생활 따위 안중에도 없었다.

하지만 쓰유코는 나의 격정에도 불구하고 왠지 말할 수 없는 공허 한 듯한 눈을 하고 있었다.

그녀는 끊임없이 "죽고 싶다"라고 반복했다.

나의 애정은 믿지만 그것을 현실의 세계에서 이루어질 수 있도록 하는 그 어떤 것들도 믿을 수 없다고 했다. 그러한 그녀는 이미 반 죽어있는 사람과 같은 표정을 하고 있었다. 나에게는 이 쓰유코를 현실세계로 되돌릴 만한 힘이 없었다.

쓰유코 말에 따르면, 그녀는 그 때 고베에서 미국으로 갔었단다.

그리고 두 달 정도 앞을 향해 살고 있는 동안에도 끊임없이 죽음을 쫓는 기분이 들어, 드디어 일본에 돌아와 버린 것이라고 했다. 나는 3일정도 기다려 달라고 말했다.

그리고 이 2시간 밖에 안 되는 짧은 밀회가 끝난 후 혼자 밖으로 나왔지만, 왠지 모르게 그대로 집으로 돌아가고 싶지 않아 멍하니 거리에서 해가 저물기를 기다렸다.

어느새 나는 쓰유코의 그 염세적인 분위기에 휘말린 것 같았다. 그렇게 확실히 3일정도 기다려 달라고 했으나 3일 동안 앞으로 어떻게 생활을 개척해 나갈지 생각해 보지도 않았다.

단지 와르르 지금의 생활이 망가지는 소리만 들린다. 그러나 어떤 형태로 망가진 것일지 모르는 것도 아니다. 이런 식이면 나도 곧 역귀疫鬼에 사로 잡혀 버릴 거야.

나는 일부로 쓰유코의 사고방식을 이렇게 익살맞게 생각해 보면서도 어떻게든 다시 일으켜 세워 치료하지 않으면 안 된다고 막연하게 생각했다.

집으로 돌아오니, 여느 때처럼 그 날도 도모코는 병원에 간 건지 아직 돌아오지 않았다.

나는 혼자서 식사를 마쳤다.

"부인은 언제쯤 나갔어?"

"주인님이 나가시고 바로 외출하셨어요."

쓰네는 또랑또랑하게 대답했다.

쓰네도 결혼식 날부터 도모코와 함께 이 집에 왔다.

생각해 보면 지금 저녁을 먹고 있는 이 식탁과 냅킨, 그리고 단상, 침대, 피아노 모두 도모코가 가져온 것들뿐이고, 내 것이라고는 결혼 전날 근처의 중고품가게에서 들여온 낡은 의자탁자, 몇 안 되는 책과 그림 도구 뿐이었다.

오늘 아침까지 아무 걱정 없이 살아왔다는 것을 생각하면 이상한 생각이 들었다. 갑자기 낯선 집안의 모습이 기분 나쁘게 느껴졌다.

한번 작정하고 왜 여기를 우리 집이라고 생각하며 살고 있는가 하는 생각이 끊임없이 든다. 어제까지 어떤 일을 해서라도 이 집에서 계속하고 싶다고 생각 했지만 아무래도 이 생활의 끝이 가까워지고 있는 기분이 들었다.

도모코와 나는 전혀 다른 상대를 만나 잘못된 생활 속에 발을 들였고 서둘러 그것을 파괴해 버리려고 하는 자신이 두려워졌다.

나는 혼자서 이런 생각을 하며 거실에 틀어 박혀 있었다. 이윽고 8시가 지나 9시가 됐는데 도모코는 좀처럼 돌아오지 않았다. 요즘은 매일 같이 병원에 간다고 나갔다지만 이렇게 늦게까지 돌아오지 않은 적은 없었다.

문득 저 화장대 위에 도모코의 조금 열린 낡은 핸드백에 무언가 편지와 같은 종잇조각이 꺼내진 채 내던져 있는 것이 눈에 띄었다.

아무렇지 않게 그 종잇조각을 집어 보자, 하나는 도모코의 학생시절부터 친구로 오나라吳 해군사관의 부인이 되어 있는 마에다 도미코前田とみ江라는 여자로부터 온 편지였다. 또 하나는 그 편지에 대하여 도모코가 잘못 쓴 답장과 같은 것으로, 편지는 그녀의 결혼 생활이 얼마나 지루한 것인가에 대한 것과, 소녀시절에 그렸던 상상은 흔적도 없이 사라져 버렸다고 하는 것이었다.

그리고 그녀의 남편은 오직 맛있는 음식을 좋아하는 살찐 돈키호테에 지나지 않는다는 것 등이 상세하게 쓰여 있는 것에 반해, 도모코의 답장에는 도미코의 편지 내용을 그대로 뒤집어 놓은 것 같은 내용으로 그녀의 결혼 생활을 어떻게 말해야 즐거운 것인가를 생각하며, 아침에는 아직 자고 있는 도모코를 위해 상냥한 남편은 따뜻한 우유를 넣은 초콜릿을 침상 안까지 옮겨 주고, 밤에는 젊은 손님이 모여 있고, 그녀의 남편은 언제나 소파에 앉을 때 그녀를 그의 무릎 위에 앉혀놓고 노래를 불러주기도 한다고 적혀 있었다.

그 당시 미국 물을 먹은 젊은 여자들이 즐겨 사용하는 남편의 이름을 '미이'라고 했다. 남편의 이름을 '미이'라 칭하며 종이 일 면을 메우고 있다.

나는 화가 머리끝까지 치밀어 올랐다. 우리들의 삶 속 어디에 도 그런 장면은 없었다. 아마 어디선가 본적이 있는 활동사진 속에 있는 정경을 단순히 써 보았을 거라고 생각했지만, 그것이 도모코 의 마음 속 결혼 생활의 형태를 그린 것이라고 하면, 그야말로 처 량하고 우습게 느낄 수밖에 없었다.

최소 지낸지 한 달 만에 두 사람의 생활은 단지 서로 얼굴을 맞 대었을 때에만 웃고, 다시 혼자가 되면 서로 먼 곳을 응시하고 있 을 뿐이었다.

"저 녀석은 아직 철부지이기니까 뭐 귀찮겠지만 마치 젖떼기 를 한지 얼마 안 된 새끼고양이를 어르고 있을 때처럼 귀여워해주 렴." 이라고 도모코에 관해 아버지가 했던 말인데, 이 편지는 설마 그 새끼고양이가 쓴 것이라 해도 믿겨질 정도로 이 집 어딘가에 응석꾸러기 천성을 가진 새끼고양이 같은 도모코가 있는 것일까.

그런 일이 있다고 해도 도모코는 모두 마음속으로 정리해 버리 고 말았다.

그런데 도대체 어디를 이렇게 밤늦게까지 처연하게 걷고 있는 것일까. 나는 그렇게 생각하며 한쪽에 있는 베개 밑 시계를 보았 다. 이미 10시도 지났다.

센조쿠 집으로 돌아갔다고 해도 이미 집으로 돌아올 시각인데, 라고 생각하니 문득 어제 아침 쓰유코로부터 온 전보를 본 것임에 틀림없다는 생각이 들었다.

도모코가 미리 무슨 일인지를 짐작하고 가출을 해 버린 것은 아닐까 하는 의심이 순식간에 머리를 스쳐지나갔다.

도모코가 가출을 했다.

나는 멍하니 그렇게 생각했다. 그렇다면 오히려 이렇게 되어 좋다는 생각이 막연히 마음속에 퍼져 왔다. 바라던 대로 된 것이 아닐까 나는 그렇게 소리 내어 중얼거려 본다.

쓰유코에게는 3일 정도 기다려 달라고 했지만, 더 이상 3일을 기다리진 않고 오늘이라도 나는 좋다고 생각하고 있는데, 마침 도모코가 먼저 파괴해버린 것이다.

'바라던 대로 된 것이 아닌가?' 나는 창밖의 바람 부는 소리에 귀를 기울이면서 쓰유코는 어떻게 해야 할까 하는 생각으로 오늘 헤어진 후의 쓰유코의 모습을 떠올리면서도, 한편 도모코는 어떻게 하지하는 걱정이 내 머리 속에서 떠나지 않는다.

나는 왠지 모르게 초조했다. 이윽고 자정을 기다려 잠옷인 채 뒷문으로 나가 큰길의 자동전화가 있는 곳에서 센조쿠의 집으로 전화했다.

"뭐라고? 아직 돌아가지 않았다고?"

이미 자고 있다가 깬 도모코의 어머니는 몹시 당황하여,

"뭘 어떻게 하지? 어디에 갔을까? 저녁에 여기를 나갈 때는 매우 기분이 좋았는데."라고 말하는 사이에도 벌벌 떨며 당황하며 남편을 부르는 목소리와 가정부들의 웅성거리고 있는 모습이 잡

히듯 느껴졌다. 이윽고 어머니가 나에게 지금 바로 와 달라고 말했다.

나는 지나가는 길의 자동차를 타고 센조쿠까지 날아갔지만 모두가 고요하게 잠들어 있었다. 마을에는 등불을 켜고 기다리고 있는 도모코의 아버지 서재의 창이 멀리서도 보였다.

"곤란하게 되었군." 나의 얼굴을 보자마자 아버지는 걱정스러운 듯이 말했다.

"집에서는 자네와 함께 아타미熱海에라도 갔을 것이라고 생각했었는데."

"오는 길에 마쓰요 댁에 들른다고 말했어."

"마쓰요가 있는 곳이라고요?"

놀라 다시 물어본 나는 그렇게 어머니의 입으로부터 생각지도 못했던 말을 들었지만 도모코는 언젠가 갑자기 우리들의 집을 찾아 온 마쓰요와의 만남이후에도 나에게 숨기고 몇 번 만난 적이 있는 것 같은 느낌이 들었다. 도모코의 말로는 마쓰요는 돈을 오십 엔 정도 주면 오늘 잘 정리해 줄 것 같으니까, 그 만큼의 돈을 빌려 달라고 말했다고 한다.

이전에 왔을 때에는 대단히 험악한 얼굴로 백 엔을 주지 않으면 호적을 없애버린다며 겁을 주고 간 마쓰요가 단순히 오십 엔으로 말을 붙일 마음이 생겼다는 것은, 그 후 도모코와 만나 무슨 변덕스런 기분이 들었는지도 모른다. 그렇다면 그야말로 마쓰요 같은 수법이라는 별난 생각이 들었다.

그렇다 치더라도 그 돈을 도모코가 여기로 빌리러 왔다는 것은 뭐니 뭐니 해도 나에게는 참을 수 없는 기분이 들었다.

"그래서 그 돈을 건네주게 되었네."

"마침, 그 아이에게 어린 시절부터 갖고 있는 주식이 있었기 때문에, 그것으로 당분간 어딘가 따뜻한 곳에서 자네와 지낸다고 말하기에 양손에 천 엔 정도를 쥐고 돌아갔어."

하지만 최근 도모코와 여행을 떠날 계획 따위 한 적도 없었던 나는 틀림없이 그 돈을 가지고 어딘가로 갔을 것이라 생각했다. 혹시 아까 말대로 마쓰요가 있는 곳에 들를지도 모른다고 생각했으므로, 그대로 자리에 앉지 않고 차를 불러달라고 했다.

"아는 대로 전화로 알려줘. 어쨌든 다시 한 번은 이곳에 돌아오셨시?"

어머니는 차가 있는 곳까지 나와 말했다.

정말로 도모코가 어딘가로 가버린 것이라고 생각하니 나는 왠지 모르게 살기를 띤 기분이 들었다. 마쓰요의 집은 언젠가 이전에 가마타에서의 집을 정리하기 전에 나와 헤어지고 마쓰요가 자녀와 함께 이사 간 집으로, 그때는 함께 도구를 옮기는 등 심부름을 해 줄 때에 온 적이 있으니까, 낮이라면 틀림없이 길을 알겠지만, 이 너저분한 늪지대에 위치하고 있는 집을 이런 야밤에 찾아가는 것이 쉽지 않았다.

차는 몇 번이고 같은 곳으로 되돌아 나왔다. 나는 초조하게 그 좁은 골목의 입구에 차를 세우고 안쪽의 빈터 옆에 아직 등불이 켜

있는 집을 찾아내고 창을 통해 말을 걸었다.

"이 근처에 다카하시 마쓰요高橋まつ代라고 하는 여자의 집은 없습니까?"

"바로 이 뒤예요"

그곳을 보자 이 집과 서로 등을 맞대고 이 밤에 환하게 전등을 켠 밝은 툇마루가 보였던 것이다. 나는 왠지 모르게 발소리를 죽였다. 2, 3 그루의 가냘픈 노송나무 잎이 심어져 있는 그 마당에 진한 툇마루의 그림자가 펼쳐져 있었다. 어쩌면 거기에 도모코의 신발이 벗어져 있지는 않을까 하고 눈을 고정시킨 채 봤지만, 그런 정황 같은 건 보이지 않았다.

내가 온 것을 알고 도모코가 숨어버린 것은 아닐까 하고 나는 그 곳의 벽에 책을 붙이듯 살그머니 가까이 가서는 갑자기 밝은 그 미닫이에 손을 대고 드르르 당겨 열었다.

"실례가 아닌가?"라며 마쓰요의 앙칼진 소리가 나고, 하얗게 화장을 한 얼굴로 가로막듯이 서있었고, 뒤쪽에 솜옷을 입은 한 명의 남자가 큰 화로를 앞에 두고 술을 마시고 있었다.

그 사람은 이전에 자주 가마타의 집에 찾아 온 도쿄 석간신문의 사회부기자로 마쓰요의 먼 친척이라기에 나도 몇 번 만난 적이 있는 오카노岡野라고 하는 남자이다. 이런 새벽에 홀로 살고 있는 여자 집에서 술을 마시고 있는 것을 보니, 그야말로 생각지도 못했던 만큼 나는 불쾌한 기분을 숨길 수가 없었다.

"뭐가 실례냐?"

"실례가 아니야? 말도 없이 갑자기 남의 집 미닫이를 여는 것이."

"도모코가 와 있겠지?"

"도모코씨라구요? 이런 곳에 도모코씨가 올 리 없잖아요?"라고 말하면서 짙은 붉은색으로 칠한 입술 위로 아주 사람을 바보 취급 하는 비웃음을 지으며, "이런 야밤에 아내를 찾으러 오다니 힘들겠어."

"유아사씨, 그런 곳에 서 있지 말고 들어오세요."라고 오카노까지 친한 척하며 기름진 얼굴로 실실 거리며 말한다.

"호호."

마쓰요는 낮은 소리로 웃으며, 천천히 오카노 쪽을 보았다.

"말해버릴까?"

"감출 일도 아니잖아?"

"있잖아."라며 마쓰요는 한 번 더 기분 좋은 듯 웃으며, "사실은 방금 전까지 도모코씨는 여기에 있었어. 그런데 이제 당신과 사는 것이 지긋지긋하다고 말했어."

"왔었어? 그리고 나서 어디로 갔어?"

"어디로 갔는지 라니 벌써 지금쯤 집에서 쉬고 있지 않겠어?"

나는 펄펄 끓는 듯한 것이 목구멍까지 넘어 오는 것을 겨우 억누르고 목소리만은 될 수 있는 한 평정을 유지하며,

"그런 심술궂은 말 마."

"어디로 갈 것 같은지 정도는 짐작이 가잖아."

"그 사람이 지금 자살이라도 한다면 차마 눈 뜨고 볼 수 없을 거야."

"그거야말로 석간신문의 특종일 테니까."라고 말하는 오카노의 말에 덧붙이듯,

"자살이라도 하면 이라니?"라며 마쓰요는 그 실 눈으로 몹시 경멸하는 웃음을 지었다.

"얼마나 자존심이 강한 거야? 이런 마지막 순간에도 당신은 자만심을 버리지 않네. 호호, 도모코씨가 당신을 위해 자살 할지도 모른다는 생각을 하다니 우스꽝스럽잖아. 그 사람은 말이야 틀림없이 당신 말고 좋아하는 사람이 있는 거야."

마쓰요의 한 마디에 나는 보기 좋게 일격을 당하고 말았다. 이럴 때 일수록 무책임하게 분풀이 하는 듯 지껄이며 의심을 품는 것은 멍청한 짓이다. 그 한마디에 비틀비틀 대는 모습 따위 죽어도 보여주기 싫은 상황인데도 불구하고 나는 마쓰요의 냉소를 뒤집어 쓴 채 반격도 할 수 없었다.

나의 눈에는 이제 마쓰요의 비웃음도 오카노의 실실 거리는 웃음도 없었다. 마치 불에 쬐면 나타나는 종이의 그림처럼 그 키가 큰 게이오 학생의 모습이 떠올랐다. 그 남자와 도망친 걸까? 그렇게 생각하자 이제는 그것이 사실인 것 같은 생각이 들어 바로 얼마 전에도 집 현관에 등을 기대고 도모코와 무언가를 이야기하고 있던 그 남자의 모습이 생생하게 떠올랐다. 그러고 보니 그 남자와는 내가 도모코와 알고 난 후에도 이상할 정도로 몇 번이고 이따금씩

만났다.

　의심하려고 하면 이렇게 틀림없이 관계가 있다고 여겨지는 것 투성이지만 반은 일부러 모르는 척 해 왔던 것이다. 자칫 잘못해서 도모코가 그 남자의 애인이었다고 해도 아무렇지 않게 모르는 척 할 수 있을 정도로 나는 도모코에 대한 여유 있는 어떤 감정 이외의 애정은 가지고 있지 않다고 생각했었다. 그런데 그것이 어, 이 울컥함은 무엇일까?

　순간 나는 냉정해지려고 했지만, 그런 나의 노력은 오히려 마쓰요와 오카노의 냉소冷笑를 사는 것 밖에 아무런 도움이 되지 않는 것을 알고 그대로 두 사람의 가벼운 웃음소리를 등 뒤로 하고 차가 있는 곳까지 되돌아왔다.

　나중에 안 사실이지만 그날 밤 도모코는 아직 마쓰요 집에 있었고, 그 뒤에 있는 집에서 마쓰요 집을 방문한 내 목소리를 우연히 듣고, "앗, 유아사가 왔어." 라고 말하며 파랗게 질려 있는 것을 빨리 숨으라고 다그치듯이 해서 그 곳 벽장 안으로 숨겼다고 한다. 집으로 돌아오자 나는 쓰네를 거실로 불렀다.

　"아내가 없어졌는데 그것에 대해 네가 알고 있는 것은 무엇이든지 숨기지 말고 이야기해 줬으면 해."

　쓰네는 고개를 숙이고 아무 말도 하지 않고 있었다.

　"빨리 하지 않으면 어처구니없는 일이 생길수도 있으니까, 조금이라도 숨기는 것은 아내를 위한 것이 아니야."

　"저기"라고 말을 꺼내며, 쓰네는 훌쩍훌쩍 울기 시작했다. 솔직한 쓰네는 마치 자신 때문에 이 소동이 일어나기라도 한 것 같이 위협을 당한 듯 좀처럼 울음을 그치려고 하지 않았다.

"죄송합니다. 실은 저기 4,5일 전에 엽서를 보내러 갔었습니다."

"무슨 엽서야?"

"잘은 모르겠습니다만, 같이 가기로 결심을 했으니 도쿄 역에서 기다려주세요. 라고 쓰여 있었습니다."

"그 엽서를 보내기만 했어?"

"아닙니다. 그러고 나서 그저께 밤은 전보를 치러 갔었습니다."

"어떤 전보?"

"내일 아침에 갈 수 없어. 용서해. 자세한 것은 편지로라고 써서 보냈습니다."

"그 전보는 그저께 밤이야?"

나는 어떤 일이 생각났다. 도모코는 그날 밤 저녁밥을 먹은 후 갑자기 내일 아침은 아주 일찍 일어나야 한다고 했다. 여학교 때 매우 좋아했던 음악 선생님께서 고국으로 돌아가시는 것을 배웅하러 가야하기 때문이라고 말을 꺼냈다. 몇 시 기차냐고 묻자 7시 40몇 분 급행이라고 말하기에 그렇게 빠른 기차로 가는 것을 배웅하러 가려면 5시 정도부터 일어나 준비해야 되는데, 몸도 안 좋은데 그렇게 일찍 일어나거나 하는 것은 그만둬. 음악선생님을 배웅한다니 바보 같은 짓이라고 무심코 말렸던 것에 대해, 도모코는 오

랫동안 투덜거린 적이 있었지만 이미 그 때 다음날 아침에 갈 생각
이었던 것이다.

어제 쓰유코의 전보를 보고 나서 우발적으로 결심한 가출이 아
닌 전부터 계획적으로 절차를 세워서 해왔던 일인 것이다.

"너 그 구로다씨가 있던 니시오야마에 있는 집을 알고 있니?"

나는 처음으로 그 남자의 이름을 말했다.

"네. 이전에 아직 사모님이 그쪽 집에 계셨을 때 한 번 함께 간
적이 있습니다." "그럼 가면 대강 짐작이 가겠네? 바로 지금부터
같이 갈 것이니 나갈 채비하게."

벌써 시간은 새벽 2시를 지나고 있었지만 나는 쓰네를 데리고
니시오야마로 가서, 그 임시 거처인 구로다 누나 집이라는 곳을 찾
아냈다.

어느 교외에나 있을 법한 허름한 양옥집에 응접실이 딸린 그저
셋집처럼 보이는 그 집은 변두리에 있는 낮은 언덕그늘에 잔디밭
뜰을 가까이 두고 조촐하게 지어져 있었다. 나는 두세 번 계속해서
초인종을 눌렀다. 집안에서 따르릉하고 울리는 소리가 밖까지 들
렸다.

이윽고 안에서 여자 목소리로 "누구세요?" 하는 소리가 나고
그의 누나인 듯한 마르고 키가 큰 여자가 나왔다.

"구로다군 있습니까?"

그렇게 말한 나의 목소리에 놀란 듯 고개를 들었지만 너무도
수상하게 나를 쳐다보며, "구로다는 그저께 아침 지방으로 돌아갔

습니다만, 안으로 들어오세요." 라며 순간적으로 걱정하는 듯한 표정을 지었다.

나는 그곳에 선 채로 도모코에 대해 물었다. 그러자 매우 놀란 모습으로 잠시 동안은 주저하다가 "하지만 그저께 아침 틀림없이 지방으로 간다고 했습니다. 왠지 저에게는 그렇게 소심한 남동생이 그런 대담한 일을 하리라고는 도무지 생각되지 않습니다." 라며 몇 마디 말하지 않고 어쨌든 날이 밝으면 바로 고향인 히로시마 친가에 물어 볼 테니 그 답이 오는 대로, 아마 내일 정오쯤 까지는 꼭 알려주겠다고 했다.

나는 그 길로 바로 센조쿠에 있는 집으로 갔다. 숨김없이 모든 경과를 보고하자 어머니 역시 아연실색했다. 구로다에 대해서는 나보다도 이 어머니가 잘 알고 있기 때문이다.

"정말 미안한 일이군."

아버지는 매우 미안해하는 얼굴로 말했다.

"어쩔 작정 인지 나는 모르겠네."

"그렇게 힘들게 함께 하게 되었는데."

언제나 사람 좋은 부부는 다른 무슨 일보다도 딸의 고집에 돌려보내버린 것에 대해 나에게 미안하게 생각하고 있는 것 같았다. 그러나 나는 겨우 지금에서야 도모코의 생각을 어렴풋이 알 것 같은 기분이 들었다.

도모코는 나를 알기 전부터 구로다와 사귀고 있었던 것이다. 그곳에 내가 나타나 달콤한 말을 한다. 구로다도 사랑하고 있었지만 이따금 신문에 사진이 실리거나 하는 나를 나이 어린 여자다운 호기심에 아마도 화려한 존재인 것이라고 믿고, 마치 그 말레이인 야구선수의 사인을 받고 싶은 여학생의 마음처럼 어떠한 무리를 해서라도 나와 결혼하고 싶다고 생각했을 것이다.

도모코는 그 무리한 일중 하나로 결혼식 날에 곧 식장에 향하려고 할 때, 구로다를 만났다. 이것은 나의 상상이지만 이때 도모코는 구로다에게 가서 지금 자신은 조금도 상관없이 부모의 의지에 의해 마음에도 없는 결혼을 하게 되었다고 말하며 울면서 이별을 아쉬워한 것은 아닐까 생각한다.

도모코에게 있어 결혼은 통조림 겉면에 붙어있는 상표 같은 것이다. 알맹이는 어찌되었든 남의 눈에는 반드시 화려하고 명랑하며 즐겁지 않으면 안 된다. 그럼에도 불구하고 그 결혼식은 이미 무언가 이유를 알 수 없는 애매함에 둘러 쌓여있고 또 그 화려해야 할 결혼생활에 대하여 어느 부인 잡지에서도 신부의 감상을 들으러 오는 일은 없었던 것이다.

그 대신에 나의 전 부인이 돈을 받으러 왔다. 왠지 몹시 음침했다. 도모코는 친구들에게 즐거운 생활의 시 같은 편지를 적어 보기도 한다. 도모코는 점점 초초해진다. 그러나 어쩌면 어떻게라도 바로 잡을 수 있을 것이라 생각해서 마쓰요도 만나 본다. 모두 실망이다. 차라리 구로다와 도망치는 편이 조금이라도 나를 송두리째 놀라게 하는 것은 아닐까? 그렇게 생각하던 참에 쓰유코의 전보가 왔다. 도모코가 도망가지 않으면 어쩌면 내가 같은 곳을 갈지도 모른다. 그녀는 자신이 먼저 도망쳤다. 이 상상은 70%정도는 맞았다고 생각한다.

도모코의 부모를 떠나 집에 돌아온 것은 벌써 어제 새벽에 가까웠다. 혼자서 침실에 들어가 나는 오랫동안 멍하니 침대에 걸터앉아 있었다. 발밑에는 도모코의 빨간 슬리퍼가 가지런하게 있고 경대 위에는 어제 그대로 내가 읽었던 편지가 놓여 있다. 지금은 그것이 도모코 대신에 나를 동정하는 듯한 기분이 들었다.

"이 마지막이 되어서도 당신은 그 자만심을 버리지 않네?"라고 말할 때의 마쓰요의 얼굴이 떠올랐다. 어제까지의 자신이 그대로 반대가 되어 우스꽝스러운 웃음거리가 되었다.

그런 일을 용서할 수 있을 것인가? 나의 생각은 또 어느 샌가 균형을 잃고 그곳으로 돌아왔다. 그 계집아이에게 감쪽같이 당한 것이다. 그러한 생각을 떨쳐버리려고 하면 할수록 성가시게 머릿속에 박혔다. 나는 내 자신이 도모코에 대해 어떤 의미에서든 성실한 남편이라고는 말할 수 없다는 사실, 진정한 의미로 조금도 애정을 갖고 있지 않다는 사실과는 상관없이 그저 무턱대고 도모코에게 추월당했다는 것이 화가 날 것 같았다. 풀뿌리를 갈라서라도 찾아내 보이겠어. 그런 말로 표현하고 싶을 정도로 기분이 격해졌다.

그래. 설령 아무리 멀리 도망가 있더라도 찾아내자. 찾아내 다시 한 번 이 집으로 데리고 돌아와 이번에야 말로 그녀를 지금의 나 자신과 똑같은 기분을 느끼게 해 줄 것이다. 이 생각은 모든 사고를 넘어 단 하나의 덩어리처럼 뭉쳐져 나를 지배했다. 그리고 그

욕망의 격심함은 어제 정오, 고바이켄紅梅軒에서 어떤 희생을 감수하면서도 쓰유코를 자신의 손에서 놓지 않겠다고 결심했던 때의 마음과 견주어 비교되지 않을 정도의 힘으로 나를 움직인 것이다.

아침이 되어 나는 조금 꾸벅꾸벅 졸면서 니시코야마西小山 로부터 전보 답장 소식이 오는 것을 기다렸다. 머지않아 심부름꾼이 왔지만 역시 히로시마 본가에는 아직 돌아오지 않았고, 니시코야마 집에서는 만일을 위해 구로다의 행선지를 쫓아 조사해서 다시 알리겠다고 했다. 이 답장으로 나의 예상이 90%정도 맞았다는 것을 알았다.

나는 바로 집을 나와 도모코가 자주 왕래했다고 생각되는 친구들의 집을 한 집씩 방문하며 돌아다녔다. 그리고 마지막으로 늦은 밤이 되고 나서 언젠가 경마장의 화실에서 도모코와 처음으로 만났던 날, 함께 왔던 단발머리의 처녀인 모모코가 살고 있는 아카사카에 있는 아파트를 방문하였다.

모모코는 아직 자지 않고 좁은 방 안 가득 기모노를 벗어 흩어 놓으며 그 날 사왔다던 새 모자를 거울 앞에 서서 이렇게 저렇게 써 보고 있던 참 이었다.

"아, 놀랐네. 그래요"라며, 모모코는 그야말로 소문을 좋아하는 여자의 본능을 감추려고도 하지 않는 표정으로 과장되게 수긍하고 나서 "당신 히비야 호텔로 가 봐요. 전에 우리 다쓰코가 그 곳에 묵었었어요. 어딘가에 간다고 하면 먼저 다쓰코가 있는 곳에 들를 거예요. 저번부터 도모코는 다쓰코가 있는 곳에 자주 갔었어요."라고 했다.

다쓰코라는 사람도 도모코의 친구 중 한 명으로 신슈의 고향 집으로 돌아갔었는데 최근 도쿄로 왔다고 한다.

"병원에서 돌아가는 길에 매일 들렀던 것일까?"

"병원?"이라고 하며 모모코는 웃음을 터뜨렸다.

"아니, 유아사씨. 당신 정말로 병원이라고 생각하고 있었어요?"라고 한다.

나는 쓴 웃음을 지었다. 그것도 그런 것이었다고 생각하니 자신의 우둔함의 가감加減이 이상했다. 언제나 병원에서 돌아오면 피곤하다고 말하고는 소파 위에서 오랫동안 자고 있던 도모코의 모습이 눈에 선하다. 그 때 마다 구로다와 밀회를 하고 있었다고 생각하니 역시 썩 기분이 좋지는 않았다. 악의는 없었다고 할지라도 서로에게 이 결혼 전체가 속고 속이는 것이었다고 생각한 후부터, 함께였을까? 정말로 함께였던 걸까 하는 자조自嘲가 솟구쳤다.

어떻든 간에 그 다쓰코를 만나기 위해 히비야호텔로 가보기로 했지만 처음으로 젊은 여자를 찾아가는 것 치고는 밤이 너무 깊은 것을 고려해서 그날 밤은 그대로 돌아오고, 다음날 아침을 기다려 호텔에 가보았다.

다쓰코는 4,5일 전에 그 곳을 떠났다고 했다.

"잠시 숙박부를 보여주면 안 될까요?"

나는 아무렇지 않게 말했다. 그리고 보여 주길 꺼리는, 보이의 손에 50전 은화를 쥐어주고 그 장부를 받아 훌훌 넘기자 바로 어제

밤쯤에 그런 경우에도 역시 자신의 이름을 완전히 위조해서 쓸 수 없어 덴죠 도모코라는 도모코의 구명旧名을 이하라 도시코로 바꾼 여자의 필적이 틀림없이 도모코의 필적으로 또 한 명의 여자이름과 함께 나란히 적혀있는 것이 눈에 띄었다.

"이 이하라 도시코라는 여자는 아직 있나요?"

"이하라씨는 어제 떠나셨습니다."

"어제? 그 때 어딘가에 전보를 치지 않았어요?"

"전보를 치셨습니다. 제가 치러 갔었습니다."

"당신이? 그럼 그 전문은 기억하고 있겠네요?"

보이는 무언가 눈치 챈 듯 보였고 전문도 받는 사람 이름도 잘 기억나지 않는다고 대답하면서 갑자기 나를 경계하는 모습을 보였다. 나는 더 이상 추구追求하는 것을 멈추고 발신국의 고우하시 우체국에 갔지만 그곳에서도 강고하게 나의 제의를 거절했다. 나는 창구에 나의 명함을 내밀었다.

"사실은 제 동생이 어젯밤 가출을 했어요."

경찰에도 수배를 하고 싶다고 거짓말로 부탁해보았지만, 경찰의 입회 없이는 보여 줄 수 없게 되어 있다는 규칙을 내세워 좀처럼 들어주려고 하지 않았다. 그곳에 우리들의 목청 높은 응수応酬를 우연히 듣고 한 명의 상관으로 보이는 남자가 나왔다. 그리고 한 번 더 나의 사정을 듣고 곤란해 하며, 가까스로 한 묶음의 발신부를 보여주며 안에 분명히 도모코의 손으로 즈시의 무슨원이라는 아마 여관이나 화별장에 있는 구로다를 만났던 전보가 나왔다.

"오늘밤 지나. 내일 아침 10시 34분, 고베 역에서 만나자."

나는 손목시계를 보았다. 10시25분이 지났다. 그 전문대로라면 도모코는 바로 지금쯤 고베에 도착해 먼저 즈시에서 출발한 구로다와 만나 함께 어딘가의 호텔에 도착했을 지도 모른다. 나는 감사를 표하고 우체국을 나와 바로 가까이 있는 자동전화로 센조쿠에 있는 집에 전화를 걸어 어머니를 불러냈다.

"알아냈어요. 지금 고베에 있는 듯합니다."

"다행이야."

한숨과 함께 그 말이 들렸다.

"어쨌든 고베까지 가지."

"지금부터 잠시 집에 돌아가겠습니다만, 서둘러 준비하면 2시에 있는 후지富士에 늦지 않을 거예요."

"꼭 이야, 꼭 그렇게 해 주게."

"그래서 말인데 가시기 전에 잠시 이곳에 들러 주시겠어요? 꼭 드릴 말이 있어요."라고 했다. 후지富士가 떠나면 이제 저녁까지 서쪽 행 기차는 없을 것이라 는 생각에 서둘러 오오모리로 돌아가 손가방에 기본적인 물건을 담아 대기시켜 둔 차에 타려고 하는데 생각이 나서 쓰네를 불렀다. 어쩌면 이 이틀 간 생각할 겨를도 없었던 쓰유코로부터 전보가 오지는 않았을까 해서였다. 전보는 아직 오지 않았다. 만약에 전보가 오면 바로 고베 중앙우체국에서 되돌려 보내도록 지시해 두고서 나는 서둘러 센조쿠에 있는 집으로 갔다.

○

나의 전화에 아버님도 회사를 조퇴하고 집으로 돌아와 있었다.

"어떻게 하면 좋을까?"라며 아버님은 어찌 할 바를 몰라 하며, "자네 혼자서 가는 편이 좋을까 아니면 애 엄마도 같이 가는 편이 좋을까? 어찌할까?" 라고 말하는 것 이다.

잘 들어보면 딸도 걱정이 되고 그것보다도 나 혼자가서 구로다와 도모코를 앞에 두고 뭔가 말을 꺼내는 광경을 상상하자, 어떠한 살기를 느끼게 될지도 모르니 그것을 두려워하고 있는 듯 했다.

"자네에게는 충분한 변명이 되지 않을 것이라고 생각하지만, 그것은 도모코를 이쪽으로 데려 오고 나서, 어떻게든 자네의 체면이 유지되도록 배려할 생각이야. 데려오기만 하면 반드시 자네의 체면은 유지할 수 있으니까, 아무튼 도모코를 달래서 데려와 주기를 바라네. 만나면 서로가 울컥 해서 오히려 궁지에 몰린 도모코가 또 어떤 실수를 저지를지도 모르니까." 라고 말했다.

물론 내 쪽에서도 어머니가 동행해주는 쪽이 더할나위없이 좋은일이므로 함께 도쿄 역으로 향했지만 역시 심야열차 밖에 탈 수 없었다.

"딱 하루 늦었군."

어머니는 끊임없이 손수건을 꺼내 눈에 대고 있었다.

"역에 내려서 어디가? 경찰 손을 빌리는 것 같은 것은 하지 않겠지?"

"경찰보다 우리들 쪽이 친절하니까, 어쨌든 호텔을 한곳 한 곳

찾아 돌아다니는 길 밖에는 없다고 생각합니다. 도모코가 갈 만한 호텔이라고 하면 고베에는 3, 4개 정도 밖에 없으니까요."

"어머니는 '휴~'하고 한숨을 쉬었다. 차가운 심야열차 안은 승객도 적었다. 마주보고 앉아있자니 어머니와 내가 도모코를 대하는 기분은 겉과 속만큼 달랐다. 단지 살아있어 주기만을 바라는 어머니와 대조적으로 내 마음속에는 구름처럼 여러 가지 감정이 오고가고 있었다.

이튿날 아침, 고베에 도착한 것은 9시를 몇 분인가 지나서였다. 우리들은 차를 타고 달려 오리엔탈호텔, 동아호텔을 거쳐 마지막에 스와야마 호텔에 가 그곳의 숙박인명부에 이하라 도시코라는 가짜이름으로 구로다와 같은 남자이름과 나란히 기재되어있는 것을 발견했다.

"이거야. 이 사람들은 아직 묵고 있지요?"

"아니요, 오늘 아침 출발하셨습니다."

"오늘아침? 오늘아침 몇 시정도에요?"

"조금 전이에요. 보내드리러 갔던 차가 돌아왔을 때가 아닌가 생각합니다. 이봐, 6번차는 이제 돌아오고 있지?"

작은 소년을 불러 현관 옆 대기실에 있는 운전수를 찾아 호텔에서 거류지로 나가 외국인 묘지 앞에서 두 명을 떨어뜨렸다는 사실을 듣게되었지만, 그 후 어디로 갔는지는 누구도 상상할 수 없었다.

"어떻게 해요?"

나는 혼잣말처럼 중얼거렸다. 어제 점심 그대로 후지에 타고 있었다면, 지난밤 사이 도모코들을 발견 했을 것이고 그렇지 않더라도 오늘아침 다른 호텔에 가는 것보다도 먼저 여기에 와있었다면 아직 나서지 않고 있었을 것이라고 생각하니 정말 분했다. 확실히 지금 이 고베에 있다는 사실을 알고 있으면서, 그럼 어디로 돌아다니고 있는지 정말 짐작이 가지 않았다.

우리들은 전혀 방법을 몰라 잠깐 그 호텔 현관에 서있었다.

"둘 다 시모노세키행 기차를 탈 것으로 생각하는데."

"자"

나는 어떤 판단도 할 수 없었다.

바로 정차장으로 향하지 않고 거류지에서 내렸던 것을 보니 거기에서 부두로 나와 배로 어딘가 갈 생각일까, 조선일까 상하이일까, 그렇지 않으면 벳부로라도 이동할 생각이었을지도 모른다. 어쨌든 천 엔 정도의 돈을 가지고 있기 때문에 돈이 있는 동안은 어딘가를 싸돌아다닐 생각이라면 도저히 우리들 손으로는 찾아낼 수 없을 것이다.

여러 생각 끝에, 역시 정거장으로 나와 기차에 올라타는 곳에서 기다리게 되었지만, 그런데 정거장이라고 하면 고베역인지 산노미야인지, 어제 구로다와 만나기로 한 곳이 고베역이라 하면 심리적으로 고베역으로 나올 것이라는 느낌이 들었다. 문득 나는 이럴 때 잘하는 행동으로 주머니에서 1장의 은화를 꺼내서 바닥위로 던져 산노미아로 정해지자 바로 산노미야 역까지 달려갔다. 서쪽으로 가는 기차는 아직 몇 대정도 있었다.

우리는 대합실 한구석에서 사람 눈에 띄지 않게 허리를 숙이고 있었다. 지금 두 사람을 태운 차가 올지도 모른다. 끊임없이 그렇게 생각하며 역 앞의 광장 한쪽을 보고 있었지만 생각처럼 쉽게 모습은 보이지 않았다.

이윽고 등이 켜진 거리는 점점 어두워졌다. 어쩌면 우리들은 제일 만날 수 없는 곳에서 둘을 기다리고 있는 건지도 모른다고 생각했지만, 이 이상 여러 가지 생각 해내는 것은 내키지 않았다. 나는 지쳐있었다. 멍해져서 정말 다른 것을 생각하거나 이대로 도쿄에 돌아가 버릴까 생각하기도 했다. 빨갛게 달아있는 난로불이 따끔따끔 피곤한 눈을 자극한다. 도대체 뭐 때문에 자신은 다른 남자와 눈이 맞은 여자를 쫓아 이런 곳까지 온 것 일까 라고 생각했다.

"잠깐 나 우체국까지 다녀올게요."

역 앞 레스토랑에서 교대로 저녁식사를 마치고나서 나는 어머니에게 그렇게 말했다.

"우체국?"

어머니는 부은 것 같은 눈을 뜨고 물었지만 도쿄에 무슨 소식이 있었을지도 모른다고 대답하자 그것도 도모코 일이라고 생각하는 것 같았다.

사실을 말하면 나는 쓰유코를 떠올렸다기보다도, 이렇게 해서 하루 종일 어머니와 마주보고 앉아 있는 것이 왠지 피곤하고, 어쨌든 잠시라도 밖에 나가고 싶다고 생각했다. 가보니 역시 쓰유코로

부터 내일 아침 열한시에 신바시역에서 기다리고 있겠다는 전보
가 와있었다. 오늘 밤을 마지막으로 되돌아가면 시간이 맞는다. 그
렇게 생각함과 동시에 쓰유코와 만나고 싶다는 생각이 확 하얀 구
름처럼 내 가슴 속에 퍼졌다.

갑자기 화살도 방패도 견딜 듯이 참을성 없이 만나고 싶다는
생각으로 나의 모든 정신력을 동요시켰다. 이 기분은 나에게는 정
말 갑작스러운 것이었다. 마치 집을 떠난 아이가 어머니와 만나고
싶어 하는 것처럼 떼어 놓인 기분 이었다.

역으로 돌아가서 혹시 오늘밤 사이에 도모코 일행을 발견할 수
있다면 자신은 그대로 도쿄로 돌아갈 수 있다. 무엇보다도 그 때문
에 도모코일행이 있어주면 하고 생각하면서 역으로 돌아가니 기
다리고 있었다는 것처럼 어머니가 다가왔다.

"뭔가 와 있어?"

오지 않았다고 대답하자 어머니는 급히 매표소 쪽으로 걸어가
면서, "역시 광장까지 가 봅세. 가면 뭔가 알거라고 생각해, 이런
곳에서 그저 기다리고 있을 수 없으니까."

어떻게 할까하고 망설이고 있는 나를 남겨두고 그녀는 이윽고
2장의 표를 사버렸다. 나는 결정을 내리지 못한 채로 그곳에 서 있
었다.

"그게 최선이야."

어머니는 재촉하듯이 말했다. 시모노세키행 개찰을 알리는 확
성기소리가 들리고 있다. 나는 단지 반사적으로 어머니 뒤를 따라

갔지만, 반은 아직 이곳에서 헤어지고 자신만 반대로 도쿄행에 탈수 없는 것일까 라고 생각하면서 질질 끌려 그 서행의 최종열차에 올라타고 말았다. 덜그럭덜그럭 기차는 움직였다. 방법이 없었다.

역시 광장까지 가는 것 외의 다른 방법은 없다고 포기하고 때마침 지나가는 차장을 불러 세워 쓰유코에게 돌아 갈 수 없다는 전보를 발신하기 위해 전보용지를 부탁했지만 어딘가 어머니의 눈에 띄지 않는 곳에서 그것을 쓰려고 생각한 다음 열차 흡연실까지 나가 그곳에서 잠시 또 망설였다.

급한 용무로 고베까지 왔지만 내일까지는 돌아갈 수 있을 지도 모른다. 모레 아침 열한시에 신바시역에서 만나자, 그런 전문을 생각하면서도, 이런 전보를 쓰유코 집으로 보내도 괜찮을까? 보내서 그녀 외의 가족 손에 건네져 또 전처럼 소용없이 돼 버리는 것보다, 이대로 보내지 않고 두고 내일 아침까지 기다리는 쪽이 좋지 않을까. 그런 생각에 망설이면서 아무 생각 없이 눈을 뜨자 바로 옆 문 위에 있는 좌석에서 반대 식당차 쪽으로 걸어가는 젊은 양복의 남녀 뒷모습이 도모코와 구로다 두 명과 닮은 것 같은 느낌이 들어, 나는 거의 반사적으로 일어나 그 뒤를 쫓아갔다. 헷갈릴 것도 없이 도모코다. 두꺼운 모피의 옷깃을 세운 검은 아스트라한 외투를 바로 발가락 끝으로 차는 듯하며 걷고 있는 다리의 모습을 보며 도모코인 것을 알아차렸다.

두 사람은 식당에 마주보고 앉아 있었다. 남자는 주머니에서 담배를 꺼내 불을 붙였다. 그 손짓에서, 언젠가 만나 잠깐 대담했을 때의 모습을 떠올릴 수 있었다. 나는 잠깐 주저하며 그곳에서 움직이지 못했다. 어떻게 할까 식당차의 조리장 같은 옆의 칸막이 안에 하얀 옷을 입은 요리사가 말없이 과일껍질을 벗기면서 내 쪽을 보았다. 여기에서 소리를 낼 수 없다.

더욱이 도모코 일행에게 내가 같은 기차에 타고 있다는 사실을 알게 하는 것만으로도 매우 힘든 일이 일어날 것 같았다. 나는 두 사람 앞으로 뛰쳐나와 껄쩍지근하게 매도하는 것 대신에 그 조리장 뒤로 몸을 숨겨, 잠시 담배연기를 뿜어내고 있는 구로다 눈에 띄지 않게 했다. 이상하게도 이틀간 계속 기다려왔지만, 이상하게 보자마자 난폭하게 얼굴을 때리고 싶은 듯한 격한 기분은 일어나지 않았다. 뭔가 재미없는 기분으로, 어째서 나는 이런 남자와 여자를 쫓아서 이런 곳까지 와버린 것일까 생각할 정도였다.

나는 급히 그 희미한 등불 속에서 쓰유코 앞으로 전보를 썼다. 어쨌든 도모코 일행을 발견하지 않고 이대로 도쿄로 돌아 갈수 없었다.

"급한 용무로 여행 중, 내일 아침까지 돌아갈 수 없어. 미안해."

다음은 스마에서 기차가 멈춘다. 그곳에서 이 전보를 발신하자고 생각했다. 나는 이 자신의 냉정한 기분이 어디에서 오는 것인지 몰랐다. 냉정하다기 보다는 이런 경우에 우연히 만난 남자의 마음에 마지막으로 남아있는 자존심 같은 것이 나를 지탱하고 있었을지도 모른다.

그 사이에 스마, 스마라고 외치는 역부의 목소리가 나오고 기차가 멈췄다. 나는 급히 뛰어내렸다. 그리고 2,3보 역방향으로 걸어가자 갑자기 그 기차에 타기 전, 쓰유코를 만나러 도쿄에 돌아가고 싶다는 갈망이 맹렬히 되살아났다. 그래 돌아가자 도모코는 어머니에게 맡기는 것이 제일 좋지 않을까.

갑자기 그렇게 결심한 나는 손에 들고 있던 쓰유코 앞으로 보낼 전보 내용를 지우고 그 뒤에, "이 기차에 도모코가 타고 있습니다. 잘 부탁합니다."라고 갈겨써서 작게 접어, 어머니가 앉아있는 창문을 찾아 홈을 밖으로 뛰쳐나갔다.

기차가 잠깐 1,2분 정차로 이제 움직이기 시작했기 때문이다. 어머니는 멍하니 밖을 보고 있었다.

"이것을 읽으세요."

"뭐에요?"라며 무릎위의 작은 주머니자루 안에서 천에 쌓인 안경을 꺼내고 있는 모습이 인상에 남았다. 금세 어두운 홈 안에 불이 켜진 몇 개의 창문을 이어가며 기차는 사라져버렸다. 기적소리가 멀어진다. 갑자기 차가운 바다에서 살며시 파도소리가 들려왔다. 어리둥절해서 그 어두운 작은 역에 서 있던 나는 어째서 그곳에 내가 서 있는 것일까 믿을 수 없을 정도였다.

시계를 보니 고베 발 상행 열차의 마지막에 여기에서 다음 행을 기다리고 있으면 시간에 맞추지 못할 것 같았다. 역 앞의 택시를 타고 밤길을 질주하면서 나는 정말 어떤 자에게 쫓겨 도망치는 듯한 기분이었다.

○

고베에서 도쿄행 기차로 갈아타자 마자 나는 연이은 피로 때문에 정말 죽은 사람처럼 잠들었다. 이것은 훨씬 후에 도모코 어머니가 스스로 나에게 이야기 한 것이지만 어머니도 나와 헤어지고 나서 잠깐 사이 멍해져서 무엇 때문에 내가 말로 하지 않고 그런 종잇조각을 건넸는지 등은 생각해보지도 않았던 것 같다.

단지, 딸이 아직 살아서 뜻하지 않게 같은 기차에 타고 있다는 것을 안 기쁨 만으로 가슴이 벅차, 만나면 어떻게 말할지 어찌할 바를 몰라, 어쨌든 나와 잘 상담한 후에 하려고 생각해서 내가 오기를 기다리고 있었다는 것이다.

내가 그대로 스마역에서 내려버린 기차로 다시 돌아오지 않을 것이라고는 꿈에도 생각하지 않았기 때문에 언젠가 올 것이라고 기다리고 있었지만 너무 늦는 것 같았다.

식당에서 술이라도 마시고 있는 것인가, 어쩌면 도모코와 어느 곳에서 얘기하고 있는 것은 아니지, 그렇게 생각하자 걱정이 되어 찾을 생각으로 식당으로 가보았지만, 도모코의 모습은 보이지 않았다. 다른 철도도 찾았지만 보이지 않아 다시 식당으로 돌아오니 그때는 못 보기라도 한 걸까 아주 먼 건너편 자리에 한눈에 알아볼 정도로 구로다와 도모코가 마주보고 소곤소곤 뭔가 서로 이야기하고 있는 것이 보였다.

깜짝 놀란 어머니는 전에 내가 그렇게 한 것과 마찬가지로 그곳의 조리장 뒤로 몸을 숨기고 계속 기다리고 있었다. 이윽고 구로

다가 앞서 일어나 이쪽으로 걸어왔지만 그곳에 어머니가 있는 사실을 알지 못한 상태로 지나쳐버리고 연이어 뒤따라 온 도모코도 역시 지나치려다 흠칫 멈추었다.

"도모코."

순식간에 도모코의 눈에 눈물이 흘렀다.

"조용히 있어! 곧 올 테니까 기다려줘." 그렇게 낮은 목소리로 제 할 말만 해버리고 급히 어머니 옆을 벗어나 구로다의 뒤를 따라갔다. 어머니는 어리둥절해 그 곳에 서 있었다. 기쁜 것인지 비참한 것인지 눈물이 멈추지 않고 흐르고 있었다. 기분 탓일까. 홀쭉 살이 빠진 어머니의 모습을 보자 정말 종이처럼 창백해진 딸의 얼굴이 애처로워서 참을 수 없었다.

잠시 후, 헐떡이며 도모코가 돌아왔다. 그리고 어머니의 소매를 끌며 흡연실로 데리고 들어가서, "아무 말도 해서는 안 돼. 후배니까 엄마는 가만히 있어, 엄마가 온 것을 알면 난처해 해."

"그렇지만 도모코, 너는 이제 곧 엄마랑 같이 돌아가야 해. 이다음에 내려서 갈아타자,"

"괜찮아 엄마 곧 돌아가려고 하고 있어, 단지 히로시마에 좀 다녀올게, 어떻게든 가야만해요."

"아직 그런 말을 하고 있니, 유아사씨의 입장이 되어봐, 얼마나 걱정을 끼쳤는지 모르지 않지! 밤잠도 자지 못하고 여기 찾아다녔어, 지금도 저 사람이 너를 찾아 낸 거야."

그때까지 내가 함께 올 것이라고는 꿈에도 생각하지 않았던 도모코는 그 한마디를 듣고는 창백해져 어머니에게 매달렸다. 그리고 어떻게든 나와 만나지 않도록 해달라며, 만나면 죽는다고 했다.

그렇다고 해도 지금까지 모습을 보이지 않았던 것은 왜일까라고 생각하는 어머니는 한 번 더 전의 종잇조각을 꺼내어 도모코에게도 보였다.

"어디에서 이것을 보냈어?"

스마였다고 답하니, 도모코는 왠지 안도한 얼굴이 되어 그렇다면 이 남자는 이제 그 곳에서 내려 버린 것에 틀림없다. 잘 부탁한다는 것은 자신은 이제 손을 뗄 테니까 당신이 알아서 하라는 것이다. 만약 그렇지 않으면 이런 종잇조각에 써서 전하거나 할 리가 없다. 라고 말해서 어머니도 비로소 그럴까라고 생각했던 것이다.

어머니는 나에게 매우 미안해했다. 도모코의 모습을 보고 그대로 기차를 내려 버렸단 것은 내가 얼마나 화가 난 것인지를 알 수 있었다.

반복된 곤란함과 불편한 것을 듣고 그제야 도모코는 거기에서 처음으로, 나에게 결혼하기 전부터 쓰유코라는 애인이 있는 것을 털어놓은 것 같다. 도모코의 그 때 이야기에 따르면, 도모코는 나에게 마쓰요라는 아내가 있다는 것 등은 아무 신경 쓰지 않았지만, 쓰유코는 끊임없이 걱정되어 나와 결혼하고 나서도 슬며시 내 모습을 보고 있으면 말을 꺼내지는 않았지만, 잊지 못할 것 같아 결혼하고 나서 1주째부터 눈에 보이는 집안이 재미없게 되었다. 도모코에게는 그런 것에서 벗어날 수 있는 기력은 없었다. 누군가에게 호소하고 싶을 때 결혼 전부터 친하게 지낸 구로다가 생각난 것이다.

구로다는 진실하게 마음으로 원하는 애인은 아니고 함께 거리에 나가 차를 마시거나 활동영화를 보거나 할 정도로 그다지 마음을 두지 않고 놀 수 있는 친구 정도였기 때문에, 입으로는 어쨌든 마음으로는 구로다와 눈이 맞아 달아나서기까지 같이 살고 싶었다고는 할 수 없다.

그러는 동안, 나의 쓰유코에 대한 태도가 마침내 가만히 보고 있을 수 없게 된 것은 도모코의 가출 전날 쓰유코에게서 호출 전보가 왔기 때문이다. 그것을 본 나는 역시 그 다음날 쓰유코와 만나러 나갔다. 쓰유코와 만난 내가 어떤 기분일지 도모코는 알고 있었다. 혹은 그대로 돌아가서는 오지 않을지도 모르고, 돌아온다고 해도 도모코와의 가정은 헛되게 되어 있었다. 도모코 혼자 남겨진다. 그렇게는 죽기 싫다. 그렇게 될 정도라면 자신이 집을 나가버리자고 순식간에 결심한 도모코는 구로다를 설복시켜 꾀어낸 것이다.

이 도모코의 이야기에는 어느 정도 진실과 거짓이 있는지 모르지만 처음으로 딸 입으로 이 말을 들은 어머니 입장에서는 지금 이 딸의 기분이 가엾어서 견딜 수 없었다. 이대로 데리고 돌아간다고 해도 구로다를 잠깐 만나 뭔가 사정을 서로 이야기 해 보아야겠다고 생각했지만, 도모코가 원치 않았다.

"안돼요, 그것이 아니라도 벌벌 떨고 있어요. 엄마가 왔다는 것은 말하지 마세요."

"자, 나는 여기서 기다릴 테니 바로 준비해서 와. 구로다씨에게 잘 말해."

"역시 돌아가야 해?"라고 도모코는 분한 듯이 말했다.

그 정도로 사정을 말해도 돌아가야 한다면, 지금 어머니가 보고 있는 앞에서 이 열차의 창문을 통해 뛰어내릴 거야. 어차피 자신의 기분 따위가 제멋대로라고 밖에 받아들어지지 않는다며 눈물을 흘리며 말하니 모친도 놀라, 더 이상 그 딸을 꾸짖을 수도 없었다.

말뿐일 거라고 생각하면서도 만일 여기서 사람들을 놀라게 할 행동을 할까 그것이 걱정이 되었기 때문에, 결국 모친은 딸을 데리고 도쿄로 돌아 갈 생각을 멈출 수밖에 없었다.

도모코가 말하는 대로, 아무튼 자신은 히로시마廣島까지 가서 이야기 결말을 짓고 올 테니까 그때까지 기다려줘. 이 열차가 히로시마에 도착하면 일부러 천천히 개찰구를 벗어나, 어디선가 시간을 벌고 한 차 늦게 도모코를 데리러 온 것처럼 해서 구로다의 집에 와줘. 아마 그때까지는 얘기가 끝나 있을테니까 라고 해서, 오오테마치 나나초메大手町七丁目 구로다병원이라 쓰인 히로시마 집 주소지를 모친에게 건네고 그대로 남자가 있는 곳으로 갔던 것이다.

모친은 어딘지 모르게 그 딸의 모습이 걸려 혼자서 이런저런 걱정을 했다. 그런 말을 해서 자신을 곤란하게 하는 것은 아닐까라고 불안한 기분으로 힘없이 걸터앉아 있으니, 가끔 남자에게 다가

가서 뭔가 말을 하거나 모친을 위해서 도시락을 사 주거나 해서 조금 안도한 것이다.

날이 밝아 기차는 히로시마에 도착했다. 모친은 일부러 한 번 늦게 개찰구를 나와 팔짱을 끼고 걷는데 딸의 얼굴이 보였다. 모친은 역전에서 간이음식점처럼 보이는 휴게소에서 컵을 빌려 차를 마시고 조금 휴식을 취한 후, 마침 다음의 하행 시간을 보고 차로 구로다의 집을 찾았다.

전차길로부터 상당히 떨어진 조용한 저택으로 마을 중앙에 용마루가 이어져 있는 곳이 구로다 가※였다. 가정부가 나와 방문이유를 물어보고 분주하게 집안으로 들어가 마침내 들어오라고 해서 다다미방을 통과했다. 안뜰에 접해있는 어두운 방 안에서 아주 지방의 유서 있는 느낌이 전해져 오히려 마음이 놓이지 않았다. 드디어 그 집의 모친 같은 체격이 작은 나이 든 여자가 나와 서로 정중히 초면 인사를 끝내고, 이번에는 자신의 자식이 소란을 피워 미안하다는 표정으로 사죄하는 것이었다.

시골다운 소박한 말 속에 고통스러운 부모의 심경이 느껴졌기 때문에 모친도 그냥 눈물을 흘리며, 아니 자신의 딸의 무분별을 사과했지만, 이 집에 도착하고 나서 도대체 딸이 뭐라고 퍼뜨렸는지 도무지 짐작이 가지 않아 잘못 말해 딸이 곤란해지지 않을까하여 어떻게 말을 해야 할지 몰랐다.

그 사이에 구로다의 부친이 나와서 몹시 죄송하다고 인사를 했다. 자식의 발칙함에 대해서는 어떻게서든 납득시킬 생각이라고 말했지만, 그 말투로 헤아려 보면 어쩌면 도모코는 임신한 것 같았다.

도모코는 구로다의 아이를 임신한 채로 양친에게도 그것을 감추고 자신과 결혼한 것이지만, 최근 자신이 그 일을 눈치 채고 대소동이 일어났기 때문에 끝내 둘이서 여기까지 도망쳐 왔다.

도쿄에도 이제 돌아갈 수는 없으니 아무쪼록 두 사람을 함께 있게 해달라는 것이다. 그렇다고 해도 어디까지가 진짜인지 어디까지가 연극인건지 그것도 짐작이 가지 않았다.

도모코가 임신했다는 것을 여기서 처음 듣고 모친도 놀랐다. 구로다의 부친이 말하고 있는 반드시 납득 가도록한다는 것도 어떤 일인지 알 수 없었다. 어쨌든 딸의 상세한 사정을 알고 싶다고 생각한 모친은 잠시 딸을 만나고 싶다고 말했다. 구로다의 양친이 나가고 잠깐 지난 후, 복도를 달려오는 소폭의 도모코의 발소리와 함께, "괜찮아요 엄마."라며 수줍은 듯이 웃으며 모친 옆에 앉았다.

"네가 임신을 했다니 정말이니?"

"아니야, 구로다와는 관계없으니까 괜찮아요. 그렇게 말하지 않으면 집안으로 들어오지도 못했어. 나중에 기차에 타서 모두 말할 테니까, 어서 준비해요. 아아, 정말로 우울해."라고 말한다.

모친은 기가 막혀 딸의 얼굴을 보았다.

"자, 이제 이야기는 끝났어?"

"말도 무엇도 아니고, 모두가 완고해서 싫어졌어."

"그런 말을 해서, 구로다씨는 어때?"

"미덥지 못해." 라고 정나미 없이 말하며, "너무 신중하고 단정해. 이제 갑시다." 라는 시원시원하게 하는 말을 듣고도 모친은 정말로는 있을 수 없는 일이었다. 도착했다고 생각했는데 이제 돌아가도 좋다고 한다. 평상시의 이기적이라고 하기보다 도모코가 공상해 오던 집의 분위기와는 판이하게 다르다고 생각하자 모친은 자신도 함께 불쌍한 생각이 들었던 것이다. 그렇다고 해도, 도모코가 쉽게 돌아갈 마음이 생긴 것은 무엇보다 다행이었다.

곧바로 되돌아가면 오후의 제일 이른 시간에 맞출 수 있으므로 도모코에게도 준비하라고 말하고, 그 사이에도 한번 구로다씨의 양친과 이야기 해보고 싶었다. 하지만 양친이 어느 것도 확실히 말하는 것을 꺼리며, 사양하고 있다고 하기보다도 뭔가를 해서 이 재난을 조금이라도 피하고 싶다는 것처럼 보여 모친도 어떻게 말해야 좋은가 몰랐다.

단지 아련하게 추억하건데 도모코의 임신이라든가 가출이라는 것에 대해 이해 가능한 책임을 질 작정이었지만, 그것도 결코 아이와 도모코를 함께 위하는 일은 아니었다. 가능한 한 쌍방의 상처를 조금이라도 줄이기 위한 도량으로 있는 것 같았다. 그렇다고 해도 더욱더 도모코를 데리고 갈 결정을 한 모친은 어딘지 모르게 불쌍한 생각이 들어 어쩌면 기차를 좀 더 늦게 타서 멀리 히로시마까지 도망쳐온 두 사람에게 적어도 이별을 아쉬워할 시간정도는 주고 싶다고 말해 본 것이다. 그러나 아버지는 당치도 않다는 얼굴로 다음일은 양쪽의 부모끼리 서로 좋게 화합하는 것이 당연하다며, 이런 일을 저지른 본인들이 서로 이후에 만나는 것을 반대했다. 게다가 구로다는 이미 분가한 숙부에게 맡겨져 버렸다는 것이었다.

"괜찮아요. 엄마."라고 도모코도 옆에서 눈살을 찌푸렸다. 이런 음침한 집은 한시도 있고 싶지 않다는 식으로 적당히 인사를 하고 구로다의 집에서 나왔다. 그런 기분도 여린 부모 마음 일 것이다. 외투의 옷깃에 얼굴을 묻고 걸어가는 딸의 뒷모습을 보니, 뭐라고 말해야 좋을지 모를 정도로 참혹한 생각이 들었다.

"아빠에게 바로 전보를 치자."라고 말해도 대답을 하지 않았다.

모친은 혼자서 도쿄에 남아 있는 남편에게 전보를 치고, 표를 사서, 겨우 도모코를 기차에 태울 수 있었다. 그러나 기차가 출발하는 시간이 되자 숨을 헐떡이며 플랫폼을 달려오는 구로다의 모습이 보였다. 움직이기 시작한 기차에 큰소리치면서 쫓아오고 있는 것을 보며, 도모코 역시 눈물이 앞을 가려 그런 구로다의 모습을 보지 도 않았다. 모친은 내버려 뒀다. 도쿄에 돌아가면 어떻게든 된다. 아무튼 도모코의 몸에 상처가 나지 않도록 해서 우선 아버지가 계신 곳으로 데리고 가려고 생각하면서도 나에 대한 생각이 사라지지 않았다.

스마에서 기차를 내려서 어떻게 했을까. 지금에 와서 도모코를 데리고 다시 내가 있는 곳으로 돌아올 수 없다고 생각하면서, 하지만 어떻게든 그렇게 하고 싶다고 모친은 생각 하고 있었다.

뭐라 말해도 모친은 나를 도모코의 남편으로 두고 싶었던 것이다. 쓰유코라고 하는 연인이 있든 없든지, 저 아이 같은 구로다에 비해서 백배나 든든한 마음이 들었다고 모친은 후에도 반복해서 나에게 말했다.

히로시마에서 고베 오사카를 지나 모녀를 태운 기차가 그 밤중에 나고야에 도착하자, 두 사람이 있는 곳으로 사람들이 들어왔다. 보니 그것은 나고야에 있는 도모코 아버지의 여동생 부부였고, 어떻게 두 사람이 타고 있는 것을 알았냐면, 도쿄에서 전보로, 아무튼 나고야에서 두 사람을 내리게 해달라고 부탁했다는 것이다.

별개로 도모코들에게 보낸 전보도 도착했다. 거기에도 도쿄에서 1, 2일 동안 백모의 집에서 휴양하고 있도록 하라고 상세하게 편지에 알려왔다. 왜 도중에 내리지 않으면 안 되는 것인지 상상조차 할 수 없었다. 다만 사정을 알리지 않은 것 같은 백모부부의 앞에서 교토지방 여행을 마치고 돌아오는 길인 것처럼 말을 꾸며 일단 기차에서 내린 것이다. 그렇게 있는 동안도 도쿄에서 무슨 일이 있는 듯한 기분이 들어 불안했다.

무슨 일이 일어난 것일까. 뭔가 내가 걱정이 되는 이야기라도 한 게 아닐까하고 염려했다. 어쨌든 그날 밤은 백모부부를 따라가서 거기서 지냈던 것이다.

다음날 부친으로부터 온 두꺼운 봉투의 편지가 도착했지만 거기에는 실로 생각지 못한 것이 쓰여 있다고 그때 모친이 한 말을 지금도 나는 있을 수 없을 정도로 오싹함을 느끼지 않을 수 없었다.

"오늘 집으로 온 죠지군은 양복 안의 주머니에 천으로 둘둘 감은 수술용 메스를 숨겨 가지고 왔다. 실수라고도 생각하지만, 만일의 경우 도모코는 당분간 그쪽에 체류시켜, 죠지군의 동정을 자세하게 살핀 후 내가 거기까지 데리러 갈 예정이니 그 뜻을 헤아려 주기 바람."이라 쓰여 있던 것이었다.

마치 내가 도모코의 난폭한 행동 때문에 정신이 이상해져 도모코에게 위해를 입힐 것 같은 기분이 들어 극도로 걱정하며 쓴 것 같지만, 그것은 전혀 도모코와는 관계 없는 다른 사건이었다.

○

나의 도모코에 대한 기분은 고베에서 구로다와 함께 있는 그 뒷모습을 본 순간부터 마치 마귀에 홀린 듯이 흥이 깨져버려, 풀뿌리로 가를 것 같은 원래의 치열함이 자취도 없이 사라져 버렸다. 나는 단지 졸음이 와서 죽어버린 사람처럼 정신없이 잠들어 다음날 아침 신바시역에 도착했다.

시계를 보니 11시까지 3분 남아있다. 마치, 쓰유코와의 만남을 위해 일부러 준비해 온 기차 같았다. 나는 왠지 모르게 밝은 기분으로 역 밖의 양복점에서 새로운 손수건등을 사고, 언제나 만나기로 한 동양東洋건물 계단 앞에서 잠시 기다렸지만, 쓰유코의 모습은 좀처럼 보이지 않았다. 약속시간에 2분도 늦지 않는 쓰유코이기 때문에 어떻게 된 일인가 생각하니, 아까부터 정확히 내가 서있는 곳에서부터 보이는 각도에 부인 대합실 맨 앞에 있는 의자에 앉아서 이쪽을 보고 있는 한 사람의 노부인이 조용히 걸어왔다.

"유아사씨가 맞으시죠? 왠지 맞을 것 같다고 생각했습니다."

검은 벨벳 솔을 걸치고서 친근하게 미소를 띠고 있는 얼굴을 나는 금방 떠올렸다. 언젠가 유유테이의 오야에 집에서 하룻밤을 지낸 아침, 요쓰야의 집 밖까지 쓰유코를 배웅할 때에 만난 적이 있는 그 노녀老女였다. 그 노녀의 얼굴을 나는 떠올렸다.

저 노녀가 무엇인가 알려 줄 것이다, 그렇게 생각하고는 손꼽아 기다리고 있던 것도, 나에게 있어서 단 한사람의 아군이라고 들었기 때문이다.

"오늘은 아가씨의 전갈을 가지고 왔어요."

"쓰유코씨는 오지 않아요?"

"네, 그게."

쓰유코는 아침부터 친척 손님이 있어 약속시간 11시까지는 빠져나오지 못할 것 같다는 말을 전하라고 부탁받았다고 말한다. 서서 이야기도 할 수 없으니까 아무튼 함께 계단위에 차라도 마시면서 이야기 하자고 하기에, 동양회사로 올라 간 것이지만, 거기에서 나는 그 노녀로부터 생각지도 못한 자문을 받았던 것이다.

"옆에서 보고 있으면 아주 조바심이 난다고 생각할 때가 있어요. 그런 식으로 어떻게 할 생각인지 혼자서 당신의 마음을 의심해 보기도 해요. 그것은 뱀의 살인이 아닙니까. 단념하실 것이라면 기꺼이 단념하시고, 단념할 수 없다면 다른 방법을 취하는 것이 좋지 않을 까 생각합니다만."

"좀 더 다른 방법이라고 하면?"

"어째서 당신은 아가씨를 데리고 도망가지 않았나요? 오사카나 고베나 삿포로에라도 도망쳐버리면 좋지 않겠습니까? 도쿄가아니면 살아 갈수 없는 것도 아니고, 어디든지 함께 사는 모습을보여주고 돌아온다면 좋지 않겠습니까?"

나는 잠자코 있었다. 그 여자가 어쩔 생각으로 그런 말을 했을까라고 의심하기 보다는, 나는 지금까지도 자신에게 무언가 적극적으로 살아남으려고 하는 의욕을 불어 넣으려고 하는 사람이 있다는 게 이상하기 조차 했다.

나는 이삼일동안 혼미하여 나는 이삼일 동안 혼미한 상태에서깊은 잠을 자고 난 후에 긴강한 기분이 되었다. 하지만, 마음 한 구석에는 아직, 그 가마타蒲田의 집에서 나를 냉소한 마쓰요의 "이지경이 되어도 자만을 버리지 않는 거야? 도모코씨가 당신 때문에자살 할지도 모른다는 것을 생각한다면 우스꽝스럽지 않나." 라고말한 소리와 아카사카 아파트로 모모코桃子를 방문했을 때 "아니,유아사씨 그 병원이 구로다가 아니에요?"라고 말하며 웃던 모모코의 얼굴이, 기차 안에서 본 도모코와 구로다의 뒷모습이 클로즈업되어 토해내고 싶은 듯한 자기혐오와 함께 어두운 염세적인 생각이 끊임없이 나를 뒤쫓고 있었을 때 였으므로 아무 생각도 하고싶지 않은 기분이 들었다.

"어째서 잠자코 있나요?"라고 노녀는 말했다.

"저 혹시 실례인줄은 알지만, 아가씨를 그런 식으로 되게 한 것도 당신이지요. 그러면 아가씨가 불쌍하지 않으요? 어째서 당신은 아가씨에게 확실한 방안을 지시를 하지 않았나요? 그렇게 기다리게만 하실 건가요? 도대체 무엇을 기다리라는 것입니까."라며, 나의 얼굴을 보았다.

"언제까지 기다리고 있어도, 같은 일이 일어날 것 같은데 당신에 대해 우리 주인님이 어떻게 생각하고 계시는지 알고 있습니까? 마치 미치광이 같다고 말씀하십니다. 미치광이를 상대해서 어떻게 할 것인지 라고 말씀하셨습니다."

나의 귀에 쓰유코 아버지의 목소리가 들리는 것 같은 기분이 되었지만, 이상하게도 거기에 반발하는 기분은 일어나지 않았다.

"감사합니다. 여러 가지로."라고 나는 말했다.

"하지만, 쓰유코가 당신에게 뭔가 의논한 것입니까?"

"아니오"라고 그녀는 강하게 부정하고, "아가씨는 아무것도 모릅니다. 오후 한시에 이곳으로 오시니까 오늘이라도 그 상태로 어딘가로 가버리세요. 뒷일은 어떻게든 제가 처리할 테니까요."라고 말하는 것이다.

나는 어찌되었든 그녀의 말을 그대로 받아들이기로 하고, 우선 헤어졌지만, 마음 한구석에선 지금 사랑의 도피를 한다고 해도 시작하지 못할 것 같은 생각이 들었다. 내가 그렇게 생각하는 이상으로 쓰유코가 생각하고 있는 것이다.

그럼 어떻게 할 것인가. 이런 복잡한 구조를 어떻게 하면 원활

한관계로 돌릴 수 있는지 그 노녀도 모를 것이다. 그 노녀는 단지 요쓰야 집의 어두운 방안에서 공연한 참견을 하기 위해 생각해본 것을 말로 표현한 것이다.

도모코의 일도 마쓰요의 일도 아마 쓰유코 자신의 기분도 그 여자는 잘 알지 못하고, 단지 주변인의 심리로 무엇인가가 일어날 것을 바라고 있는 것이다.

나는 혼자서 거리를 걸으며 그런 생각을 했다. 나는 이제 올 때까지 와 버린 것이다. 그곳에는 벽이 있을 뿐이고 전환점은 없다. 돌아서 오른쪽으로 갈까 아니면 그 벽에 부딪칠까. 나에게는 더 이상 그것을 할 끈기 같은 것이 없었다.

삼일 전에 비로소 쓰유코와 만났을 때도 조금의 의욕을 가지고 있던 자신과 지금의 자신은 다르다. 오늘 온다는 쓰유코가 혹시 이전과 같이 살아가려는 의욕을 잃어버리고 있다면, 자신도 함께 기진맥진해 버릴 것 같은 생각이 들었다.

적어도 그런 쓰유코를 생기 넘치는 세상으로 끌어 돌아갈 만한 힘은 없는 것 같은 기분이 든다. 나는 왠지 현기증이 날 것 같은 불안을 느끼면서, 반대로 비틀비틀 끌려가버리고 싶은 듯한 술주정뱅이의 기분을 느꼈다. 자포자기라고 하기보다 좀 더 적극적인, 또는 퇴폐적인 기분이었다.

어쨌든 나는 변해있었다. 깊은 물 밑에 있는 미생물처럼 나는 어떤 식으로든 몸을 움직일 수 있을 것 같은 기분이 들었다. 법률이나 도덕, 세상 사람들의 약속 등이 멀리 닿지도 않을 것 같은 이 세상에서, 나는 무엇이든 할 수 있을 것 같은 느낌이 들었다. 나는 불안 속에 희열을 느꼈다. 이 자유로운 세계에서 쓰유코는 완전히 나의 것이었다. 어쩌면 오늘이야말로 나와 쓰유코가 맺어질 최초의 날일지도 모른다. 그런 것을 생각하면서, 쓰유코를 기다리는 그 두 시간 동안 나는 일단 오오모리 집으로 돌아 왔다.

쓰네는 불안한 듯한 눈을 하고 나를 맞이했다.

"어디에서도 사람은 오지 않았나?"

"네, 어떤 분도 오시지 않았습니다."

집안은 도모코가 있었을 때 그대로 깔끔히 정리되어 있었다. 쓰네가 가져온 따뜻한 차를 마시며 나는 무언가 달래는 말투로

"부인은 올거야."

"네." 쓰네는 슬쩍 희미한 눈을 들어 나를 보았지만 그대로 눈을 내렸다.

"나는 다시 잠시 나갔다가, 금방 돌아올 거야."

"네."

신바시 역으로 되돌아가자 이윽고 역시 이전과 같이 파란 코트를 입은 쓰유코가 개찰구에 모습을 드러냈다.

"미안해요. 늦어서."

"오늘 괜찮다면 우리 집에 가지 않을래? 결국 집 쪽이 편하니까."

"집이요?"라고 쓰유코는 갑자기 그런 나의 말을 이해할 수 없는 듯한 얼굴을 했다.

"너와 함께 가도 이제 아무렇지 않게 됐어. 도모코가 없어졌으니까." 쓰유코는 잠시 조용히 나의 얼굴을 봤지만, 낮은 목소리로 물었다.

"어째서지요?"

"이미 헤어졌어. 네가 일본에 있는 이상 도모코와 함께인 것 따위 필요 없는 것이니까."

"그치만." 이라고 쓰유코는 한 번 더 살피는 듯 나의 얼굴을 보았다.

"그렇게 간단히 결혼하거나 헤어지거나 할 수 있는 거예요? 저 때문에 헤어지거나 하면 싫어요."

"사실은 너 때문이 아닐지도 모르지만, 어쨌든 자연스레 헤어지게 되었어. 그런 곳에 가는 건 싫어?"

"싫진 않지만." 어떤 이유인지 쓰유코는 씩하고 미소를 띄웠다.

조금 전 노녀의 제안 따위 나에게도 쓰유코에게도 아무 의미를 가지지 않았지만, 단지 내가 그렇게 하고 싶다고 생각하면 어떤 형태로든 되지 않을까 하고 생각할 정도로 그 날의 쓰유코는 매우 부드러운 인상을 주었다.

집에 도착하자 나는 쓰유코를 도모코의 방이었던 안쪽 방에 안내했다. 그곳은 정원을 향해 작은 창이 하나 있을 뿐, 남의 눈을 피하는 것에 제일 적당한 방이기 때문이다.

그러나 쓰유코는 왠지 진정하지 못한 태도로 그곳에 선 채 슬며시 방의 상태에 눈을 고정시켰다.

"코트 벗지 않겠어?"

"네에."

쓰유코는 그 파란 윗옷을 허물 벗듯이 벗으면서 어딘지 모르게 집안의 소리에 귀를 기울이고 있는 듯한 표정이 순식간에 장난스러운 웃음으로 바뀌어 난로의 뒤 쪽에 있는 도모코의 빨간 실내화를 가리켰다.

"이런 것이 있어요."

"신어 봐."

쓰유코는 웃고 있었다. 항상 나와 집밖에서만 만난 그녀는 아직 내가 어떤 곳에 살고 있는지 본 적이 없었던 것이다. 따뜻할 것 같이 타고 있는 난로도 쿠션이 깔린 붉은 빛의 양탄자도 피아노도 방안의 물건이 전부 쓰유코에게는 의외의 것으로 보인 것 같다.

"이상해."

"왜?"

"이러고 있으면 왠지 내가 부인이 된 것 같은 기분이 들어요."

"할멈이 그렇게 말했어. 오늘 만나면 이제 돌려보내지 말고 그대로 이 집에서 살면 된다고. 어때? 네가 그런 마음이라면 불가능한 일도 아니지만."

"불쾌한 할멈이네."

쓰유코는 일어나서 피아노 뚜껑을 열었다. 그리고 변덕스럽게 두세 개의 건반을 두드리다, 이윽고 갑자기 새련된 곡조로 바쁘게 무언가 치기 시작했다. 나는 담배에 불을 붙이고 멍하니 그 쓰유코의 좁은 어깨가 흔들리는 것을 보고 있었다. 물론 방금 한 말은 단지 농담이었지만 만약 나도 쓰유코가 그런 마음이 된다면 그저께까지 도모코가 있던 이 방에 그대로 쓰유코가 사는 것도 가능하지 않을까 하는 기분이 들었다.

뭔가 그대로 자연스레 잘 되어가는 듯한 기분이 들었다. 그다지 불가능한 것은 아무것도 아니다. 스스로 그렇게 하려고 생각하지 않았는데도 혼자서 성공할 분위기가 된 이상, 오늘에라도 이대로 쓰유코를 이곳에 살게 해도 될 것 같은 기분이 든 것이다.

나는 이 망상 속에 뭔가 운명에 저항하려는 것이 있다는 것을 유쾌하게 생각했다. 그래, 그대로 해버리자. 그렇게 생각하고 아무렇지 않게 창문 커튼을 열자 그곳에서 보이는 차를 대는 곳 앞 잔디밭에 애완견 토미가 앉아서 계속 피아노나 축음기 소리가 날 때마다 미묘한 모습으로 목을 젖히고 짖고 있는 것이 보였다. 토미는 도모코가 센소쿠 집에서 함께 데려온 개다. 그리고 보니 지금 쓰유코가 치고 있는 피아노도 긴 의자도 장식 선반도 전부 도모코가 가지고 온 것으로, 만약 이제부터 도모코의 일이 해결되어 여러 가지 것을 이 집에서 밖으로 내놓게 된다면, 이 연극의 소도구로 대체 무엇이 남을까. 무엇보다도 이 온화한 가정의 분위기는 앞으로 없어져 버리게 되겠지. 그리고 다시 나는 그림 배우는 학생의 잡동사니 도구 속에 한심하게 남겨진다고 생각하니 지금 자신의 망상까지 단지 피아노와 비색 양탄자에 지배되어 있는 것인지 의심스러웠다.

"주인님." 그 때 문 뒤에서 조심스럽게 쓰네가 불렀다.

"저, 다카하시님이 만나러 오셨습니다만…"이라고 낮은 목소리로 말한다.

다카하시高橋라고 하는 것은 마쓰요의 원래 성이다. 갑자기 나는 냉수를 뒤집어 쓴 듯한 기분이 되어 조용히 쓰네의 뒤를 따라 나갔다. 마쓰요는 뒷문 쪽에 서 있었다. 익숙하지 않은 불타오르는 듯한 주황색 코트를 입고, 멀리에서도 눈에 연극분장을 한 듯 화장한 얼굴로 웃고 있었다.

"언제 돌아왔어?"

"어디에서 돌아 왔다는 거야? 또 뭐 하러 여기까지 온 거야?"

"도모코씨와 만나고 왔으니까? 숨긴다고 해도 쓸데없어. 나 정확히 알고 있으니까. 당신, 도모코씨 어머니와 함께 고베에 갔던 거 아니야?"라고 아주 사람을 바보 취급하는 듯한 그 웃는 얼굴을 보니 2,3일 전 밤에 화가 났던 기억이 그대로 뇌 안에서 치밀어 와서 그 냉소를 띄운 마쓰요의 얇은 입술에 퍽하고 한 대 먹여버리고 싶은 충동을 누르는 것이 불가능했다.

도모코가 도망간 후 내가 어떤 얼굴로 정신이 나가있는지 보려고 하는 마쓰요의 생각이 노골적으로 보였다.

"알고 있다면 왜 묻는 거야. 바보. 때리고 싶어. 맞는 게 싫으면 빨리 돌아가"

"엄청난 기세네." 아직 미소를 띠면서 마쓰요는 조금 몸을 뒤로 뺐다.

"오카노岡野 씨가 이렇게 말하더라고. 내 쪽의 일을 이쯤에서 분명히 실행해주지 않는다면 오카노씨 손으로 그녀든 뭐든 신문에 폭로해버린다고 사회적인 규탄을 가하겠다고."

"바보자식!"

무심코 나는 목소리를 높이고 마쓰요에게 덤벼들었지만 이미 그 때 마쓰요는 문 밖으로 나가있었다.

"나중에 울어도 몰라. 도모코씨가 없어졌다고 생각하자마자 다음날에는 일전의 여자를 끌어들이다니 완전히 무뢰한 아니야?"

그렇게 말한 마쓰요의 일방적인 말과 함께 '쾅' 하고 문이 바람에 흔들려서 뒤쪽에 세게 부딪혔다. 정신이 들자 이쪽의 소란 같은 건 모르는 듯한 쓰유코의 피아노 소리가 여기까지 들려왔다.

나는 잠깐 동안 거친 호흡을 하며 그곳에 서 있었지만, 언젠가 마쓰요 집에서 나무로 된 긴 화로 앞에서 술을 마시고 있던 오카노의 불그스름한 얼굴을 떠올렸다. 그 오카노와 그냥 아는 사이 이상의 관계인 듯한 것을 감추려고도 하지 않은 마쓰요의 무지한 느낌과, 이번엔 또 그 오카노에 의해 신문에 폭로하겠다고 왈가왈부하는 것을 생각하자, 자신 쪽의 일은 다른 문제로 해두고도 몹시 흥분할 정도로 화가 났다.

하지만 마쓰요가 한 말은 어떻게든 나에게 돈을 받으려고 하기보다도 돈은 어쨌든 구렁텅이까지 나를 밀어 넣으려고 하는 것이 당면한 목적인 듯하다. 그 목적에서 보면 언제라도 나는 완전히 그녀의 수중에 떨어져버린다. 그것도 나의 화를 돋웠다. 나는 세면장에 내려와서 괜스레 손을 씻고 잠깐 기다렸다가 쓰유코가 있는 방으로 돌아가자, 쓰유코는 아직 피아노 치는 손을 멈추지 않고 내가 돌아온 것도 모르는 모양이다.

"뭔가 마시지 않을래?"

나는 선반에서 포도주 병을 집어 유리잔에 따랐다. 쓰유코는 잠자코 술잔을 입으로 가져갔지만, 입술을 조금 움직였을 뿐 내려놓았다.

"이후의 일에 대해 뭔가 생각해 봤어요?"

"생각할 필요가 없어졌어. 사실을 알면 깜짝 놀랄 거야. 혼자서 이렇게 됐으니까. 있지. 너는 아까 너 때문에 도모코와 헤어지거나 하면 싫다고 말했지만, 너 때문이 아니라면 너는 괜찮아?"

"나 때문이어도 상관없어."

쓰유코는 눈에 여러 가지 의미가 있는 웃음을 띠며 말했다.

"도모코씨가 있어도 없어도 나에겐 같은걸요. 그죠? 나 하루도 당신 일을 걱정한 적 없어요. 죠지씨 쪽의 일은 어떻게 돼도 괜찮아요. 모르겠어요?"

"내 현실의 처지 같은 거 아무래도 상관없다고 하는 거야? 즉 너는 나의 아내가 될 생각이 없으니까 라고 말하는 거지? 그치. 쓰유코." 라고 나는 자연스러운 기분으로 쓰유코의 이름만 부른 것에 가벼운 쾌감을 느끼면서, "네 마음은 언제나 동화 속 세상이군. 그렇지 않아? 어쨌든 함께 살아가려고 생각한다면 동화 속 세상만으로는 안돼. 너는 어떻게 생각할지 몰라도 내 부인이야. 상관없으니까 너는 네가 좋을 대로 생각하면 돼. 오늘은 돌려보내지 않아. 이대로 여기에 있는 거야. 그걸로 곤란할 일이 생각다면 모조리 내가 대항해 줄게."

나는 방금 돌아간 마쓰요의 얼굴을 떠올리면서 말했다. 하나하나 내가 맞설게. 라고 말한 마음이 또 용이하게 그렇게 할 수 있을 것 같았다.

나는 쓰유코를 안고 긴 입맞춤을 했다. 어느 샌가 창문 밖은 어두워져서 마치 산 속에라도 있는 것처럼 조용하다. 머리 위에서 비둘기 소리를 내는 시계가 천천히 5번 울었다. 저 시계도 도모코 것이다. 나는 멍하니 그렇게 생각했다. 그러자 그 뭐라 말할 수 없는 공허한 비현실적인 생각이 갑자기 나의 가슴 속에 되돌아 왔다.

내가 지금 하고 있는 것은 모래 위에 그림을 그리는 듯한 것이라는 생각이 나의 머릿속을 스치듯 빠르게 지나갔다. 그러자 갑자기 그 때 그 생각이 그대로 쓰유코의 몸에 전해진 것 같이 내 팔 안에서 훌쩍훌쩍 울기 시작했다.

"아무래도 안 되는 거야. 안 돼." 라고 마치 아이가 우는 듯이 심하게 몸을 바동거리며 흐느껴 울었다.

나는 어찌할 바를 몰라서, 뭔가 그렇게 하면 새로운 힘이 생길 것 같아 더욱 강하게 쓰유코의 몸을 안으면서, "무슨 바보 같은 말을. 너는 아무것도 생각하지 않고 있으면 돼." 라고 말했지만, 자신도 그 말이 무엇을 의미하는지 몰랐다.

쓰유코는 시간이 흘러도 울음을 그치지 않았다. 나중에 생각하니 그 마쓰요가 온 것도 모두 눈치 채고 있었던 것이다. 말로는 도 모코의 일도 마쓰요의 일 조차도 생각한 적이 없다고 말하지만, 그 러한 얽히고 설킨 사랑 속에서 막 스물을 넘은 어린 여자가 이유도 모르고 혼란스러운 기분이 되는 것은 당연했다.

나는 그렇게 생각하면서 그저 멍하니 쓰유코의 어깨가 떨리는 것을 보고 있었다. 방안은 이미 완전히 어두워졌지만, 쓰네는 불을 켜러 오는 것도 부담스러워 한 번도 얼굴을 비추지 않았다.

나는 쓰유코를 안은 채 조용히 옆 침실의 침대 위로 옮겨갔다. 완전히 차가워진 방 안에 얇은 커튼을 살짝 치우니 달빛이 들어오 고 있었다.

"쓰유코." 나는 낮은 목소리로 불렀다.

창백한 얼굴에 몹시 울어 부은 눈꺼풀이 약간 붉은 두개의 조 개껍데기 같이 감겨 있고, 때때로 숨을 쉴 때마다 꿈틀꿈틀하는 입 술의 움직임은 비교할 수 없을 정도로 애처로워 보였다. 왠지 나는 이대로 이 쓰유코와 함께 죽게 되어도 그것이 자연스러운 듯한 느 낌이 들었다. 죽는다는 것은 살아갈 수 없기 때문에 죽는다는 것이 자연스러운 듯한 상황에서 무심코 그렇게 되는 것이 틀림없었다. 하지만 나는 그런 것까지 생각하고 있던 것은 아니었다. 멍하니 허 무한 듯한 기분 속에서 쓰유코의 식은 몸을 안았다.

"주인님."

문 밖에서 쓰네가 겨우 들릴 정도의 작은 소리로 부르고 있다.

"지금 갈게."

나는 슬리퍼를 신고 방 밖으로 나갔다. 저녁을 준비했는데 먹을 것이냐고 묻는 것이지만, 왠지 걱정하는 듯한 쓰네의 모습을 보니 나는 금방 꿈에서 깬 것 같은 기분이 되어 밥은 밖에서 먹을 거니까 필요 없다고 거절하고 방에 돌아왔다.

쓰유코 또한 어둠 속에 눈을 크게 뜨고 있었다.

"이제 돌아갈게요."

"돌아가? 역시 돌아가는 거야?"

"아니, 여러 가지 것을 정리하기위해 가는 거예요. 이번에 갔다 오면 이제 돌아가지 않아도 되도록. 당신도 완전히 준비해 둬요."

그것은 언제라도 죽을 수 있을 준비를 해 두라고 하는 의미일지도 모르지만, 쓰유코는 그렇게 말하고 흐트러진 머리카락을 쓸어 올리면서 씩하고 웃어 보였다.

시계를 보니 7시가 지나있었다. 결국 '오늘은 무사히 쓰유코를 보내 놓고 그 사이에 정리할 것은 정리해 버리자' 라고 생각한 나는 쓰유코를 데려다 주는 김에 집을 나왔지만, 이 때 나의 기분에는 이 집에 돌아 올 가족을 잠깐 동안 심부름 보낼 때 같은 어떤 안도가 있었다.

○

이윽고 쓰유코와 헤어지고 나서 나는 문득 볼 일이 생각나서 돌아오는 길에 구청 앞의 길로 나오자 한 의료기구점에 폐점 떨이라고 하는 큰 입간판을 내놓은 것이 눈에 띄었다.

무심히 그 점포 앞에 멈춰 서서 다양한 수술대나 의료 기구가 낯처럼 밝은 전등 빛을 반사하면서 번쩍번쩍 빛나고 있는 것을 보고 있는 사이에, 한쪽 편의 유리 찬장 안에 수술용 가위나 메스가 몇 십 개 진열되어 있는 것이 눈에 띄어, 갑자기 하나의 광경이 나의 머리에 떠오르는 것이었다.

13년 전의 일이지만, 나의 친구 한 명이 복잡한 가정에서 메스로 경동맥을 잘라 염세자살을 기도했을 때의 기억이, 마치 지금 본 것처럼 선명하게 소생한 것이다. 기억하고 있는 사람이 있을지 모르지만, 그 당시 긴자에서 「잔보아」zamboa, 문예잡지 라고 하는 기타하라 하쿠슈北原白秋를 둘러싼 소설가 화가 단체가 저마다 만든 수예품 같은 것을 늘어놓고 팔거나 했다. 이것을 흉내 내어, 역시 젊은 문학 화가 청년들이 그룹을 만들어 요쓰야에서 취미로 야시장 같은 것을 열기도 했다. 그런데 '겐치야' 라고 하는 꽃집의 젊은 주인이, 어느 날 밤늦게까지 가게에 모여 있던 우리 무리와 함께 자살하는데는 어떤 방법이 가장 현명한가라는 것에 대해 신중하게 서로 이야기하고 있었던 것이다. 익사는 괴롭기 때문에 안 된다든가 목을 매어 죽는 것은 편한 방법이지만 후에 보기 흉하기 때문에 곤란하다든가 대충 바보같은 이야기를 하고 있을 때, '겐치야' 라는 젊은 주인은 "아니, 좋은 방법이 있어."라고 하고선 옆 사무 책상 서랍에서 세트로 된 가정용 의료 기구인 것 같은 상자를 열어 안에서 한 자루의 메스를 잡아 거꾸로 쥐고 목에 대는 흉내를 내 보였다.

　"술을 충분히 마셔, 피의 순환이 활발하게 일어날 때, 푹 찌르면 가장 손쉬운 거지, 나는 이것으로 하기로 결정했어."라고 말했다. 그러나 그 남자가 죽는다, 죽는다고 하는 것도 이미 상투적인 말이 되어 있었으므로, 또야? 정도로 밖에 아무도 생각하지 않았다.

　아주 사랑하는 아내에게 다른 젊은 남자가 생기고, 자신도 건너편 나막신가게의 딸인가와 눈이 맞아서 그 때문에 집안은 매일 풍파가 끊이질 않았다지만, 설마 그런 일로 진심으로 죽을 수 없다고 모두 생각하고 있었던 것이다.

　그런데 그 이튿날 아침 아직 어두울 때 자꾸 바깥 덧문을 두드리며 나를 깨웠다. '겐치야'의 젊은 주인이 죽었으니 바로 와달라고 한다. 놀라서 가보니, 방 한 가득 장사용 꽃을 마구 뿌리고 한 구석에 놓여 있는 큰 오르간 위에 푹 엎드린 채로 죽어 있는 것이었다. 정확히 어젯밤 이야기대로 옆에는 비운 꼬냑 병이 구르고, 벽이나 천정에도 마치 분무기로 뿌린 것 같은 피물보라가, 용케 그런 곳까지 튄 것이라고 생각될 만큼 먼 곳까지 흩뿌려 처참함 그 자체였다.

　그 방안의 광경이, 지금 이 의료 기구점에 진열 되어있는 메스를 본 순간에, 확 나의 머릿속에 떠올랐던 것이지만, 그렇게 생각한 순간 나는 얼떨결에 메스의 한 자루를 살 마음이 생겨, 거기에 있던 젊은 점원에게 그것을 포장해 달라고 했다.

정성스럽게 탈지면에 감싸 상자에 넣어 준 것을 아무렇지도 않게 외투 속주머니에 숨겨 나는 가게의 밖에 나왔던 것이지만, 그때는 아직 막연한 기분으로 그것을 샀다. 그것을 가지고 자기 육체 일부를 상처 내어 자신의 생명을 끊는다. 등의 생각을 했던 것은 아니었다.

바람 없는 꽁꽁 얼 것 같은 추운 밤이었다. 나는 왠지 모르게 기분이 안정된 것 같은 이상하리만큼 밝은 기분으로 귀로에 올랐지만, 문득 도모코의 부친에게 고베행의 결과를 보고하지 않될 것 같은 생각이 들어, 도중에 센조쿠의 도모코 집으로 향했다.

부친은 나의 모습을 보고 다소 놀란 모습으로, "아니, 아무튼 수고했어."라면서 왠지 모르게 나와 눈을 맞추지 않을 정도로 당황해하고 있는 것이다.

나는 고베에서 호텔마다 찾아다니며, 더는 만날 수 없는 것이라고 생각해 단념하고 탄 시모노세키행 기차 안에서 생각치도 않게 두 사람의 뒷모습을 발견한 전말을 상세하게 이야기 했다. 두 사람을 마주보고 그 자리에서 내가 무언가 말하거나 하면 오히려 이야기가 감정적으로 되어 일이 복잡해 질 것이 두려워 후의 일은 모친에게 맡기고 나는 혼자서 스마에서 되돌아 온 것이라고 말하자, '휴우'하고 안도의 한숨을 쉬고는 나의 노고를 위로해주며 아주 잘 대처해 주었다고 반복해서 말하는 것이었다.

"자네의 그 기분은 나도 잘 알고 있어. 감사하고 있어. 어떤가. 이번 일은 나를 믿고 당분간 나에게 맡겨 주지 않겠는가. 반드시 자네가 만족할 만한 조치를 취할 생각이니까."라고 자못 끝나지 않은 것처럼 되풀이해서 말했다. 이미 그 때는 도모코의 일 등 그 저께까지의 생생한 굴욕감으로부터 멀리 벗어나, 오히려 그러한 결말이 된 것에 대한 책임 전가의 편안함을 느끼고 있는 나는 왠지 모르게 그대로 듣고 흘려버리는 것은 좀 미안한 생각이 들었다.

이 때 쓰유코의 일이든 뭐든 전부 털어 놓아 버릴 생각도 없었기 때문에, 그저 아무 말 없이 듣고 있었다.

"아무것도 아니예요. 아버님, 나는 오히려 홀가분해져서 기분이 편합니다."라고 말할 수 있다면 그런 의미를 말하고 싶었던 것이지만, 나의 가슴 속에 오랜만에 그 도모코의 부친에 대한 인간적인 근친자와 같은 느낌이 솟아 왔다. 이 부친과도 이것으로 이제 만나지 않게 될지도 모른다고 하는 기분은 도모코와 헤어진다고 하는 기분 이상으로 외로웠다. 때마침 그곳에 가정부가 나으리 목욕을 이라고 말해 왔다.

"목욕?"이라고 부친은 지금 목욕할 것은 아니라는 얼굴을 했지만, 문득 나를 되돌아보고, "자네는 어때, 기차로 오느라 지쳐있겠지, 무엇하면 한번 목욕 하고 오는 게 어때."

따지고 보면 나는 오늘 아침부터 아직 목욕탕에도 들어가지 않았다.

"자 잠시 실례하겠습니다."라고 욕실로 내려가서, 2,3일 여행의 때를 말끔히 밀어 왠지 모르게 개운한 기분이 되어 몸을 닦고 있으니, 탈의실의 유리 미닫이 밖에서 아까 그 가정부가 "저, 주인님이 서재 쪽에서 기다리시고 계십니다."라고 했다.

아무렇지도 않게 가정부를 따라 가니, 서재라기보다는 격식을 차린 방문객을 응접하기 위해 사용되고 있는 2층 양실로 조금 전까지의 부친과는 딴사람처럼 있는 삼엄한 표정을 짓고 기다리고 있었다.

큰 탁자를 사이에 두고 그 정면에 내가 걸터앉는 것을 보자마자, 기다리고 있던 것처럼 무엇인가 흰 포를 회중에서 꺼내 책상 위에 두고 그대로, 주먹을 쥔 한 손을 눈에 대고, 그 북받쳐 운다고 하는 형용의 말처럼 '응 응 응'하며 소리를 질러 울기 시작했던 것이다.

탁자 위의 흰 포는 조금 전 내가 고향에서 사 온 메스로 상자에 넣어둔 채로 외투의 양복 안주머니에 넣어 둔 것이지만, 상자에서 꺼내 탈지면에 감싸져 있었다. 아마 내가 목욕탕에 있는 동안에 부친의 눈에 띄었을 것이라고 생각하지만, 너무 생각지 못한 것이라서 나도 깜짝 놀라 어찌할 바를 몰랐다.

"죠지군, 이 메스는 도대체 어떻게 된 것인지 나에게 이야기해 주지 않겠는가. 나는 그 정도로 자네가."라고 말하며, 다시 '흑흑 흑'하고 목 놓아 우는 것이다. 나는 그저 기분을 억누르며, 메스도 쓰유코의 일과는 별개로 그것을 샀을 때 심정을 있는 그대로 말해 버리면 아무것도 아닌 게 되는 거라고 생각하면서도 그 순간에 그것을 말할 수 없었다.

"그 정도까지 자네가 깊게 생각하고 있다고는 생각하지 않았다."

부친은 더욱더 같은 상태로, "어떤가. 죠지군, 도모코의 일은 내가 사죄할 테니까 고쳐 생각해 주지 않겠는가. 자네 얼굴이 엉망이 되는 일은 결코 하지 마. 자네는 어떠한 심정으로 있는지는 모르지만, 나는 도모코를 네 곁에 두려고 했을 때부터, 자네를 진짜 내 아들이라고 생각하고 있었어. 자네의 일도, 장래도 미흡하게나마 우리 아들로써 훌륭하게 잘해나갈 수 있도록 하겠다는 생각을 하고 있었어. 도모코의 마음가짐에서부터 이런 불행한 결과를 초래했지만, 그것은 그것으로서 나의 마음은 이전과 조금의 변화도 없어, 자네도 그럴 생각으로 있어 준다면, 지금부터 이후도 쭉 서로 진짜 부모와 자식이다.

어떤가. 죠지군, 자네도 그런 심정이 되어 주지 않겠는가. 자네의 장래는 아버지의 의무로서 내가 맡게 해 주었으면 좋겠어. 반드시 자네가 훌륭하게 잘해나갈 수 있도록 할 생각이다. 네 입장에서는 그만큼 빼도 박도 못하는 기분이 드는 것은 당연하네. 그건 당연해. 어떤가. 그곳의 일은 나를 봐서 용서하고 참아주었으면 해. 그리고 너의 장래와 함께 이 메스를 나에게 맡겨 주었으면 해."

잠자코 듣고 있던 나는 그 때가 되어 겨우 아버님이 말하고 있는 말의 의미를 알 수 있었다. 이 메스를 가지고 내가 도모코를 상처 입히던지, 도모코를 해치고 자신도 함께 죽던지, 무엇인가 그런 장해 소식에 이르는 것으로 납득하고 극도로 그것을 무서워하고 있는 것과 동시에, 그러한 절망적인 기분이 되어 있는 나를 진심으로 가엾게 여겨, 목숨을 걸고라도 나를 그런 기분에서 밝은 곳에 꺼내주고 싶다고 생각하고 있는 것 같았다.

나는 그런 아버님의 걱정에 웃어 보이려고 오히려 경직된 듯한 미소를 지었다.

"괜찮아요, 아버님. 당신이 걱정하는 그런 바보 같은 일을 왜 하겠어요. 그런 기분으로 있을 정도라면 혼자서 스마에서 되돌아오거나 하지 않았어요. 그 메스는 오늘 고향에서 폐점 때 팔고 있던 것으로 그냥 사 봤습니다만, 사실은 그림 그릴 때 사용할 생각이에요."

"정말이지 죠지군?"

"정말이래도요. 우연히 그걸 사고 여기로 돌아왔다는 것만으로 아버지에게 그런 걱정을 끼쳤다고 생각하면 오히려 송구한 생각이 들 정도입니다. 도모코의 일은 어떻게 되었든 그 일로 내가 스스로 죽어 버리는 일은 결코 없으니까, 그 만큼은 아무쪼록 안심해 주세요."

그렇게 말하고 있는 동안에 내 눈에 뜨거운 물과 같은 눈물이 흘러넘쳤다. 이상한 감정이지만 나는 그 때 스스로 정말 죽을 수 있는 작정으로 그 메스를 샀던 것이라는 착각에 빠져, 이 좋은 아버님에 의해서 처음으로 성실한 사람의 마음을 안 듯한 기분이 밀려왔다. 나는 소리를 높여 울었다.

벌써 몇 년 동안이나 나는 이런 기분이 든 적은 없었다. 나는 울면서 자신의 오열 사이에 아버지의 소리가 섞여 들리는 것을 들었다.

"자, 이 메스는 내가 맡아 둔다. 우는 것은 멈추고. 자, 죠지군,"

나는 겨우 숨을 골랐다. 그러자 시원한 바람과 같은 기분이 내 가슴 속에 불었다. 나는 역시 죽을 계획을 세우지는 않았지만, 지금은 죽으려고 하면 그것을 이유 없이 할 수 있는 것이라는 생각이 들었다. 그 밤은 늦게까지 아버님과 이야기하고 작별을 고한 것은 한참이 지나서였다. 밖은 춥고 얼어붙는 흰 안개가 일면에 뿌옇게 껴있었다.

"추우니까 이걸 걸치고 가게."

아버지는 일부러 자동차가 있는 곳까지 나와 내게 무릎 담요를 주기도 했다. 다음에 알게 된 것이지만 아버지는 이 밤의 내 모습을 매우 걱정하여, 그때 아직 히로시마에서 기차로 여기에 돌아오는 중인 도모코 모자에게 귀경을 보류하라는 그 전보를 나고야의 친척에게 보내 알린 것이다.

그러나 그것은 완전히 아버님의 쓸데없는 걱정이었다고도 말할 수 있고, 또 그 뿐만도 아니었다고도 말할 수 있다. 나는 이제 어떻게 스스로를 컨트롤하면 좋을지 전혀 짐작이 가지 않았기 때문이었다.

○

그리고나서 2,3일간 나는 누구와도 만나지 않고 집에 틀어박혀 있었다. 아무것도 즐겁지 않고, 그렇다고 슬프지도 않았다. 단지 어쩔 수 없는 허무적인 감정이 나를 항상 따라다니며 떨어지지 않았다. 무엇을 위해 나는 그 오랫동안 아득바득 바쁘게 살아온 것인가.

일본에 있을 적에도 외국에서 지내던 그 7년간도 나는 마치 미친 사람 마냥 악착같이 일을 하고 있었다. 막연한 기분이지만 나는 언제나 배후로부터 무언가에 재촉 당하고 있었던 것 같은 생각이 들었다.

나 자신이 분명히 무엇인가의 목적을 위해서 그런 식으로 필사적이었던 때가 있었을까. 그때가 있었다. 나는 자신의 생각을 멀리서 쫓았다. 꽤나 예전 일이다. 내가 온 후에 마쓰요가 파리까지 왔다. 아이가 태어났다. 아이는 예뻤다.

흰 두건을 쓰고 싱글벙글 웃고 있는 얼굴을 보노라면 이 아이를 위해서라면 흑인 처럼 일해도 후회하지 않을 것 같다고 생각할 정도로 사랑스러웠다. 나는 이 아이 때문에 한평생을 알루미늄 도시락과 떨어질 수 없는 생활을 해도 좋다고 생각했다. 밝고 사는 보람이 있는 기분이었다. 사정이 있어 마쓰요와 아이가 일본으로 돌아간 후에도 나의 자식사랑은 변하지 않았다.

그 대지진1923 年關東 때에도 사정을 모르는 외국에서는 일본 전 국토가 '무'로 돌아간 것처럼 전해져, 아이도 마쓰요도 살아 있을 리가 없을 거라고 믿어 버렸을 때에 나는 살아가는 이유를 송두리째 잃어버린 것 같았다. 오직 그 두 사람을 위해서만 살아왔으므로 비탄의 늪에 빠졌다.

그 기분이 그대로 계속되었다면 나도 세상 보통 아버지처럼 자식을 끔찍이도 사랑하는 아버지가 되어 있었을 것이라고 생각할 정도로, 무언가 살아 있는 것에 대한 보람을 느꼈다. 그 기분을 떠올린다. 하지만 일본으로 돌아와 보니 아이도 마쓰요도 이제는 그와 같은 두 사람이 있었던가 하고 생각할 정도로 나에게 있어서는 기억의 한 공간에도 없는 두 사람이 되었다. 흰 두건을 쓰고 있는 아이는 이제 아홉 살이 되어, 막 과자 엿을 빨면서 낯설어 하는 눈초리로 나를 보았다. 의심이 많은 경계하는 눈빛이었다.

"가나메짱要ちゃん, 아빠한테 인사 드려. 어머 왜 그런 표정을 하고 있니? 호호호호"

휠끗 요염한 눈으로 마쓰요는 웃었다. 속임수를 쓰고 있는 무미건조한 시선이었다.

내 배가 도착하기 전날 밤까지 무도장에서 일을 하고 있었다고 하는 마쓰요는 내가 돌아온 후에도 역시 무도장의 여자 같은 모습을 잃지 않았던 것이다. 아내와 아이. 하지만 나에게는 이 두 사람이 예기치 않게 변해버린 것을 비난할 자격은 없었다. 아마 두 사람은 그렇게 되는 것 외에 나를 기다리는 방법이 없었던 것이다. 그렇게 나는 여러번 생각을 고쳐 보았다. 그러나 나는 어느새 과거의 두 사람을 사랑하지 않게 되어 있었다. 그리고 그 외국의 숙소에서 혼자 그림을 그리고 있었을 때의 고독한 기분을 생각해 내어, 그저 부지런히 일을 계속했다. 일.

나는 이 일이 자신을 구하는 오직 유일한 것이라고 생각했다.

그것은 분명히 그럴 것이었다. 그러나 이 일은 나의 오랜 외국생활 탓에 일본 사회 정세와의 긴밀한 유대를 잃고 있었다. 나는 뒤쳐지고 있었다. 어떻게 하면 그것을 하나의 궤도 위에 태울 수 있는지 나는 몰랐다. 그 불안은 컸다.

나는 일본으로 돌아왔지만 외국에 있었을 때보다도 더욱 낯선 나라에 와있는 것 같았다. 나는 무엇을 붙잡고 있는 것 일까. 이 고독한 생각은 언제나 나를 따라 다녔다.

집에 있어도 나는 말을 하지 않게 되었다. 앉아 있으면 그대로 땅 속으로 몸이 빠져들어 가는 듯했다. 이대로 내가 사라져 버리는 일이 있을까.

나는 어머니의 유방을 찾는 유아처럼 쓰유코의 사랑을 갈구한 것이지만, 그것은 어디까지 가도 보답 받을 수 없는 것이었다. 나는 바람이 불고 있는 마을 안을 걷고 있는 기분이었다.

저녁이 되어 등불이 켜져 있는 것은 죄다 사람이 살고 있는 집이다. 그리고 나는 역시 끝없이 바람 속을 걷고 있지만, 그것을 나에게 시키는지 모른다. 아마 나는 그런 방법으로 밖에 살아갈 줄 모르는 남자일 것이라고 생각하면, 이대로 설령 내가 사는 것을 멈춘다고 해도 그것도 예정된 길인 것 같은 생각이 든다. 어느 새인가 나도 그 근처까지 몰려있었다.

어느 날 아침 쓰유코에게서 교환전화가 걸려왔다. 집에 사람이 없는 틈을 타서 나왔기 때문에 지금 바로 시나노마치 역까지 와달라고 했다. 가보니 쓰유코는 밖에 있는 매점 그늘에서 평상복에 흰 어깨걸이를 한 채로 서서 기다리고 있었다.

"한 시간 정도 괜찮은데, 공원 쪽으로 안 갈래요?"라고해서 함께 갔다.

"오늘 아침은 편지를 정리했어. 당신 편지도 죄다 태웠어. 앞으로 3일안에 죄다 정리해 버리려고요, 괜찮죠?"

어느 새인가 나도 마음속으로 죽기를 결정한 것이라고 믿고 있는 쓰유코를, 나는 의아하다고도 생각지 않았다. 추운 아침이라 우리들 외에 산책하는 사람은 아무도 없었다. 약한 햇살이 뜸한 수립을 통해 길에 비치고 있다.

흰 버선을 신은 쓰유코의 예쁜 발가락이 천천히 움직이는 것을 멍하니 보고 있으면서 나는 얼어붙는 듯한 고독을 느꼈다.

"정말로 괜찮죠? 나 뭐랄까 걱정돼, 집을 나와 버리면 이제 나 무슨 일이 있어도 돌아가는 것은 싫어. 정말 싫어요. 그럴 작정으로 집을 나와 버려서, 만약에 죠지씨의 마음이 변했다고 생각하면 무서워요. 살아간다고 해도 어차피 둘이서 함께 할 수 없으니까. 역시 나, 혼자서 죽게 되네. 나, 혼자서 죽는 것은 싫어요."

"괜찮아. 기쁘게 함께 죽자."

해쓱해진 쓰유코의 뺨에 희미한 핏기가 올랐다.

"자 이제, 그것도 결정해 줘요?"

나는 아무 말 없이 고개를 끄덕였다.

어떤 방법으로 목숨을 유지해야 하는가라고 하는 것이 아무래도 쓰유코의 걱정이 되었다. 적어도 죽을 때만큼은 멋지게 죽고 싶다. 더러운 시체를 남에게 보여주고 싶지 않다고 입버릇처럼 말해 왔다. 나의 눈에 저 센조쿠의 집에서 도모코의 아버지에게 주고 온 메스가 떠올랐다. 저걸로 하자. 그렇게 생각한 순간 거짓말 같은 쾌감을 느꼈다. 죽는다는 것이 이렇게 쉽고 간단하게 할 수 있다는 것이 나무나 유쾌했다. "16일 이지?"

우리들은 센다가와 역 앞에서 서서 멈추었다.

"아침 10시 정각에 시부야역까지 마중 나와 줘요."

그렇게 말하고 쓰유코가 개찰구 안으로 사라져 가는 것을 보고, 나는 뒤도 돌아보지 않고 큰 걸음으로 그 자리를 떠났다.

약속일까지는 만 삼일이 남았다. 집에 돌아가 나는 먼저 집안 물건들을 하나하나 정리하기 시작했다. 만 하루에 걸쳐 열심히 정리하고 있던 중에 나는 왠지 모르게 이것이 생애를 끝마치기 위한 정리라는 것을 잊고서 대청소를 하듯이 바쁘게, 계속해서 기계처럼 정리해 나갔다. 살아야지 하면, 그렇게나 어질러져 있어서 어디서부터 손을 대야 좋을지 모를 정도로 혼란스러웠던 생활이, 죽어야지 생각하니 말 도안되게 밝은 기분으로 척척 정리되는 것이었다.

나는 무언가 자신이 굉장히 훌륭한 청소부라도 된 듯한 기분으로, 이 엉망진창이 되어버린 파산상태로부터 거뜬히 빠져나올 수 있을 것 같은 생각이 들었다. 나는 깔끔하게 청소 된 서재의 창문 쪽에 책상을 옮기고 펜을 집었다. 누군가를 위해 남길 것도 아니지만, 막연하게 유서 같은 것을 써 두고 싶다는 생각이 들었기 때문이다. 굳이 말하자면 자신이 자신에게 말 하는 것 같은 종류의 유서이다. 집안이 조용하기 때문에 단지 펜만 들어도 소리가 들린다.

" 열의가 있으시군요."

창 밖에서 주인집 할아버지가 정원청소를 하면서 말을 걸었다. "소설이라도 쓰고 계신지요?"

"네. 소설입니다."라고 나는 대답했다.

다음날 아침, 나는 은근히 작별을 고할 생각으로 두세 명 아는 선배가 있는 곳으로 향했다. 처음에 한 두 장정도 그림을 들고, 그 당시의 내 생활의 유일한 지지자였던 마을의 책방주인이 있는 곳으로 향했다.

그 그림은 전에 작업장정리를 해서 마음에 들지 않는 것은 죄다 갖다 버려 얼마 남지 않은 것 중에서 선택한 것으로, 이제는 더 이상 그런 것조차 그릴 수 없다고 생각하니, 남유럽풍의 젊은 군인이 머리를 숙여 다리에 각반을 감고 있는 모습의 그림 등 특별히 누구에게도 넘겨주고 싶지 않다고 생각했다. 그 집에는 아직 그 외에도 나에게 있어 추억 깊숙이 자리 잡은 작품들이 남아있기 때문에 가능하면 한 데 모아 거기에 두고 싶었다.

"무슨 일이세요? 안색이 너무 안 좋은데요?"

신경질적인 집주인은 내 얼굴을 보자마자 말했다.

"저 사실은 모레 출항하는 배로 또 다시 외국으로 건너갈 생각입니다."

"모레 출항하는 배로?"하며 믿기 힘든 얼굴로, "또 어째서 그렇게 갑자기…"

　나는 농담 반 진담 반으로 자신의 기분을 고백했다. 일본으로 돌아와서부터 나는 일 때문에 흡사 자신을 잃어버린 것과 같이 되어버렸다. 어떻게 그 기분을 떨쳐버리면 좋을지 알 수가 없다. 이대로 가만히 있으면 있을수록 몸을 움직일 수 없을 것 같은 기분이 들 것 같아서, 이럴 바에는 한 번 더 외국으로 떠나서 어떻게든 해결할 방법을 찾아보자고 생각했지만, 그러한 기분으로 있으니까 언제쯤 돌아와야지 하고 생각하게 되는 걸지도 모른다.

　혹은 이대로 돌아오지 않을 수도 있으니까 부디 이 그림을 맡겨놓고 싶다. 그렇게 이야기를 하니까 집주인도 결국 알았다는 듯한 얼굴을 하고, 조금 더 일본에 남아있으면 했지만, 그렇게 정했다면 굳이 말릴 수도 없다. 당신의 그 진지한 모습에 대해서는 자신은 깊은 동정심을 가지고 있다고 이야기 하며, 결국 작별을 고하고 집을 나가자 자칫하면 눈물이 날 뻔했다.

　무슨 말을 하고 있는지도 모를 정도였지만, 나도 집주인도 왠지 모르게 붙어있으면 안될 것 같다는 생각을 서로하고 있는 것이었다. 거기서 곧바로 나는 지난번에 본 의료기구점에 들러서 비슷한 메스를 2개 구입했다. 돌아오는 길에 나가타초永田町에 있는 모리무라森村씨가 있는 곳으로 향했을 때는 벌써 어두워진 후였다.

　모리무라씨에게는 내가 그림을 제일 처음 그렸을 때부터 지금까지 한 작업은 물론, 생활까지 말로 다 할 수 없을 정도로 신세를 졌던 모리무라씨에게만은 사실을 말해두고 싶었다.

말하면 바로 말릴 것 같은 기분도 드는 등 여러 가지 생각을 하며 고풍스럽고 굵은 창이 있는 현관에 들어서자 그는 잠시 외출을 하고 집에 없었다. 나는 돌아가는 편이 좋을지도 모른다는 생각이 강하게 들면서 자동차를 타고 게이힌고속도로 쪽에 있는 구스모토楠本씨의 집에 들렀다.

구스모토와는 벌써 몇 개월 동안 왕래하지 않았다. 하코네箱根에서 있었던 일 이후로 특히, 시도때도 없이 왕래했던 쓰유코에 대해선 혈육이나 해 줄 법한 걱정을 끼쳤지만, 그러면 그럴수록 도모코에 대해선 그의 기분을 상하게 해버려, 언제부턴가 만나는 일도 없어졌다.

구스모토의 의리 있는 성격으로는 내가하는 일들이 하나하나 거슬렸다고 하지만, 그것도 언젠가 만나서 이야기 하면 알아줄까 라고 절반은 안심하며 그리움으로 그를 기다리고 있는 것이었다. 울타리의 틈새로 날씨 관측소 같은 구스모토의 화실에 불이 켜져 있는 것을 보았다. 집에 있구나 라고 생각하며 왠지 가슴이 두근거리는 듯한 기분이 되어 안내를 받아 들어가니, 구스모토의 부인이 아이에게 젖을 물리며 나왔다.

"어머나 유아사씨, 어쩐 일이세요? 여보, 유아사씨에요."라고 그곳에서 바로 보이는 화실의 문 사이에 있는 커튼을 들춰 올리며 구스모토를 불러주었다. 구스모토는 대답이 없었다.

"여보, 유아사씨가 오셨다고요."라고 한 번 더 부르고나서 작은 목소리로 나에게 "아직까지 그 일로 화가 나있어요. 상관없으

니 그냥 올라가세요. 만나면 아무 말도 못하는 성격이니까요."말
하면서 부인은 내 등을 떠밀며 올려 보냈다.

"야."라고 구스모토는 이상한 목소리로 말했다. 우리는 잠시
동안 조용했다.

"사실은 내일부터 잠시 여행을 갈려고."라고 내가 말하자 구
스모토는 눈을 흘겨 쳐다봤지만 그대로 아무 말도 하지 않았다.

부인이 옆에서 "어디 가시는데요?"

"어쩌면 또 외국에 나갈 생각을 하고 있어요. 아무래도 스트레
스가 쌓여버려서."

"유아사씨!"

부인은 지긋이 내 얼굴을 쳐다보며, "당신, 무슨 짓을 하실 생
각 아닌가요?"라고 말했다, 단도를 거꾸로 들어 목을 긋는 시늉을
하며 사람을 놀리는 듯한 웃음을 지으며, "이봐요, 이럴 생각인 거
죠?"라고 말했다.

이 좋은 사람 부인의 눈에도 내 상태가 정상은 아닌 듯이 보이
는 걸까라고 생각하니 이상한 기분이 들었다.

"그렇게 보입니까? 아직 그럴 용기는 없는데요."

"무슨 소리하는 거야. 헛소리 하지 말고 차나 가져와"구스모
토는 처음으로 부인을 향해 말했다.

"아니. 헛소리가 아니야. 유아사씨는 반드시 할 생각이죠? 이
봐요 유아사씨, 틀림없죠?"

"그건 저도 가끔은 그런 기분이 들 때도 있어요."

"위험하네. 유아사씨. 그런 충동적인 짓은 그만두세요. 당신은 그것이야말로 조금만 참으면 되잖아요, 나중에 분명히, 잘도 그런 생각이 들었구나. 라고 생각할 때가 올거에요. 일도 다 잘 될 거고, 돈도 금방 생길거에요. 그때까지 참고 기다리는 게 중요해요. 그야 걱정할 것도 많이 있으시겠지만, 남편에게 못할 말이 있다면 적어도 저한테라도 말해주시면 좋았을 걸, 어째서 이렇게 오지 않은 채로 끝나버리는 겁니까?"

"아니, 저는."라고 말하려고 하자 당장에라도 눈물을 흘릴 것만 같았다.

구스모토는 말이 없었지만, 부인이 말하고 있는 것과 같은 기분을 느끼고 있을지도 모른다는 생각이 들었다. 그러나 아마도, 내가 여기에 오지 않게 되고 나서 자주 마쓰요가 와서 전부 다 부인에게 말했을 것이라고 생각하자, 이 부인의 이야기도 반정도는 마쓰요의 생각이 기본으로 깔려있을 지도 모른다. 당장이라도 자살할지도 모른다고 말했을 것 같지만, 그런 마쓰요에 대해서도 이제는 화도 치밀어 오르지 않았다. 인사를 건네자 어찌된 일인지 구스모토가 문 앞까지 배웅해 주었다.

"지금 몇 시쯤이지?"

"1시8분전이다."

구스모토는 야윈 손을 어둑한 문등에 불을 붙이는 시늉을 하며 처음으로 나에게 대답했다.

구스모토와 헤어지고 나는 잠시 동안 어두운 사거리에 서있었

다. 그 근처에 다른 한집 더 들러보고 싶은 곳이 있었다. 시간이 많이 늦었지만, 그 앞까지 가서 불이 켜져 있으면 들러보자고 생각하고 적막한 우메야시키도오리梅屋敷通り를 묵묵히 걸어갔다. 그 길을 밤늦은 시간에 몇 번이나 걸어간 적이 있지만, 그때는 아직 외국에서 돌아온지 얼마되지 않아 달리 친구도 없던 나는 노자키野崎라고 하는 통신회사의 남자직원과 함께 자주 술을 마시며 걸었다. 그 노자키라는 사람이 생각난 것이다. 노자키는 아직 일어나 있었다.

"여어, 어쩐 일이야?"라고 이층 창문에서 얼굴을 내밀고 오래간만이라는 듯이 말했다. 여기서도 나는 똑같이, 갑자기 생각나서 내일 출항하는 배로 외국으로 갈 생각이라고 말하자 사람 좋은 노자키는 그대로 받아들여 "그거 부러운데"라고 몇 번이나 반복해서 말하며 위스키를 마셨다.

이윽고 돌아가려고 하니 집 앞 모퉁이까지 노자키가 부인과 함께 바래다주며 "그럼 몸 건강히 지내게나, 여보, 당신은 어차피 사진부 사람들과 같이 배까지 갈 거죠?"라는 대화가 오고갔다.

이걸로 이제 만나고 싶었던 사람들도 다 만났다.

내일아침이 되면 쓰유코가 찾아올 것이다. 나는 평안한 마음으로 이 마지막 날 밤에 잠들 생각이었지만 역시 좀처럼 잠이 오지 않았다. 할 수 없이 일어나서 어떤 잡지사에서 부탁받은 수필의 원고를 쓰고, 또 다음에 지난번부터 쓰기 시작한 수기 같은 것을 다시 써내려가는 동안에 날이 밝았다.

이 수기는 나중에 경찰에게 몰수되어 버린 채 어떻게 되었는지 알 수 없지만, 도대체 그때는 무슨 기분이었는지 지금도 생각해 보면 그것은 어딘가에 숨겨놓을걸 하는 생각이 든다. 아마도 쓰유코의 아버지 등의 관계로 그런 것이 양지로 나오는 것은 곤란했던 것이겠지. 나는 아침이 되어서야 살짝 잠들었다.

○

다음날 아침 나는 시부야 까지 쓰유코를 데리러 갔다. 시부야에는 쓰유코의 고모인 미망인이 살고 있어서, 쓰유코는 그 미망인의 집에 양녀라는 이야기가 전부터 있을 정도로 자주 그 고모가 계신 곳에 들러 다도 등을 공부하였다. 고모가 계신 곳에 가는 것은 좋지만, 역시 고모가 마음에 들어 하는 사람이 되지 않으면 안 된다는 이야기 등을 한 적이 있다. 안개긴 아침에 선로가 희미하게 빛나고 있다.

나는 훨씬 전에 읽었던 적이 있는 안나 카레리나의 마지막 정류장의 장면을 떠올리고 있었다. 하지만 지금의 나에게는 안나에게 있었던 고민이나 번뇌는 없었다. 이상한 기분이지만 나는 아직 기계적으로 자신이 정한 계획을 계획대로 실행하고 싶은 마음뿐이었다.

기다릴 새도 없이 쓰유코가 왔다. 고풍스럽게 귀족 같은 비단을 수놓은 기모노를 입고, 하얀 모피 목도리를 하고 있는 쓰유코는 옛날의 가부키좌에서 만났을 때의 그녀보다 예쁘고 눈부셨다.

"예쁜 기모노네."

"그래요?"

쓰유코는 별로 말수가 없었다.

함께 그곳에서 긴자로 가 에스키모에서 가볍게 점심을 먹고, 그 후 오오모리 집에 도착해서도 딱히 대화다운 대화도 하지 않았다. 이제 와서 아무 말도 할 필요도 없고 말하면 어리석게 생각할 것이다. 그것을 피하고 싶은 듯 보였다.

피아노를 친다거나 레코드를 튼다거나 하고 있는 쓰유코의 모습은 지난번 여기에 놀러왔을 때의 그녀랑 조금도 변함이 없었다.

"쓰네."

나는 하녀를 불렀다.

"너, 잠시 심부름 좀 다녀오지 않을래?"

나는 쓰네에게 오 엔짜리 지폐와 동전을 주고는 우에노에 가서 나라즈케奈良漬를 사오라고 시켰다. 언젠가 우에노에 야마시타의 무어라하는 반찬 가게에서 사오라고 시킨 것이 너무 맛있었기 때문에 또 같은 것을 사오라고 시켜도 쓰네는 아무런 위화감도 느끼지 않을 거라고 생각했다.

"그리고 또."라고 나는 아무렇지도 않게 말했다.

"돌아올 때는 어차피 거기까지 갔으니 오랜만에 아사쿠사라도 갔다 와. 우리는 딱히 필요한 것도 없으니까. 잔돈은 용돈으로 써."

"감사합니다."라고 쓰네는 왠지 주저했지만, 아사쿠사에 다녀

오라는 이야기는 역시 기쁜 듯 준비를 하고 나가 버렸다.

　둘만이 되자 우리는 처음으로 오늘 일에 대해서 이야기하기 시작했다.

　"유서 같은 거 써 왔어?"

　"아무것도 안 썼어요."

　"어머니, 아버지께도?"

　"실은 아무것도 쓸게 없는걸요, 뭐라도 쓸게 있었다면 저는." 이라며 쓰유코는 우는소리로 "저, 이런 꼴이 되고 싶지 않았어요. 전부 아버지가 나쁜걸요, 아무것도 쓰고 싶지 않아요. ―아, 할멈과 도미요코에게는 쓰겠어요."

　쓰유코는 펜을 들고 무언가를 두 줄 써내려갔다.

　"어디에 둘까요?"

　"여기."

　나는 처음으로 쓰유코를 침실로 안내했다.

　그곳은 어제 하루 동안 아무것도 남기지 않은 채로 정리해서, 침대위에는 새하얀 시트를 깔아 놓았다. 쓰유코는 잠자코 유서를 배게 위 탁자위에 올려놓았다. 나는 조용히 창문의 커튼을 내렸다. 아직 세시를 조금 넘겼을 뿐인데 방안은 해질 무렵마냥 어두워 졌다.

　"여기 눕지 않을래?"나는 침대에 누워서 쓰유코를 불렀다.

　"후회 안하죠?"

　"응."

쓰유코의 가는 목구멍이 확실히 떨리고 있다.

나는 몇 번이나 쓰유코의 어깨를 감쌌다.

"실례합니다, 유아사씨. 유아사씨."

현관 밖에서 누군가가 나를 부르는 소리가 들렸다. 현관은 잠그고 올 생각이었지만, 문득 불안한 느낌이 들어 가보니 키가 큰한 청년이 웃는 얼굴로 서 있었다.

"저, 원고료를 드리러 찾아왔습니다만."라고 말한다.

그것은 1,2개월 정도 전에 어느 출판사로부터 부탁받아 그린무슨 아동잡지에 장정한 원고료라고 하지만, 어딘지 모르게 응접실을 통해 상대하고 있는 청년은 삼십분 정도 유쾌하게 담소를 나누며 이윽고 돈 봉투 하나를 건네고 돌아갔다.

봉투 안에는 십 엔짜리 지폐 열장이 들어있었다.

나는 그것을 들고 쓰유코가 있는 곳으로 돌아왔다.

"돈을 가지고 왔더라고."

"문 잘 잠갔지요?"

"잠갔는데 뭐라도 써 붙여놓을까?"

생각난 김에 나는 여행 중 부재라고 종이에 써 붙여 현관 밖에걸어놓으려고 나갔더니, 또 구두소리가 들리고 사람이 들어왔다.그 사람은 어제 작별인사를 하고 간 마을의 책방주인의 심부름꾼으로, 오늘 외국으로 떠나는 나를 위해서 송별금으로 300엔을 들고 찾아온 것이었다.

나는 잠시 동안 2개의 돈 봉투를 앞에 두고 생각했다. 자신이 가지고 있는 돈을 합친다면 약 500엔 정도의 돈이다. 정작 필요할 때 없고, 이제 필요 없다고 생각할 때 있는게 돈이다. 참 묘한 물건 이란 생각이 들었다.

"이 정도 있으면 어딘가 온천이라도 가서 5일 동안 즐겁게 보낼 수 있어."

자조하듯이 속삭이는 쓰유코는 눈을 들어, "똑같아. 어차피 어딜 가더라도 역시 죽을 것인걸요. 나 여기서 죽고 싶어."

그렇게 까지 말하는 쓰유코를 그곳에 데리고 가고 싶지 않았다.

그리고 쓰유코가 하는 말은 진심이었다. 나는 구스모토와 노자키에게 간단한 유서를 썼다. 그리고 별도로 두 사람의 이름을 적은 봉투위에 '뒷일을 부탁한다'고 쓰고 돈을 모아 하나씩 봉투에 담으니, 쓰유코도 일어나서 옷의 매듭을 풀고 종이봉투를 열어 가지고 있던 삼십 몇 엔을 꺼내서 유서봉투에 함께 넣었다.

"이걸로 잊은 건 아무것도 없군요."

우리들은 잠시 동안 서로를 껴안은 채로 가만히 있었다. 그러자 그때 옆집에 걸려있는 뻐꾸기시계가 '뻐꾹'하고 네 번 울었다. 이럴 경우에 들리는 소리는 무언가를 내쫓을 때 나는 소리처럼 들린다. 언제 죽어야만 한다고 정해진 시간이 있는 것은 아니지만, 왠지 모르게 조급해 지는 것 같은 기분이 든다.

"그럼, 준비 됐지?"

그렇게 말하는 자신의 목소리에 나는 처음으로 간담이 서늘해지는 기분이 되었다. 쓰유코는 눈으로 대답했다.

그리고 낮은 목소리로, "뭐로 죽을 거야?"라고 묻기에 나는 옆 탁자에 올려놓은 쟁반위에 있는 거즈벨브를 집었다. 희미한 불빛 안으로 2개의 메스와 상처입구를 누르기 위해 준비한 하얀 솜 2개를 찢어서 놓아둔 것이 보이자, 쓰유코는 "아!"라며 그것은 거의 비명에 가까운 짧은 비명을 질렀다.

"무서워?"

나는 잠시 불쌍한 마음이 들어 한쪽 손을 쓰유코의 몸을 더듬으며 물었지만, 쓰유코는 조금씩 몸을 떨며 눈을 감았다. 믿음직스러움에 눈물을 흘리고 있는 것이 보였다. 조용하고 짧은 순간이었다. 나는 조용히 쟁반위에 있는 2개의 글라스에 몇 번이나 술을 따랐다. 함께 그것을 마시고 있는 순간 창밖에서 누군가 여자목소리가 자꾸 "유아사씨"라고 부르는 것 같았지만, 이윽고 들리지 않았다.

나중에서야 안 것이지만, 시부야에 있는 쓰유코의 고모댁에서 쓰유코가 돌아오지 않는 것을 염려하며, 혹시나 하는 생각에 내 집까지 찾아온 것이라고 하지만, 여행중 부재라고 되어있는 것을 보고 의심하지 않고 돌아가고 말았다고 한다. 두 사람은 발소리가 멀어져 가는 것을 기다렸다. 그 여자의 목소리는 두 사람을 부른 마지막 목소리였지만, 그것도 시계소리와 같이 제 역할을 하지 못한 것이다.

날이 저물고 커튼의 틈 사이로 들어온 희미한 불빛으로는 더 이상 상대방의 얼굴도 제대로 보이지 않게 될 정도가 되었다.

언제부터인지 쓰유코는 메스를 들고, "그럼, 할게요?"라고 내가 말한 순간, 쑥하고 뜨거운 물 같은 것이 나의 옅은 와이셔츠를 뚫고 들어왔다. 쓰유코가 먼저 목을 찌른 것이다.

"아."라고 나는 작게 신음했다.

상처입구로부터 피가 흐르는 것이 보인다. 나는 당황하여 그 쓰유코의 늘어진 몸을 안고서 침대위에 누웠다. 자신은 침착할 생각이었지만 흡사 마음이 바뀌어 버린 듯이 보인다.

"이렇게 더러운 와이셔츠를 입은 채로 죽을 수는 없어."라며 나는 생각을 바꾸어 침대에서 내려와 옷장의 서랍에서 새로운 와이셔츠를 꺼내 쓰유코의 핏방울을 뒤집어 쓴 셔츠를 급하게 벗어던졌지만, 어차피 자신이 벗으면 더욱 피로 더럽혀지는 것을 모를 정도로 당황하고 있었다.

침착히 단추를 잠그고 급하게 쓰유코의 곁으로 돌아가니 벌써 다른 메스를 들고 있었다. 아까부터 술잔을 기울여 마신 위스키로 인해 취한 탓에 심장 박동이 빨라지고 목에 손을 가져가니 커다란 혈관에서 피가 '콸콸' 쏟아져 나오는 것을 느낄 수 있었다.나는 한 손으로 그곳을 누르고 그녀가 놀라지 않게 격렬하게 한 번에 찔렀다. 나는 메스가 통과하며 최악이란 기분 나쁜 소리를 들었다. 힘을 너무 줘서 메스는 왼쪽 손까지 꽂혔다. 피가 마치 호스 끝에서부터 분출하는 듯이 흘렀다. 그 '푸우'하는 소리만이 들릴 뿐이다.

"당신도 했어요?"

작게, 하지만 또렷한 목소리로 쓰유코가 말했다.

나는 대답 대신에 쓰유코가 자고 있는 옆에 누워 손을 잡았다.

"안아줘요."라고 쓰유코는 다시 말했다.

내 얼굴 옆에 몽롱한 모습의 쓰유코의 얼굴이 보인다. 나는 입술을 찾아서 긴 시간 입을 맞추었다. 뭐라 형용 할 수 없는 차가움이었다. 마치 얼음 속에 앉아있는 듯한, 뼛속 깊숙이 느껴지는 차가움 이다. 어쩌면 방금까지 타고 있던 가스 스토브를 껐기 때문에 이렇게 추울지도 모른다.

이가 딱딱거릴 정도로 차가운 가운데 나는 쓰유코의 손이 점점 식어가는 것을 느끼고 몇 번이나 다가가서 그 작은 어깨를 감싸 안는다. 버티지 못하고 푸슛하는 소리가 들린다. 나는 가까스로 그것을 알았다. 피가 스프링의 상태가 좋지 않은 침대 위에서 정확히 두 사람의 몸무게가 실리는 곳에 마치 낮은 진흙탕에 물이 고이듯이 흘러들어오고 있었지만, 쓰유코보다도 2배나 무거운 내 몸 아래가 움푹 패어서 피가 흘러 들어왔고, 얼어버릴 정도로 차가웠던 그 피는 나의 하반신을 흠뻑 적실 정도가 되어 버렸다.

나의 기억은 너무나도 선명해지는 듯한 느낌도 들지만, 한편으로는 마치 꿈속에라도 있는 듯이 몽롱해져 버린 것 같기도 했다. 혼백도 없는 단지 고깃덩어리가 되어 버린 걸까? 혹은 단지 혼백만이 남아서 육신은 사라져 버린 걸까?

그 둘 중에 어느 쪽인지 모를 정도로 멍한 기분이다. 나는 쓰유코를 안고서 더 이상 쓰유코의 일도 생각하지 않았다. 더 이상 아무엇도 아닌 기분이다. 내 몸은 어떤 식물에게 지금 정확히 찔려 쓰러진 것 같은 기분이다. 나는 스르르 잠이 들고 있었다.

그러자 쓰유코의 작은 목소리가 들렸다.

"있잖아요, 보라색 장미꽃이란 게 있었던가?"

"보라색? 어, 그런 건 없어."

나는 겨우 대답했다.

"하지만 이런 곳에 엄청나게 많아. 치워도 치워도 너무 많아서 아무리 당신 얼굴을 보려해도 보이지 않아."

아마 쓰유코는 이제 그것조차 보이지 않게 되었겠지. 그러나 나에게는 옆집에서 흘러들어오는 희미한 불빛이 커튼 틈사이로 비쳐, 그 가물거리는 밝기로 쓰유코의 얼굴이 마치 지기 전의 꽃처럼 점점 하얗게 변해가는 것이 보였다. 혹시 나 혼자 죽지 않고 살아남는 것은 아닐까? 그렇게 생각하니 문득 등이 쭈뼛 서는 듯한 공포를 느꼈다.

그래. 가스의 마개를 뽑아버리자. 나는 쓰유코의 어깨에 올려져 있는 손을 쑥 빼서 침대를 내려가려고 하자, 더 이상 설수조차 없었다. 나는 잠시 동안 마루위에 쓰러져서 숨을 고르고 있었다. 가스의 마개가 있는 곳까지 금방 손이 닿을 것처럼 보이는데, 좀처럼 거기까지 몸을 움직일 수가 없었다.

그리고 긴 시간에 걸쳐 기고 뒹굴어서 겨우 밸브를 뽑자, 그대로 쿵하고 마루 위에 쓰러져 버렸다.

"싫어, 가면 안 돼. 쓰유코를 홀로 남겨두고 가는 건 싫어"

그 쓰유코의 가느다란 목소리가 마치 아주 먼 곳에서부터 들려오는 것 같아서, 더 이상 나는 그 목소리가 들리는 곳까지 돌아갈 힘이 없다고 생각하며 "갈께, 지금 갈게."라고 말하며 혼신의 힘을 다해 침대까지 기어 올라갔지만, 그 뒤는 전혀 기억나지가 않았다.

어느 정도의 시간이 지났는지 알 수 없었다. 갑자기 복도 쪽에서 허겁지겁하고 사람의 발소리가 들렸지만, 꺄악!하고 정신이 나갈 정도의 비명소리가 바로 문 너머로부터 들리고 곧바로 달려 나간 것을 기억하고 있다.

나중에 생각해보니 마침 쓰네가 돌아왔다. 쓰네는 일단 아사쿠사에 들러도 좋다고 들어 기쁜 나머지, 심부름을 마치고 돌아오는 길에 조금 둘러보려고 했지만, 아무리 생각해도 이번 3, 4일간의 내 모습이 이상한 듯한 기분이 들어, 자신이 나가있는 사이 틀림없이 무슨 일인가 생길 것이 생각하니, 더 이상 한시도 가만히 있을 수 없어서 서둘러 집으로 돌아와 보니 출입문을 연 순간 강렬한 가스 악취가 쑤욱하고 코를 통해 들어왔다.

어느 쪽이냐고 한다면 데면데면한 성격인 쓰네는 그 악취에 '헉'하고 놀라 혹시 어딘가의 밸브를 잠그는 것을 깜빡 한 걸까하고 짐을 내평겨치고는 서둘러 부엌, 목욕탕, 응접실과 스위치가 있는 곳을 끝에서 끝까지 조사하며 걸어갔다. 마지막으로 침실 앞까지 와 보니 확실히 방안에서부터 '슈욱'하고 가스가 새는 소리가 들려왔다. 놀라서 문고리에 손을 대자 안에서 문이 잠겨있어서 열리지 않았다.

쓰네는 불안에 떨며 나를 부르며 우연히 그 문틈사이로 엿보니, 옆집 창문으로부터 새어나오는 불빛가운데에, 정확히 우리들이 누워있는 침대의 끄트머리가 보였고, 피에 뒤덮이고 축 늘어져 마루 위에 놓인 내 한쪽손이 눈에 들어온 것이다.

순간 쓰네는, 자신이 집을 비운사이에 강도가 들어 나를 죽여 가스밸브마저 열어놓은 채로 도망쳤다고 생각하여, 그대로 다리에 힘이 풀려서 큰소리로 집주인을 부른 것이다. 집주인 뒤로 경찰을 비롯해 여러 사람들이 몰려들었다. 방문은 부서져 우리들의 모습이 발견된 것이다.

큰 소동으로, 이윽고 센조쿠의 집에서 도모코의 아버지가 왔다고 하지만, 이미 그 당시 쓰유코는 다른 방에서 차게 식어버린 후인지라, 사성을 모르는 아버지는 단순히 내가 도모코의 가출에 절망하여 자살했다고 생각 한 것이다.

내 머리맡에 다가와 "용서해다오. 내가 나빴다."라고 계속 말하며 좀처럼 울지 않는 아버님이 서럽게 울었다고 한다.

나는 몰랐는데 집 근처에 도쿄 아사히의 사회부 기자가 살고 있어, 그사이에 그 기자가 소란을 듣고 본사에 전화를 했다. 마침 그 기자들이 응접실에서 기사를 작성하고 있는 도중에 통보에 의해 쓰유코의 집에서 어머니가 처음으로 우리 집에 모습을 드러냈다. 도착하자 갑자기 내 아이의 안부는 어떠냐고 걱정하며 병원을 묻자 옆에 있는 기자들을 설득하며, 제발 이 일을 기사로 쓰지 말아 달라, 신문에 낸다면 우리 집 명예도 집도 땅도 전부 사라져 버린다.

만약 돈으로 이 기사를 막을 수 만 있다면 돈은 몇 천 엔이라도 상관없다. 모두에게 제가 드릴 테니 부디 없던 일로 해달라고 부탁하며 엎드려 조아리자 오히려 기자들은 조소를 지을 뿐이었다고 한다. 유서를 쓰기 직전에도 쓰유코는 그 부모에게 단 한 줄도 쓰지 않았지만, 그 부모 또한 자식의 생사보다 집안의 명예가 손상되는 것을 두려워한 것이다.

나는 이윽고 들것에 실려 가까운 병원으로 옮겨지는 도중에 몽롱하게 의식을 찾은 것을 기억한다. 소복소복 눈이 내리는 것 같았다. 눈이 오구나 라고 나는 생각했다. 삼월중순이라고 눈이 오지 않는 다고는 할 수 없지만, 그날 밤은 차갑고 매서운 바람이 부는 별이 많고 눈부신 하늘이었다. 깨어났다고 생각했지만 역시 자고 있었다.

교외의 작은 병원이 있는 곳에 들것이 하나도 없었는지도 모른다. 먼저 쓰유코가 옮겨지고, 얼마 후 내가 옮겨졌지만, 누가 봐도 내 쪽이 더 중상이고, 쓰유코는 살 수 있어도 나는 절망적이라고 했다. 그러나 둘 다 살아났다.

수술실에 옮겨져 잠든 채로 상처부위의 응급치료를 받는 동안에, 나는 다시 의식이 돌아와서, 다음과 같이 이야기 하고 있는 의사들의 이야기가 확실히 들렸다. "어때? 이건 상처입구에 동맥이 보이는데 여기서부터 상처가 멈춰있으니까 말이지, 정말 기적이야."

나는 메스로 자살할 것을 정했을 때부터 결과에 만전을 기하기 위해 통속 의학책 등을 많이 사 읽어 정확하게 동맥의 위치를 확인해 두었다. 그리고 일부러 위스키를 마셔 몸이 뜨거워졌을 때 메스를 찔러 넣었다고 생각했지만, '콸콸' 움직이고 있는 노출된 혈관은 사실 경동맥이 아닌 모양이다. 진짜는 거기서 약간 안쪽에 있다는 것을 나중에 듣고서 나는 아연실색했다. 덕분에 나도 쓰유코도 목숨을 건졌다고는 하지만.

○

그 일이 있은 후로부터 벌써 6년이 되었다. 죽음으로 모든 것을 정리하려 했던 일이, 긴 세월 속에 자연스레 정리되어갔다.

어느 날 나는 산책에서 돌아오는 길에, 무언가 맛있는 저녁 반찬이 없을까 하여 시부야의 어느 식료품가게 앞에 서서, 유리창으로 활어조의 작은 물고기들이 헤엄치고 있는 것을 보고 있는데, 누군가가 등 뒤로 다가와 어깨를 치는 사람이 있었다.

뒤를 돌아보자 그것은 절대 만날 일도 없을 것만 같았던 도모코의 어머니가 검은 고트를 입고 약간 뚱뚱한 몸으로 다가와, "역시 유아사씨네. 좋아 보이네요."라고 꽤나 반가운 듯이 말했다.

내 가슴에 떠오른 것은 그 센조쿠 집의 온화한 분위기와 잘 타고 있는 스토브의 불빛뿐이었다. 게다가 어머니의 모습은 마치 아무 일도 없었던 처럼 너무 온화하여 나도 아무렇지 않게, "야아" 하고 웃으며, 여기 서서 이야기 하는 것도 이상하니까 잠깐 차라도 어떠냐고 물어보는 어머니의 말에 따라 이층 찻집으로 안내했다.

"건강해 보여 다행이네요. 다들 평안하시죠?"라고 말하자, 어머니는 바로 목소리를 낮추며 "그게 말이지 유아사씨, 내가 그렇게나 말했는데도 듣지도 않고 바보 같은 짓을 해서, 난 너무 싫어졌어요. 도모코가 '엔도진エンド人'과 함께 살고 있다고요."라고 호감이 가는 어머니는 어느 정도는 나에 대한 아쉬움이 남아 기분 나쁜듯한 어조로 딸의 험담을 하는 것이었다. '엔도진'이라는 것은 동북부 사투리를 쓰는 그녀의 말로는 인도사람이라는 것이다.

그 난리가 있은 후부터 도모코는 병이 악화되어, 오랫 동안 쓰키지築地의 성루카병원에 입원해 있었는데, 그동안에 그곳의 의사인 인도계 미국인과 사랑에 빠져 함께 살게 되었다고 한다.

나는 왠지 모르게 가볍게 한숨을 쉬었다.

정월 연휴가 끝나자마자, 어딘가의 여자 사원들이 화려한 봄옷을 입은 채로 계속해서 역의 브리지를 넘어오는 것이 보였다. 사실 바로 앞의 창문으로부터 보이는 하얀 플랫폼에서 나는 몇 번이나 쓰유코를 기다렸던 것이다.

어느새 모두, 전혀 마음에 떠오르지 않는 평온한 풍경이 되어버렸지만. "그럼 다음에 또 봐요. 꼭 다시 놀러 오세요." 도모코의 어머니는 밝은 목소리로 그렇게 말하며 인파속으로 사라졌다.

■ 우노 지요

우 노 지요宇野千代, 1897年11月28日-1996年6月10日는 야마구치현 이와쿠니시에서 부친 우노 슌지宇野俊次와 모친 도모의 장녀로 태어났다. 모친 도모는 1899년 폐결핵으로 사망했다. 부친은 다음 해에 사하쿠 류(당시17세)와 재혼하여 남동생 3명 여동생 1명을 연이어 낳았다. 지요의 어릴 때의 기억 속에 생모의 기억은 없고, 류를 친모로 믿고 류 또한 지요에게 각별한 애정을 쏟으며 평생 좋은 모녀사이로 지냈다.

우노가家는 그 고장의 영주 우노 지쿠고를 조상으로 하는 유서 깊은 가문으로 대대로 양주조업을 경영하는 재산가였다.

지요의 부친은 본가의 차남으로 태어났다. 집안에서는 다리가 불편한 장남을 대신하여 가문을 계승해 줄 것을 바랐지만 그것을 거절하고 분가했다.

그러나 부친의 거침없는 낭비벽과 어머니의 사망으로 점차 가세가 기울어져 지요가 가장 역할을 하게 되었다.

지요는 1914년에 이와쿠니 여자 고등학교를 졸업하고 마을의 가까운 초등학교 대용 교원이 되지만 동료와의 사랑이 발각되어 교장에 의해 퇴직 당한다. 그때 지요는 상대의 입장을 고려하여 경성京城으로 갔다.

1916년에는 우노·후지무라 양가 합의 아래 후지무라 다다시藤村忠와 교토에서 동거. 동경제국대학 졸업 후 홋카이도 석식은행에 취업한 다다시와 함께 삿포로로 이주. 1919년 지요 22세 때 정식으로 결혼했다.

홋카이도에서 다다시의 부인으로서의 생활은 빈곤했지만 처음으로 안정된 생활을 할 수 있었다. 이때『시사신보』의 현상 소설에 응모한 「기름진 얼굴脂粉の顔」이 일등에 입선하여 200엔의 상금을 받고부터 더욱 원고료를 노려「무덤을 파헤치다墓を発く」를 써서 다키다 조인滝田樗陰 앞으로 보냈다. 그러나 오랫동안 연락이 없자 그 채택을 확인하기 위해 직접 다다시의 배웅을 받으며 도쿄로 향한다. 그러나 그 때 현상소설 2등에 입선한 오자키 시로尾崎士郎를 만나 사랑에 빠진다. 이 일로 다다시와 1924년 이혼한다.

오자키尾崎와 하숙방을 전전하다가 1923년에 당시의 에바라군 마고메무라의 농가 헛간을 사들여 빨간 벽돌의 양식으로 개조했다. 그 집이 훗날 '마고메 분시무라馬込文士村'로 작가나 시인들의 교류 장소가 되었다. 젊은 하기와라 사쿠다로萩原朔太郎와 히로쓰

와로広津和郎, 가와바타 야쓰나리川端康成등도 종종 집필을 위해 체류했다. 유카시마 온천에서는 가지이 모토지로梶井基次郎, 미요시 다쓰지三好達治 등과 특히 친하게 지냈다. 오자키尾崎와 지요 부부를 중심으로 한 마고메무라馬込村는 마치 쇼와 초기 문단의 측면을 보여주고 있다. 그러나 오자키에게 애인이 생겨 서로 헤어지게 된다.

1929년 12월부터 『호지신문報知新聞』지상에 「양귀비는 왜 붉은가罌栗はなぜ紅い」를 연재하고 있던 중, 작중 정사의 장면을 그리기 위해 당시 실제로 정사 사건으로 세간을 요동시킨 화가 도고 세이지東郷青児를 취재하기로 했다. 순순히 취재에 응해준 도고東郷의 집으로 따라간 것이 계기가 되어 동거생활에 들어간다. 파리에서 돌아온 탕아 도고와 당시의 모더니즘의 풍조에 앞선 지요와의 결혼은 세간을 놀라게 하기에 충분했다. 지요는 이 5년 동안 서구적 추상 수법으로 그려진 도고의 화풍에서 새로운 문학으로의 전환을 가져왔다.

지요는 도고와 함께 생활하면서 정사사건 뿐만 아니라 복잡한 여자관계를 듣고 실제의 인물을 소재로 한 「색참회色ざんげ」(1933년 9월부터 1934년 2월, 9월, 1935년 3월까지 4회에 걸쳐 「중앙공론」에 연재)를 발표하여 작가로서 비약할 수 있는 기회를 맞이한다.

지요는 "여자만이 읽는 멋진 잡지"를 만들고 싶다는 생각에 "그 무렵 '스타일'이라는 안약이 유행하고 있는 것에서 힌트"를 얻어 『스타일』을 1936년 6월에 창간하였다. 그러나 이 『스타일』

은 1941년 10월부터 『여성생활女性生活』로 개제改題되어, 1944년 1월 까지 간행되었지만 전황戰況의 악화로 중단되었다가, 전후 다시 『스타일』이라는 이름으로 복간되어, 1959년 5월호를 마지막으로 폐간되었다.

1937년 기타하라 다케오北原武夫를 만나 1964년의 이혼까지 25,6 년에 이르는 결혼생활을 했다. 1938년 발간한 문예지『문체文體』를 1947년에 계간지季刊誌로 복간하고 1호에서 종간인 4호까지의 지면에 『오항おはん』을 연재한다. 그리고, 종전 후 중단해 온 패션 잡지「스타일スタィル」를 1956년에 복간하고, 그때 까지 경쟁지가 없었던 출판계에서 성공하여 그 이익으로 「우노 지요 기노모 연구소」와 「스타일의 가게」를 육성시키고, 기모노 디자이너로서 눈에 띄게 활약했다. 그러나 출판계가 다시 부흥하자마자 대기업 출판사로부터 종이 질이 좋고 화려한 디자인 복장지의 발행으로 충격을 받아, 마침내 1959년 도산한다.

그 후는 거액의 부채반제를 위해 기타하라는 작품을 쓰고, 지요는 기모노의 판매에 매달렸다. 1964년에 겨우 반제를 마칠 때에는 공통의 목적이 없어지자 부부의 인연도 끊어졌다고 할 수 있는 결과를 초래했다.

이런 이력이 있는 『스타일』의 전후 복간을 둘러싼 지요 부부의 결혼생활이 「찌르다」(1966년)의 중심테마로 되어 있으며, 1969년에는 「바람소리風の音」「비 소리雨の音」「정조貞潔」, 1971년에는 「어떤 한 여자의 이야기ある一人の女の話」「들불野火」을 발표한다.

그리고 1938년 발간한 문예지 『문체文體』를 1947년에 계간지季刊誌로 복간하고 1호에서 종간인 4호까지의 지면에 「오항おはん」을 연재한다. 1970년에는 『신조新潮』에 70세가 넘는 여 주인공의 주관적인 행복에 대해 언급한 「행복幸福」을 발표한다.

또한, 1982년 11월부터 1983년 7월까지 마이니치신문 일요판에 「살아가는 나生きてゆく私」를 연재하고, 일부 전설화 되어 있는 파란만장한 생애를 일반 독자에게 피력하여, 높은 평가를 받았다. 그 외도 「어떤 남자의 단면惑る男の斷面」(1983)과, 「삼포환의 비늘조각三浦環の片鱗」(1984) 등의 작품을 발표했다.

지요는 평소에도 집필생활을 함과 동시에 항상 일상생활 속의 의·식·주에 대한 창의를 즐겼다. 나스那須의 별장과 이와쿠니岩国 생가 등에서, 자신이 만든 정원에 친분이 있는 사람들과의 교류하며, 90세 가까운 고령에도 생명력에 대해 집착하지 않는 건강한 일상은 말할 것도 없고 아름답게 자신을 철저하게 관리하여 살아 온 작가이기도 하다.

행복

「행복」 초판은 1970년 『신조新潮』4월호에 실렸다. 그 후 1972년 11월 호에 「이 가루분 통この白粉入れ」등을 함께 수록하여 단행본 『행복幸福』으로 문예춘추사에서 간행되었다

「행복」은 작가 지요의 73세의 작품으로, 여 주인공 가즈에一枝 역시 70세가 넘은 나이로 등장하고 있다. 가즈에가 욕조에서 막 나와 거울에 비친 자신의 나체를 보티첼리의 비너스를 닮았다고 생각하는 장면에서 부터 이야기가 시작된다. 이렇게 작품의 시작에서부터 가즈에를 통하여, "작가의 인생관과 살아가는 방식을 솔직하게 표현"하고 있으므로, "작자의 과거 체험에서 여과된 인생의 에센스와 숙달되고 세련된 표현력 등이 참된 결실을 맺은 심경 소설"이라는 평가를 받고 있다.

「행복」에는 26년간 함께 생활한 기타하라 다케오北原武夫와의 결혼생활이 중심적으로 그려져 있지만, 이혼 전 남편들과의 생활 모습도 함께 그려져 있어 지요의 전반적인 결혼생활을 추론해 볼 수 있다.

결국, 「행복」의 여주인공 가즈에의 결혼생활, 육체적 노동의 표상으로서의 집짓기와 스스로 인식해가는 행복 등을 통하여, 지요만의 독특한 행복론을 투영시키고 있다.

오항

「오항」은 1947년 12월 『문체』의 창간호부터 1949년 23호까지 연재, 『문체』가 휴간되자 1950년부터 1957년 5월까지는 『중앙공론』에 연재되었다. 이렇게 10여 년에 걸쳐 발표된 것이 1957년 중앙공론사에 의해 단행본으로 출판되었다. 우노 지요는 50세에 시작하여 59세에 완결한 「오항」은 일생에 한 번 밖에 쓸 수 없는 작품이라고 밝히고 있다.

「오항」은 발표되자마자 제10회 노마 문학상(野間文學賞, 1957年)과 제 9회 여류문학자상(女流文學者賞, 1957年)을 수상하며 우노 지요宇野千代의 대표작이 되었다. 지요의 "최고의 작품"으로 알려진 「오항」은 "화자話者의 문체와 방법의 독자적인 효과"가 절묘하게 "현출現出된 환상적인 소설"로 높이 평가받고 있다.

이 작품에 대해, 지요는 고향에 갔을 때, "도쿠시마德島의 어느 골동품상의 남자로부터 들은 이야기를 기본"으로 하여, "연극과 같은 줄거리로 자신이 만든 것"이라고 적고 있다.

「오항」의 주인공 가노야加納屋라는 염색집의 아들 가노야(加納屋, 32세)를 일인칭 화자話者로 하여, 전 부인 오항おはん과 아들 사

토루(悟, 7세), 현재 부인 오가요(おかよ, 33세, 게이샤)와 양녀 오센(お
せん, 13세)의 두 가정에서 일어나는 일이 "1장에서 13장으로 구성"
되어 있다. 가노야가 7년 전 헤어진 오항을 다시 만나는 것에서 이
야기가 전개되며, 아들 사토루가 사망하자 오항이 편지를 남기고
사라지는 것에서 작품은 끝이 난다.

이 작품은 남편과 부인, 첩이라는 삼각관계의 단순한 구도임에
도 불구하고, 지요가 자체적으로 만들어 낸 방언으로 하여금 문체
에 대한 높은 평가를 받고 있다.

색참회

「색참회」는 1933년 9월부터 1934년 2월, 9월, 1935년 3월까지
4회에 걸쳐 『중앙공론』에 연재되었다. 도고東鄕로부터 들은 이야
기를 바탕으로 쓴「색참회」는 주인공 유아사 쇼지(湯淺勝二 : 도고가
실제의 모델)를 중심으로 부인과 자식이 있는 기혼남에 접근하는 3
명이 젊은 여성이 등장한다.

지요는 『호지신문報知新聞』에 연재하고 있던「양귀비는 왜 붉
은가罌粟はなぜ紅い」의 정사 장면을 그리기 위해 도고 세이지東鄕青
児를 만난 것이 계기가 되어 두 사람은 연인관계로 발전된다. 세간
世間에서는 파리에서 돌아온 탕아 도고와 당시의 모더니즘의 풍조
에 앞서 나아간 지요와의 스캔들은 큰 화재거리가 되었다.

지요는 도고와 함께 생활하면서 정사사건 뿐만 아니라 복잡한

여자관계를 듣고 "실제의 인물을 소재"로 한 「색참회」를 발표하여 작가로서 비약할 수 있는 기회를 맞이한다.

　주인공 유아사 쇼지湯浅讓二를 중심으로 고마키 다카오小牧高尾, 이노우에 도모코井上とも子, 니시죠 쓰유코西条つゆ子에 이르기 까지 개성 강한 여성들과의 사랑이 표현되어 있다. 이런 남녀의 다양한 사랑을 통하여, 가부장적인 여성의 모습에서 탈피하여 표현하는 여성의 사랑표현을 알 수 있을 것이다.

　결국, 지요가 도고 세이지東郷青児로부터 들은 이야기를 기본으로 하여 자신의 감정으로 분위기를 창출했다면, 작품 속의 연애와 결혼경험도 여성들의 사랑 표현속에 내포되어 있으리라 추론해 볼 수 있다.

이상복

일본 대동문화대학 대학원 졸업(문학박사) 전 삼육대학교 일본 어학과 교수.

일본 근대 여성문학에 관한 최다수의 논문과 번역활동을 하고 있다.

[주요 저·역서]로『일본최초의 여성문예잡지 세이토』(공역), 『뜬구름』(공역)『노부코』미야모토 유리코의 작품모음집 1 (공역), 『두개의 정원』미야모토 유리코의 작품모음집 2 (공역),『반슈평 야』미야모토 유리코의 작품모음집 3 (공역),『처음 배우는 일본 여 성 문학사』(공역),『단념』다무라 도시코 작품모음집 1 (공역),『 미 라의 립스틱』다무라 도시코 작품모음집 2 (공역),『일본 근·현대 문학사』(공저),『羅惠錫の作品世界』(공저)『전쟁과 검열』(공역),『남 경사건』(역서),『혁명과 문학 사이』(저서),『조선인과 아이누 민족 의 역사적 유대』(역서) 등이 있다.

일본 근현대 여성문학 선집 7

우노 지요 宇野千代 1

초판 1쇄 발행일 2019년 3월 31일

지은이 우노 지요
옮긴이 이상복
펴낸이 박영희
편집 박은지
디자인 박희경
표지디자인 원채현
마케팅 김유미
인쇄·제본 태광인쇄
펴낸곳 도서출판 어문학사
　　　　서울특별시 도봉구 해등로 357 나너울카운티 1층
　　　　대표전화: 02-998-0094 / 편집부1: 02-998-2267, 편집부2: 02-998-2269
　　　　홈페이지: www.amhbook.com
　　　　트위터: @with_amhbook
　　　　페이스북: https://www.facebook.com/amhbook
　　　　블로그: 네이버 http://blog.naver.com/amhbook
　　　　　　　　다음 http://blog.daum.net/amhbook
　　　　e-mail: am@amhbook.com
　　　　등록: 2004년 7월 26일 제2009-2호

ISBN 978-89-6184-910-4 04830
ISBN 978-89-6184-903-6(세트)
정가 17,000원

이 도서의 국립중앙도서관 출판예정도서목록(CIP)은 서지정보유통지원시스템 홈페이지(http://seoji.nl.go.kr)
와 국가자료공동목록시스템(http://www.nl.go.kr/kolisnet)에서 이용하실 수 있습니다.
(CIP제어번호: CIP2019014633)